SE UM DIA EU ESCREVER UM LIVRO

Ademir Furtado

Se um dia eu
escrever um livro

Copyright © 2023 Ademir Furtado
Se um dia eu escrever um livro © Editora Reformatório

Editor
Marcelo Nocelli

Revisão
Marcelo Nocelli
Natália Souza

Imagem de capa
iStockphoto

Design e editoração eletrônica
Negrito Produção Editorial

Dados Internacionais de Catalogação na Publicação (CIP)
Bibliotecária Juliana Farias Motta (CRB 7/5880)

Furtado, Ademir
    Se um dia eu escrever um livro / Ademir Furtado. – São Paulo: Reformatório, 2023.
    336 p.: 14 x 21 cm

    ISBN 978-65-88091-78-4

    1. Romance brasileiro. I. Título.

F992s   CDD B869.3

Índices para catálogo sistemático:
1. Romance brasileiro

Todos os direitos desta edição reservados à:

Editora Reformatório
www.reformatorio.com.br

Eu só queria chegar até o barco. Quanto mais eu nadava, mais distante ele parecia. Súbito, uma guinada para a margem. Inundou--me a esperança de que fosse aportar na praia. Uma onda mais forte me jogou para fora, cai de pé a caminhar na orla, na sola dos pés o arrepio da massagem da areia molhada. Desandei a correr. A distância a ser percorrida aumentava cada vez mais, às vezes eu só via a vela. De longe, a imagem mostrava apenas uma mancha branca boiando sobre as ondas. Desfalecimento, cansaço. Desisti. Mudou de rumo, na minha direção, desgovernado. Um bêbado numa vereda incerta. Alguém no comando queria me provocar. Assustar-me? Brincar comigo? Passou bem pertinho. Khristyne. Só podia ser ela. Abanei, gritei. Ela nem bola deu. Seguiu em zigue-zague por cima da água, como se aquele veleiro fosse apenas uma prancha de surfe, ou algo assim. Ao reconhecê-la apaguei. Recobrei os sentidos dentro do barco junto com ela. Em desespero chamei várias vezes, ela não dava ouvidos, apenas debochava com caretas e trejeitos provocantes. Como pode uma pessoa ser tão inconsequente, será que não atinava que a gente podia morrer por causa daquela criancice? O perigo me impeliu a enfrentá-la, urgia parar aquilo, assumir o controle daquele desvario, mesmo sem saber como manobrar um barco. Estendi a mão, um pedido, deixa eu me aproximar. Ela se moveu, comecei a tremer todo o corpo, até perdi o equilíbrio, tive de me agarrar em alguma coisa. Era Khristyne só da cintura para cima, dali para baixo, tinha forma de peixe, uma sereia, acho. Viu meu estado de pâni-

co, soltou uma gargalhada, se jogou no mar. Louco de medo de que aquilo tudo afundasse, corri para o outro lado e pulei fora, cai na areia de novo. Sozinho outra vez, caminhei pela beira da praia, só de calção e uma camiseta, quase encoberto por uma névoa de inverno. A temperatura havia baixado muito, mas eu não sentia frio, apesar de trajar uma roupa de veraneio. A onda estourava na margem, sem me atingir. Ao se aproximar de mim colidia numa barreira invisível e se perdia de volta no mar. De repente, uma vaga mais forte começou a crescer, como um gigante adormecido que despertou irritado, aos gritos, avançou até a orla, prendeu minhas pernas, paralisando-as do joelho para baixo. No repuxo, fui sugado para dentro d'água, senti meus pés puxados por alguma coisa, talvez uma rede de pescadores, embora não houvesse ninguém ali por perto. A força se materializou numa alga verde escura que se enroscava nas minhas canelas. Espichei o braço para afastar aquilo com a mão, não conseguia me dobrar, tentei pular, meu corpo massudo pesava como chumbo. Aí um calafrio percorreu minha espinha, comecei a enregelar, o frio agora penetrava na minha carne, meus pés doíam muito, e num esforço desesperado consegui saltar, cai deitado na areia e ouvi uma gargalhada que brotava das profundezas submarinas. Projetei um olhar ao longe, por cima da água, não havia mais movimento algum, apenas um remanso, tranquilo como uma piscina. Melhor ir embora, vestir meia de lã e um tênis, mas transido do jeito que estava não conseguia me mover direito. À dolência dos pés veio mais uma cãibra que subiu pela panturrilha e me fez claudicar até o arruamento. Quanto mais eu tentava correr, mais dor eu sentia. Devo ter sofrido algum tipo de desmaio porque não lembro o resto do trajeto, só sei que pouco depois eu cheguei em casa. Forcei o portão de grade, não abriu, chamei, ninguém respondeu. O que teria acontecido? Durante todo o passeio, desde que sai para caminhar, não encontrei uma única pessoa. A cidade parecia abandonada, igual aqueles filmes de ficção em que um sujeito chega em algum lugar, encontra tudo em ruínas, nenhum habitante. O peso da solidão que vivi naquele momento deve ter sido igual ao de um náufrago sozinho numa ilha perdida no oceano. Tudo o que eu mais queria era me agasalhar, sair daquela invernia intempestiva.

Procurei alguma coisa para me apoiar e pular o muro, só achei caixas de papelão arrastadas pela ventania. O vento, eu também não tinha percebido anteriormente, não sei se ele soprava sem me atingir, ou se só começou naquele instante. Encontrei uma saliência no muro, um buraco que não existia quando eu saí de casa poucas horas antes, firmei o pé ali e saltei para o lado de dentro, até eu me surpreendi com tanta habilidade. Levei a mão na maçaneta, antes que eu a tocasse a porta se abriu e lá de dentro saíram algumas pessoas que eu nunca tinha visto. Um senhor mais velho à frente, seguido de uns dois ou três homens mais jovens. Todos muito bem enroupados, com casacos grandes e grossos, que arrastavam nos pés. Eles vinham na minha direção sem falar nada, mas eu sabia que estavam me acusando de ter invadido a casa.

Ele: O que você quer aqui?

Eu: Eu moro aqui, essa casa é do meu pai e da minha mãe.

Ele: (olhou para o demais e todos caíram na gargalhada. Quando pararam de rir, o velho falou de novo): Seu pai e sua mãe não moram mais aqui há muito tempo. Aliás, ninguém mais mora aqui. Toda essa cidade nos pertence.

Eu: Não é possível. De manhã eu saí para caminhar na praia e meus pais ficaram em casa.

Ele: (avançando da minha direção, olhar agressivo). Você pensa que engana alguém aqui, seu ladrãozinho vagabundo? Vou te dar uma lição para aprender a não invadir a casa dos outros.

Atirou-se sobre mim, tentou me segurar pelo cangote, eu desviei, alguém da turma me deu um chute na altura do quadril, saltei para um lado e me joguei contra o portão, que se desmanchou, como se fosse de madeira apodrecida. Sai em disparada pela rua, agora eu já estava de tênis, meia de lã e trazia um cachecol enrolado no pescoço. Corri sem parar e sem olhar para trás. Procurei um táxi, um ônibus, uma ajuda qualquer, nada, tudo deserto. Continuei na mesma velocidade e só parei na frente do meu prédio em Porto Alegre. Naquela *hora, meus pais deviam estar em casa, bem acomodados, no conforto do nosso lar. Certamente saíram da praia antes dos invasores chegarem e esqueceram de me avisar. Entrei com medo de ter que explicar tudo a eles, a nossa casa na praia invadida por pessoas estranhas e violentas, melhor deixar que eles descubram por outros meios, assim eu não me envolvo. Fui direto ao meu quarto, deitei, tapei a cabeça e dormi.*

É PRECISO ABRIR os olhos e saltar logo, abandonar o refúgio protetor das cobertas, há muito o que fazer. No relógio digital, o alarme disparou, seis e meia, hora de virar gente grande. Aula às oito, esqueceu? Não. Não esqueceu. Tem uma monografia para entregar no final do semestre e mal conseguiu organizar a bibliografia. Vamos lá, preguiçoso. Não quer ser alguém na vida? Ou teu pai vai te sustentar até a velhice? Se não trabalhar não tem nem aposentadoria. E se não estudar não tem trabalho. Ah, mas com o ensino médio pode fazer um concurso público, que nem o pai. Pronto, criou coragem, jogou a colcha no chão, calou a gritaria do despertador, arrastou-se até o banheiro. Abriu a torneira quente e deixou escorrer até que o jato estivesse a uma temperatura agradável, lavou o rosto. Devia jogar água gelada para espantar o sono, mas acordou sensível demais ao incômodo do frio, mesmo de um mês de setembro tropical.

Entrou na cozinha e ouviu o infalível *bonjour mon coeur* maternal acompanhado de um beijo no rosto, seguido da inefável pergunta, dormiu bem, meu anjo? Sim, o filho dormiu bem. Até por volta da meia-noite tentara estudar, mas sem a devida concentração, e sem sono, vagou pelo espaço virtual da internet, acessou alguns blogues de resenhas literárias, conferiu várias vezes o perfil no Orkut, o *e-mail*, não havia nada que o prendesse ali, melhor dormir. A mãe, sempre zelosa, quis saber do trabalho, se tinha evoluído, Não. O trabalho empacou, como quase tudo na vida do filho.

– Não fala assim, querido, que coisa horrível, parece um velho fracassado.

– Eu não consigo começar a escrever. Só leio a bibliografia.

– O que está bloqueando você? Posso ajudar em alguma coisa? Você sabe que pode contar comigo.

Silêncio. O rádio aproveitou a pausa dos cuidados maternos e encheu o ambiente com as manchetes do noticiário que começava.

– PIB cresce 1,4% e a indústria foi a principal responsável pela expansão.

– Conselho de ética da Câmara aprova cassação de Roberto Jefferson.

– Cesta básica de Porto Alegre é a segunda mais cara do país.

Isso eu já sabia, a mãe respondeu para o locutor, que anunciou um pequeno intervalo e o breve retorno para esclarecer as notícias.

O filho não se interessou muito pelo desenvolvimento econômico brasileiro nem pelas reviravoltas na política, havia algo muito mais sério com que se preocupar, uma aula no campus do vale da UFRGS, às oito da manhã, e uma monografia para apresentar no final do semestre. Para fugir a novos afagos da mãe, fingiu pressa, voltou ao quarto, pegou a mochila com o material de estudo, na sala cruzou com o pai, que saía do quarto. Trocaram bons dias.

– Já vais sair, filho?

– Sim, tenho aula cedo.

– Então, boa aula.

O filho agradeceu, afastou-se da vista sonolenta do pai.

Na rua, uma cerração sobre a folhagem das árvores desmentia o calendário oficial que anunciava a proximidade da primavera. Uma casa logo adiante abriu o portão da garagem, um carro avançou de ré pela calçada, ele esperou o automóvel desobstruir a passagem. Caminho livre, avançou o primeiro passo quase ao mesmo tempo em que lá de dentro da garagem saltou um cão preto, grande, o estudante se jogou quase em cima do carro. O motorista meteu a cabeça pela janela e tranquilizou, o cão estava amarrado numa corrente, não alcançava os pedestres. Seguiu em frente, ainda sob o efeito do susto. Quem, no momento de um ataque desses, seria capaz de considerar as possibilidades para concluir que o animal não poderia abocanhar as pessoas lá na rua? Que gente estúpida. No corredor de ônibus da Protásio, diminuiu o passo, manteve-se longe do grupo de estudantes que esperavam condução naquele horário. Não era medo, nem aversão, apenas timidez. Ou melhor, falta de jeito para se empolgar pelos assuntos dos outros. Não lia jornal, não assistia televisão, e até se irritava quando alguém falava de algo visto num programa qualquer. Que gente frívola! Só discutem o que veem na TV. Será que não se dão conta de que estão sendo teleguiados, que assim a televisão determina em que eles devem pensar?

A neblina, quase garoa, empurra o fluxo de pessoas para baixo do abrigo, ele se esgueira no meio daquela multidão. De onde sai essa gentarada? Acomoda-se a um canto, protegido da umidade, pega um livro na mochila, finge ler, assim não corre o risco de encarar alguém e ter que conversar. De manhã cedo uma pessoa nunca tem o que dizer que mereça ser ouvido. Como é que alguém consegue achar assunto numa parada de ônibus a uma hora dessas? Por sorte, o coletivo chegou. A estudantada correu como um enxame na direção da porta, como se se tratasse de um barco salva-vidas no resgate de uma turma de náufragos. Um retardatário atravessou a faixa correndo, com o sinal aberto para os automóveis, o que provocou freadas, buzinaços e xingamentos, entrou na fila sem dar importância ao alvoroço que causou. Ele seguiu atrás, o último a ser resgatado da neblina, que agora já se transformara num chuvisco.

Inútil procurar um lugar para sentar. Apesar dos solavancos, das arrancadas bruscas e das freadas repentinas, o transporte público ainda comporta leitores, mesmo de pé. Sobretudo quando o livro serve de anteparo a companhias indesejáveis. Mas não foi o caso daquele dia. Mal enfiou a cara na página, uma voz lá na parte de trás gritou, Ângelo. Ele atendeu ao chamado, viu a mão que se agitava em abanos, não teve dúvida de que havia sido descoberto. Ângelo é o nome do leitor tímido. Abanou em resposta ao aceno do colega, e não demonstrou intenção de sair do mesmo lugar, mas o outro insistiu, chega aí, cara, dá cá tua mochila que eu seguro. Não havia desculpa. Aproximou-se do generoso colega, livrou-se do fardo dos ombros. Não tardou, uma senhora que ocupava o lado do corredor puxou a cordinha que avisa o motorista de que ela pretendia descer na próxima parada, e assim que a referida passageira seguiu seu destino, o Ângelo pode descansar as pernas e se livrar dos empurrões e da exalação graveolente das axilas desleixadas. Entabularam um bate-papo estudantil, sem muitas variações daquelas habituais conferências dos passageiros de um transporte coletivo a caminho de uma universidade, às sete e pouco da manhã. Na verdade, o Ângelo só escutava, porque o rapaz, que se chamava Júlio, era um tagarela inveterado e não dava muita importância se o interlocutor se interessava pela sua verborragia. Pode-se dizer até que o ponto positivo de estar na companhia de um linguarudo como aquele é que a gente não precisa emitir nenhum juízo sobre nada, ele ocupava o tempo todo ouvindo a própria voz. O Ângelo se acomodou, pegou a mochila de volta, apoiou o livro em cima dela. O outro picou-se de curiosidade sobre a leitura do colega. Mostrou o livro *Les Chantes de Maldoror*.

– Humm, em francês, que chique. Eu tinha esquecido que você morou em Paris.

E desandou numa sequência de piadas sobre os homens que vão a Paris. O Ângelo, mancebo infenso a obscenidades, não achava graça nenhuma nesses remoques, ainda mais quando jorrados boca afora por um estudante de letras, como eles, mas já estava acostumado com as caçoadas do Júlio. No final das contas, não passava de um bobalhão inofensivo.

– É da minha mãe, eu só peguei para me distrair durante o trajeto.

– Sua mãe lê isso, é?

– Sim, ela é professora de francês. Eu já falei isso, lembra?

Alguns motejos mais tarde, desembarcaram no campus, cada um se dirigiu a uma aula. A do Ângelo, no segundo piso. Ao se aproximar da porta da sala, as pernas deram uma tremedeira sob o peso do corpo, e algum observador muito próximo teria visto a camiseta do aluno dar uns pinotes bem em cima do peito, no lado esquerdo, porque o coração dava uns pulinhos mais rápidos que o normal. Entrou e viu a professora sentada à mesa em frente ao quadro negro, caneta na mão, concentrada, escrevia sobre uma folha pautada. Mais alguns colegas dispersos pela sala, conversavam e riam. Ainda faltavam uns cinco minutos para o início dos trabalhos e a maioria dos alunos chegava atrasada. A professora fechou o caderno onde anotava alguma coisa, cumprimentou o Ângelo.

– Então, como andam suas pesquisas? Muitas leituras?

Em resposta ele lamentou as dificuldades de encontrar a bibliografia. Já tinha lido uns trechos de Platão e Aristóteles, mas não conseguia ir além do óbvio.

– Você já começou a ler o *Conceitos Fundamentais da Poética*, do Staiger?

– Ah, esse é um dos que não estão na biblioteca. Só encontrei no catálogo, mas ninguém achou o livro na prateleira.

– Já que você lê em francês, pode trabalhar com vários teóricos da França, de Boileau a Roland Barthes. Tem muito material, mas acho que a biblioteca não tem todos. E quanto ao Staiger, acho que perdi o meu, lamento, não tenho nem como emprestar para fazer cópia.

Em várias outras ocasiões o Ângelo deixara claro que sua proficiência em francês não era suficiente para encarar uma obra de crítica literária, mas parece que as pessoas gostam de atribuir aos outros grandes habilidades, talvez para terem em quem se projetar. Desta vez, não havia ânimo para repetir a mesma evasiva.

Iniciada a aula, o Ângelo se acomodou numa cadeira na primeira fila, a cada retardatário que chegava, ele dirigia o olhar para a entrada, na esperança de encontrar quem ele queria ver. Até que lá pela metade do período, a porta se abre e ele enche os olhos com a imagem de uns cabelos loiros e crespos esvoaçantes. Foi tão grande o impacto daquela presença, que o ar da sala sofreu um deslocamento e, ao escapar para o corredor, já em estado de vento, tentou carregar consigo a cabeleira ondulada. Diga-se, para o bem da verdade dos fatos, que essa aparição só causou tumulto na alma do Ângelo. Para o resto da turma, que bocejava sonolenta, não significou nenhuma surpresa, e para a professora, apenas um olhar de fastio para a aluna que quase sempre era a última a chegar. E essa história do vento também é só uma metáfora. Na realidade, o silêncio da sala só era perturbado pela voz monótona da professora. A dona dos cabelos loiros ondulados se chamava Patrícia, ou Pati, para os íntimos, e era a causa dos pulinhos do coração e a moleza das pernas do Ângelo na chegada. Cada vez que se aproximava o momento de encontrar com ela, ele perdia o controle das pernas, e dos órgãos vitais.

Ela sentou ao lado dele, uma fragrância de rosas e jasmim impregnou as narinas e inebriou a consciência do Ângelo, a ponto de ele não prestar mais atenção no discurso da professora. Assim que a moça se acomodou, ele rasgou uma tira de papel numa folha de caderno e escreveu: por que você não ligou ontem? Eu esperei até tarde, liguei e você não atendeu. Ela se inclinou para o lado, o ombro dela roçou o dele, ela cochichou perto do ouvido dele, depois te falo, e ignorou o bilhete que ele segurava. Os minutos restantes se resumiram a uma espera ansiosa para que a professora concluísse o discurso interminável sobre as características básicas do realismo do século dezenove. Para o Ângelo, naquele momento, a realidade concreta estava ali ao lado, e a índole romântica de estudante desejava o desfrute imediato da vida, sem muitas teorias. Quando, por fim, se livraram da preleção didática, ele convidou a amada para descerem, ela concordou, mas antes precisava ir ao banheiro. Com a paciência de um apaixonado passivo ele esperou que ela voltasse. Como todo o tímido pensa demais e observa muito, ele já tinha percebido o quanto ela gostava de se fazer esperar. Deixar a vida de outra pessoa em suspenso por alguns minutos deve dar enorme prazer a algumas pessoas, a ponto de se tornar uma experiência vital, elas não conseguem viver sem isso. Esses carrascos do tempo alheio encontram nos tímidos as vítimas preferidas. O Ângelo esperava, olhos grudados na porta do banheiro. Até que ela apareceu, de conversa e risadas com outra colega. As duas passaram por ele sem dar pela presença, desceram a escada, ele as seguiu, como uma sombra. Já no bar, a outra moça guinou para a direita em direção à saída, a Pati, então sozinha, apelou ao colega, pediu para ele entrar na fila do caixa e pegar dois cafés, ela esperaria na mesa. Ele obedeceu, e sem demora estava na frente dela, prestativo. Alguns minutos depois, os dois já abastecidos e cafeinados, ele retornou ao ataque.

– E aí, o que você fez ontem? Eu esperei toda a tarde por uma ligação, a gente tinha combinado de ir ao cinema.

– Ah, sabe o que é? Um amigo meu me convidou, fomos dar uma banda depois do almoço, a gente foi lá no Gasômetro, aí o tempo fechou, com jeito de chuva, a gente foi lá para casa dele, eu cheguei em casa de noite, muito cansada e com preguiça, nem lembrei de te ligar.

Sair com outro, tudo bem, afinal, eles não tinham nenhum compromisso, mas o fato de chegar em casa de noite e cansada, após passar a tarde na companhia de um amigo deixava cheia de fantasias a cabeça do Ângelo. A Pati não tinha um namorado fixo, gostava de mencionar uma lista de amigos e os muitos convites que recebia a toda hora para uma volta aqui, um rolé ali, e se justificava com um aforismo afetado de pretensão científica: uma pessoa só não preenche a vida de outra. Com base nesses dados, não seria exagero supor que o Ângelo tenha sido atacado por uma sensação de insignificância, e se deixado abater pelo sofrimento de imaginar a mais depravada orgia sexual protagonizada pela colega.

Ainda havia alguns minutos para a próxima aula e ele queria ir até a biblioteca em busca do livro perdido. Convidou a colega, mas ela não podia. Além de estar com preguiça, precisava falar com alguém que ia chegar em seguida.

Uma garoa fina persistia em tornar a temperatura desconfortável. Do bar até a biblioteca, uma corrida servia para se esquivar da precipitação e para espantar o ressentimento de não ter a companhia de sua dileta. Ela nunca tinha tempo, sempre havia algum problema a resolver, um assunto a tratar com outra pessoa. Tão aborrecido seguia o estudante, demais alheado pela própria amargura, que quase trombou com alguém que saia com um livro embaixo do braço. Ao ouvir oi Ângelo pronunciado por uma voz familiar atinou na vida que corria ao lado.

— Oi Zezé, como você está?

— Eu estou bem, você é que me parece meio aturdido, quase passou por cima de mim.

Havia certo exagero nessa queixa, porque a Zezé conhecia o ar meio apatetado do outro, que muitas vezes se alienava da realidade do entorno. Além disso, ela alimentava uma incrível disposição de humor a qualquer hora do dia, e era a única pessoa no campus a quem o Ângelo poderia chamar de amiga. Ele relatou a busca por um livro necessário para o trabalho, que a biblioteca só dispunha no catálogo, sumiu da prateleira, aquele problema que todo estudante de universidade pública conhecia muito bem. E nas livrarias, nem por encomenda, falta, edição esgotada, ou apenas os livreiros não se interessavam em se ocupar dele porque não vendia como os de autoajuda.

— Nossa! Como você está amargo, hoje! Tudo isso só por causa de um livro? Já tentou num sebo? Olha, eu conheço um muito legal ali na Cidade Baixa, tem de tudo lá, e o dono é um cara super gente fina.

Tirou da pasta uma folha de papel, rasgou um pedaço, anotou o endereço, entregou ao desanimado amigo. Ele aceitou a oferta, prometeu passar lá. Mas registrou que, além de não frequentar muito aquele bairro, não costumava comprar em sebos, talvez por isso nunca tenha ouvido falar naquele. Enquanto isso, a amiga sacou um cartão, dessa vez impresso em gráfica, mostrou exagerando um gesto teatral.

— Olha aqui, ó, minha estreia no mundo da literatura. Um convite para você, não falta, eu preciso de alguém a quem dar um autógrafo. Você já conhece vários contos, mas faço questão de sua presença. Vai ser na próxima semana.

Ele segurou o convite com uma curiosidade sincera, deu os parabéns pela conquista, acrescentou que já havia esquecido, mas estaria lá sem falta.

Despediram-se com beijos no rosto, o Ângelo entrou na biblioteca, dirigiu-se à funcionária com quem falara anteriormente. Nada ainda. Duas expectativas frustradas em tão pouco tempo, só restava ir para outra sala e se concentrar na aula de latim até o meio-dia.

Na Cidade Baixa o céu não diferia do de Petrópolis. A neblina se esparramara pela cidade inteira, a mesma umidade espessa que caía em forma de garoa. Na janela de uma das velhas casas do bairro, uma cortina foi aberta, arrastada por uma mão de mulher, e o zunido dos metais enferrujados penetraram nos ouvidos do homem na cama. Ele puxou a coberta, tapou a cabeça, mas a claridade nublada do dia já tinha invadido o aposento, os ruídos da vizinhança, as buzinas e os motores dos automóveis na rua, eliminaram qualquer possibilidade de voltar a dormir. A mulher veste um pijama e se retira, o homem se espreguiça, boceja, relaxa, mira o teto, como se lá em cima houvesse uma lista com as orientações sobre o que deveria fazer. Mais uma contorção nos músculos, seguida de uns suspiros exagerados, livra-se da colcha com que se cobria, senta na cama, coça a barba espessa, pega a roupa no chão, veste uma bermuda e uma camiseta puída, caminha sonolento, pés descalços.

Um pouco mais tarde, após saborear um café e fumar um cigarro, sem aquela pressa com que os comerciantes se deixam futucar pelos ponteiros de um relógio, abriu a porta da loja. Usava o mesmo traje que vestiu ao levantar, acrescido apenas de um par de sandálias de couro. Perlustrou a rua com um olhar enfastiado de quem não espera nenhuma novidade, nada fora do ramerrão de todas as manhãs, desde que se instalou naquele endereço. Na calçada, um rapaz de não mais de trinta anos, escorado na parede, ao lado de uma mochila cheia. O homem da loja voltou para dentro, de trás da porta tirou uma tabuleta formada por tábuas ligadas por uma dobradiça numa ponta. Abriu a armadura e posicionou-a em forma de cavalete, à frente da porta. Na placa lia-se, ARCÁDIA, LIVROS USADOS. O rapaz da mochila, que observava as diligências do homem, aproximou-se.

– O senhor é o Hermes?

Ao obter uma resposta afirmativa, entrou, com a carga nas costas, parecia pesada. Largou o peso no chão.

– Eu liguei na semana passada. Quero me desfazer desses livros, vim ver se o senhor se interessa.

O primeiro cuidado a que o livreiro se dedicava era a procedência da mercadoria, para não se tornar receptador de algum bem ilícito. Não exatamente por algum prurido ético, mas para evitar futuros aborrecimentos. A vida, por si só, já tem travancas de sobra, não seria inteligente se deixar encravelhar por bagatelas. A investigação, no entanto, não ia além de perguntas básicas, cujas respostas ouvia com ar suspicaz e afetado desinteresse.

– Os livros são seus?

– Eram do meu avô, que morreu e deixou uma pilha desses troços, lá em casa ninguém lê isso.

Dito o quê, esparramou a livralhada em cima de uma mesa ao lado da parede. O Hermes costumava se vangloriar de ser bom observador, enquanto examinava o material, vigiava de canto de olho o jovem vendedor. O rapaz aparentava ser boa gente, sem sinais de perigo, só queria liberar espaço em casa, a compra era segura. Focou a atenção nas brochuras: uma gramática e um dicionário de latim; uma edição bilíngue, latim-português dos discursos de Cícero.

– Seu avô era professor de latim?

A resposta veio afirmativa, voltou a repassar a pilha. Mais alguns volumes do mesmo teor e os olhos do livreiro vidraram ao se depararem com uma obra de capa dura, preta, cujo título aparecia em letras góticas, acinzentadas. Abandonou a inspeção, passou pela porta que dava acesso ao seu cubículo atrás da bancada, sentou-se numa cadeira à frente do computador, ligou o aparelho.

– Olha, coisas desse tipo aparecem aqui todos os dias, mas também sempre surge alguém à procura. Tem gosto para tudo. Cinquenta reais eu fico com a pilha toda.

– Tudo bem. Eu só quero me livrar disso, para desocupar o apartamento que o velho deixou.

Abriu a caixa registradora, pegou uma nota de cinquenta, entregou ao vendedor, que virou as costas e sumiu porta afora. O Hermes voltou à mesa, juntou os volumes, carregou tudo para o balcão, ao lado do computador, o livro gótico em cima da nova pilha. Sentou de novo, pegou um cigarro, acendeu, uma tragada e a fumaça começou a subir pelo ar, vagarosa, sem rumo certo, ao impulso da aragem que circulava pela sala. O som de passos na escada tirou-o das dimensões etéreas. A mulher, a da mão que arredou a cortina da janela do quarto de manhã, desceu com uma garrafa térmica, colocou o utensílio no balcão, olhou para os novos livros.

– Alguma coisa interessante desta vez, ou é só mais papel velho para juntar pó e alimentar as traças?

Ele apanhou o livro preto com o mesmo cuidado de quem manuseia uma peça de material delicado, folheou-a com a avidez de quem descobriu algum segredo

– Sabe o que é isto? Uma edição bilíngue, latim-francês, do *Malleus Maleficarum*.

– Aquele cartapácio medieval que ensinava os padres como caçar bruxas?

– Esse mesmo. Uma raridade. Acho que nem vou vender. Vou guardar na minha coleção.

– E você entende latim ou francês?

– Não. Mas isso não importa. O que me interessa é o valor cultural e simbólico da obra.

– Esse alfarrábio precioso deve valer uma boa grana

– Você sabe que o lucro não é o que move a minha vida.

– Não entendo o motivo de guardar algo que não serve para nada, mas a casa é sua, faça como mais lhe agradar.

– Por esse raciocínio, eu jogaria no lixo toda a minha estante lá de cima, porque eu já li todos os livros que estão lá. Eles não servem mais para nada.

– Bem, você não pagou grande coisa por isso, né?

– O vendedor saiu satisfeito com o que ofereci.

Ela nada retrucou, subiu pela mesma escada e desapareceu.

Ele serviu um café, sorveu um gole. A cafeína no sangue, junto com a nicotina, dois prazeres indispensáveis numa manhã nublada. Nem questionou sobre o riso irônico que a mulher carregava nos lábios, já conhecia o que ela pensava, as atitudes dele nem sempre correspondiam com o discurso de homem íntegro, intelectual que dedicava a vida a levar conhecimento às pessoas. Porque era assim que ele se definia, um homem que juntava a sapiência e a cultura espalhadas pelos livros que os donos não mais queriam e as colocava à disposição de quem procurava e precisava delas. Naturalmente, levava alguma vantagem nisso, como no caso presente, em que o rapaz, com toda evidência, não conhecia o valor do tesouro que tinha em mãos. Mas ele, Hermes, precisava sobreviver para continuar na sua missão de mensageiro, aquele que colhe uma lição de sabedoria aqui e transmite para lá. De qualquer maneira, para aquele rapaz, o livro não valia nada, era apenas um punhado de papel a ocupar espaço. Desde quando começou a trabalhar com sebo, não foi a primeira vez, e nem seria a última, que agiu como um trêfego. As pessoas querem se desfazer de algo que consideram lixo, e que para outros tem um grande valor. Mas concluía, por fim, tudo isso é bobagem, o valor de uma coisa é dado pela intensidade da demanda. É, portanto, muito subjetivo. Não se trata de nenhum blefe. É apenas uma avaliação da importância que a mercadoria tem para cada pessoa. Um sujeito pega honestamente de um vendedor e entrega para um cliente, e nesse trajeto o objeto se transforma, adquire outra dimensão valorativa. Trata-se apenas de saber qual a importância do produto em cada momento específico.

A mulher voltou, agora maquiada, arrumada para sair. Parou na frente dele, ele mirou no fundo dos olhos dela, não tinham nada a

dizer que precisasse de palavras, o olhar transmitia todos os pensamentos e expressava os sentimentos que mantinham os dois unidos.
– Então vou indo. Acho que só volto amanhã ou depois.
– Ok. Deusa do meu olimpo, estarei esperando
Ela se aproximou, inclinou-se sobre o balcão e, na certeza de que não havia observadores indiscretos, trocaram um beijo, cujo ardor não seria recomendado para um ambiente público, ainda mais profissional. Mas estavam sozinhos, e a livraria, não raras vezes, era cenário de demonstrações de desejo mais apropriadas para a intimidade do quarto de casal. Ela desvencilhou-se, saiu porta afora. Ele tragou mais uma vez o cigarro e a fumaça subiu em espiral em direção ao teto.

Encontrou os pais já à mesa, a janta recém-servida. Acomodou-se no lugar de costume, à direita do pai, de frente para a mãe. Uma garrafa de vinho sobre a mesa, leu o rótulo: Côtes-du-Marmandais. Não conhecia, não e tratava de um Borgonha, o preferido da família. A mãe, sempre pronta para envolver a família num clima de alegre harmonia, ponderou, os vinhos da Borgonha são os melhores do mundo, mas a gente não pode ter sempre o melhor, é preciso se contentar com o que a vida nos dá. Durante esse preâmbulo, o Ângelo serviu uma dose, e como bom filho de enófilos, levou a taça ao nariz, inalou os aromas, sorveu um gole, estalou os lábios, um sinal de anuência. Concluído esse introito folgaz, a mãe retomou o fio da conversa.

– Esse é uma novidade que seu pai encontrou e resolveu trazer para a gente provar. Eu já aprovei.

Nesse *aprovei* estava implícito não só a qualidade do vinho, mas a preocupação do marido em abastecer a casa com bebidas refinadas, e o ensejo de compartilhar mais um momento de prazer gustativo com ela e com o filho. A alegria da mulher, em suma, consistia em viver numa grei harmoniosa e feliz, dentro das possiblidades que desfrutavam. Essas possibilidades, diga-se, eram a recompensa das diligências do chefe da família, um Auditor Fiscal da Receita Federal que, além de auferir um salário apreciável, ainda se beneficiava do que ele chamava de vantagens extras, assunto ao qual o servidor público se furtava com ares de pouco caso, mas também ninguém pedia satisfação, o filho porque desde criança viveu assim, tudo muito natural; a esposa, porque levava o marido na conta de um homem responsável, de quem ela não tinha motivos para se queixar. Se é bom pai e bom marido, é o que basta. Quando questionado com mais insistência, ele mencionava as palestras em empresas e as aulas em cursinhos para concursos, que surgiam eventualmente. Resta dizer que a mãe, desde a juventude, quando conheceu a França numa viagem de estudos, aprendeu a degustar vinhos, e se regozijava de alguma sofisticação, paladar refinado, exigente. O marido não podia se vangloriar de tanta sensibilidade gustativa, se o líquido tivesse gosto de álcool já se dava por satisfeito, mas, no íntimo, se gabava de ter uma mulher por quem agradecia aos céus como um presente divino, que lhe agraciou a vida e lhe deu um filho, por quem ele se submeteria a qualquer sacrifício para manter protegido e seguro. Com uma família dessas, que homem não seria capaz de enfrentar qualquer ameaça de perigo, só para poder chegar em casa, acomodar-se à mesa e viver um momento como aquele, em que a mulher mais amada e o filho mais promissor lhe rendem um rito de gratidão e contentamento? As libações ao deus Baco, tão corriqueiras naqueles festins caseiros, renderam apenas amenidades, daquelas que reforçam os laços de um grupo já por natureza unido. Mas, um estudante com trabalho de conclusão atrasado não pode se alhear em patuscadas. Fazia-se mister mais uma tentativa de avançar na monografia.

Recolheu-se ao quarto, ligou o computador e enquanto a máquina iniciava o sistema operacional, pegou um caderno na mesinha ao lado do leito, acomodou-se numa posição confortável, as costas apoiadas a um travesseiro na cabeceira da cama, começou a escrever.

Desde a adolescência o Ângelo pratica o hábito de anotar o que acontece com ele, os fatos que lhe parecem mais importantes, tanto do ponto de vista dos acontecimentos práticos, quanto os emocionais, aqueles que deixam a alma mais leve ou mais pesada, mas sempre provocam comoção. O desejo mais premente de passar para o papel as atribulações do dia nasceu do desdém com que fora tratado pela Patrícia de manhã. Isso não significava nenhuma novidade, a moça sempre demonstrou uma índole muito instável, com atitudes ambíguas em relação a ele. É verdade que, se havia esses casos de indiferença, como os já relatados, também podia-se contar algumas surpresas excitantes. Quando ela ligava com um convite para irem ao cinema, ele se aprontava em cinco minutos e corria para o local combinado. No entanto, as horas mais gostosas ele desfrutava quando ela pedia a ajuda dele para fazer algum trabalho de aula, ou estudar algum texto mais difícil. Nessas situações, a moça contava com a já consagrada cultura do colega, que entendia com facilidade algum trecho mais hermético, cuja interpretação ela não alcançava. Esses *rendez-vous* de estudo aconteciam sempre à tarde, em geral na casa dele, pois na biblioteca não dispunham do silêncio necessário. Na verdade, refugiados no quarto dele, ela atirada sobre uma almofada ou recostada na parede, as pernas estendidas sobre a cama, o único barulho que atrapalhava era o das batidas do coração do pobre estudante, que saltitava descompassado, quase pulando boca afora. É que o rapaz apaixonado sofria de um mal que acomete os românticos: os escrúpulos morais. Quando o pai mencionava essas visitas, trazia na cara um indisfarçável ar de troça, mas o filho se esgueirava na disposição de ser sempre um morigerado, um caráter íntegro e incorruptível; que o acordo foi feito para revisar a matéria de aula, a moça se expunha na confiança de um encontro para fins didáticos, e ele não podia quebrar esse pacto, sob pena de se tornar um canalha.

Mas houve uma vez... uma disciplina de Linguística e uma prova sobre Saussure. A colega chegou na aula mais cedo que de costume, sentou ao lado do admirador, cochichou no ouvido dele que estava apavorada. Tentara ao menos decorar a matéria, mas aquela chatice de signos, significantes e significados não lhe entrava pela cabeça, seria legal se pudessem estudar juntos. O Ângelo não pensou duas vezes. Aceitou de pronto, e, por sugestão dela, marcaram na casa dele, na biblioteca do campus a gente não podia nem conversar. E para mais uma surpresa, a colega chegou com uma pontualidade inacreditável, às duas da tarde. Antes que ele oferecesse um cafezinho, ela começou a amaldiçoar o nobre cientista suíço por ter criado uma teoria tão chata, e mais os organizadores dos cursos que inseriam nos currículos uma coisa tão sem utilidade. Estava preocupada. Almoçara no campus e viera direto, nem tinha conseguido dormir um pouquinho, como fazia todos os dias após o almoço. O anfitrião trouxe dois cafés, aconselhou que a moça se acalmasse, não era tão difícil assim. Além do mais, não conhecia ninguém que tivesse sido reprovado em alguma disciplina no campus do Vale. Terminaram o café já na escrivaninha no quarto. O Ângelo sugeriu começarem a leitura pelos Princípios Gerais, e explicou o caráter duplo do signo linguístico, formado pelo conceito e pela imagem acústica, e leu um trecho que pareceu importante: o signo linguístico une não uma coisa a uma palavra, mas um conceito a uma imagem acústica. E acrescentou, em tom professoral, que quando a gente ouve uma sequência de sons que formam uma palavra, a nossa mente reproduz a imagem da coisa a qual aquela palavra se refere. Os olhos da colega se mantinham atentos na explicação, mas no rosto estampava-se uma expressão misturada de desânimo e desinteresse, ela mal conseguia manter os olhos abertos. Talvez o Ângelo jamais confessasse, mas ele também não tinha estudado a lição a não ser o que ouviu do professor em aula. Com um pouco mais de calma a parceira teria percebido que os ensinamentos que o colega tentava expor para animá-la não passavam de uma paráfrase do texto lido. Isso não ajudava em nada a angustiada aluna, mas servia para exercitar algo que o Ângelo já se dispunha a fazer, malgrado alguns pruridos de escrúpulos: tirar proveito da idealização que as pessoas faziam dele, como um aluno que aprendia tudo fácil, ou de imediato, ou já sabe tudo sem estudar, como uma espécie de revelação.

– Não entendi muito bem, mas será que isso cai na prova?

Evidente que a colega estava mais preocupada com a nota do que em aprender a matéria, então ele propôs passarem para as relações sintagmáticas, as semelhanças e as diferenças entre os termos linguísticos, a complementariedade dos opostos. Nesse momento, a Patrícia não conseguiu mais conter um bocejo que expressava toda a indolência que a oprimia.

– Sabe o que é? Estou morrendo de sono. Você se importa se eu me deitar um pouquinho na sua cama?

Ele permitiu. Ela se estendeu sobre o leito, espreguiçou-se, e o deleite com que adiava a chatura saussuriana manifestou-se num alongamento e distensão dos membros, acompanhado de um grande suspiro de prazer. Aquela imagem de um corpo feminino se retorcendo na cama provocou um grande abalo na integridade ética do estudante, ele levantou da cadeira, mas não atinava exatamente no que fazer, não conseguia desgrudar os olhos daquela forma serpentina que ondulava e soltava pequenos gemidos. Como se percebesse a hesitação dele, ela pediu, com uma voz que já anunciava o domínio do sono:

– Dá para fechar a persiana?

Ele despertou do transe, atendeu ao pedido, e no escuro, não havia outra alternativa a não ser deitar ao lado dela. Ela não se moveu. Ele respirou fundo, o coração disparado, dava até para ouvir as batidas e sentir os jatos de sangue correndo pelas veias até chegarem ao ponto mais externo dos membros periféricos. Ao sentir em si aquela reação, recostou-se mais a ela, ela encolheu as pernas, ele as dele, de maneira a encaixarem-se os corpos. Ela não reagiu. A mão dele, num movimento guiado por um acesso repentino de audácia, pousou sobre o quadril dela, deslizou para o ventre, entrou por baixo da blusa e de início parou ali, a ponta dos dedos descobrindo a maciez da pele em volta do umbigo dela. Ela continuou imóvel. Ele entendeu o silêncio dela como aquiescência para desbravar novos territórios, subiu mais um pouco. A imobilidade dela, um sinal de permissão, avançou. Ela se virou, puxou a mão dele, sem muita força e com muito pouca convicção.

– Querido, eu vim aqui para gente estudar, me deu sono, e eu só queria dormir um pouquinho.

– Agora é tarde para querer dormir

E com uma ousadia que surpreendeu até a si próprio, estendeu o corpo dobre o dela, as bocas se uniram na ânsia do desejo incontrolável. A partir desse momento ela não se esquivou mais, ao contrário, o Ângelo encontrou uma mulher meiga e carinhosa, como ele não imaginava que ela fosse.

Mas é claro, também, que em alguns casos ele esperou em vão, a ingrata não apareceu e nem se lembrou de ligar para a uma simples escusa.

Após registrar as mágoas com a musa, o Ângelo comentou as dificuldades de encontrar o livro necessário, e na sequência redigiu algumas considerações sobre o trabalho. O tema escolhido seria o dos gêneros literários. A ideia era estudar alguns cronistas brasileiros que fizeram literatura de alta qualidade nos jornais, onde normalmente não se exige maior sofisticação de um texto. Seria interessante pesquisar a hipótese de que esses escritores escolheram um veículo de maior apelo comercial para publicar suas obras como uma estratégia de atingir um público que não teriam em livros. De qualquer maneira, no jornal, o retorno financeiro era melhor e mais garantido. Seriam as condições sociais dos escritores e dos leitores, em outras palavras, as dimensões sociológicas, as determinantes dos gêneros? É preciso descobrir se isso já não existe e se essa abordagem faz algum sentido. Falar com a Daisy na próxima aula.

A caneta já empacava uma vez que outra ao ritmo dos bocejos, mas ainda discorreu sobre o convite de lançamento do livro da Zezé, uma grande amiga que precisava prestigiar. Registrou, também, a necessidade de ir em busca do livro perdido.

Apesar de sonolento ainda acessou o *Google* e digitou GÊNEROS LITERÁRIOS. A lista que apareceu como resultado da pesquisa incluía endereço eletrônico de instituições de ensino que mostravam mais os produtos oferecidos ao público do que uma discussão sobre o tema; mais adiante, livrarias, títulos conhecidos de obras teóricas, e os indefectíveis bloqgues de resenhas literárias, onde estudantes de jornalismo ou de letras disputam uns com os outros a primazia na arte de falar obviedades. E para surpresa do estudante, o rol de ofertas seguia com *sites* sobre gêneros sexuais. Não é segredo para ninguém que a internet não avalia o valor conotativo de um termo e remete o leitor a todas as acepções do vocábulo digitado. Para o Ângelo, isso se transforma em fonte de angústia, a necessidade de distinguir as informações aproveitáveis no meio de tamanha mixórdia. Entrar em cada um deles, cotejar o que encontrasse, eleger o que valesse a pena? Não dispunha de tempo nem paciência para isso. Embarcar no que tivesse uma apresentação mais agradável? A pretensão de sabedoria não permite seguir um caminho apenas pelo cenário colorido das margens. (A alma romântica do Ângelo ainda guardava sérios resquícios de adolescência e volta e meia deixava escapar uma metáfora como essa sobre a beleza do caminho). Difícil se decidir no meio de uma moxinifada dessas.

Outra mania que o Ângelo adquiriu, ainda nos tempos de colégio, foi a de colecionar palavras raras, exóticas, aquelas que ninguém usava ou nem conhecia. De início, o apelo ao recurso a esses exotismos se limitava a zombar dos colegas, e até a mãe. Ele se divertia ao ver os olhos do interlocutor saltarem de curiosidade ao ouvir um cultismo ou outra bizarrice lexical. Na faculdade de letras, já enredado nas malhas da timidez e da insegurança de adolescente, a criancice se tornou uma estratégia de enriquecer vocabulário e compreender melhor o que lia. Esse último aspecto colocava-o um nível cultural acima dos estudantes rotineiros e, se resultava na admiração de uns, instigava o fel de outros, que o acusavam de filhinho da mamãe, esnobe e pedante, e se queixavam, em tons de ironia, que precisavam andar sempre com um dicionário na mão para falar com ele. Então, para provocar um pouco, às vezes, ele usava uma entelequia qualquer e em seguida explicava o sentido numa paráfrase: entelequia é o mesmo que palavra difícil. Pudessem eles se livrar dos preconceitos e estereótipos, descobririam no colega apenas um jovem tímido e inseguro, que se ressentia de ainda estar na faculdade quando a maioria dos jovens da sua idade já estava formada, com emprego ou na pós-graduação, e que procurava compensar a timidez com conteúdo livresco.

Assim aconteceu com a palavra moxinifada. A primeira vez que a encontrou, correu para o dicionário. E bateu palmas para si mesmo, sozinho no quarto, ao descobrir que o estranho vocábulo possuía um sinônimo mais ridículo ainda: mistifório.

Mas a internet também cansa. Desligou o computador, apagou a luz e foi dormir

A menina Maria José, que todos conheciam por Zezé, entrou na igreja no encalço da mãe, uma devota da Virgem Maria. Não se interessava muito em aprender as ladainhas e salamaleques que os adultos repetiam todos os dias de missa, mas gostava de contemplar as imagens dos santos. Acreditava serem criaturas que viviam em outra dimensão, outro mundo, em aventuras que os humanos não conseguiam viver. Ouvia com interesse as narrativas da mãe sobre episódios bíblicos, e quase sempre acrescentava algum detalhe a fim de dar um sentido mais coerente às elipses deixadas pelo texto. Por exemplo, a história da multiplicação dos pães e dos peixes. A mãe não formulava uma exegese aceitável de como Jesus alimentou cinco mil fieis com míseros cinco pedaços de pão e dois peixes, dizia apenas que o filho de Deus tinha o poder de fazer milagres, a gente precisava acreditar. Mas a menina não se contentou, e a mente fantasiosa se incumbiu de fabular um enredo mais harmônico. A alma inocente ainda não vislumbrava a diferença entre mágica e milagre e a menina botou na cabeça que aquele homem, a quem todos reverenciavam, aplicava algum truque de prestidigitação. Ela ainda não conhecia a palavra *prestidigitação*, mas já se deparara com o fenômeno, certa vez num circo, cujo número mais aplaudido era um mágico que fazia as coisas desaparecerem da mão e surgirem noutro lugar. Essa alma imaginosa quase sempre arrastava a pequena para outras paragens onde o espírito inquieto ia buscar novos atrativos.

Aquele dia, a futura escritora presenciou uma exibição tão grotesca que despertou nela um desejo meio extravagante de consertar a realidade, ainda que para isso precisasse criar um universo irreal. Terminada a cerimônia religiosa, ouvia-se um barulho, um vozerio vindo da rua. A menina, curiosa e ansiada por uma corrida, escapou da guarda da mãe e correu na direção do alarido. Na praça em frente, uma multidão se aglomerava em volta do chafariz, como um bando de moscas atraídas pelo monturo. A menina correu para o centro do burburinho, imiscuiu-se entre os adultos, alguns deles se esquivavam de esguichos que saltavam do interior da chusma, uma força centrífuga que gerava alvoroço entre os circundantes. Quando conseguiu se aproximar do centro propulsor, viu uma mulher de cabelos longos e pretos, que se revirava deitada no fundo do poço do chafariz. Usava apenas um vestido de chita curto que, arregaçado pelo frenesi da mulher, provocava a volúpia dos homens e a piedade das senhoras que observavam aquela triste ignomínia. Estimulada pela assistência sempre sedenta de bizarrices, reagia aos gritos, jogava jatos de água na plateia improvisada. Uns, mais compadecidos pelo patético do espetáculo, tentavam tirá-la dali, mas outros, sempre gratos pelo deleite dos vexames alheios, aplaudiam como se tratasse de um show gratuito; e não faltou ainda quem se escandalizasse com a falta de pudor da pobre mulher. Um homem tentou se acercar daquele palco estapafúrdio, de mão estendida em apoio à estrambólica personagem, ela se jogou em direção a ele, num gesto agressivo acompanhado de um urro feroz, exigindo que o intruso se afastasse. Nesse vira e mexe, a mulher jogou a cabeleira para trás, e foi aí que a Zezé viu, no lado esquerdo do rosto, uma enorme mancha, uma ferida não cicatrizada. A menina logo imaginou que a mulher fora atingida por um homem violento numa briga por ciúmes, isso já havia se passado algum tempo antes, e devido à vida que levava, machucava-se constantemente no mesmo ponto, por isso o ferimento tinha aquela aparência de carne apodrecida. Ela se perdia nesses devaneios quando foi impelida para fora da multidão. Era a mãe que a arrastava pelo braço, com reprimendas e conselhos de não se afastar mais assim, e não se meter no meio de gente estranha. A menina queria saber quem era a mulher e ouviu que se tratava de uma pobre louca que vivia pelas ruas servindo de deboche daqueles desocupados. E sobre o ferimento no rosto, ninguém sabia direito, mas dizia-se que foi em briga com gente igual a ela. E por que ela não ia ao hospital fazer um curativo e tomar um remédio? Porque era louca, e louco não sente dor, ela nem se lembra mais que tem aquele cancro, já virou uma marca natural.

Em casa, a mãe ligou a televisão e sintonizou um canal de programas religiosos para assistir enquanto preparava o almoço. A menina não gostava da missa na televisão porque não podia observar aqueles personagens de outros mundos que ela via dependurados na parede da igreja, preferiu procurar uma brincadeira no pátio em frente da casa. Espreitava os transeuntes para ver se reconhecia alguém que vira na praça, queria saber o que aconteceu com a mulher da ferida no rosto. Mas, de todas as pessoas que passavam pela rua, não viu ninguém a quem pudesse perguntar alguma coisa. O que parecia mais estranho era uma pessoa não querer tratar uma ferida, ainda mais no rosto. Como era que um rapaz ia namorar com aquela pobre criatura quando visse aquele lado tão feio. O outro lado até que era bonito, mas ninguém namora só um lado de alguém. Todos os homens que ela delineava, abordavam a mulher, cheios de gentileza, atenciosos, mas quando percebiam a deformidade no lado do rosto desandavam em disparada. E ela não conseguia controlar a imaginação para forçar um deles a se apiedar um pouco daquela desgraçada. É que os seres imaginários também têm seus caprichos, medos e desejos, e a partir de certo momento da criação já não se pode mais dominá-los. Ou talvez a própria menina tenha se sentido horrorizada com aquela visagem e transferido para homens fictícios a repugnância que ela mesma sentira e não tivera coragem de aceitar.

Entretinha-se em fabulações nessa procura de um namorado para a infeliz, quando o pai chegou da rua com uma sacola de frutas e presenteou-a com uma maçã. Ela aceitou, correu à cozinha pegar uma faca para descascar, mas a mãe acorreu, tirou a merenda da mão da menina e guardou na cesta em cima da mesa, já ia servir o almoço, deixasse os lambiscos para sobremesa. A menina não protestou, e durante a refeição contou ao pai o incidente que presenciara no chafariz; compadecera-se muito da pobre coitada que ninguém queria namorar por causa da ferida; que o pai era um homem muito bom, que trazia presente quando voltava para casa, ele podia ser o namorado da louca da praça. A mãe soltou uma gargalhada e comentou que a guria andava se saindo com uns despautérios muito estranhos, de onde será que a pirralha tirava tanta sandice? O pai também riu, mas explicou que ele não podia namorar outra mulher porque já era casado, e Deus não permitia que um homem tenha mais de uma mulher. Aí a menina argumentou que era só no faz de conta, para ela poder concluir a história e salvar a mulher. O pai então concordou, só na brincadeira ele aceitava. Terminou a refeição bem satisfeita por conseguir um namorado para a louca do chafariz, pegou a maçã e voltou ao pátio, na frente da casa, onde havia um balanço feito pelo pai para o regozijo da pequena, um banquinho de madeira preso por correntes a uma armação igual a uma trave de um campo de futebol. Sentada ali, no movimento pendular do balanço, a menina vigiava a rua através das rosas e jasmins que floriam o pequeno jardim que ladeava o muro em frente. Espiava todos os passantes da rua, a esboçar trajetos, de onde vinham, para onde iam, o que fariam em seguida. E nenhuma delas tinha qualquer ferida ou mancha no rosto.

Em uma semana na vida de um estudante universitário acontecem poucas coisas dignas de registro. E se ele for um tímido, cuja órbita se restringe ao espaço delimitado pela força magnética de uma colega de cabelos crespos e loiros, então a narrativa com tal personagem pode pular alguns episódios sem que se perca o fio da meada. De fato, no dia seguinte ao descaso já relatado, a Patrícias convidou o Ângelo para sentarem nos bancos de pedras embaixo das árvores, aproveitar a temperatura agradável. Ele nem pensou em sugerir uma alternativa, como tomar o tradicional cafezinho no intervalo, seguiu a moça como um cachorrinho conduzido pela coleira e se manteve colado a ela, atento a cada palavra que ela proferia. E sua alma vagou pelas folhagens das árvores, tal como um passarinho na manhã primaveril, quando ela lamentou não ter visto ainda o filme que combinaram de assistir no domingo anterior, e sem assumir nenhum compromisso prévio, deixou subentendido que poderiam ir ao cinema no próximo fim de semana. Desnecessário explicar que daí em diante o tempo foi marcado pela expectativa da chegada da sexta-feira. E para que a espera não se tornasse tão tediosa, dedicou-se a elaborar o projeto de monografia que precisava entregar para a professora Daisy. Quando a sexta-feira finalmente chegou, e com ela a aula de Literatura brasileira, ele pediu à professora uma entrevista no final do período. Uns vinte minutos após o início dos trabalhos, a Pati entrou e sentou ao lado dele. Usava um vestido curto em homenagem à manhã ensolarada.

Quando ela se acomodou na cadeira e cruzou a perna direita sobre a esquerda, o pé roçando a canela dele, ele não conseguiu mais ouvir o discurso da Daisy sobre as bases do Modernismo brasileiro. Que importavam os problemas sociais do começo do século xx, resultados da incipiente industrialização do Brasil e a vagarosa urbanização de São Paulo se ele flutuava pelas florestas verdejantes do romantismo?

Final da aula, os estudantes se retiraram, o Ângelo voltou à realidade e avisou à amada que teria uma conversa com a professora, depois se encontrariam. Ela assentiu e foi para o bar, precisava com urgência de um café, estava morta de sono. Na noite anterior, resolvera estudar, não conseguira, depois, um monte de loucuras passaram pela cabeça dela e não deixaram pregar o olho. Quando conseguiu adormecer já era quase dia claro. Despediram-se.

Entrementes, a Daisy guardava o material didático e mantinha o olho atento ao estudante, que parecia ter esquecido o combinado e já acompanhava a colega até a porta. Engano. Ele apenas aproveitou um pouquinho mais aquela imagem divina emoldurada por um vestido curto suspenso nos ombros por alcinhas de renda, tão frágeis que podiam rebentar a qualquer momento.

Feita a despedida provisória, ele puxou uma cadeira e sentou na frente da professora. Então fez um relatório do que andou pensando para a monografia. Estudar os cronistas brasileiros clássicos que produziram literatura de alta qualidade nos jornais, veículo que não valoriza a criatividade, e pensar nisso como uma estratégia de atingir um público maior, aquele público que normalmente não lê livro, mas lê jornal. O ponto de partida seria a crônica *O Conde e o Passarinho*, de Rubem Braga, publicada depois em livro com o mesmo título. Nessa crônica, há um ponto muito interessante a se pensar como teoria da literatura. Braga descreve uma situação conhecida através de uma notícia de jornal. Um conde passeia no parque e encontra um passarinho, que lhe rouba uma medalha usada na lapela. O passarinho ladrão desaparece carregando a insígnia no bico. Inspirado nesse fragmento do real, o escritor cria duas personagens puramente fictícias, deslocadas da realidade vivida. O episódio em si é banal, mas aí a vida se abre para infinitas possibilidades de desdobramentos. Interessante é que há vários dados referentes ao fato que o escritor não conhece, então ele preenche esses espaços com imagens e divagações sobre o que poderia ter acontecido. Quer dizer, partindo de um fato real, o escritor cria um mundo fictício e uma gama de significados que esse mundo concreto não tinha. A criatividade preenchendo os espaços que a realidade deixa vago ou que o escritor não conhece. Isso para mim, ele proclamava, é literatura. E mais. Considerando-se os elementos ficcionais, os personagens, as motivações e o desenvolvimento, o texto está muito mais para um conto do que para uma crônica. Então, há uma questão de gêneros aí a ser trabalhada.

No olhar da Daisy transbordava o fascínio. Ela nem sabia mais se pela expectativa de um trabalho com conteúdo, acontecimento tão rara no meio universitário, ou se pelo próprio aluno. No momento em que ele concluiu essa resenha, ela contemplava os cabelos negros dele, aquele aspecto de quem não costuma usar pente, no queixo uma lanugem à imitação de barba, que ele mantinha mais por ignorá-la do que por um possível visual de barbífero. Pela teoria da ficção como desenvolvimento das possibilidades do momento real, poder-se-ia dizer que ela desejava enfiar os dedos naquela cabeleira, dar uma aparência de menino bem cuidado. Mas esse impulso, se houve, ela transferiu para o projeto e expressou, com alguns vestígios do sotaque carioca que ainda não perdera, toda a estima que sentia pelo próprio aluno. Aquele ar displicente de quem vive alheado do mundo na verdade escondia um interior profundo, intenso, cheio de surpresas. Ela já havia manifestado o desejo de ter o Ângelo na oficina literária que ministrava numa sala da Casa de Cultura Mário Quintana, e numa conexão entre assuntos, comentou sobre alguns contos da Zezé, que também vão nessa mesma direção, só que no sentido contrário, quer dizer, escritos em livro, mas com a linguagem de jornal, e lembrou do lançamento em breve. O Ângelo já tinha confirmado presença no evento. Ele, inclusive, já conhecia alguns contos que a autora pedira para ele ler antes de enviar à editora. De volta à pesquisa do aluno a professora se declarou empolgada com a proposta de tema.

    Aprovada a ideia do aluno, sugestões de leitura, ângulos de abordagens, despediram-se, a professora enaltecendo os méritos do aluno, e o prazer de orientar uma pesquisa com tal nível de profundidade, e o aluno certamente pensando na colega que orientava todos os passos dele. Não encontrou mais a Patrícia em lugar nenhum aquele dia. À tarde, ligou para o celular dela, convidou-a para irem na livraria de usados procurar o livro. Ela não podia, estava muito cansada, ia tentar dormir um pouco, se acordasse disposta ligaria para ele.

É UMA INJUSTIÇA as pilhérias que se fazem sobre a capacidade das louras. Até o Eça de Queiroz, em *Singularidades de uma rapariga loura*, se rendeu à moda de associar inteligência à cor das melenas e criou um personagem chamado Macário, que perdeu a cabeça por uma cabeleira dourada e adorada. Dizia o grande autor que a rapariga tinha no caráter o mesmo matiz fraco e desbotado das madeixas, a natureza aguada, débil; e quando falava, não ia além de algumas interjeições de exclamação ou assentimento. Como se pode ver, um mito antigo que seduziu até homens de inteligência comprovada, que contribuíram em muito para o enriquecimento cultural da nossa civilização. No caso da Patrícia, se é para colocá--la num contexto literário, mais adequado seria o *Ser Brotinho*, de Paulo Mendes Campos, aquela ninfeta capaz de passar uma tarde inteira deitada, olhando para o teto, só para poder contar depois que passou uma tarde inteira deitada olhando para o teto. A Patrícia não era uma moça carente de qualidades intelectuais, ao contrário, volta e meia, surpreendia a todos com alguma preleção digna de aplauso. Apenas, apesar dos vinte e dois anos, ainda vivia uma adolescência prolongada, aquela fase em que a pessoa se sente um exemplar único no meio da mesmice do resto da turba. Naquela cachola pueril, que por acaso a natureza adornara com mexas aloiradas, alojara-se a ideia de que qualquer evento de que participasse redundava em excentricidade, e, arrebatada por tais crenças, deliciava-se em contar aos outros qualquer frivolidade em que ela fosse a personagem central, lances que ela julgava extremamente originais, e ainda acreditava com toda a sinceridade que os amigos sentiam muito prazer em ouvir a narração das peripécias extraordinárias que vivia.

Quando se despediu do Ângelo naquela manhã, pretendia esperá-lo no bar para tomarem um café, mas o Júlio chegou antes, com a notícia da falta da professora de inglês, portanto não teriam a próxima aula, aproveitaram uma carona de outro estudante e foram embora mais cedo, ela sem avisar ao Ângelo. A ideia era ir para casa cumprir a promessa de fazer mais companhia à mãe, que estava de licença médica e cobrava muito a ausência constante da filha. Percorreram a Ipiranga, o Júlio desceu na Ramiro Barcelos, ela seguiu até a Érico Veríssimo, de onde iria a pé até a Gonçalves Dias, onde morava. Mas ao atravessar a Ipiranga pela ponte da Érico, de repente se deparou com uma garotinha descalça, dentro de um vestido maior que o tamanho dela, cabeleira desgrenhada, rosto sujo, aparência de quem havia vários dias não tomava um banho. A menina chorava quando se colocou na frente da Patrícia e pediu um trocadinho para comprar pão. A Patrícia estremeceu, ou de medo ou de pena da criança, que logo estendeu as mãos vazias, demonstrando que não representava nenhum perigo. Passado o susto, veio a crise de sensibilidade, ela se agachou diante da menina, agora as duas na mesma altura, perguntou por que a pequena chorava. Ouviu como resposta que já tinha ganho bastante moedas dos motoristas, mas veio um garoto maior que ela e arrancou-lhe todo o dinheiro da sacolinha de pano que carregava a tiracolo, se ela chegasse em casa sem nada, seria castigada pela mãe, que precisava dar comida para mais três irmãozinhos dela. A menina não deveria ter nem dez anos, aquilo era um absurdo que uma estudante de Letras não podia aceitar. Procurou na bolsa, catou algumas moedas, entregou à mendiga, que logo enxugou os olhos e ofereceu um sorriso de gratidão. Mas a Patrícia não se contentou em estancar as lágrimas da infante. E como poderia? Ela própria chegaria em casa e se alimentaria com um almoço bem nutritivo, enquanto que aquela criaturinha engoliria sabe-se lá o que, talvez nem lograsse convencer a mãe do roubo sofrido. E não conseguiu reprimir um abraço de reconhecimento quando perguntou como a pequena mendiga se chamava e ouviu seu próprio nome como resposta. O instinto sincero de solidariedade não lhe permitia sequer desconfiar que tudo aquilo fosse apenas um artifício para despertar compaixão. Decidiu ajudar. Após se informar onde a pedinte morava, pegou-a pela mão, propôs irem juntas até a casa, ela explicaria à irresponsável mãe sobre o assalto, a esmoleira não seria castigada. Caminharam pela avenida em direção ao rio, pegaram uma trilha ladeada por barracos, dobraram à direita num beco e entraram num terreiro onde se via um tugúrio ao fundo. No portão, a Patrícia mirim correu, entrou por uma porta e desapareceu, e a Patrícia adulta precisou desviar das poças de água e lodo que se formavam junto à grama. Mal a menina entrou no casebre, a Patrícia viu saltar pela janela mais uma porção de água jogada por uma bacia. Logo atrás, uma cabeça de mulher apareceu na abertura, um olhar interrogativo, a Patrícia se adiantou.

– Oi, meu nome é Patrícia. Encontrei sua filha chorando na rua, um menino roubou o dinheiro que ela ganhou, não foi culpa dela.

A cabeça desapareceu da janela, e em poucos segundos a mulher estava de corpo inteiro na frente da visitante inesperada. Pelo olhar ríspido da mulher, a Patrícia provou, quiçá pela primeira vez, o gosto amargo de não ser desejada em algum lugar. Mas manteve uma pose convicta.

– A senhora é do Conselho Tutelar?

A Patrícia se adiantou a explicar.

– Não. Eu sou estudante, e moro ali no Menino Deus. No caminho de casa encontrei a minha xará em prantos e acompanhei ela até aqui.

A dona da casa relaxou o ar de poucos amigos, justificou-se.

– Pois é. Eu preciso mandar ela pedir esmola na rua porque só eu lavando roupa para fora não consigo botar comida na boca de todo mundo. Ainda tem aqueles ali que só sabem comer.

Enquanto a mulher falava, a Patrícia pequena veio para perto da mãe. A Patrícia grande olhou para o lado onde a mulher apontava quando falou esses aí, e viu três meninos que brincavam no chão, no meio das poças de água e barro, todos nus. Nem mais tarde em casa, quando contava para a mãe, ela conseguiu definir o que sentiu naquele momento. A única coisa que lhe saiu boca afora foi a pergunta se eram trigêmeos. E a sensação de incredulidade piorou ainda quando ouviu que os pirralhos tinham um ano e pouco de diferença um do outro. Dada a missão por cumprida, despediu-se e foi embora.

Quando chegou em casa, a mãe já ia pelo fim do almoço. A filha sentou à mesa e relatou tudo, com todos os detalhes que favoreciam a ousadia da aventura. Ao descrever o cenário do drama dos fedelhos emporcalhados, reportou-se à própria infância, quando assistia desenhos animados na televisão, e lembrou do programa que ela mais gostava: os três porquinhos.

– Pati, você é louca, ir se meter numa favela, podia acontecer muito pior com você.

Essa venerável senhora, identificada aqui apenas como mãe da Pati, volta e meia se deixava abater por alguma anemia, que a mantinha em casa de atestado médico. O estresse do trabalho de caixa do Banrisul devia ser o principal responsável pela doença. O sistema de vida da filha também deve ter colaborado um pouco. Os vários rapazes com quem a filha se entretinha fora de casa, sempre classificados na categoria de amigos, acarretavam uma dor de cabeça à parte. Como mãe zelosa, ela sonhava com aparecimento de um moço a quem ela pudesse chamar de genro. Mas a realidade trouxe apenas nomes masculinos, por vezes não mais que apelidos, de quem ela nunca vira o rosto. Entretanto, mantinha-se nos limites do conselho maternal, para não correr o risco de afastar ainda mais a filha, única companhia que ela tinha na vida. Quanto ao pai, não se podia esperar mais nada dele. Ele nunca aceitou a origem daquela criança e não conseguiu tratá-la como se fosse um fruto gerado de uma semente fecundada por ele. De fato, a mãe da Pati, no começo do casamento, idealizava deixar descendência, só que a natureza não colaborou. Após vários exames concluiu-se que tinha ovários policísticos, o que tornava quase nula a chance de uma gravidez. Colocou ao marido a possibilidade de uma adoção, ele recusou sem margem para discussão, e os conflitos se instalaram no lar, até então feliz. Depois de um bom tempo de confabulação consigo própria, deliberou que homem ela arrumava outro, e deduziu, à revelia do marido, que seria mãe, mesmo que de empréstimo. Um dia, ouviu uma notícia que a deixou tão horrorizada quanto enternecida. Na área rural do município de Tapes, um recém-nascido fora encontrado num matagal, enrolado apenas nuns farrapos de lençol. Ela correu lá, tratou dos trâmites burocráticos para que a criança, uma linda menina, lhe fosse entregue para criar. Ao recebe-la oficialmente como filha, batizou-a com o nome de Patrícia. Ao saber da disposição da mulher, o marido sumiu para nunca mais voltar. Entende-se porquê, passados vinte e dois anos, ela ainda trate a filha como aquele ser frágil, exposto a todo o tipo de perigo, e não cansa de ralhar, como fazia agora. Mas a filha, como sempre, ignorou as advertências da mãe e foi tomar um banho para depois almoçar. Enquanto relaxava embaixo do chuveiro, o sorriso que aflorou nos lábios bem podia ser de júbilo por ter mais uma aventura interessante para contar

A FAMÍLIA DO ÂNGELO não costuma almoçar em casa porque a mãe, apesar de uma preferência explícita pela cultura francesa, não gostava muito de cozinhar, e como decidiram abolir o que consideravam o hábito escravagista da empregada doméstica, cada um se virava por conta própria. Naquele dia o Ângelo comeu no bandejão do campus e deu uma passada em casa pra fazer hora antes de ir na livraria.

Em casa, escovou os dentes, deitou e dormiu um sono rápido, sem sonhos. Uma hora e pouco mais tarde encontrava-se sentado à escrivaninha com um livro cuja capa ostentava a palavra CRÔNICA em letras coloridas. Ele lia um texto de Antônio Cândido, *A vida ao rés-do-chão*, pegou um lápis e sublinhou um trecho:

> *Os professores tendem muitas vezes a incutir nos alunos uma ideia falsa de seriedade; uma noção duvidosa de que as coisas sérias são graves, pesadas e que, consequentemente, a leveza é superficial. Na verdade, aprende-se muito quando se diverte, e aqueles traços constitutivos da crônica são um veículo privilegiado para mostrar de modo persuasivo muita coisa que, divertindo, atrai e faz amadurecer a nossa visão das coisas.*

Na sequência, o estudante salientou o humor do Rubem Braga em vários textos, cujo tema é bem mais sério do que parece. O humor e a ironia seriam uma estratégia do autor para chamar a atenção do leitor para questões importantes que talvez não tivessem a mesma apelação com uma denúncia séria? Como exemplo, a crônica *Pequenas Notícias*, em que descreve o conflito entre operários em greve e a polícia:

A ordem foi mantida. Os operários não permitiram que a polícia praticasse nenhum distúrbio.

Em vista da possível utilização dos trechos como parte do trabalho, não descuidou nem mesmo das regras ditadas pela ABNT, com os devidos créditos do autor, mesmo que se tratasse de um simples apontamento pessoal num caderno de estudos.

CÂNDIDO, Antônio. A vida ao rés-do-chão, In Vários autores. **A Crônica: O gênero, sua fixação e suas transformações no Brasil**, Org. Setor de Filologia da FCRB, Campinas, Editora da Unicamp/Fundação casa de Rui Barbosa, 1992
BRAGA, Rubem. **O Conde e o Passarinho/Morro do Isolamento**, 3ª ed., Rio de Janeiro, Editora do Autor, 1964.

A um canto da página anotou: pesquisar sobre a Ironia.
Mas por que exatamente essas passagens sobre humor e diversão citadas por uma pessoa que não se diverte com nada? A consciência do Ângelo, volta e meia se imiscuía até nas atividades intelectuais para lembrar que ele era um jovem diferente dos outros, não curtia as festas, não frequentava os lugares da moda, não tinha uma namorada. Para se livrar dessa incômoda intrusa, ele desenvolvia teses sobre comportamentos humanos. Numa delas, anotou que todas essas atividades que as pessoas chamam de viver a vida, tais como ir a festas, ter vários amigos, se relacionar com todo mundo, andar na rua ostentando vigor físico e energia mental, tudo isso não passa de engodo, falsos oásis num deserto de carências, sobre os quais os pobres humanos adejam à procura de um paliativo para a sede de emoções. Nessa crença do senso comum, viver a vida

é se diluir no fluxo da massa informe. E um tímido só deixa sua alma lúdica se expandir nas facécias (chacota, pilhéria) abstratas da ironia e no desenfado zombeteiro do cinismo.

Exultante com essas inferências e com a possibilidade de utilizá-las no trabalho acadêmico, saiu para rua, andou até a Protásio, embarcou num ônibus em direção ao centro e desceu na Osvaldo Aranha, entrou na João Telles. Numa casa antiga, quase toda coberta por árvores, a fachada ostentava uma placa *l'atelier de la Langue*, ele entrou, deu boa tarde para a moça sentada atrás de uma mesa. Ela escrevia alguma coisa, levantou a cabeça, sorriu e respondeu.

– Oi Ângelo, como você está? Dona Lúcia já vai encerrar esse período e já sai.

Ele balbuciou um ok, tirou do bolso uma moeda, colocou na máquina no canto da sala, apertou o botão que apresentava a opção de café forte. Pegou o copo cheio, já de olho na prateleira onde se encontravam alguns jornais e revistas franceses. Apanhou um número do *Courrier Iternational*, só notícias de misérias humanas, largou. O *Le monde Diplomatique*, só política, melhor se entreter com um número antigo de *La Revue do Vin de France*. Acomodou-se na poltrona à beira da porta e, como era de hábito, quando havia por perto alguém com quem ele não queria manter contato, se concentrou na leitura. A moça da recepção continuou na tarefa a que se dedicava antes, mas de canto de olho cuidava os movimentos do visitante, levantou, foi até a máquina do café conferiu alguma coisa, não havia nada de errado, ela voltou a ocupar o posto inicial. Chamava-se Graciele, estudava francês com a professora Lúcia e pagava a aula com serviço de secretária no período da tarde.

Não demorou muito ouviu-se vozes no andar de cima, uma turma de uns cinco ou seis pessoas, todos jovens, desceu a escadaria, com gestos de despedidas e muitos *au revoir, au bientôt*. A última a aparecer foi a professora, que lá de cima saudou.

– Oi meu filho, está precisando de alguma coisa?

Não. Não precisava de nada. Apenas ia passar num sebo na Cidade Baixa mais tarde e resolveu chegar para tomar um cafezinho e se recrear um pouco.

Terminou de dar a resposta já no recinto onde a mãe mantinha a administração da escola. Ela sentou, ele se manteve de pé no meio da sala, os quadros na parede viraram foco de atenção, como se fosse a primeira vez que ele estivesse no escritório da mãe. Nada que aguçasse a sensibilidade estética: uma foto ampliada da torre Eiffel, uma do *Musée du Louvre*, cartazes de escolas francesas de intercâmbio, e na parede atrás da poltrona da professora, um mapa da Borgonha, com divisão das regiões vinícolas e especificação dos vários *terroirs*. Ao lado da mesa, uma estante com alguns livros.

O Ângelo não precisava de motivo para visitar a mãe no trabalho. Houve uma época, alguns anos antes, que ele até desempenhou o papel de recepcionista, na falta de alguém mais qualificado. Mas, pela dificuldade congênita de comunicação com os outros, muitas vezes os possíveis clientes iam embora sem as informações que precisavam sobre o curso, e a mãe decidiu substituí-lo por uma secretária mais extrovertida. Pois um dia a Graciele, então aluna do primeiro semestre, se lamentava que não poderia continuar os estudos por falta de dinheiro, então a professora Lúcia sugeriu que ela atendesse na recepção à tarde em troca da aula. A moça nem pensou duas vezes, aceitou na hora. E o Ângelo voltou a ser o filho da professora, aquele que passava na escola de vez em quando para tomar um cafezinho.

Uma mãe não se deixa enganar assim tão fácil, e não seria a falta de cafeína no sangue, muito menos uma busca por informações jornalísticas que levaria o filho a passar na escola naquele dia. Mas a Lúcia, que se orgulhava de reprimir o impulso natural de superproteção, não costumava abordar o filho de maneira muito direta, já conhecia as artimanhas que ele usava para se esconder. Ocupou-se por mais de uma hora nas tarefas burocráticas, corrigiu trabalhos de aula, leu e respondeu *e-mails*, enquanto que o Ângelo se dispersava com qualquer coisa, um quadro na parede, um livro na estante, um *souvenir* em cima da mesa, uma foto da família dentro da piscina da Sogipa, quando ele tinha uns cinco anos. Voltou a servir mais um café na recepção, procurou outro jornal, a Graciele apareceu por uma porta onde se lia *toilette*, ele voltou para a companhia da mãe, que a essas alturas já dava o expediente por encerrado.

– Meu filho, eu vou só arrumar aqui e já vou para casa, você quer uma carona?

Recusou. Precisava passar em um sebo à procura de um livro para a monografia. A mãe aproveitou a deixa para indagar sobre o trabalho e o desempenho na faculdade. E de uma ideia para outra, perguntou se aquela moça – fingiu não lembrar o nome – que ia estudar com ele às vezes, uma loirinha de cabelo crespo, bem bonitinha, ainda era colega dele. Ele respondeu que sim. Inclusive tinha ligado para ela antes de sair, convidara para acompanhá-lo e ela prometeu que se acordasse bem-disposta ligaria para combinar, ele só estava fazendo hora, não tinha mais nada pra fazer, veio só tomar um café.

Ah, então era isso. Ele não parava de correr atrás daquela loureira, como um cãozinho que persegue a dona. A Lúcia poderia se considerar integrante do grupo das pessoas de espírito elevado, pelo menos aquela elevação necessária para não entrar em conflito com possíveis futuras noras, mas não se conformava de ver o filho, um rapaz bonito, saudável, inteligente, com a vida emocional suspensa por uma garota inconsequente, que já emitira todos os sinais de não dar a ele a mínima importância. Um dia seria necessário agir de maneira mais direta.

– Meu filho, lá no curso de Letras não existe nenhuma outra aluna por quem você possa se interessar? Impossível que a única existente seja essa, que não te dá a menor importância, que te deixa esperando um fim de semana inteiro sem te dar nenhuma satisfação. Eu não quero me meter nos seus relacionamentos, sejam namoros ou amizades, mas meu coração de mãe não pode se conformar com essa situação: uma vida dedicada a uma pessoa que não mostra a mesma dedicação em troca. A vida a dois só tem sentido quando existe reciprocidade, e você não pode viver com exclusividade para uma pessoa que não nota a sua existência.

O Ângelo retrucava que não era namorada, a Patrícia era apenas uma amiga, uma pessoa meio atrapalhada, assumia vários compromissos ao mesmo tempo e não cumpria nenhum. A mãe continuou, sem ouvir os argumentos em defesa da suposta futura nora.

– Olha a Graciele, ela é uma gracinha, um nome perfeito para ela, inteligente, simpática, extrovertida, bonita, e não tira os olhos de cima de você. Acho até que foi por isso que ela aceitou vir trabalhar aqui como pagamento da aula. E você nem nota que ela existe.

Essa não foi a primeira vez que a mãe realçou as prendas da secretária diante do filho, mas, apesar de afirmar que o embeiçamento com a colega não passava de amizade, o coração dele vivia enrolado naquela cabeleira loira e crespa de maneira tão decisiva que não permitia aos olhos perceberem as graças de qualquer outra candidata. O instinto materno já havia disparado o alerta na mente de Lúcia, ela já demonstrara inquietude com o prolongamento do estágio de puerícia emocional do filho, e por mais de uma vez comentou isso com o marido, insinuou que ele poderia interferir, dar conselhos. Chegou até a sugerir que contasse umas aventuras e conquistas dos tempos de solteiro, podia até inventar alguma. Mas a mentalidade de precisão matemática de Victor tinha uma posição definida sobre a iniciação amorosa dos homens: tem coisa que a gente só aprende por conta própria. Além disso, acrescentava, o filho já andava em idade mais do que suficiente para se virar sozinho em assuntos do coração.

Da parte do Ângelo, aquelas interferências da mãe em territórios cujo domínio deveria ser só dele deixavam-no em estado visível de impaciência. Porém, dado que, àquela altura a Patrícia não tinha ligado, por certo não viria mais, deu um beijo na face da mãe e se despediu. Ao passar pela recepção, encontrou a secretária de pé, a bolsa em cima da mesa, pronta para sair. Ele apressou o passo e avançou pela saída, como um fugitivo em disparada. Ao fechar a porta, apenas por educação abanou para Graciele e gaguejou um tchau.

Ainda contava tempo de sobra, e uma caminhada solitária é um bom remédio para se livrar das estopadas que abespinham o espírito das gentes. Também serve para organizar as ideias, uma distração salutar. Por mais que tentasse se rebelar, pelo menos num ponto o senso de justiça recomendava dar razão à mãe: ele devia abrir os olhos para outras garotas. Talvez ainda restasse alguma esperança de rever a Khristine, em Paris. Não. Aquilo não passara de empolgação adolescente, da qual não restava mais nem uma imagem desbotada, sequer uma fotografia em cima da escrivaninha. Muito tempo já que ela não respondia os *e-mails*, não atualizava o perfil no Orkut, esqueceu dele. Os amores não duravam mais do que o período de um cursinho. Só ele se mantinha preso a uma noção de afeto que ninguém mais compartilhava. A mesma coisa com a Patrícia. Desde o dia do estudo de Linguística, nunca mais conseguiu um momento a sós com ela. Algumas vezes tentou reclamar os direitos que julgava ter sobre ela após aquele idílio, mas ela respondia sempre com rispidez, que não havia acontecido nada demais; ela foi até lá estudar e tudo aconteceu de maneira bem natural e espontânea, não significava nenhum compromisso entre eles. Ela até confessou que foi muito bom, mas que continuavam apenas amigos. E quanto mais ele tentava repetir a experiência, mais ela se esquivava.

Com a cabeça cheia de tais quizilas, caminhou pela rua Vasco da Gama até a Perimetral, desceu pela José do Patrocínio. Na esquina com a Luiz Afonso, desviou de um grupo de operários na frente de uma obra e dobrou à direita. Sem o papel com o endereço dado pela amiga, sem o número do prédio na memória, andou um longo trecho sem encontrar nada que lembrasse uma livraria. Voltou, olhos atentos às placas e fachadas. Até que se viu diante de uma entrada em forma de arco que dava para um pátio, um calçamento de paralelepípedo. Então ele notou o cavalete com a placa, Arcádia, livros usados. Pela porta, avisou uma peça grande, cheia de prateleiras de livros. Entrou. À direita, havia um balcão com uma caixa registradora e um computador e, sentado, olhos voltados para o monitor, um homem de barba cerrada. O Ângelo chegou mais perto, o sujeito notou a presença dele.

– O amigo procura alguma coisa?

O tom de voz transmitia familiaridade, o sorriso cordial, que parecia sincero, se traduziu num gesto de receptividade que encorajou o estudante a falar com desenvoltura.

– Sou amigo da Zezé, a escritora que vai lançar um livro aqui a semana que vem. Ela me indicou essa livraria, eu procuro um livro meio difícil de achar.

O atendente saiu de trás do balcão, a mão estendida.

– Seja bem-vindo, eu sou o Hermes.

O Ângelo disse o nome, se apresentou como estudante de Letras e perseguidor de um livro, que nem é raro, mas sem que se saiba o motivo, não se encontra em nenhuma livraria de Porto Alegre. O Hermes voltou ao lugar de antes, postou-se na frente do computador, pediu uns minutos de espera para pesquisar no catálogo. Enquanto isso, o visitante podia olhar à vontade, conhecer o resto da loja no outro lado. O Ângelo se esgueirou entre as prateleiras, uma vista geral no ambiente. A construção tinha uma forma em L e a outra sala, a que dava para o pátio interno, bem maior, cheia de prateleiras, entre as quais cabia apenas uma pessoa adulta, todas abarrotadas de livros. No chão, ao lado das paredes, pilhas, montes de livros, tudo isso envolto em penumbra e um cheiro enjoativo de pó. Na parede que divisava com a rua, duas janelas propiciavam a parca iluminação natural do ambiente, formado pela derrubada da divisória que separava os quartos. Abaixo dessas aberturas, uma mesa com uma cadeira, para os clientes poderem sentar se quisessem consultar os livros. Hermes gritou de lá.

– Olha, no catálogo não consta nada, mas isso aqui não é atualizado. Pode procurar aí onde quiser, quem sabe você encontra.

No quarto do Ângelo, os livros, se bem que numa quantidade infinitamente menor, estão dispostos numa ordem lógica, numa prateleira, ficção brasileira; noutra, ficção estrangeira em tradução;

mais outra com as obras em francês lidas no original; e por último, as de teoria literária. Os volumes que tratam de temas diversos, do seu interesse mais amplo, como filosofia, história e conhecimentos gerais, ele guarda no gabinete da mãe, mais espaçoso, mas igualmente organizado. Seria normal que um vendedor de livros tivesse um método semelhante. Já um pouco desanimado, perguntou ao livreiro se havia alguma ordem, classificação por assunto. A resposta foi afirmativa, porém restritiva, nas prateleiras podia-se encontrar as plaquetas com os temas, mas nas pilhas no chão, ainda não. Ali ele acumulava as últimas aquisições e guardava conforme a disponibilidade de tempo, espaço e paciência. E ainda achou por bem alertar que, mesmo nas prateleiras não se podia garantir nada, os clientes pegavam um volume para olhar e depois devolviam em qualquer lugar, sem lembrar de onde tiraram. E não adianta pedir que larguem em cima da mesinha, porque existe gente que morre de medo de causar danos a outros, quer deixar tudo como encontrou. Não se tocam que estão atrapalhando mais do que ajudando, mas assim é a humanidade. E ainda tinha mais lá na rua.

No final da parede dos fundos, o Ângelo avistou uma porta. Espiou. No pátio, uma meia-água, que avançava a partir do muro até o meio do terreno, cobria uma montoeira de livros em cima de uma lona. Nem cogitou em procurar alguma coisa ali.

Não adiantava prolongar mais a situação, alimentar falsas esperanças de um bafejo da sorte. O Ângelo ia amargar mais uma frustração na busca do livro perdido.

Encerrado o expediente da livraria, hora de um descanso. Uma cerveja para relaxar da estafa antes de comer alguma coisa. No andar de cima, aposento privado, ligou a televisão, sentou no sofá à frente do aparelho sem se prender ao que passa na tela. O álcool da bebida gelada desceu pela garganta induzindo-o a um estado de indolência não só no corpo, mas também na mente. A solidão, para ele, nunca se pintou com aquela cara feia e assustadora com que atormenta a maioria dos seres insulados. O prazer de estar sozinho, a noite, a tv ligada sem volume, o burburinho da rua, o reflexo dos faróis dos automóveis projetados nas paredes da sala, uma sucessão de sons e imagens que povoavam o ambiente com vestígios de vidas humanas, sem que se precisasse interagir com elas. Volta e meia uma imagem na tela despertava alguma lembrança, por associação de ideias, ele se voltava a um período no passado, quando deixava o tempo escorrer na companhia de qualquer criatura disposta a trocar algumas palavras. Agora, um rapaz encapuzado entra numa loja e se esgueira suspeito entre as prateleiras de mercadorias. Um sorriso melancólico brotou nos lábios do telespectador, a cena trazia para o presente uma época em que se divertia nos supermercados ao trocar as etiquetas de preço dos produtos, substituindo pelos de embalagens mais baratas. A mãe pedia para trazer um pacote de café, ele retirava a etiqueta da embalagem de meio quilo e colocava na de 1 quilo, assim oferecia a si próprio um produto com cinquenta por cento de desconto. Não que fosse desonesto nessas truanices, argumentava em solilóquio que mesmo com essa pequena burla ainda pagava o valor justo, apenas não proporcionava o lucro excessivo ao mercador. E quando, numa livraria, deslizava algum livro para baixo da camisa ou dentro da calça. O que fazer se queria ler para entender o mundo, mas os livros custavam uma exorbitância? E nesse caso, se livrava do remorso passando o livro adiante depois de lido. Mas só aqueles adquiridos da maneira que ele classificava de não convencional. Tudo isso aconteceu algum tempo atrás, mas é provável que tenha contribuído para que ele fosse hoje tão descuidado com os livros de seu próprio negócio. Ou até transformar seu comércio numa espécie de biblioteca pública, disponibilizando para a pessoa ler ali mesmo se não tiver dinheiro para comprar.

A Claudia foi o melhor exemplo de recompensa desse altruísmo. Ela apareceu um dia como uma cliente qualquer, olhou, folheou, leu alguns trechos e foi embora sem comprar nada. A segunda vez que o Hermes viu a cliente no meio das estantes lembrou de seu próprio passado como colecionador de livros alheios e passou a espreitar a moça, sem que ela percebesse. Agiu assim não tanto por cuidado do patrimônio, mas por curiosidade, queria saber se havia alguma estratégia nova entre os larápios de livros. No final das contas, era também um passatempo naquele horário do meio-dia quando a digestão do almoço começava a chamar o sono para repousar o corpo. Mas a visitante surpreendeu o livreiro. Ao contrário do que ele suspeitava, ela apanhou um livro na estante e se dirigiu para a mesa ao lado da parede, colocada ali para que os clientes pudessem examinar melhor as possíveis compras. Sentou na cadeira e se pôs a folhear o volume com a naturalidade de quem estivesse em casa, na própria biblioteca. Parecia até ignorar a existência de outra pessoa no local. Isso não se faz. O Hermes não se incomodava com mesquinharias de propriedades, mas gostava de ser valorizado no seu próprio reino. Ainda mais por uma mulher. Não que ela fosse linda ou irresistível, até aparentava um certo desleixo na roupa. Calça jeans, tênis, uma camiseta, o cabelo negro que caia pouco abaixo do ombro indicava que a moça não costumava frequentar salões de cabeleireiro. Esse detalhe contava ponto para um homem que não se deixava iludir por belezas artificiais, e aquela ali não decepcionava o escrutínio de uma vista mais atenta. Mas chegar assim, se abancar como se estivesse em casa, sem dar nenhum bom dia, não pode ser. Era preciso alguma providência. Como se não quisesse nada, fingiu arrumar uma das estantes perto da mesa, mas não se conteve e abordou

– Encontrou o que procurava? Se precisar de ajuda, estou aqui

– Obrigada. Não procuro nada específico. Só entrei aqui para passar o tempo e aí encontrei este volume que é do meu interesse. Posso dar uma lida aqui, né?

– Sim, claro. Fique à vontade

Ela voltou a se concentrar na leitura, ele de pé ao lado da mesa, pelo menos ela pediu permissão, já melhorou. Mas o desejo de compartilhar o conteúdo da leitura não deixava o livreiro se afastar, e para não parecer indiscreto ou invasivo, deveria se retirar. Mas como se as páginas da brochura tivessem um poder de imã ele não conseguia arredar pé sem uma mínima informação sobre o livro. É claro que o Hermes conhecia bem a si próprio para saber que o motivo desse frenesi era a própria leitora. Sempre que se aproximava de uma mulher desconhecida, o olhar lúbrico denunciava a gana meio maluca de desvendar algum segredo sobre ela. Algo assim como uma ânsia de se apossar da pessoa pelo conhecimento dos desejos e das preferências dela. Conhecer não deixa de ser uma maneira de possuir, e um simples indício sobre a preferência da leitora já dava uma amostra sobre a alma que habitava o corpo. Primeiro, ele rondava à espreita de um gesto, um olhar, uma maneira de sorrir, de cruzar as pernas ou de mexer no cabelo, qualquer minúcia que transparecesse uma particularidade interior, algo que dissesse que aquela mulher era a única no mundo a ter aquilo. Não que ele desprezasse a parte que só os olhos sabem avaliar, mas os atributos físicos da mulher ele apreciava mais tarde. Muito mais prazeroso e interessante vasculhar a alma para depois abarcar o corpo. Contudo, a cliente parecia neutra e não se denunciava, não desgrudava os olhos das páginas, nem dava mais pela presença dele. Melhor esperar. Voltou para a cadeira na frente do computador e se distraiu da preguiça do meio-dia com movimentos que simulavam a realização de alguma tarefa. Falar a verdade, ele apenas tencionava uma oportunidade de abordá-la sem parecer deselegante com uma possível cliente. Escusadas cavilações, ela levantou de lá e veio até ele com o livro na mão.

– Olha, muito obrigada. Só que agora não lembro de onde eu tirei e não quero colocar em lugar errado na prateleira.

– Não tem problema. Pode deixar aqui comigo, eu guardo depois.

Avançou, tomou o volume das mãos dela e olhou. *O Evangelho de Buda*.

– Ah, você se interessa por Budismo? Tenho muita coisa por aí, só que tudo meio espalhado, mas se quiser eu procuro outros títulos.

– Eu me interesso por todo o conhecimento. Para mim não existe essa tal de cultura inútil. Gosto muito de saber tudo, faz parte do meu ofício.

– Deve ser uma ocupação muito interessante a sua

– Trabalho com revisão de texto. Ganho pouco, mas faço o que gosto, além disso, aprendo sobre muitas áreas do conhecimento.

– Então você é uma grande leitora. E eu sou um livreiro, não muito grande, mas livro aqui não falta.

– Leio bem menos do que tenho vontade, a não ser os do trabalho, que esse não conta. Meus rendimentos não me permitem ler tudo o que eu leria por prazer. Só de literatura e filosofia existe uma bibliografia que me ocuparia por umas três vidas, se eu acreditasse em reencarnação.

– Então você veio ao lugar certo, porque este sebo funciona como biblioteca particular para os amigos.

– Mas nós não somos amigos ainda.

– Isso é um problema fácil de resolver. Você vem aqui a hora que quiser, lê o que preferir, conversamos um pouco, falamos das nossas leituras, e com o tempo seremos amigos. A propósito, meu nome é Hermes.

Nos lábios da mulher aflorou um sorriso de receptividade e ela estendeu a mão.

– Obrigada pela sua amizade. Além de livros eu também gosto de gente. E meu nome é Claudia.

Ele acatou a mão da revisora com a delicadeza de quem afaga o rosto de uma criança, colocou no gesto uma pequena pressão, como sinal de apreço. Perscrutou nos olhos da nova amiga um indício de estima, no entanto, ela tirou o sorriso dos lábios, voltou à aparência neutra de antes. Agradeceram-se mutuamente, ela se retirou, sem dizer mais nada. Entretanto, naquele corpanzil com aparência desleixada, habitava uma alma inflamável, daquelas que saem a voar em direção ao futuro, em busca de uma previsão daquilo que desejam. Por isso, a Claudia deixou no ar um perfume redolente, e a certeza de que voltaria.

Essas lembranças se misturavam na penumbra da sala com a imagem de um carro deslizando por uma estrada de chão cheia de buracos, poças d'água e pedregulhos, sob um céu azul de um dia ensolarado, um comercial de automóveis que passava na televisão. Ele desligou o aparelho, entrou no quarto, avistou a cama vazia. Na cabeceira um porta-retratos com a foto da Claudia, num passeio em Itapuã. Ela sentada numa pedra à beira d'água, em trajes de banho, com uma saída de praia por cima, imitando a pose das mulheres ricas das revistas de celebridades. O primeiro passeio que fizeram juntos, em que ele descobriu mais uma qualidade da nova amiga: um ótimo senso de humor refinado em que não faltavam algumas doses de ironia. Mas agora a solidão invadia o quarto e o sono se apoderava aos poucos. Ele até esqueceu de jantar, atirou-se na cama e dormiu sozinho.

O sábado amanheceu ensolarado, temperatura amena antecipando a chegada da primavera. Para o estudante solitário, o fim-de-semana representava apenas um tempo extra para se dedicar ao trabalho acadêmico. Os pais saíram para a rua com algum compromisso, ou apenas para aproveitar o dia de descanso, desfrutarem da mútua companhia. Convidaram o filho, ele declinou do convite. Os pais respeitavam as idiossincrasias e não perturbavam o isolamento voluntário do aplicado estudante, os períodos de solidão em casa rendiam bons resultados, afluíam mais produtivos. E ele aproveitava para tirar algumas anotações do livro já citado sobre crônicas.

Subjetividade: a crônica não é um espaço para elaborar argumentos objetivos com provas científicas. É um lugar onde o cronista traça seu ponto de vista sobre um tema, sobre um fato do noticiário ou um acontecimento da comunidade, de interesse social. Nesse sentido, a crônica surge como um duplo registro: ela é social porque o tema tem que ser relevante para a comunidade, o cronista sempre trata de temas que sejam comuns para a experiência de todas as pessoas. Mas é subjetivo na medida em que é a visão do cronista sobre o tema escolhido. O cronista não tem responsabilidade com os fatos, no sentido em que não precisa apresentar provas nem dados estatísticos que comprovem sua visão. Ele apenas deve apresentar uma abordagem que seja novidade interessante, mas que seja coerente com a experiência do leitor. É importante que a crônica seja acessível à compreensão do leitor para que haja essa aproximação entre os dois. O leitor sente essa necessidade de se ver representado na página do jornal e íntimo do cronista. (A crônica, p. 168)

Enquanto isso, o deus Cronos cumpria sua tarefa de engolir as horas e já perto do meio-dia o telefone tocou. O estudante correu para atender, na esperança de concretização daquele convite insinuado no banco de pedra, embaixo de uma árvore no Campus da UFRGS. A voz que surgiu no aparelho foi a da mãe, comunicando que haviam encontrado um casal de amigos do clube, iam almoçar num restaurante. Não precisavam se preocupar, ele se virava sozinho em casa. O telefone só voltou a tocar quando o Ângelo dormitava sob o efeito da digestão de um lanche preparado com o que encontrou na geladeira. Mas ainda não se tratava da voz meiga e suave, aquela que acariciava seus ouvidos como a melodia de uma sonata de Beethoven. Dessa vez, a Zezé anunciava, eufórica, o desejo de compartilhar com ele um momento de muita alegria. No dia anterior, finalmente recebera o livro da editora, queria muito que o amigo fosse comemorar com ela. Convidaria também a Daisy.

Marcaram para o final da tarde num bar da República. Ele apareceu pontual, como sempre, e já encontrou a amiga, de quem recebeu um grande abraço, como se não se vissem desde muitos anos. Despojada, sem vaidade, ela trajava uma bermuda jeans, sandália rasteirinha, e uma bata daquelas vendidas em lojas de artesanato ou no Brick da Redenção. Um dos traços mais constantes do visual da amiga era o cabelo, que não chegava até o ombro, sempre amarrado em forma de trunfa. De uma sacola em cima da mesa ela tirou um volume e apresentou ao Ângelo. Nos olhos dela via-se o orgulho de quem celebra uma conquista. A um gesto do amigo para alcançar o livro, ela desviou:

– Espera aí, vou fazer uma dedicatória, assim já vou trenando para a noite dos autógrafos.

O Ângelo recuou. Fitava a amiga com a avidez da alegria compartilhada expressa na ânsia de segurar aquele troféu. Recebeu o livro, leu a dedicatória: para o meu querido amigo Ângelo, alma angelical. Ele sorriu, agradeceu, prometeu ler com muito carinho os contos que ainda não conhecia e dar palpite, ela acrescentou, é um presente. Ele aceitou o mimo na condição de comprar outro volume no dia do lançamento, com outro autógrafo.

Chegados a este ponto, é bom apresentar mais alguns dados biográficos da Zezé, única amizade verdadeira que o Ângelo conquistou no campus. Considerando-se que os dois são jovens, naquela fase em que os hormônios clamam pelo deleite dos instintos mais básicos, seria natural pensar que, com todo esse desvelo, eles nutriam um em relação ao outro, a esperança de alguma recompensa, por assim dizer, carnal. Puro engano. Ou afoiteza de quem quer ver logo de início a formação de um casal romântico.

A mais nova escritora gaúcha, que desabrochava naquele ano de dois mil e cinco, nasceu de um casal de classe média baixa de alguma cidade do interior do estado do Rio Grande do Sul. Como todo o casal dos estratos medianos da sociedade, os pais da Zezé sonhavam para ela um casamento com algum jovem de futuro promissor, um advogado, engenheiro, ou qualquer outro profissional liberal que pudesse traduzir seus afetos conjugais em bens materiais e pelo menos um netinho. Mas acontece que quem primeiro despertou a libido da adolescente nos tempos de colégio foi uma colega de aula, com quem ela passava as tardes trancada no quarto. A mãe da menina tomava esse isolamento por uma dedicação exemplar aos estudos e previa para filha um grande futuro, concretizado num casamento feliz. O sonho de ser uma vovozinha caridosa desabou um dia, quando ela, preocupada com o excesso de estudo das meninas, entrou no quarto com uma bandeja de lanche contendo dois sanduíches e dois copos de leite quente com Nescau. Ao bater na porta, encontrou-a destrancada e como a filha demorasse a atender, entrou. O suprimento de nutrientes só não foi ao chão porque antes que os olhos se adaptassem à penumbra do quarto ela acomodou a bandeja em cima de uma mesinha ao lado da entrada. Na ausência de respostas aos seus chamados, ela se aproximou da cama, onde encontrou as duas estudantes nuas, abraçadas, entregues ao mais profundo e repousante sono que uma jovem pode ter. Não fez escândalo, por medo de alertar a vizinhança. Retirou-se do quarto, levou o lanche de volta e jogou tudo no lixo. Alguns meses depois, a Zezé partia para Porto Alegre, com o objetivo explícito de estudar na UFRGS por ser uma universidade pública e poderia se valer dos benefícios dos programas assistenciais para estudante de baixa renda. Mas a verdade é que a mãe sofreu um trauma tão grande que não conseguiu conviver mais com a filha dentro de casa. Assim sendo, mãe e filha fizeram um acordo: a Zezé viria embora para Porto Alegre, moraria numa república de estudantes, a mãe ajudaria como pudesse. O segredo morreria com elas, a mãe se encarregou de convencer o pai de que esse era o único caminho para a filha crescer na vida. Desde então, para o marido e para as vizinhas, ela conta com orgulho que a filha é escritora e está namorando um rapaz muito decente.

O Ângelo ouviu essa história logo que se tornaram bons parceiros, e certa vez, até se ofereceu para fazer o papel de namorado dela, se precisasse. Não por acaso, a Zezé recebeu o cognome de única amiga do Ângelo, entre tantas pupilas que frequentavam o curso de Letras. Diante de uma mulher de orientação sexual heteróclita, ou melhor, diferente daquilo que o senso comum determina, um rapaz tímido não se vê tão acuado por aquela ansiedade de saber qual o melhor papel a representar. Sedutor? Amigo? Indiferente? Ainda mais quando se trata de um acanhado que alimentou a fantasia romântica com perfis femininos traçados nos romances clássicos, e acreditava que cada mulher exigia uma atitude específica, e só um homem muito experiente saberia agir de maneira adequada. A Zezé, por sua vez, também não se omitia em nada nas confidências com ele, confiante na pureza da amizade que os unia, a ponto de ter admitido, por mais de uma vez, um segredo que deixou o Ângelo cheio de orgulho: se sentisse atração sexual por rapazes ela o levaria para a cama com muito prazer.

Na presença da amiga, o Ângelo atracava um porto seguro e deixava suas velas soltas ao vento, sem medo de naufrágio, nem da pieguice das imagens surradas. Uma coisa se podia afirmar como certo: a amizade deles fluía com aquele desembaraço dos sentimentos sinceros e espontâneos que não precisavam de requififes (ou adornos, para quem tem vocabulário limitado) de estilo para sobreviver. Então, quando queria traduzir seus afetos pela amiga, talvez por falta de prática em assuntos do coração, ele se valia das metáforas mais corriqueiras, normalmente de origem livresca. O que importa dizer é que a Zezé se tornou a verdadeira confidente para o Ângelo e com ela os colóquios se prolongavam tão prazerosos quanto fecundos. As duas almas se encontravam, em geral, nas páginas de algum livro, dali saltavam para outros ambientes, desbravavam mundos desconhecidos e não raro acabavam em revelações de intimidades que só realçavam o ânimo complacente dos dois.

A Zezé tomava um *Pink Lady*, drinque a que ela atribuía um potencial irônico, pois a aparência rosada disfarçava um sabor mais másculo, e o Ângelo optou por um café. Mas o clima de prodigalidade afetiva na mesa bastou para elevá-lo a uma espécie de ebriez e foi nesse estado de pileque de abstêmio que ele reconheceu a dificuldade de agir como os rapazes coetâneos, sobretudo em relação às mulheres. Ele gostava de mulher, disso não se duvidava, mas quando se interessava por uma, contentava-se em emitir sinais a ela, e esperava que a escolhida desse um retorno, um aceno, que demonstrasse a receptividade. Uma postura bem feminina, por certo, mas ele não se empolgava com o modelo de conquistador que vicejava em todo lugar. E ponderou, à guisa de síntese:

– Eu não consigo entrar nesse esquema de dizer alguma coisa só porque alguém ao meu lado quer ouvir. Elogiar um filme idiota só para agradar uma fulana qualquer? Nem pensar.

Naquele mundo fechado dos dois amigos, essa referência remetia sem dúvidas ao colega Júlio, um tipo especioso, falso, que já namorara várias alunas do curso. Com gente dessa espécie, o pensamento muda para qualquer direção de acordo com a manceba a ser arrebatada. A bobinha assistia a novela? Ele pressagiava os próximos capítulos, insinuava peripécias bombásticas; a vítima curtia rock? Ele dispunha de uma lista com os nomes das bandas mais descoladas e ainda guardava uma novidade para alucinar ainda mais a incauta; mas se a perseguida frequentava as rodas intelectuais, com pendores por filosofia e literatura clássica? Ele encalçava a coitada com uma biografia da Simone de Beauvoir que falava da vida dela com o Sartre. Tudo igual ao homem das cavernas, que vestia a pele do animal para se aproximar e então desferir o ataque certeiro. Por fim, desabafou.

– Eu não tenho esse instinto selvagem de caça, não sofro dessa erotomania. Não uso nenhum tipo de máscara só para ser aceito; não sou antissocial, nem misantropo, apenas rejeito esses rituais de sociabilidade que as pessoas valorizam tanto: cumprimentos afetuosos, ainda que falsos; ter uma palavra sempre pronta para dizer em qualquer situação. Eu só expresso o que eu sinto, se a pessoa não me desperta nenhum sentimento, eu não falo nada.

Iam nesses transbordamentos espirituais quando chegou a Daisy, que, antes de sentar, já pediu desculpas pelo atraso. Depois de chamar o garçom e pedir uma água mineral sem gás, recebeu um livro autografado de presente, desejou muita sorte para a aluna, doravante amiga, perguntou sobre qual assunto falavam. Sobre gêneros, foi a resposta da escritora estreante.

– Ah, o aluno mais aplicado do curso tratando do trabalho de aula no sábado à tarde num bar da Cidade Baixa. Quanta aplicação!

Naquele astral descontraído de final de semana, a reunião podia fluir para um encontro informal, sem os refreios impostos na aula pela ética docente que qualquer instituição de ensino, por mais liberal que seja, costuma seguir. A Daisy até se permitiu um contato físico mais direto e ensaiou um afago na cabeleira do aluno. Mas a escritora interrompeu:

– Não. Desta vez não é sobre gêneros literários, é sobre gêneros sexuais, mesmo.

Ainda sobre o efeito dos acessos de intimidade com a amiga, o Ângelo se rendeu àquele ensaio de ternura por parte da professora e se entregou.

– Eu falava da minha dificuldade de desempenhar o papel de macho alfa que a sociedade exige dos homens da minha idade. Para ser mais claro, eu não sei conquistar as mulheres.

A Zezé, valendo-se das prerrogativas de liberdade de uma grande amiga, acrescentou.

– Ele só sabe correr atrás da Patrícia.

O rabicho do Ângelo com a Patrícia corria de boca em boca entre a estudantada do campus, até que chegou aos ouvidos da Daisy. Ela manteve sempre o distanciamento conveniente sobre o assunto, mas por várias vezes, nos intervalos, no cafezinho com a turma, não faltava uma voz maliciosa para propagar a notícia. Na presente ocasião, tratavam-se como amigos, ela nem tentou evitar a ironia.

– Eu não entendi do que a Zezé está falando.

Depois assumiu uma postura mais séria e continuou dizendo que ele não precisava assumir nenhum papel de garanhão ridículo, pois ele, bonito e inteligente, podia conquistar uma mulher interessante. Bastava saber que tipo de mulher ele queria. Procurava qualidade ou quantidade? A pergunta não passava de retórica, pois a professora, quando deblaterava contra o que chamava de engodos do senso comum, assumia a posição de emissora do discurso, transformava todos os que a escutavam em alunos passivos. Ela prosseguiu, agora na abordagem da questão do conceito de homem.

– O ponto mais importante é que você está em conflito com a noção de masculinidade homogênea, aquela representação da virilidade no nosso meio social como sendo, não só a mais importante, mas também a única digna de um homem que mereça esse nome, heterossexual, viril, empreendedor, corajoso, conquistador, responsável, provedor, etc etc. Bem, parece que você não tem conflito com a sua orientação sexual – a Pati que o diga – e essa é única parte substantiva da história, o resto não passa de adjetivos que os homens usam para enfeitarem e valorizarem seus desempenhos na sociedade. E aí chegamos à questão principal: você se interessa por isso?

A Daisy viera para Porto Alegre migrada do Rio de Janeiro em tempos não muito remotos e ainda não se livrara dos cacoetes linguísticos regionais. O Ângelo se comprazia em ouvir aquele sotaque carioca, os chiados, a entonação meio anasalada, aquele espichado na sílaba final das palavras, e embora não tivesse com ela a mesma serenidade que vivenciava com a Zezé, ao lado da mestra, quem sabe pela relação estabelecida entre eles, de superioridade dela, ele se desarmava de seus apetrechos de autodefesa e por vezes deixava escapar alguma declaração de cunho mais intimista.

– Às vezes eu me sinto muito imaturo. Acho até que sou do gênero neutro.

A pedagoga tomou mais um gole da água mineral, esqueceu que não estava em sala de aula e emendou uma exegese sobre o conceito de maturidade, uma palavra, segundo ela, meio vazia, que não passa de um valor construído socialmente para qualificar as pessoas que se adaptam bem ao *status quo* e correspondem como autômatos aquilo que se espera delas.

– O que a sociedade considera um homem adulto bem-sucedido é o sujeito que, aos trinta anos, já concluiu um mestrado ou doutorado, arrumou um bom emprego, construiu uma carreira sólida, casou com uma moça direita de boa família, e já tem pelo menos um filho. Em outras palavras, é adulto o sujeito sem personalidade, que desde a adolescência faz tudo o que os outros esperam que ele faça. Você se sente imaturo porque você é autêntico, tem uma alma não corrompida pela sociedade e pela mediocridade.

A Zezé, que todo esse tempo se manteve calada e atenta, como se o bar fosse a sala de aula, acrescentou.

– Uma alma angelical.

Com a réplica da Zezé a essa fala pedagógica, retomaram o motivo do encontro, a aluna e a iminente estreia no mundo literário, e os assuntos se sucederam de maneira mais adequada para um final de sábado. A Zezé, num momento de felicidade transbordante, estimou que um resultado positivo o livro já lhe trouxera, a descoberta de uma grande amiga, que até então ela tinha apenas como uma ótima professora. Esses arroubos de sinceridade, além de emitidos em palavras, também saltavam pelos olhos de uma, que iam se enfiar pelos olhos da outra. A professora estendeu as mãos, acolheu as mãos da aluna/amiga por cima da mesa e arrematou a cena com a confissão de que as amizades que ela conquistava eram as coisas mais maravilhosas que a profissão escolhida lhe davam. Em seguida, o aperto de mãos das duas mulheres acolheu as do amigo, que já parecia abandonado à condição de supérfluo naquele arranjo. Embebidos nessa comunhão dos afetos, permaneceram no bar até o cair da noite, quando se despediram, na certeza de se encontrarem todos novamente na Arcádia para o lançamento oficial do livro.

O Ângelo chegou em casa, encontrou os pais sobre o sofá, na frente da televisão da sala. Na mesinha de centro, uma garrafa de vinho já quase vazia. O pai sentado, os pés sobre o pufe, a mãe recostada ao marido, que acariciava os cabelos dela num cafuné embalado pelo sono. O Ângelo abriu a geladeira, preparou um sanduíche, aqueceu um copo de leite no micro-ondas, desejou boa noite aos pais e se recolheu ao quarto. Nem quis compartilhar uma taça do *Chambolle-Musigny* oferecida pela mãe, foi direto para a cama.

As coisas boas da vida

A atmosfera ensolarada de céu azul tornava mais intenso o aroma das flores que coloriam uma manhã de domingo. A caminhada ao redor do parque, o suor escorrendo pelo corpo, a sensação do sangue pulsando nas veias. Na sede da desidratação, a boca seca clamava uma parada. Atravessou a pequena ponte de madeira e abordou no café ilhado no meio do lago onde o sol refletia no espelho da água estagnada. Logo na entrada, na primeira mesa vazia, ele sentou, esticou as pernas, distendeu a musculatura, massageou a panturrilha e relaxou no recosto estofado do banco de madeira ao lado da parede envidraçada. Pediu uma água sem gás, serviu um copo pela metade, o líquido percorreu a garganta intensificando a sensação de prazer daquela manhã primaveril. A vida corria sem maiores sobressaltos, a não ser pela solidão dos fins de semana, preenchidos com exercícios físicos, alimentação saudável, às vezes um cineminha quando havia um filme com uma história edificante e alegre. Problemas, tragédias, histórias tristes de gente sem caráter, se matando por misérias, por dinheiro ou sexo, isso, não. Isso é para o deleite da ralé, quer dizer, das pessoas mesquinhas, sem gosto para apreciar tudo de bom que a natureza nos oferece. Se chove, gasta o tempo recostado na cama, bem confortável, com algum livro, de preferência as biografias que contam experiências de superação, como aquela do jornalista americano que foi viver com os índios no México e se transformou num campeão de corridas. Histórias que engrandecem a alma humana e fazem a gente ter esperanças no futuro e na nossa própria força de vontade.

Nesse estado de espírito, o olhar penetrava pela vidraça, percorria a copa das árvores do parque, e a mente flutuava na companhia dos pássaros que sobrevoavam o lago. Foi quando uma voz feminina, de sonoridade quase musical, chamou sua atenção no lado de dentro do bar. Ele se virou e viu uma mulher sentada a uma mesa diante do espelho da parede frontal. A mulher estava de costas para ele, de maneira que o rosto dela só aparecia pelo espelho que cobria a parede, do teto até a altura da mesa. No momento em que os olhos dele descobriram a imagem da mulher, ela sorvia um gole de café, a cabeça um pouco inclinada para baixo, o que deixava o rosto emoldurado por uma mexa de cabelo que cobria a testa. Pela posição dela, sentada meio de lado, ele via por inteiro apenas o lado direito, mas isso era o suficiente para deduzir a beleza do rosto inteiro. Enquanto tomava o café, ela folheava uma revista apanhada no revisteiro do bar, uma dessas de assuntos culturais. Passava as páginas sem demonstrar nenhuma surpresa nem empolgação, apenas um jogo de passatempo, como se ela já conhecesse todo o conteúdo impresso. Esse desinteresse, que não se confundia com desdém, levou-o a reputá-la na condição de familiarizada com os temas abordados na revista, e concluiu que se tratava de uma mulher culta, além de linda.

O recém-chegado empertigou-se, músculos retesados, um arrepio percorreu-lhe a espinha e ele tremeu na cadeira, como se atingido por uma onda de ar gelado

Um homem e uma mulher quase sozinhos num bar ilhado num lago no meio de um parque numa manhã ensolarada de primavera. Ela culta e linda, ele um amante das coisas boas da vida. O que estava faltando para os dois saírem juntos dali e passearem sob a sombra das árvores, aspirar o aroma das flores, sob o som de uma sinfonia de pássaros? Faltava apenas ele levantar da cadeira, ir até a mesa dela, pedir licença, se apresentar e convidá-la a aproveitarem juntos o resto da manhã. Ela, com certeza, está solteira, do contrário estaria com seu amado numa manhã de domingo. Ela não recusaria uma abordagem educada, ainda mais depois que ele desse suas credenciais de executivo em ascensão, homem de hábitos comedidos, sem vícios, defensor dos bons costumes, da ordem e dos valores morais mais elevados. Era tamanha a convicção no seu poder de atração que sua mente se antecipou aos fatos e carregou o casal pelo parque, agora transformado num bosque com jardins planejados e bem cuidados, onde ele apanhou uma rosa e colocou nos cabelos dela, caminharam de mãos dadas até uma confeitaria na saída do parque, ou melhor, do bosque, comeram camafeu acompanhado de chá inglês em xícaras de porcelana chinesa. Depois, fizeram planos de ir ao cinema de tarde, ver uma comédia romântica. Não fosse ele um homem de princípios rígidos e valores morais bem definidos, defensor da família tradicional bem estruturada, aquele encontro acabaria em seu apartamento à noite, ela preenchendo aquele vazio que toma conta de seu lar. Mas ele desejava uma esposa para acompanhá-lo pela vida afora, nos momentos tristes e nos felizes, que seriam redobrados, pois vividos pelos dois. Por isso, após o cinema, ela se queixou de cansaço, ele a levou em casa, despediram-se com um aperto de mão. No entanto, para surpresa de si mesmo, ele não se contentou com uma despedida tão formal e não conteve o desejo de tocar aquela pele rosada e tão lisa que parecia uma pintura. Ele segurou o rosto dela com as duas mãos e deixou na face dela o calor de um beijo delicado e respeitoso. E os dois se separaram sob promessa de novo encontro, talvez um jantar, no meio da semana.

A fantasia vagava por céus repletos de anjos, até que a água mineral acabou e ele achou um pretexto para ir até o balcão e se aproximar da moça, quem sabe não aparecia uma oportunidade de puxar assunto. Fez de conta que procurou a atendente, fingiu surpresa por não encontrá-la, então se dirigiu à cliente tão desejada.

– Com licença! Tu não viu a garota que atende aqui?

A musa matinal demorou alguns segundos para se dar conta de que o assunto era com ela, mas, numa reação de gente bem-educada, tirou os olhos da revista e os dirigiu ao Don Juan domingueiro. Levou a mão ao rosto e afastou o cabelo que cobria a vista, acomodando-o atrás da orelha. Só então ela respondeu:

– Ela foi lá para dentro, mas acho que já volta

De fato, a garçonete apareceu na porta, solícita. Mas já era tarde. Quando a bela da manhã afastou a mecha de cabelo de cima dos olhos e descobriu o lado esquerdo do rosto, deixou à mostra também uma enorme mancha preta, uma saliência carnosa que cobria todo o lado esquerdo da face. O executivo em ascensão desceu das alturas românticas com o mesmo ímpeto das quedas inesperadas, e a mulher ideal se tornou um ser repulsivo. Estaqueado diante daquela imagem terrível, ele não deu pelo chamado da atendente, que precisou repetir em tom mais elevado:

– Pois não? Deseja mais alguma coisa?

Sem atinar bem no que queria, gaguejou alguns sons incompreensíveis, mas por fim assumiu o autocontrole:

– Não. Eu só quero pagar a conta.

Resolvido o problema, a mulher voltou a se concentrar na leitura, na mesma posição, e o cabelo caiu novamente sobre o rosto, cobrindo a ferida exposta. Ao se afastar, o homem passou por trás dela e ainda contemplou a imagem do lado direito, refletida no espelho. E foi apenas esse lado que ele guardou na memória e levou consigo pelas trilhas do parque, ao som do canto dos pássaros.

A ÂNSIA PELA MATURIDADE pode amolentar até mesmo o vigor adolescente e ludibriar o jovem que já vislumbrou outras possibilidades existenciais, mas ainda não desenvolveu nem o engenho nem a arte para alcançá-las. O Ângelo se encontrava nessa encruzilhada. Alguém com gosto por metáforas com elementos da natureza poderia compará-lo a um fruto temporão que mantém o viço na casca, mas já vai com o sabor comprometido pelo atraso na colheita. A pertinência dessa comparação seria pelo fato que, aos vinte e quatro anos, quase vinte e cinco, agia, em alguns casos, como se tivesse quinze ou talvez menos, até no meio universitário se portava como um estroina perto das garotas, e aparentava de propósito aquele desaire meio infantil de quem ainda não despertou para as alegrias do envolvimento com o sexo feminino. Sofismas. Para evitar querelas inúteis, basta pensar nas veleidades de uma alma inquieta e emotiva, que exige de si mesma mais do que pode conseguir. O Ângelo cobrava muito de si próprio numa perspectiva de futuro, apesar de não ter aspirações muito definidas para o porvir. Talvez por um desejo atávico de autopunição, ignorava os pontos positivos marcados no passado. Os êxitos existiram, mas como não se pode apresentar os fatos numa exposição simultânea, eles precisam surgir numa ordem, não raro, meio aleatória. Em tempos não muito remotos, o Ângelo, sob o efeito mais forte de fantasmagorias românticas, preenchia a solidão do quarto com um porta-retratos, na escrivaninha, ao lado do computador. Nessa moldura, via-se, até poucos anos antes dos fatos presentes, a imagem de uns olhos azuis como o mar, cravejados numa visagem rosada, uma testa quase brilhante, coberta por uma mecha de cabelos escorridos, loiros, claros como o sol na primavera. Pois a pessoa que encarnava tudo isso no mesmo conjunto se chamava Khristyne, e desde alguns anos antes, só aparecia a ele em sonhos, tanto no sono como na vigília.

Recuando-se ainda mais na biografia do estudante, há uma passagem significativa, quando ele descobriu que um dos estorvilhos inevitáveis no caminho até a maturidade é a obrigação de se precaver para o futuro. Um dia, chegou o momento de escolher um curso universitário, o adolescente se viu tão desorientado que correu a pedir o auxílio, sempre incondicional, dos genitores. O pai, mentor mais frequente, um homem prático e zeloso pelo bem-estar do filho, tanto em relação ao futuro como no presente, aconselhou, convicto, que o menino deveria seguir carreira jurídica e ingressar no serviço público, porque no Brasil, a iniciativa privada não apresenta nenhuma segurança. Vivemos, dizia ele, num raro exemplo de oximoro, numa constante instabilidade, não só financeira, mas também jurídica. A qualquer momento, um aventureiro lança mão de um plano econômico mirabolante e leva à falência a maioria dos pequenos empresários. No Brasil, o único lugar seguro é o serviço público, e assim mesmo, só numa instituição que não seja visada pela ganância capitalista, a salvo da fúria das privatizações, que nenhum governo vá entregar de presente aos empresários e deixar milhares de funcionários na insegurança ou até no desemprego. Em resumo, o pai aconselhava que o filho tivesse em vista um emprego na Receita Federal, onde ele próprio ganhava o sustento da família, ou no Judiciário, as únicas instituições que jamais se perderão do controle estatal no Brasil. Na verdade, por um bom tempo, a providência paterna regozijou-se com o sonho secreto de introduzir o filho nas altas escalas da política, quem sabe até na carreira diplomática. Num daqueles colóquios sentimentais, tão comuns na rotina do casal, chegou a confessar o desejo de enviar o garoto ao Instituto Rio Branco. Mas a esposa se opôs, não exatamente pela diplomacia; ela não aceitava essa mentalidade patriarcal de se conduzir a prole para uma direção determinada pelos prógonos. Ou pais, como queiram. Ela apoiaria qualquer opção profissional de seu rebento, desde que ele escolhesse pelo próprio alvedrio. Nada de forçar o menino a seguir um caminho que ele nem sabe onde vai dar, só para agradar aos outros. O marido se calou quanto ao último quesito, mas manteve a sugestão do curso de Direito, o melhor preparatório para concurso público, segundo ele.

Por isso que o Ângelo cronometrava dois anos de tempo despiciendo, cultismo que os juristas usam como sinônimo de "jogado fora", nos corredores da Faculdade de Direito, experiência que só serviu para reativar a mania infantil de colecionar palavras difíceis. O latinório forense se mostrou uma verdadeira fonte de bizarrices linguísticas. Desenvolveu uma estratégia para contornar o tédio das citações dos mestres: implicar com o *modus faciendi* dos colegas, sempre enfáticos na prosápia jurídica decorada nos manuais de Direito para estudantes. Divertia-se em motejar a audiência, nas poucas vezes em que se manifestava em aula, ou nos intervalos, quando, entre os estudantes, discursava em tom solene sobre qualquer futilidade e repetia *ipis verbis* alguma passagem livresca e terminava a fala com um *opus citatum*.

A vida ensina, a quem quer aprender, que algumas criaturas não suportam ver desprezado aquilo que elas defendem como o mais importante de uma existência, o que significa que esses apodos renderam antipatias daqueles que os recebiam como insolência. Mas, em troca, conquistaram a atenção daquelas almas nobres, que viam nas extravagâncias do estudante apenas acuidade de um jovem espirituoso que disfarçava a timidez com dictérios, ou melhor, gracejos, inofensivos.

Entre elas, uma aluna que também parecia meio perdida nos meandros da jurisprudência. Pois é bom que se saiba, foi com essa menina de cabelos curtos estilo Chanel e olhos negros que o garoto se deparou pela primeira vez com os encantos femininos. Como se pode ver, olhos e cabelos agiam com mais força sobre a libido daquele projeto de rábula. Pernas, decotes, glúteos, elementos muito carnais, rebaixavam as pretensões de sublimidade de um coração romântico. Mas a estudante, que se chamava Márcia, desde o momento em que botou os olhos negros no companheiro de classe decidiu que aquele donzel quieto, quase sempre encolhido nos cantos da sala, seria um bom motivo para advogar em causa própria. A futura advogada se mostrava convicta do *desideratum* em jogo para não esperar pelos trâmites de estilo, petição inicial, prazos, adendos, e outros tantos procedimentos inúteis, partiu logo para a execução da sentença que ela mesma proferiu. Um coração selvagem, queria tudo *ic et nunc*. Um dia, na saída de uma aula, ela mencionou uma dúvida qualquer sobre Direito Tributário, algo que ela precisava pesquisar. Com a sincera disposição de ajudar, o Ângelo contou que o pai era Auditor Fiscal da Receita Federal, talvez soubesse. A peticionante não precisava de nova *causa petendi* e, de plano, tratou de combinar um encontro para o dia seguinte, quando ele já teria a resposta do pai. Assim marcado, assim feito. No momento agendado, mal se viram a sós, ela não se conteve em esperar abertura de prazo, segurou a mão dele, que já se adiantava alguns passos, e proferiu o decreto de leva-lo para um bar ali perto, para saber o resultado da consulta. O tom sentencioso na voz, a firmeza com que ela o segurava, não deixavam chance para recurso, ele se deixou conduzir como um réu que assumiu a culpa. Tomaram um refrigerante entre os dois, pois ele não tinha sede, ela não pretendia se estender em muitas alegações. Quando ele começou a se desculpar por ter esquecido a promessa que fizera no dia anterior, ela prendeu a mão dele novamente.

– Você é tão bonito, e tão tímido, anda quase sempre sozinho, e quando conversa com alguém, parece em tom de deboche, tipo assim, se manter longe de todo mundo. Você tem medo das pessoas?

– Não sei, eu sempre fui assim, desde criança, não gosto muito de multidão, acho que por ser filho único.

– Eu também sou filha única e não sou assim. Eu passo a maior parte do tempo sozinha em casa, pois meus pais nunca estão. E quando saio na rua, quero mais é encontrar gente, conversar, beijar, viver.

Ele não respondeu nada, apenas deixou escapar, pelo canto dos lábios, um sorriso indiferente, que bem podia ser pelo reconhecimento de um semelhante unigênito, ou por ter desconfiado de alguma solércia em gestação. De qualquer maneira ela não esperou que ele desse alguma pista.

– Vamos lá em casa.

Embarcaram num taxi rumo ao Menino Deus. Entraram no apartamento e ela fechou todos os trincos internos da porta e, sem que o Ângelo perguntasse nada, aconselhou que ele não se preocupasse, os pais só chegariam tarde da noite. Concluídas as prevenções, ela se pendurou no pescoço dele, as duas bocas se uniram sem que o Ângelo tivesse a menor chance de escaparate. Naturalmente, a essas alturas o futuro jurista não cometeria o *aberratio delicti* de se esquivar. Apesar da timidez, cruzou os braços em torno dela com tanta força que ela pediu a ele um pouco de calma. Arrastaram-se para o quarto, meteram-se na cama, os dois corpos já completamente nus, ela puxou a colcha que cobria o leito, esconderam-se embaixo das cobertas. As bocas se procuraram novamente, entrevero das línguas, lambidas mútuas, as mãos de um em percurso pelo corpo do outro, as dele acariciaram os seios dela, as dela resvalaram pelo ventre dele, desceram até o púbis e procuraram a rigidez de um membro ereto e possante. E não encontraram. Quer dizer, o membro estava lá, mas aninhado, quieto, sem a inflexibilidade desejada para o bom desempenho em momentos decisivos. Uma boa causa não devia ser abandonada no primeiro revés. Os dedos caminharam de volta pelo peito dele, pelo rosto e se enfiaram entre os cabelos. A língua procurava novos sabores, na pele do pescoço, na orelha, nos mamilos e quando ameaçou a descer pelo ventre ele a puxou sobre si e prendeu-a num abraço. Ele, encafifado pela falha vexatória, ela silenciosa, permaneceram assim, sem falar nada, sem se mover, ouvindo apenas a respiração um do outro.

Não se pode dizer que o Ângelo nunca tivesse despertado a curiosidade para os encontros carnais. Desde as primeiras leituras dos clássicos franceses ele aprendera que as mulheres são um universo fascinante, um tesouro oculto em matas recônditas, cuja descoberta deixará o heroico desbravador deslumbrado pelo resto da vida. Pois justamente nesse ponto que se originou o problema, cujas consequências os jovens afoitos acabaram de sofrer. Por contingências da fortuna, a parte mais substancial da cultura livresca do Ângelo foi absorvida na biblioteca francesa da mãe. Lá, o adolescente ávido por erudição, só encontrava os autores que tratavam dos sentimentos sublimes. E foi lá, nas páginas de Stendhal, que ele leu pela primeira vez uma logorreia literária sobre o amor. Com uma formação dessas, não é difícil imaginar um roteiro amoroso que tenha se esboçado na alma do garoto, baseado nas etapas prescritas pelo autor. Primeiro, conhecer uma predileta a quem dedicasse incondicional afeto, e depois de vários encontros ele revelaria a ela o ardor de seu coração. De início, ela se retrairia, numa atitude de recato feminino, mas não o desprezaria, deixando sempre as oportunidades para ele retomar as tentativas. Enquanto a donzela não desse uma resposta, ele cairia no mais profundo sofrimento, a angústia tomaria conta de sua alma, e os sentimentos que arderiam dentro do peito só se expressariam em forma de suspiros. Lá um dia, a amada lhe surgiria de surpresa com o convite para um passeio numa tarde de domingo. Dar-se-ia, então, o seguinte desenlace: Eles caminham, riem, se divertem, tomam sorvete e, já no início do crepúsculo, um quadro moldado pela natureza exuberante às margens do Guaíba, tendo como fundo o pôr do sol mais lindo do mundo, ele a abraça pela cintura, atrai o corpo dela sobre o seu e a cortina se fecha com um longo beijo, vigiado apenas pelos passarinhos que voejam sobre a mata verdejante ali perto.

O problema é que a Márcia pulou todas as etapas do script, e sem familiaridade com os autores modernos, o Ângelo não encontrava nas páginas de Stendhal nenhuma fase que prescrevesse aquele roteiro. Não houve a necessidade de sedução, a ansiedade da dúvida nem o gostinho masoquista do sofrimento. Iniciada, talvez, em leituras mais realistas, a rapariga já havia se desvencilhado dos preconceitos sobre o sexo e tachava de anacrônica essa necessidade de condicioná-lo aos afetos, ainda mais os românticos, e encarou com brandura o malogro do amante improvisado. Até tentou argumentar que a rigidez nunca era essencial para nada, e as coisas podiam ser resolvidas de várias maneiras, ele só precisava se soltar e deixar que a natureza seguisse o fluxo normal. Mas como convencer um tímido romântico, que titubeou na primeira tentativa séria de enlace físico, quando se sabe que o espírito não seguiu a carne?

Mas essa experiência, ainda que meio desastrada, deve entrar na conta do *limine litis*, ou preliminares, pois o melhor da contenda ainda estava por vir, e para se fazer um relatório sincero da demanda, tratou-se de uma causa em que as duas partes saíram ganhando, a Márcia, porque não tinha nada a perder mesmo, e o Ângelo porque finalmente desabrochou, por assim dizer. De fato, num feriado prolongado em que os pais planejaram uma viagem à praia, surgiu a possibilidade de um desagravo a si mesmo pelo fiasco do outro dia, recuperar a autoconfiança. Havia já algum tempo que ele anunciara a falta de interesse em passar dois ou três dias sob a ação do vento constante, da água fria e suja do litoral gaúcho, onde os pais veraneavam, e desde que adquiriu autonomia na sobrevivência doméstica, permanecia em casa, acompanhado dos personagens preferidos. Pois nessa ocasião, foi enfático ao recusar o convite da mãe, sob o pretexto de estudar uma matéria qualquer. A vida de um adolescente é cheia de restrições, a criatividade precisa atuar com mais intensidade para aproveitar os espaços deixados pelos pais. O problema é que os cenários não mudam muito, o que quer dizer que muita coisa importante acontece no quarto. O Ângelo não fugia à regra, e quando os pais acenaram com uma folga, ele traçou um plano. Foi assim. Certa feita, deparou com a mãe distraída com um programa de televisão. Sozinha, porque o marido assumira alguns compromissos até mais tarde, então o filho permaneceu um tempo a mais na sala na companhia materna. O tal entretenimento consistia de entrevistas e o entrevistado do dia, talvez um psicólogo, falava que os padrões de comportamento social nas tentativas de conquista ainda são muito primitivos, e que os homens, quando abordados pelas mulheres, se sentem constrangidos e até ofendidos, por isso, muitos esmorecem no momento em que mais precisam mostrar ânimo e vigor. A professora Lúcia, entre um bocejo e outro, intercalou um comentário mais ou menos nos seguintes termos: nesse ponto o mundo não mudou nada nos últimos séculos. Já o filho, olhou para a mãe como a interrogar o que ela dizia e em seguida lançou, para a tela da TV, um olhar de desprezo, associado a um risinho de homem que se sente livre de tais fraquezas, então deu um beijo de boa noite na mãe e se recolheu no quarto. A pose estampava desinteresse pelo assunto discutido, mas a alma, ou a mente, para os desalmados, atinou de imediato na maneira como deveria agir da próxima vez. Correu para o quarto, deu de mão na caneta e caderno e anotou a grande descoberta e ainda desenvolveu alguma exegese sobre o tema em comento.

A relação com a Márcia continuava indefinida, nem namorados nem simples colegas, o que quer dizer, uma amizade mais íntima após aquele dia fatídico. Uma aliança entre seres que se sentem únicos e encontram certa cumplicidade, onde valia até confissões sobre expectativas de futuro. Só não abordavam o tema que o afligia. Os assuntos nos encontros a sós enveredavam para um repertório mais impessoal como as aulas, as matérias que agradavam ou desgostavam um ou outro. A Márcia nunca ultrapassou a barreira do interlocutor com referência ao dia da visita na casa dela e se prestou a poupá-lo de relembrar o encontro, e até mesmo a evitar qualquer menção associada a ele. Como uma vez, reunidos com outros estudantes num intervalo, alguém falou sobre o filme *Os amantes de Maria*, em que o John Savage, marido da Natasha Kinsky, devido a um trauma de prisioneiro de guerra, viveu uma experiência parecida com a dele, e o que parecia pior, repetidas vezes. Mal surgiu o assunto, o Ângelo enterrou a cabeça num livro como se estivesse concentrado numa leitura muito importante, mas uma voz no meio do grupo, que nem se soube de quem era, acrescentou em meio aos risos gerais, que um homem que deixa a Natasha Kinsky a ver navios deveria se jogar de cima da ponte com uma pedra amarrada no pescoço. Embora a Márcia não apresentasse nenhuma semelhança com a linda atriz alemã, o Ângelo se deu por atingido e, ruborizado, levantou da mesa sob um pretexto qualquer, como ir ao banheiro, por exemplo. A Márcia, que não escondeu um gesto de desprezo pelo tom grosseiro da chalaça, empática com o desconforto do rapaz, despediu-se da turma, com outras tantas desculpas, e foi atrás dele.

A essas alturas, seria muito natural que o Ângelo andasse meio afoito por uma nova oportunidade de recuperar a autoconfiança perdida, só não sabia o que devia fazer para isso. A Márcia já demonstrava um pouco de impaciência com a aflição do condiscípulo, por fim, assumiu o papel de inocente bem-comportada, não tomou mais nenhuma atitude que não fosse condizente com o perfil de qualquer mocinha de romance. É certo que a moça já percorrera muitas léguas na companhia de rapazes para saber os limites da condição masculina, sobretudo essa preferência pela passividade feminina, a espera pela iniciativa do conquistador. Tanto que, ao ver um semelhante meio aturdido pelos corredores da faculdade, acreditou ter encontrado uma alma mais sensível, em quem pudesse apostar numa nova experiência em que ela não precisasse mais se fingir de mocinha meiga e romântica. Por enquanto, o resultado se mostrava negativo, mas ela não tinha nada a perder. E na pior das hipóteses ela se divertia bastante.

O enredo se prolongava nesses termos no dia em que o Ângelo assistiu a tal entrevista na TV, e concluiu que a causa do seu problema foi falta de virilidade, que ele deixou a Márcia fazer tudo o que ele devia ter feito, portanto, lá no inconsciente, ele se sentiu diminuído. A solução consistia então em fazer o contrário, agir como homem, seduzir a menina, tomar as iniciativas devidas, sem que ela percebesse a estratégia, como um sedutor infalível. É bom não esquecer que nessa altura, o Ângelo contava por volta dos dezoito anos, idade em que se leva a sério qualquer bobagem que se ouve na televisão ou encontra nos livros. Mas a solução era essa, urgia tomar as providências.

Confirmado que teria o apartamento livre só para ele, tratou de armar o que chamou de estratégia de combate. Para não dar muito na vista, um dia em que tomavam um cafezinho durante um intervalo, ele mencionou a dificuldade de entender alguma matéria de direito tributário, ao que ela acrescentou outras dúvidas, então ele sugeriu que poderiam estudar juntos. Para dar a ideia de naturalidade, desculpou-se, ia utilizar os livros do pai em casa, que ele, o pai, não gostava que o material de trabalho saísse dos limites da biblioteca de casa, ele, o Ângelo, aproveitaria um fim de semana sozinho em casa para usufruir da liberdade da solidão. Ah não ser, disse ele, em tom de quem apresenta uma alternativa que considera impossível, que você vá lá para casa, mas eu estarei sozinho, meus pais vão para a praia. Ao preveni-la desse detalhe, parece que ele esquecera que já fora quase arrastado para a casa dela, num dia em que ela se encontrava sozinha. Ou ele precisava esquecer aquele encontro, ou queria acreditar que estava usando de astúcia, agir como um manipulador, sentir-se o dono da situação. Quanto à Márcia, aquele sorriso com que ela enfeitou lábios poderia ser de simpatia pelos possíveis sentimentos de pudor do mancebo, mas também, não se descarta a ironia, se ela pensou na hipótese de ele desejar se sentir um pouco canalha. Certo é que ela aparentava ter entrado no jogo, assumiu um ar de menina recatada e disse que por ela não havia problema, ela só não queria provocar desavença na família dele.

Pois justamente aí surgiu um novo conflito para o filho, o que o fez dar de mão, mais uma vez, na caneta e no caderno, e registrar os tumultos que lhe confrangiam a alma. Em palavras próprias, deixou clara a consciência de ser o orgulho dos pais, e enfatizou a dúvida de se deveria declarar com antecedência as intenções de conquistador, ou deixar para dar explicações posteriores em caso de necessidade. A fantasia de que a mãe poderia entrar no quarto e pegá-lo em flagrante delito, na hora em que ele se preparava para abater a presa, deixava-o quase a ponto de desistir. Por fim, concluiu que um homem não deve dar satisfação a ninguém, ainda que tivesse dezoito anos e vivesse sob o domínio dos pais. Refletiu, com muito senso, aliás, que deveria concentrar as energias na preparação para o momento crucial e deixar que toda a alma fluísse na direção do sucesso almejado. Mas como fazer isso sem a prévia experiência? Mister se informar com quem já soubesse? Mas onde? Ele não desenvolvera o saudável hábito adolescente de consumir pornografia. Filme pornô, revista masculina, fantasia com estrelas de cinema, tudo isso já lhe aterrorizava tão intensamente a alma como se tivesse cometido uma traição a todas as mulheres com quem viesse a se relacionar no futuro. Literatura erótica, só agora se dava conta, não havia um único exemplar em casa. Tentou a sorte na internet, a frustração foi maior ainda. Nas várias páginas e blogues que se propunham a abordar a dimensão da sexualidade deixavam qualquer leitor ainda mais deprimido, quiçá desesperado. Na mente de um romântico ingênuo, o conúbio sexual deveria acontecer envolto num clima de sublimidade, um momento de transcendência em que o espírito se evola até as esferas mais elevadas nos braços da pessoa amada. E de um escritor que se propõe a descrever essa junção entre os seres, espera-se que seja uma alma iluminada, que produza um texto dotado de elevado grau de poesia, uma linguagem tão fluente quanto o suor e demais secreções que brotam dos corpos no momento do enlace. E o que ele encontrou nas páginas virtuais? Na maioria dos casos que conseguiu ler alguns trechos, um amontoado de imagens grosseiras, linguagem pobre, que considera erótica a menção a órgãos sexuais, sintaxe primária e muitos erros de português. Até anotou um trecho

> *Ela apanhou a fantasia de colegial atirada sobre o tapete e entrou no banheiro. Eu fiquei ali sem fazer nada, esperando, louco de curiosidade para ver qual a proposta dela. Desde o começo ela se mostrou uma mulher desinibida, independente, cheia de atitudes. Eu estava realmente muito excitado, o volume por dentro*

da minha calça quase rebentava o fecho. Eu amo mulheres determinadas.

Ao lado da citação anotou: credo! Se eu dependesse disso para me excitar morreria virgem. Quando encontrou os relatos de ex-garotas de programa, cuja tônica mais comum é um falso arrependimento que só serve de pretexto para encher a tela com um moralismo dos mais rasteiros, ele já se sentia cansado e até um pouco envergonhado, pois aquele excurso virtual já parecia uma masturbação. Melhor ir dormir.

Como acontece sempre, quando a gente desiste de procurar é que a solução aparece. Um dia ou dois após essa busca inútil pelo espaço virtual, tratou de se concentrar nos estudos para uma prova. Num texto sobre a arte da argumentação, leu que já ouve um tempo em que se apelava ao *argumentum baculinum*, o argumento do porrete, para solucionar alguma pendência mais espinhosa, algo impensável no mundo civilizado, em que é possível atingir o bom equilíbrio das partes pelo uso correto da oratória. Devido a um estranho instinto de selvatiqueza, traço de caráter anômalo na alma de um tímido, juntou essa informação com a entrevista que antes fingira desprezar, e anotou que deveria agir como um primata, sem dar chance da moça reagir. Em complemento, lembrou ainda de ter lido, certa vez, em algum lugar, que o ato sexual se assemelha a uma peleia, tem até um aspecto de violência ancestral. Eis a solução. Tal qual um caçador do tempo das cavernas, esperou a adversária de lança em riste. Por via das dúvidas, acrescentou também um certo clima de rito religioso, preparou o altar, entenda-se, a cama, para o sacrifício que tencionava realizar. A imagem da lança em riste aqui não é casual, o Ângelo andava com algumas ideias fixas. Pouco atento a detalhes de requinte para as conjunções sensuais, essa arrumação do leito se resumiu a um lençol limpo, com cheiro de amaciante, preservativos embaixo do travesseiro. Na área de serviço, pegou uma vassoura e um pano de chão, varreu embaixo da cama, espanejou o tapete, afastou-se de costas para a porta para ter uma visão de conjunto, deu os preparos por concluídos quando a campainha tocou.

    Alheio a todas as recomendações de segurança doméstica, ele abriu a porta sem perguntar quem era, a aflição não lhe permitia esses requintes. Como a sorte ajuda os incautos, foi a Márcia a única pessoa que entrou pela portaria. Tudo isso foi registrado posteriormente. Ele esperou no corredor, ouviu o barulho do elevador. Como ela estaria vestida? Uma minissaia? O colo nu realçado por um colar? Nada disso. A porta do elevador se abriu, ele deparou com a colega dentro do mesmo tipo de traje com que frequentava a aula, uma calça jeans, uma camiseta estampada com a foto do Renato Russo. Aquilo não pareceu muito sexy, nem muito romântico. As moças das histórias de amor, quando vão ao encontro dos amantes, sempre exploram os melhores atributos femininos, de preferência decotes. Essa contrariedade não consistia num motivo para mudar de planos. Afinal, o pretexto oficial era estudar direito tributário, não seria muito cavalheiresco cobrar algum tributo para isso. Trocaram beijinhos no rosto como bons colegas, entraram. A Márcia mal conseguia conter a vontade de rir. Questionada sobre o motivo da graça respondeu com evasivas, mas é bem provável que ela tenha constatado a ansiedade do anfitrião. O próprio Ângelo reconheceu mais tarde que ele não sabia o que fazer, nem por onde começar. Abriu a geladeira, fechou em seguida, sem pegar nada, procurou alguma coisa no armário acima da pia, juntou algo no chão e jogou na área de serviço. Até que se lembrou de perguntar se ela queria tomar alguma coisa, um suco, água ou chá. Na casa dele não se tomava refrigerantes. Ela aceitou um copo d'água, mas ele pegou uma jarra de suco na geladeira, serviu dois copos, colocou numa bandeja, convidou a colega para irem para o quarto. Sob um olhar interrogativo dela, apresou-se a explicar, era lá o local de estudo. De fato, ao penetrarem no dormitório, ela encontrou, ao lado da entrada, uma escrivaninha, com o monitor e o teclado do computador, mais alguns livros e papeis espalhados. Na parede, uma estante cheia de objetos onde ela distinguiu, além de muitos livros empilhados em desordem, um aparelho de som e alguns CD's, o que levou a colega a perguntar o que ele tinha para ouvir. Ele mencionou alguns clássicos da MPB, os óbvios Chico, Caetano, Elis, exemplares de jazz, Tommy Dorsey, Miles Davis, sinfonias de Mozart e Bethoven. Ela perguntou se ele não ouvia rock, ao que ele respondeu que não curtia muito, por isso não conhecia quase nada, além dos Stones, Beatles e Pink Floyd. Nem o Legião? Ele até gostava de ouvir às vezes, mas nunca comprou um disco da banda. Ela poderia escolher outros se quisesse ouvir alguma coisa. Ela não queria, e propôs iniciarem os estudos de imediato, pois tencionava não se demorar muito. Claro está que essa ameaça fazia parte do jogo que ela se determinou a encenar no papel de desentendida. Aí ele vacilou um pouco, mas aferrado que estava ao desígnio de não amolecer o ânimo desta vez, seguiu o plano em ação, determinado a não perder tempo. Segurou a colega pela cintura, puxou-a junto a si e com uma voz ensaiada de galã de história de amor, pediu calma, havia tempo suficiente, não carecia pressa. Calculou que devia tentar um beijo na boca, a Márcia não se deu por vencida. Se o propósito era dar corda às fantasias do candidato a garanhão, veio disposta e entrar no jogo e ir até o fim. Desvencilhou-se do assédio.

– Calma digo eu, você me convidou para vir estudar, foi com esse propósito que eu vim, se você pensa em algo mais eu vou embora.

Sentou na cadeira na frente da escrivaninha, ensaiou um ar de ofendida e ordenou que o atrevido sentasse na cama dele.

No roteiro que ele ensaiou com antecedência, não havia aquele momento que as mocinhas de índole romântica apreciam e valorizam, qual seja, o herói coloca uma música, tira a heroína para dançar. Por isso ele ignorou o assunto música, concentrou-se nos detalhes que havia planejado. O próximo passo a executar seria elogiar alguma peça de roupa que ela usava, com isso aproveitar para um contato mais imediato. Aí ele atinou na camiseta, uma oportunidade interessante para fazer um comentário positivo sobre os olhos do ídolo que descansavam bem em cima dos seios dela. Bastou a ameaça dele para ela saltar cheia de pudores e dar uns tapinhas na mão dele.

– Para guri bobo, a gente não vai estudar?

Ao lembrar da lança em riste, o Ângelo achou que podia exibir uma protuberância que se formava dentro da calça e no melhor estilo troglodita segurou a mão que o ameaçava e a conduziu até o órgão tumefato. Essa atitude pouco elegante leva a crer que aquela reação negativa ao conto erótico na internet tenha sido apenas escrúpulo moralista. A sorte é que a Márcia não parecia ser aquele tipo de atriz amadora que se contenta com ensaios e deixa a apresentação oficial para um momento mais repleto de significados. Então, sob o pretexto de mostrar a ele uma passagem de um manual sobre tributos que tinha nas mãos, sentou ao lado dele na cama. Leram juntos até que o pesado volume caiu no chão e nenhum deles se preocupou em apanhá-lo de volta. Desnecessário descrever o que aconteceu depois, em certas situações não há muito o que inventar e a criatividade pode muito bem ser posta de lado. O importante a relatar é que desta vez o Ângelo abriu mais uma brecha na cortina que o separava do mundo dos homens adultos. Quanto à Márcia, manteve a pose de menina ingênua e, abraçada ao seu conquistador, suspirou.

– Ah, foi tão bom... e legal é que aconteceu tudo por acaso, ninguém combinou nada.

No cruzamento da Borges de Medeiros com a Rua da Praia, em Porto Alegre, um homem enfiado numa roupa escura, com uma Bíblia na mão, proclama, veemente, o fim dos tempos, e a necessidade de remição de todos os pecadores. Os passantes, no entanto, prosseguem seus rumos, impassíveis frente à iminência apocalíptica. Rivalizando com o pregador, um menino entrega prospectos anunciando empréstimo fácil, sem comprovação de renda, com juros baixos. Num espaço limitado pela torrente de pedestres aglomera-se uma turma de oferentes com notícias de boas novas, uma solução para algum problema. Uma mulher veste um cartaz indicando a compra de ouro; o cego com bilhetes da Mega Sena já preenchidos. É uma lista interminável de dádivas tentadoras, ofertas imperdíveis. Esses arautos da sorte cumprem como autômatos uma tarefa, indiferentes à indiferença dos outros. Não se preocupam muito que suas palavras ou folhetos sejam levados pelo vento, ou jogados na lixeira logo adiante. A esquina é democrática, aceita, resignada, variados tipos de reclame e promessas de salvação, seja do espírito, ou da conta bancária. Mas também permite que se passe insensível a tudo isso. Então, um fenômeno torna-se evidente: há um excesso de mensagens no ar e uma carência gritante de respostas. É provável que aqueles transeuntes da Rua da Praia tenham outros motivos de pressa, outros valores a serem resguardados, e por isso não se deixam cair nas tentações da esquina. Sim, eles também estão correndo em direção a um público, a quem vão fazer um comunicado surpreendente. Não importa que suas vozes também se percam na balbúrdia. Palavras berradas ao vento, em lugares públicos, no meio da chusma, hão de atingir ouvidos dispersos, sempre haverá um receptor ocioso. Resposta? Não carece. O importante é projetar-se, fazer barulho, registrar uma existência, ainda que ínfima. A conquista de um espaço no mundo passa pela exibição de algo original, mesmo que a originalidade tenha virado uma alucinação coletiva, um clichê. Mesmo que a excentricidade não chame mais a atenção de ninguém, afinal de contas, os outros também estão ocupados com sua própria singularidade. Os avanços na área de valores sociais proporcionaram a cada cidadão o direito de falar o que bem entende, mas também o de ouvir apenas o que interessa. Os canais de emissão se multiplicam, mas os de recepção estão bloqueados. Ou, no máximo, permitem comentários com moderação. O spam é o modelo da comunicação na sociedade atual. E o que mais caracteriza as vivências interpessoais é essa gritaria sem fim nas esquinas democráticas.

Numa trilha sinuosa, desbravada no meio desse magote de caras estranhas, o Ângelo caminhava desnorteado, à cata de um refúgio. Combinara com a Zezé, ela iria a uma gráfica, no Gasômetro, onde pegaria um cartaz, depois deixaria os convites na portaria da Casa de Cultura, onde marcaram de se encontrar. Em seguida, rumariam para a Arcádia, tratar dos preparativos para o lançamento.

Pouco antes disso, em casa, o Ângelo revisava as anotações do trabalho enquanto esperava a hora de sair, quando o telefone tocou e ele viu no display o nome da amada. Atendeu rápido. Ela mal ouviu o *oi Pati* receptivo e já soltou de chofre:

– Você vai encontrar com a Zezé hoje, né? Eu tenho um compromisso no centro no final da tarde, um bate-papo com um amigo, se vocês não se importam eu vou com vocês.

A Zezé não escondia do amigo certa arrelia em relação à colega, e a gagueira que acometeu o Ângelo ao dar a resposta demonstrava o quanto ele se envaretou com a surpresa, a ponto de responder um *acho que tudo bem* sem nenhuma convicção. A Patrícia não se ocupava com os outros o suficiente para notar a quebra na entonação da voz. Por outro lado, como se sabia, ela costumava não comparecer aos encontros marcados, e isso já amenizava um pouco a situação.

Aquela tríade de amigos formava um conjunto interessante para quem gostasse de observar os comportamentos humanos. A Zezé nutria pelo Ângelo um afeto fraterno, que parecia incondicional, com toda a reciprocidade da parte dele. Por outro lado, ela manifestava pela Patrícia uma impaciência ostensiva, que às vezes chegava às raias da agressividade. O Ângelo orbitava ao redor da Patrícia com um desejo tão intenso quanto confuso, uma paixão que se contentava em tê-la por perto, ao alcance dos olhos. Do corpo dela, além do perfume inebriante, emanava uma energia que sugava toda atenção do pobre rapaz. A força gravitacional que ela exercia condensava os sorrisos, gestos, olhares, tudo se voltava exclusivamente a ela. De outra maneira, ninguém ignorava o egoísmo infantil da moça, que se aproveitava desse poder de atração. O Ângelo não dava sinais de se aperceber disso, nem do poder que dispunha, caso conseguisse reagir. Em resumo, um triângulo amoroso sem sexo, e ele, o vértice para onde aquelas duas linhas tão distintas convergiam. Juntaram-se à Zezé na entrada do prédio, em frente ao cinema. A escritora precisou procurar a pessoa responsável, a quem estregar os convites. A Patrícia falou que não queria subir, sentia muita preguiça, ia esperar no bar do térreo. A Zezé interrogou o Ângelo, mas ao ver a vacilação dele, não esperou pela resposta e desapareceu em direção ao elevador. O casal permaneceu por ali. Apesar de ter mencionado o bar, a Patrícia se distraiu com os vários tipos de anúncios afixados na parede. O Ângelo, seguia atrás, como uma sombra, de repente teve a atenção desviada para um afixo que anunciava a programação da sala de cinema. Tratava-se de uma retrospectiva de Claude Autant-Lara, morto cinco anos antes. Entre os títulos anunciados, além de *Travessia de Paris*, estava *A Estalagem Vermelha*, filme visto em Paris, na tarde em que precisou se ocupar com alguma coisa.

– Olha só. Eu vi esse filme em Paris.

– E é bom?

– Eu não entendi muito bem, naquela época meu francês era precário, mas agora, com legenda, seria fácil. Vamos ver?

– Quando é que vai passar? Ah, domingo de tarde, eu tenho muita preguiça, não gosto de sair.

A recusa não causou surpresa, sem nenhum tom de mágoa ele esclareceu.

– Esse filme é baseado num conto do Balzac. Eu nunca li o texto, talvez por isso não tenha entendido o filme, mas agora vou ler antes.

A colega não demonstrou muito interesse pela cultura cinematográfica, já procurava outra coisa com que se distrair, quando a Zezé voltou. Logo o Ângelo estava de novo submerso na aluvião de figuras humanas do calçadão da Rua da Praia, onde os vendedores ambulantes pugnavam uns com os outros pela atenção dos potenciais compradores. Os três jovens se esgueiravam pelas brechas deixadas entre lonas e tapetes estendidos pelo chão, abarrotados de todo tipo de bugigangas. Ao desviar da investida insolente de um camelô que oferecia uma coleção de brincos e pulseiras de artesanato, a Patrícia defrontou-se com uma vitrine de uma loja de quinquilharia chinesa e convidou os amigos a entrarem, ela se refestelava nesse tipo de lojinha, essas que vendem qualquer coisa por um e noventa e nove. A Zezé olhou para o Ângelo, um olhar que traduzia muito bem a esperança de ter um voto negativo, mas para ele havia um álibi, um pouco de sossego aos ouvidos, já saturados da assuada da rua, deixou-se conduzir. Já no primeiro passo no interior do recinto ele estampava no rosto a certeza do erro cometido. O mesmo povaréu da rua, como uma massa informe, transbordava no espaço exíguo e se apinhava diante das prateleiras, como uma romaria em frente a um altar. Inútil qualquer tentativa de chamar a Patrícia, ela já se encontrava lá no fundo da loja. A Zezé recolheu todo o dissabor numa pose de resignação, mas em seguida, ou porque se lembrou de alguma coisa importante, ou para não alimentar contrariedade, proferiu para si mesma uma interjeição qualquer, cuja enunciação ninguém ouviu por causa do frêmito, mas cujo enunciado pode-se deduzir que fosse algo do tipo, já que estou aqui vou aproveitar, porque entrou na loja também, à procura de algo, e o Ângelo, parado na beira da porta, viu a amiga se dirigir a uma prateleira onde havia vários tipos, modelos e cores de canetas. Curioso, o Ângelo se aproximou, e mesmo sem nada ter sido perguntado ela explicou, enquanto olhava a mercadoria exposta.

– Vou comprar uma bem bonita para minha noite de autógrafos. Quando eu for famosa compro uma Mont Blanc, mas agora vai ser uma chinesa de um e noventa e nove.

O Ângelo assentiu e até se animou a olhar as prateleiras. Alguns passos adiante, chamou a Zezé.

– Olha isso aqui, que bizarro.

Ela olhou para onde ele apontava e não conseguiu reprimir uma exclamação.

– Credo, que coisa mais machista.

Tratava-se de um apontador de lápis em formato de um corpo feminino na posição de quatro, e o orifício onde se introduzia o lápis a ser apontado é fácil de adivinhar pela indignação e antojo que causaram na futura escritora famosa. Nesse momento, a Patrícia se aproximou e, ao ver o objeto que causou a aversão na colega, soltou uma gargalhada e acrescentou.

– Imagina eu apontando o meu lápis com isso na aula.

Ninguém respondeu, ela mudou o foco da atenção para algo que tinha na mão.

– Olha só que massa.

E mostrou um biquíni em que a parte de cima era formada por duas mãos masculinas unidas por uma algema. Ao ser usado, as mãos abertas, voltadas para dentro aparentavam segurar os seios da usuária.

– Quem usaria uma coisa dessas?

– Qualquer mulher com um desejo incontrolável de ser notada.

A benevolência do Ângelo em relação à sua amada atingiu o limite do suportável quando a Zezé anunciou que seguiria sozinha o resto do trajeto. A Patrícia, com o risco iminente de abandono, agarrou-se ao braço do eterno admirador, exclamou, com uma carinha quase de choro que fazia tão bem quando queria alguma coisa.

– Ai, gente, o meu encontro é daqui a quase uma hora, vamos ali no bar fazer um lanche, depois vocês vão.

Os dois amigos se entreolharam, a Zezé podia adivinhar de antemão o desejo do Ângelo de esperar, ou melhor, a dificuldade dele de se retirar, resignada, acompanhou os colegas, afinal a visita ao Hermes podia ser até mais tarde e ela gostaria da presença do amigo.

Ao lado da loja, uma lanchonete com banquinhos redondos ao longo de um balcão que se estendia até o fundo, onde se subia por uma escada de ferro em espiral. No segundo andar, com menos movimento, estavam livres da farfalhada que chegava da rua. A Patrícia pediu um refrigerante diet, os outros dois preferiram um café. Mal se acomodaram, a Patrícia confessou:

– Que vontade comprar aquele biquíni, mas não sei se teria coragem de usar da praia, imagina as piadinhas.

– Tem coisas que me deixam muito impressionado, por exemplo, a importância desse aspecto vistoso num objeto cuja função é outra bem diferente, que não precisa estar em evidência.

– Ora, meu querido, você que é um rapaz muito inteligente, já devia saber que as pessoas não consomem produtos, mas sim significados, os valores símbolos.

A Patrícia assumiu o espírito de palestrante que às vezes se apossava dela e jogava por terra toda essa tradição infundada sobre a suposta vacuidade das loiras. Os amigos escutavam.

– Nesse caso, o que importa é o detalhe chamativo. Esses produtos atendem a necessidade das pessoas enfeitarem a vida com um discurso que cause estranheza. A coisa em si é banal, o apontador de lápis, o biquíni. Mas, para tornar a vida mais diversificada, cria-se um discurso sobre esses objetos, agrega-se a eles uma ideia, um significado. No caso do apontador, a ideia é a do corpo da mulher como objeto de uso, e muita gente consome essa ideia, no do biquíni é a originalidade, ou seja, todo mundo quer ser original, único. Então as pessoas compram aquilo que na cabeça delas traz uma sensação de originalidade. Como eu disse, as pessoas não consomem bens materiais, elas consomem bens simbólicos.

Esses acessos de sabedoria da Patrícia ainda deixavam alguns estudantes boquiabertos na comunidade do Campus do Vale, mas não os dois amigos ali presentes, que até se regozijavam de ouvi-la. Essa capacidade intelectual, além das graças femininas naturais dos vinte e dois anos, que desviavam muitos rapazes do caminho da aula, tornava-a uma figura interessante aos olhos de muitos estudantes. O Ângelo era um dos maiores apostadores de que naquela cachimônia havia mais do que o desejo infantil de ser amada sob qualquer condição. E às vezes, até a Zezé se desarmava da implicância, deixava-se envolver por essas demonstrações de intelecto. Tanto que ela até se sentiu na obrigação de confessar.

– Pati, você por vezes me surpreende. Normalmente você faz o tipo desligada das coisas importantes. É sério! Você muitas vezes me parece uma coquete que só deseja a atenção dos homens, e de repente, solta um discurso de alguém que tem uma capacidade intelectual muito ativa. Gostei disso que você falou, é bem por aí, mesmo.

Deixando a vaidade de lado ela assumiu um ar de modéstia e se justificou:

– Ah, eu também leio bastante, gosto de ser bem informada.

Após um sanduíche e mais alguns cafés pontuados por um bate-papo cordial, o relógio na parede informou que os jovens deveriam seguir seus rumos. A Patrícia não demonstrava preocupação com o horário, sabia que o rapaz a esperaria sem reclamar, mas a Zezé, que quase sempre tomava a dianteira, levantou decidida e anunciou retirada. Olhou para o Ângelo e não precisou verbalizar a interrogação, eles se entendiam muito bem, por isso ele anunciou que também iria. Ele resistiu até o fim sem perguntar a natureza do compromisso que ela tinha agendado, mas era do conhecimento de todos que a amada loira mantinha correspondência constante com amigos virtuais do Orkut. Por fim se despediram na calçada e a Patrícia seguiu na direção oposta à dos amigos.

A Zezé convidou para caminharem até a livraria, o Ângelo, apesar do cansaço, aceitou. Perto da esquina da José do Patrocínio precisaram caminhar pelo meio da pista porque um caminhão descarregava uma caçamba para entulhos na frente de uma obra.

Entraram na Arcádia, encontraram o Hermes na mesma cadeira, no balcão, em frente ao computador. Cumprimentos, beijos, abraços, a Zezé entregou um pacote com os convites e um cartaz para fixar na parede, atividade que o dono da casa delegou à própria escritora de fazer. Para o Ângelo:

– Então, achou o livro?

Com a resposta negativa, acrescentou.

– Se quiser dar mais uma olhada por aí fica à vontade.

Enquanto a amiga procurava o local mais adequado para o cartaz o Ângelo andou entre as prateleiras empoeiradas. Corria o olho sem entusiasmo pelas estantes, quando foi chamado pela amiga, ela queria a opinião dele sobre o melhor ponto para a peça publicitária. A ideia era colocar na parede ao lado da porta de entrada. Ele apoiou e se pôs de observador enquanto ela se desincumbia da tarefa. Aquela era a única parede da livraria não coberta por prateleiras de livros. O Ângelo também notou alguns quadros que serviam de ornamento no vão entre as janelas. Um dos mais bem colocados em relação à vista dos clientes era o de um barril deitado com a boca virada para o primeiro plano da pintura. Dentro dele, um homem sentado segurava uma lanterna acesa. Fora, alguns cães, uns sentados outro deitado, observavam o homem. A cena mostrava um clima de grande familiaridade entre os personagens, o humano e os caninos. Nas bordas do barril via-se algumas notas de dinheiro, umas mais coloridas que as outras, visivelmente falsas, todas estavam ali servindo apenas de enfeite. Via-se bem que as cédulas não eram da obra original, pois a cor destoante da harmonia do quadro denunciava que haviam sido acrescentadas por processos digitais. Ao perceber o interesse do Ângelo, o Hermes se aproximou, quis saber se ele tinha gostado do quadro.

– Sim, eu já vi essa obra antes, mas não lembro onde nem o que é. Artes plásticas não são o meu forte.

– É o Diógenes de Sínope, do Jean-Leon Gerôme, numa versão pós-moderna. O dinheiro foi acrescentado depois, uma alusão ao falsificador da moeda. É o meu guru pela vida toda.

– Ah, o cínico! Então já sei. Eu vi esse quadro num museu quando morei em Paris. Acho que no Musée d'Orsay.

A explicação despertou a curiosidade, o Ângelo examinou os outros. Ao lado daquele, uma caricatura de um homem de meia idade, uns quarenta anos, estatura física desproporcional, gordo e baixinho, vestido com um pijama de bolinhas, paletó e gravata borboleta, enorme bigode preto e cabelos arrepiados em cima da cabeça que mais parecia uma abóbora, e a fisionomia do rosto consistia numa careta que ria debochadamente. Ria de quem? Do espectador? Percebia-se uma semelhança bem clara entre a figura física do personagem com o barril do Diógenes do outro quadro, só que na vertical. Ao mencionar essa semelhança para o Hermes, ouviu outro esclarecimento.

– Esse é o autorretrato do Barão de Itararé, o nosso Diógenes brasileiro.

O Ângelo conhecia esses personagens históricos apenas de nome. Sabia que o primeiro vivera na Grécia Antiga, aquele que andava com uma lanterna à procura de um homem honesto; e o segundo, um jornalista brasileiro do começo do século vinte, autor de uma antologia de frases engraçadas, mas não ia além disso. Enquanto a Zezé discutia com o Hermes sobre o local onde se posicionaria para os autógrafos, o Ângelo seguiu em frente, até o canto direito, na observação do aspecto decorativo do recinto. Pôsteres de ídolos, poetas, Jack Keruac, Baudelaire, e cantores, Jimie Hendrix, Janis Joplin e Raul Seixas. O Ângelo chegou a uma conclusão:

– Você admira muito os malditos e os rebeldes. É afinidade sincera ou só para tapar a parede?

– Afinidade intelectual e emocional.

Na sequência, enquanto a amiga se entretinha com atividades mais práticas, os dois trocaram impressões sobre arte, daí para a literatura, terreno em que o Hermes se movimentava com bastante agilidade, sem descuidar de algumas reflexões filosóficas, que incluíram as bases do cinismo grego com as respectivas diferenças do cinismo burguês, esse vírus devastador da sociedade atual. Fazia-se notório que, além da diferença etária, o Hermes levava alguma vantagem sobre o jovem amigo no quesito erudição.

Mais tarde, quando narrou essa visita, ele concluiu que, no meio daquelas prateleiras empoeiradas, ele encontraria mais do que livros interessantes e previu que seria amigo do Hermes e frequentador assíduo daquele local.

Minha casa jazia *ao longe, a salvo do estrugido urbano. Eu vivia sozinho, não obrava em nenhuma profissão nem trabalho. (não sei como ganhava a vida. Será que era um herdeiro rico, meio excêntrico?). Durante o dia gastava as horas em caminhadas pela minha propriedade (certamente eu era rico), no verão nadava num lago de água cristalina. Ao anoitecer, jantava (quem preparava a comida?), ia ler na biblioteca até dar sono. (não havia televisão nem internet? Em que tempo se passa isso?). Uma noite, em que eu lia Le Diable Amoureux, de Cazotte, adormeci na poltrona com o livro na mão, mas logo um sobressalto me arrancou do estado de dormência. Um bramido na rua me alertou para algo estranho. Pé ante pé, alcancei a janela para ouvir melhor e notei que não era voz humana, tratava-se do uivo de um cão. De início não dei importância, devia ser o animal de algum vizinho, mas aí lembrei que nunca tinha visto nenhum na redondeza. Quero dizer, durante todo o tempo que eu vivia ali (não sei quanto) nunca vi um cão nem ouvi latidos, além do mais, a casa mais próxima da minha distava quase um quilômetro.*

Aquela aperreação me tirou o sono, mas o frenesi provocado pela vigília súbita me deixou sem disposição para continuar a leitura. Fui para o meu quarto com intenção de me acalmar e dormir. Deitei-me, mas não houve jeito de voltar a adormecer. Tentei a estratégia de pensar coisas boas, lembrei da caminhada que fiz de manhã, em volta do lago, quando parei para observar os peixinhos e de repente tirei a mão do bolso com um punhado de ração, joguei na água e me entretive a olhar eles saltarem e pegarem as doses de comida. Tudo embalde. Não demorou muito o aulido ecoou de novo, agora mais próximo. Um grunhido pungente, que por vezes se assemelhava ao choro de uma pessoa. E cada vez mais perto. Seria um animal ferido abandonado ali para morrer na solidão e no sofrimento? Quem teria coragem para tanta maldade? E por que logo naquela região? Pensei em levantar, ir até lá ver do que se tratava. Mas refleti, se fosse o caso de acudir a um ferimento, eu muito pouco poderia fazer, não dispunha de nada que servisse de curativo, também não sabia da existência de nenhuma veterinária por perto. Qualquer tentativa resultaria inútil. E se fosse uma armadilha para um assalto? Melhor não arriscar. Após uns minutos de silêncio, ouvi de novo o mesmo clamor, agora bem rente a parede, no lado de fora, abaixo da janela do quarto. Em seguida, ouvi um estrépito de latas e vidros espalhados pelo piso de tijoleta em baixo da meia-água, conclui que ele procurava um ponto confortável para se acomodar sob o banco de madeira. Não me enganei, pois a zoada começou a diminuir até que desapareceu. Aninhado embaixo das cobertas, as portas da casa bem trancadas, depois de um bom tempo no silêncio recuperei o sossego, dormi e sonhei que na minha casa havia um lindo cão da raça labrador que me acompanhava todos os dias nas minhas caminhadas. (logo eu, que não tenho nenhum interesse por pets, não gosto muito de bichos, e não entro nessa onda de atribuir sentimentos humanos aos animais)

Ao levantar, no outro dia, abri uma fresta da janela, espiei, um clima nublado, cara de chuva, mas não havia nenhum sinal de qualquer anormalidade. Fui ao banheiro lavar o rosto e senti algo diferente na pele, olhei no espelho e quase desmaiei, tal foi o terror que se apossou de mim. Meu rosto tinha envelhecido uns vinte anos, a pele enrugada, cabelos ralos, olheiras. Corri para a rua, só podia ser culpa daquele cachorro, procurei abaixo da janela do quarto de onde vinha o estridor na noite da véspera. Nada. O banco de madeira no lugar, nada de latas ou vidros. Corri pela estrada sem saber bem onde ia, até que encontrei um velho que capinava a grama na frente de uma casa. Perguntei se ele não ouviu o latido do cachorro de noite, ele disse que não ouviu nada, naquela região não havia cães. Eu disse que apareceu um que chorava e depois foi dormir embaixo da minha janela, aí o velho falou – Ah, então ele veio lhe visitar? Não se preocupe, ele volta . – Soltou uma risada, colocou a enxada no ombro e se dirigiu para dentro do pátio. Quando já estava no lado de lá da cerca, virou-se para mim e repetiu, sempre aquele riso sardônico – Não se preocupe, ele volta. Eu me sentia cansado, acho que desmaiei porque não lembro de mais nada.

Por fim, raiou o dia da estreia da nova promessa da literatura gaúcha. Ansiosa, ela se precipitou com bastante antecedência ao evento marcado para as dezenove horas, logo em seguida chegou o Ângelo, o fiel escudeiro da escritora. A Daisy prometeu fazer o possível para honrar a pontualidade, a Patrícia apareceu passado das vinte horas, no final da função. O público não decepcionou a estreante, ou seja, ela esperava apenas eventuais colegas do Campus, algumas amigas e clientes do bar onde trabalhava. Durante o dia, atendeu algumas chamadas, leu e-mails de parabéns, congratulações que traziam no final um pedido de desculpas pela ausência, compromissos de última hora, doenças repentinas e outros tantos subterfúgios possíveis da criatividade humana. De maneira que ela só contava mesmo com os amigos mais fiéis. Quanto aos pais, ela nem em sonho esperava algum reconhecimento, e foi uma grande surpresa, mais até que alegria, que ela recebeu, pela manhã, um telefonema da mãe, muito ocupada com os problemas domésticos, não podia deixar o marido sozinho, mas torcia pelo sucesso da filha e desejava muitas felicidades.

A escritora, que financiara a edição do próprio livro, não dispunha de recursos para oferecer coquetel decente aos leitores e para não os maltratar com os vinhos que ela costumava tomar nos lançamentos de Porto Alegre, falou com o Hermes, que se prontificou a oferecer cerveja boa a preço de custo, cada um pagasse a própria despesa, não saía caro para ninguém. Embora bebida alcóolica não fizesse parte do cardápio da casa, ele mantinha um estoque, para consumo próprio e dos amigos, de uma marca artesanal instalada na periferia de Porto Alegre, pois, dizia ele, não tinha coragem de sacrificar o estômago, nem o próprio nem o dos outros, com as tradicionais vendidas nos botecos da cidade. Também contrataram que a Arcádia venderia o livro dela com exclusividade, o que virou mote para brincadeira, pois ela não tinha nenhuma esperança de vender algum exemplar após a noite de autógrafos.

Quando o Ângelo chegou, encontrou a amiga afoita, mal o viu já decretou que ele seria seu primeiro autógrafo oficial. Ela mesma apanhou um exemplar de uma pilha em cima da mesa abaixo das janelas, escreveu uma dedicatória, posou para foto a cargo do Hermes, recebeu um abraço, um beijo e votos de muito sucesso. A ausência de público permitia que o assunto se prolongasse por vias incertas. Após alguns minutos dessa conversa fiada, surgiram duas moças, uma já conhecida do Ângelo. Cumprimentaram com um oi para todos e os mesmos abraços e as mesmas felicitações para a estrela da noite. A moça já conhecida manteve a escritora nos braços por mais tempo, cochichou no ouvido dela algum segredo entre as duas, e ao soltá-la deu-lhe um beijo na boca. Todos ali sabiam da orientação sexual da Zezé, e esse gesto não causou surpresa a ninguém, muito menos para Ângelo, que já frequentara o Lady Godiva com a amiga, mas ela não costumava andar de beijos e amassos em público. Argumentava, em favor da discrição, que afetos e carícias devem ser guardados para os ambientes privados, que essa mania de demonstrações afetivas em público era coisa de quem precisa do reconhecimento dos outros. Nesse momento, o Ângelo cedeu o lugar para as novas presenças e buscou a companhia do Hermes, como o livreiro se encontrava ocupado, ele se dirigiu para o fundo da loja. Só então atinou a ler o que a amiga escreveu como dedicatória. Abriu a primeira página. Para o meu querido Ângelo, um anjo ineficaz a bater as asas no vazio. Um sorriso de ternura aflorou pelos lábios e deixou escapar um comentário que murmurou para si mesmo, de já ter lido essa frase em algum lugar. Perambulou entre as prateleiras de livros sem se deter em nenhum específico, não era o momento de se preocupar com o volume que faltava na bibliografia do trabalho.

A Daisy adentrou esbaforida, desculpas pelo atraso, alguns embaraços acontecendo, mas felizmente a ventura não a abandonara de todo, havia motivo para comemorar também, não pensasse que ela faltaria a um ato cerimonial da aluna, motivo de orgulho. E o lançamento do livro de uma aluna, por mais modesto que seja, é o maior motivo para se dedicar a uma oficina literária. Esse palavrório não foi jogado assim todo de uma vez, ela sopesou com parcimônia todas as palavras para uma distribuição equitativa entre os ouvintes, desde o abraço e felicitações à aluna preferida, o cumprimento aos demais presentes, o aceno ao Ângelo, ainda dissimulado ente as prateleiras, até o fim, ao ser apresentada ao mestre de cerimônia.

– Muito prazer. Minha pupila e o meu pupilo falam muito de você.

– Bem menos e com menos adjetivos do que quando se referem a você, com certeza. A melhor professora que já tiveram, é o que eles dizem.

– Ah, que exagero. Mas a verdade é que eu anseio que isso um dia seja uma realidade. Me preocupo muito em me atualizar para dar sempre o melhor de mim às minhas alunas e aos meus alunos.

A curiosidade com que o Hermes observava a nova conhecida não disfarçava o vezo matreiro diante daquela garrulice típica dos professores e deixou que ela continuasse com a língua solta. E ela não precisou de maior incentivo.

– A propósito, essa sua livraria é muito bacana, eu adoro sebos, já encontrei obras raríssimas, fora de catálogo. Como você deve saber muito bem, livro fora de catálogo no mercado editorial brasileiro é a coisa mais comum. É lamentável que as editoras se interessem apenas por obras de apelo comercial.

O Hermes não dispensava uma companhia feminina e como bom folgazão que era, sabia conduzir qualquer conversa no tom leve a agradável. Uma chocarrice qualquer, temperada com pitadas de erudição, cativava um interlocutor que buscasse bom papo e distração. A Daisy, apesar da verborreia, por vezes, conforme o interlocutor, abandonava o tom professoral e também apreciava ouvir, se o indivíduo tivesse algo a dizer. Daí é fácil concluir o surgimento de uma simpatia recíproca que os isolou do grupo de estudantes. O dono da casa pegou uma cadeira e colocou ao lado da dele, atrás da bancada, convidou a professora a sentar-se. Ela aceitou o convite, posicionaram-se de frente para o movimento dos autógrafos, como se estivessem apenas os dois ali, os copos de cerveja, em cima do balcão, a todo instante servidos pelo cavalheiro, que se superava em atenções e delicadezas. Entretiveram-se em longas digressões sobre livros, editoras, mercado editorial. O Hermes falou das particularidades do trabalho, dos livros raros que aparecem. Nesse momento, pediu licença, transpôs a cortina de miçangas, correu pela escada até o andar de cima. A Daisy sorveu mais um gole da bebida; abanou para o Júlio, que chegara pouco antes; no outro lado, observou o Ângelo entre as pilhas de livros; abaixo da bancada do Hermes encontrou umas folhas de papéis riscados, anotações em caligrafia, e uma caneta sem tampa. Ela observava essas anotações quando o Hermes voltou.

– Essa letra é sua? Que bonita!

– Eu ainda escrevo à mão tudo que for possível, só digito o que é muito importante.

Ela tinha os olhos fixos no livro que ele trazia.

– Olha isso aqui, um dos frutos da minha profissão.

Tratava-se do *Malleus Malleficarum*, que ela segurou como se fosse uma joia frágil e depois depositou na mesa, folheou com a devoção de um crente que consulta a escritura sagrada.

– Em edição bilíngue. Mas isso vale uma fortuna.

– Por isso vai permanecer lá em cima, na minha estante particular.

Um alarido um pouco mais intenso chamou a atenção da dupla para o que acontecia na sessão de autógrafos. A Zezé acabava de ganhar um buquê de flores de remetente anônimo, entregue por um motoboy. O fato rendeu brincadeiras com a escritora confessando que era a primeira vez na vida que ganhava flores. Ao ler a dedicatória assinada apenas como uma admiradora, anunciou que a solteirice dela estava com os dias contados. Entretinha-se com essas brincadeiras num pequeno grupo de pessoas quando ouviu passos na entrada e logo em seguida entrou a Patrícia, a única da turma que faltava. Enquanto ela dava atenção à recém-chegada, o grupo se despediu e a turma mais coesa do Campos se viu reunida de novo.

Bastou ouvir a voz, ou sentir o perfume, ou ser atingido por uma vibração qualquer, aquelas de que só os apaixonados são alvos constantes, o Ângelo emergiu das páginas empoeiradas no momento em que o Hermes comunicava à professora que aquela obra não seria vendida por preço nenhum, permaneceria na estante dele, lá no andar de cima. Dito isso, convidou para mais uma cerveja. Ela declinou do convite, era comedida com álcool. Feita a dedicatória e cumpridos os rituais devidos, a Zezé e a Patrícia se juntaram aos demais.

– Bem, acho que a Pati foi meu último autógrafo da noite, quem não veio até agora não vem mais.

Em adendo, ela queria comunicar que a editora conseguira uma brecha na Feira do Livro para um novo lançamento. Todos acharam muito legal, mas infelizmente a Daisy tinha uma notícia chata, iam perder a sala na Casa de Cultura, se não achassem outra, teriam que interromper a oficina. Minuto de silêncio, pesares, lástima. Ela continuou a lamúria com a ênfase de que o maior problema de conseguir uma sala era o valor do aluguel razoável num local de fácil acesso para todo mundo. Os murmúrios de tristeza ciciaram num coro abafado, até mesmo dos que não participavam dos encontros, Patrícia e Ângelo. O Hermes ouvia o queixume enquanto saboreava os últimos goles da cerveja.

– Vocês podem fazer os encontros aqui, se quiserem.

Os quatro se voltaram para ele, a Daisy e a Zezé repetiram em uníssono.

— Aqui?

Ao que ouviram como resposta.

— Sim, aqui. A turma não é muito grande pelo que ouvi falar, dá para arrumar um canto. Só tem uma coisa: tem que ser após as dezenove horas, o horário oficial do fechamento da livraria.

A Daisy caminhou até os limites de uma prateleira, contou os passos, achou que dava. Sugeriu voltar outro dia para tratar com ele dos trâmites burocráticos, como valor do aluguel, oficializar um contrato. E não acreditou muito quando ele falou que não precisava nada disso, eles se encontrariam ali, fariam os exercícios e no fim do mês pagassem o que achasse devido e justo. Também poderiam pagar uma cota por aluno, a turma decidiria o que preferisse. Ou não precisava pagar nada, também. E justificou:

— De qualquer maneira, eu sempre permaneço aqui até mais tarde, reponho os livros que as pessoas tiram dos lugares, faço aquelas chatices da contabilidade. Aqui é a minha casa e a dos meus amigos. E garanto que não vou atrapalhar, vou me manter quietinho só ouvindo as discussões de vocês, quem sabe eu aprenda a escrever também.

Essa última hipótese podia ser apenas mais uma brincadeira do Hermes, mas a oferta caía bem a todo mundo. A Patrícia lembrou que nesse caso, o Júlio, poderia participar, ele sempre teve vontade, mas tem aula de tarde também. O citado colega estava ao lado dela, mas se deixou representar, em seguida confirmou a declaração, o que provocou nos olhos do Ângelo emissões de raios fulminantes em direção da amada. A Zezé se adiantou e alertou que nesse caso tinham bons motivos para comemorar, convidou a todos para encerrarem a noite no Lady Godiva. Convite aceito por unanimidade, a turma partiu, o Hermes trancou a porta e seguiu os novos amigos.

O bar onde a Zezé trabalhava algumas noites por semana se localizava na Travessa da Paz, quase esquina da Venâncio Aires. O único carro disponível era o da Daisy, um Gol quatro portas. Não cabia todo mundo, a proprietária sugeriu um sorteio para escolher quem ganharia carona, providência desnecessária porque o Ângelo anunciou que preferia caminhar, no que foi seguido pela Zezé. Ocuparam o carro o Hermes ao lado da motorista, o Júlio e a Patrícia no banco de trás. Os dois amigos inseparáveis desceram pela Lima e Silva até a Venâncio Aires, dobraram à esquerda. No caminho, diálogos intercalados interrompiam o silêncio. De início, o Ângelo ia emburrado pela desfeita da Pati de sair enrabichada no outro, logo o Júlio. Mas depois passaram a comentar o evento, tinha sido bem legal, afinal de contas uma estreia, uma nova fase na vida, agora convinha se preparar para o novo livro. A Zezé cultivava com afinco aquele misticismo desprovido de interesse prático e imediato. A todo momento falava dos sinais enviados das esferas cósmicas, que a gente precisava estar atenta para captá-los. Uma mudança, por mais singela que fosse, sempre traria alguma transformação importante. Por isso aguardava com muita expectativa a transferência da sede da oficina para a Arcádia, uma nova fase ia começar.

– Ângelo, por que você não faz oficina? Acho que seria bem legal para você e para nós. Você enriqueceria as discussões com seus comentários.

Ele deixou a amiga sem resposta porque na verdade ele não tinha uma para dar. Passava muito da hora de se decidir, dedicar-se a alguma atividade, mas o transtorno de escolher entre tantas opções deixava-o paralisado. Chegaram ao bar, encontraram os outros já acomodados. A escritora recebeu novos abraços das amigas e colegas do bar. Assim que as bebidas apareceram na mesa, a Daisy propôs um brinde ao novo participante, o Júlio, o primeiro aluno na nova sede.

– Que legal. Seja bem-vindo, Júlio. Eu vinha tentando convencer o Ângelo a entrar também, mas ele é meio cabeçudo, nem resposta me deu.

– Mas eu não consigo escrever nem o trabalho que preciso entregar no fim do semestre. Já estamos em meados de setembro e até agora só consegui esboçar uma introdução.

— O trabalho não é desculpa, pode entregar até março do ano que vem. Você que lê bastante nunca escreveu nada? Não sente vontade de expressar suas ideias? Logo você que não é de falar muito.

O Ângelo se mantinha muito reservado, raramente falava de si em público, mas inspirado por aquele clima de amizade que reinava na mesa, fez uma concessão e confessou.

— Bem, para não dizer que não escrevo nada, eu tenho o hábito de anotar os despropósitos que acontecem comigo, aquelas mais importantes, que me afetam mais, que me despertam algum sentimento. E costumo anotar meus sonhos.

— Sério? Mas isso é ótimo. Para muitas pessoas é o primeiro passo no rumo da escrita. Eu costumo sugerir às minhas alunas e aos meus alunos que anotem principalmente sonhos. Então, Ângelo, você já está na metade do caminho, é só se unir a nossa turma.

— Até eu tenho vontade de entrar para a oficina, só para fazer parte da turma. Mas não gosto de escrever nem e-mail. Tenho muito preguiça.

Foi a Patrícia quem deu essa última declaração, e antes que alguém tentasse convencê-la a se tornar escritora também, o Ângelo acrescentou.

— A noite passada, por exemplo, eu tive um sonho muito estranho. Eu morava sozinho numa casa e de noite comecei a ouvir um cachorro uivar, o grito foi se aproximando até a janela, depois houve um barulho de latas e vidros esparramados, eu concluí que o animal estava se acomodando para dormir embaixo da minha janela. Depois eu dormi também, quando acordei de manhã, meu rosto tinha envelhecido uns vinte anos, sai para a rua, encontrei um velho que me falou que o cachorro ia voltar. Aí acordei.

— O cachorro é um psicopompo, o ser que vem buscar os vivos e levar para o mundo dos mortos. Você anda com medo de morrer? Ou com fantasias de morte?

— Não, professora. Não se preocupe. Antes de março eu não morro, preciso terminar ao menos o meu trabalho sobre gêneros.

Falou-se, riu-se de tudo, o êxtase dos encontros felizes. A Zezé carregava nos lábios um sorriso de orgulho por uma importante etapa vencida e por estar no meio dos amigos mais queridos. Enfatizou isso dirigindo-se a todos, numa alocução cheia de interrupções por aplausos, abraços, novos parabéns e muitas brincadeiras que o espírito de alegria inspirava. Nos trechos de seriedade ela mencionou a expectativa de conseguir uma bolsa de trabalho na UFRGS, prometida para o próximo ano, e o desejo de ter uma vida mais normal, um emprego mais estável para poder se dedicar aos novos livros, poder conviver mais tempo com as pessoas que amava. A moça do beijo na boca na sessão de autógrafos, que se chamava Isabel, e era a dona do bar, se juntara ao grupo momentos antes, e ouvia esse encômio sentada ao lado da escritora, acolheu a amiga num abraço de discreta intimidade, e acrescentou:

– Vou perder a melhor garçonete aqui da casa. Só espero que quando a fama chegar não esqueça da gente.

A escritora retribuiu o afago e garantiu:

– Pessoas como você a gente nunca esquece.

Ocupavam uma fila de quatro cadeiras em cada lado da junção de duas mesas no meio da sala, uma formação diferente do *layout* normal, preparada com exclusividade para recebê-los. O Hermes se manteve quase todo tempo na condição de observador do ambiente. O bar consistia de uma grande sala, em estilo bem despojado, com um balcão ao fundo onde se localizava a caixa. Ao lado, uma porta estilo *saloon* dava para o espaço interno. A decoração consistia de capas de disco de cantoras nacionais, entre elas o Hermes percebeu a Maria Bethânia, Ângela Rorrô, Adriana Calcanhoto, Ana Carolina. Tratava-se de um local que priorizava o momento do encontro, para quem gostasse de conversar. O cardápio oferecia petiscos e cerveja artesanal, alguns drinks e refrigerantes. As mesas recostadas às paredes a pouca distância uma da outra, facilitavam o contato entre a clientela, que como o Hermes percebeu, era formada na maioria por mulheres. Não demorou muito, ele já dormitava na cadeira, anunciou a retirada, mas antes de sair, confessou a imensa alegria de ser incluído naquela patota de pessoas tão inteligentes e divertidas. Usou a palavra *patota*, de propósito, pura galhofa, e colheu as expressões de curiosidade nos semblantes dos jovens, e em seguida explicou:

– É o mesmo que turma, só que essa a gente usa muito, palavra muito usada perde a graça. No tempo que eu tinha a idade de vocês hoje, a gente falava *patota*.

Feita a exegese, precisava ir embora, com a justificativa de que os tempos de boemia já iam longe, ele não sabia mais pernoitar em bares como antigamente. Fez um aceno geral, deu um tchau a todo mundo e se retirou.

Foi a senha para o bando começar a diminuir. A Patrícia se levantou, seguida do Júlio, que prometeu acompanhá-la até o ponto de táxi. O Ângelo permaneceu inerte na cadeira. A colega deu um beijo de despedida em cada um dos presentes. Na vez dele, levantou, retribuiu o gesto com a mesma naturalidade de quem tivesse ensaiado a cena por diversas vezes, mas se manteve firme. Até apertou a mão do Júlio e dissimulou uns tapinhas nas costas do colega. Depois sentou ao lado da professora, que também já se movimentava com intensão de sair. Ela morava no Agronomia, podia passar pela Protásio, o Ângelo aceitou uma carona e partiram. A Zezé e a companheira, após a saída dos amigos, se mantiveram entretidas uma com a outra. Pouco depois, a Isabel foi até a caixa, conversou algo com a moça que cuidava das contas, passou pela porta móvel e voltou pouco depois, ela e a Zezé saíram juntas, dobraram a esquina e desapareceram na sombra noturna das árvores da José Bonifácio.

Bustrofédon

Gosto desse tipo de bar onde a gente encontra a fauna mais variada. Venho aqui no Barafunda para me inspirar e ter assunto para escrever minhas crônicas. Sinto-me embriagado de ver esses tipos bizarros que entram e se atiram na primeira cadeira vazia que encontram ao redor de uma mesa, sem aquele cuidado hipócrita com os supostos limites do espaço alheio. Aqui tudo é compartilhado, o espaço, as conversas, as bebidas. Estás mal de grana, ou esqueceu a carteira, não tem problema: senta numa mesa qualquer, ao lado de alguém, puxa papo com o novo parceiro, relata teus problemas, ele vai te convidar para beberem juntos. Parece que este lugar é mágico, basta transpor o umbral da porta, a gente já se torna um ser humano mais generoso, que deixou a mesquinharia lá no lado de fora. Tudo tão espontâneo e natural que ninguém se importa com uma atitude menos convencional. Como aquele garotão musculoso que entra com a camisa sobre o ombro ou amarrada na cintura, para quem olha de trás parece que ele está de saia. Ele entra, vai até o fundo do bar e volta, com o pretexto de procurar alguém, mas, para um bom observador como eu, ele está é desfilando para atiçar nas mulheres o desejo pelo seu corpo de músculos salientes. Ele só encontra um lugar para sentar depois que constatou o brilho em alguns olhares femininos. E por que não também em alguns masculinos? Aqui tem de tudo, ninguém se incomoda com qualquer manifestação.

Mas volta e meia aprece alguém que entra como um tufão, e altera toda a estabilidade do ambiente. Como na semana passada. Pessoas entravam esbaforidas, fugindo do calor da rua. Começava a anoitecer, o bar já estava cheio, gente de pé no corredor, na beira do balcão, corpos suados na disputa por uma vaga na frente do ventilador, aquele cheiro de suor, misturado com fumaça de cigarro e bafo de cerveja. Foi aí que ela entrou, como quem desfila numa passarela. Fez de conta que nem notou um monte de olhos que se jogaram em cima dela. Eu estava num canto longe da entrada, como sempre, porque assim eu observo melhor o movimento de quem chega e por sorte, ainda não tinha aparecido ninguém para fazer amizade comigo, eu ocupava uma mesa sozinho. Ela parou bem pertinho, não consegui disfarçar o prazer que sentia em contemplá-la, mas não queria assustá-la com olhos famintos, como aqueles machos deselegantes ali na volta, que já querem levar a mulher pra cama antes de perguntar o nome dela. Eu gosto de me aproximar aos poucos, despertar interesse e fazer a mulher se entregar por etapas; em cada gesto, em cada palavra uma declaração de consentimento para que eu me aproxime um pouco mais. Mas eu precisava tomar uma atitude, porque, bastava observar o macharedo na volta para perceber que a qualquer momento um deles saltava da cadeira, pegava a moça pela mão e a levava embora. E quem espreitava a lindinha com visível intenção de desfrute era o rapaz musculoso e sem camisa, assíduo frequentador do local, a julgar pela familiaridade com que tratava todo mundo. Para completar o figurino de macho alfa, ele vestia uma calça branca bem apertada, que denunciava certas saliências anatômicas que despertam a gula de muita gente. De longe, ele parecia ser o maior predador do local. Olhei em volta, as mesas todas cheias, não tinha mais um lugar sobrando, eu ali sozinho com mais três cadeiras vazias. A mocinha não parecia ser dessas provincianas que só andam em bando de mulheres, um simples gesto de gentileza e eu ganhava uma companhia para distrair um pouco a falta de inspiração. Ela mirou a cadeira, eu fingi concentração na folha de papel que mantinha sobre a mesa, com uma caneta na mão, mas notei, pelo canto do olho, que ela me observava, me avaliava. Vesti minha melhor máscara de inofensivo e, como se tivesse percebido a presença dela naquele momento, falei, pode sentar aí, fica à vontade. Mas para manter um pouco de distanciamento ela perguntou:

– O senhor não se importa se eu sentar aqui para esperar uma amiga?

Ela colocou na voz um tom de submissão e uma carinha de desprotegida que me deixou até com um pouco de remorso, mas a gentileza era a arma do momento, e assumi o espírito do bar.

– Eu só me importo que me chamem de senhor, mas pode sentar.

Ela abriu um sorriso de gente espontânea, me retribuiu com um obrigada, sentou, e passou a me tutear.

– Se tu tá esperando alguém eu saio.

E eu respondi:

– Não te preocupa, eu não espero ninguém.

Eu nunca espero ninguém, prefiro que a pessoa chegue sem ter marcado, por acaso, assim como tu chegaste agora, foi o que eu completei apenas para os meus botões. Ao mesmo tempo, não consegui evitar uma olhadela lá pro lado do rapaz musculoso de calça branca, só de curiosidade e um pouquinho de provocação. Ele não desgrudava o olho da menina. Então eu me senti mais à vontade pra contemplar a minha presa casual. Se vestia com simplicidade, uma saia curta, de brim, uma blusinha leve e folgada que me pareceu bem fácil de tirar. E imaginei ela com os braços pra cima, eu puxando a blusa dela e desnudando aquela pele morena. Quando o ventilador soprava na nossa direção, o cabelo esvoaçante cobria o rosto dela e me dava vontade avançar e descobrir aquela visagem maravilhosa. Mas ela abriu a bolsa, tirou um prendedor de cabelo, e com aquele movimento de prestidigitação que só as mulheres conseguem fazer, deu um nó na cabeleira e amarrou na nuca e deixou o rostinho lindo livre pra eu olhar. Ela notou meu encantamento e disfarçou:

– O que tu faz aí?

Apontou para a folha de papel.
– Eu escrevo, e tu?
– Sou estudante de psicologia.
Notei os olhos dela, pretos, profundos, daqueles que olham pra gente como se penetrassem lá no fundo da alma, e conclui, escolheu a profissão certa. Teria uns vinte e poucos anos.
– A propósito, meu nome é Marta.
– Muito prazer, eu sou o Ângelo.
– Ah, um ser angelical.
– Um anjo decaído. E teu nome dá uma boa trama.
– Como assim?
– Marta e trama formam um anagrama.
– Ah, sim, e também serve para matar.
Ela acrescentou essa observação fazendo o gesto de quem puxa o gatilho de uma arma. E eu cantei, com a voz mais desafinada deste mundo, "mata meu desejo, mata minha sede, mata-me de amor". Ela deu uma gargalhada, me senti feliz, é bom fazer uma mulher rir, a alegria é feminina, por isso é contagiante, difícil alguém continuar triste diante de uma mulher sorrindo. Mas também eu não descuidava do rapaz de calça apertada, que não parava de se movimentar e mirar na nossa direção. Ele levou o copo de cerveja até a boca e deixou derramar um pouco no peito nu, o líquido escorreu até o ventre. Esfregou a mão suavemente secando o próprio corpo, deslizando pela barriga, depois desceu a mão até o fundilho da calça, como se tivesse molhado lá também. Minha imaginação de escritor voou como pássaro assanhado e foi pousar lá na fantasia do rapaz, e o que eu vi foi a Marta limpando a cerveja do corpo dele com a ponta da língua. Ela começou pelo lábio, desceu para o peito de músculos retesados, se ajoelhou aos pés dele, a língua deslizou pelo ventre até secar o último pingo da bebida desperdiçada. Depois eu me aproximei ao lado dele, e ela subiu com a ponta da língua escrevendo palavras soltas no meu próprio corpo agora nu, enquanto o público do bar assistia tudo com curiosa aprovação. Como ela reagiria se soubesse da cena que tinha protagonizado na

minha mente? Mas acho que ela nem notou a existência do outro garanhão. Só eu é que não desgrudava o olho dele.

Aí ela levantou para ir ao banheiro, e como seria fácil de prever, ele a seguiu. Pelo canto do olho, eu observava o movimento dele. De imediato lembrei daquelas cenas dos documentários sobre os animais na selva, quando um tigre caminha devagar em direção à presa para não assustá-la. O caçador se aproximou, o corpo teso, vigoroso, a se movimentar, um macho inquieto pelo calor com um bote armado para saltar à menor vacilação da vítima. Ela parou na fila ao lado da porta, ele a abordou sem nenhum acanhamento, ela sorriu, eu percebi de longe que ele entendeu aquele sorriso como uma anuência tácita. O papo se prolongou animado até que o banheiro foi liberado, ela entrou, mas ele continuou à espreita, no domínio do território. Quando ela saiu, seguiram na conversa animada, ele já se portava como um velho amigo. Ela voltou pra mesa, ele veio atrás. Ela sentou no seu lugar e me apresentou:

– Esse aqui é o Leo, ele pode sentar aqui com a gente, né?

– Claro, por que não?

Eu respondi sem muita convicção, mas ao mesmo tempo comecei a sentir um gostinho de novidade.

– E aí cara, sobrando lugar aqui, a gente de pé lá.

– Tudo bem, senta aí, esse bar está sempre cheio.

– Eu te vejo de vez em quando por aqui, sempre na tua, tomando tua cervejinha, é isso aí.

Um tipo falante, bom papo, queria agradar, ser meu amigo. Certamente achava que seria fácil dominar o território.

Eu não vou negar que aquela pose de macho primitivo me fascinava. Minha índole recatada e meio passiva me coloca quase sempre na condição de expectador. O que eu gosto é acompanhar o movimento natural da vida, sem forçar nada em nenhuma direção. Mas é claro que a naturalidade precisa do elemento primitivo, do instinto, para acontecer. E o instinto estava ali, naquele trio, a fêmea linda exposta aos desejos alheios, o macho predador, e a contemplação passiva. E como escrever sobre isso? Provocando o entrelaçamento das línguas que se transformam em penas e imprimem nos corpos as expressões do desejo. Os corpos vertidos em suporte e a língua deslizando a escrita de cima a baixo no corpo da fêmea e volta de baixo para cima no corpo do macho, no estilo Bustrofédon do homem primitivo. Só assim a escrita seria autêntica e verdadeira.

O Leo parecia um tipo boa gente, se esforçava em me agradar para protagonizar na cena, eu dava corda, gosto de ver até onde a pessoa é capaz de ir: as possibilidades humanas são infinitas. Falava sempre tocando na pessoa a quem se dirigia e eu percebi que a Marta não curtia muito esse estilo de papo, em que as mãos entram para reforçar a mensagem verbal. Por mais de uma vez ela se esquivou de um gesto inofensivo, que não passava de um cacoete. Com toda certeza, a femeazinha não estava disponível para um acasalamento, mas ele não percebia isso. Ou fazia de conta que não, há pessoas que só enxergam o que lhe convém. Foi num desses reforços gestuais da mensagem que ela afastou a mão dele, levantou e, como a amiga não viria mais, ia embora. Achei graça da cara desapontada que ele fez ao largar uma exclamação de decepcionado, de quem via a presa escapar. Ainda mais quando a Marta se dirigiu a mim com clara intenção de excluí-lo do desenlace do encontro e perguntou se eu andava de carro e para onde eu ia. Eu quase disse que nem tinha pensado em me retirar já, mas ela me olhou com uns olhinhos de criança desprotegida e eu entendi que ela só queria evitar que o Leo a seguisse. Então falei que não tinha carro, mas podia acompanhá-la até a parada do ônibus para que ela fosse tranquila. Acho que aí o Leo entendeu que a mocinha não tinha disposição nenhuma de prolongar o encontro e se deu por vencido, mas, educado, se levantou para as despedidas e ainda deixou as marcas do lábio na face dela.

Saímos para rua, uma noite clara de lua cheia, daquelas que, nos filmes de terror, as pessoas deixam fluir seus instintos mais primitivos e se transformam em bestas devoradoras de gente. Ela parecia nem lembrar mais da existência do Leo, falava do trabalho que precisava fazer para a faculdade, da paixão dela pela psicologia, me garantiu que tinha talento para observar as pessoas e que tinha um dom de perceber logo de início se ela queria levar adiante um encontro casual ou se livrar de uma pessoa inoportuna.

Eu escutava curioso pra saber onde ela ia chegar com aquele discurso autorreferente, autoimagem idealizada, mas deduzi que eu estava incluído na primeira hipótese, e o Leo, na segunda. Pelo menos por enquanto. E eu só confirmei isso quando ela perguntou meu telefone, se podia me ligar, tinha curiosidade de ler o que eu escrevia. Trocamos e-mails, ela prometeu me escrever, confessei minha assiduidade no bar, bastava ela aparecer por lá, embarcou no ônibus e se afastou me abanando pela janela.

De longe avistei a porta do bar, o Leo de pé, encostado na parede, um copo de cerveja na mão. É, meu amigo, vai ter que escrever outra história. E a escrita não precisa ter sempre a mesma direção, e como o homem primitivo, eu volto ensaiando uma nova frase no sentido inverso, em direção ao bar.

Ser filho de classe média, no Brasil, significa passar uma temporada no exterior para praticar uma língua estrangeira, e para adicionar ao currículo um item distintivo para se diferenciar das camadas de baixo, que nem português aprendem corretamente. Pois o Ângelo passou uns meses em Paris com o propósito de praticar o francês que aprendeu no colo da mãe. Antes disso, o jovem estudante se apoquentava em demasia no curso de Direito, enfastiado com a bufonaria do latinório jurídico, e ansiava por pretexto, um argumento persuasivo diante do pai, para se livrar da amofinação dos códigos de processo. Nos primeiros meses na faculdade, distraiu-se com a colega Márcia e aprendeu lições muito mais interessantes do que redigir uma petição inicial, um Recurso Especial. Mas, não demorou muito a se apartar da guria, pois ela não se encaixava no ideal de uma namorada, aquela com que a gente assiste filmes domingo à tarde comendo pipoca. Aliás, nem namorados eram, e o idílio logo se tornou uma amizade sem sexo. Lá pelo segundo semestre, a Márcia também já dava sinais de impaciência com a petulância dos futuros doutores, e anunciava a procura de outros rumos. *Dictum, factum.* Entrou o novo ano letivo e a manceba não retornou. Ele ligou uma ou duas vezes e as respostas dela foram o suficiente para perceber que não havia mais nada. O Ângelo se viu mais uma vez sozinho no meio de uma turma onde ele não encontrava nenhuma empatia. E veio o desamparo. Além do mais, era o último ano do século vinte, vivia-se a sensação de final de um ciclo, e o Ângelo não escapou dessa superstição. Um dia, a família reunida, como sempre em volta da mesa, em meio a degustação de um Chablis, pois já se sentia o clima de verão, fazia planos para o início do novo milênio. A professora Lúcia iniciara, havia pouco, a fase de empreendedora de escola particular, queria investir mais para crescer; o pai, como todo funcionário público bem colocado, não esperava mudanças. Mas o Ângelo pediu vênia para um aparte e anunciou que não queria mais estudar Direito, certo de que jamais seria um advogado e não suportava a ideia de ser um funcionário público. O pai suspendeu a taça de vinho que levava à boca, a mãe se adiantou.

– Sim, meu filho, você não é obrigado a fazer algo de que não gosta.

O pai, para contemporizar, inquiriu, afinal o que o filho queria. A resposta era difícil, ele só sabia que não aspirava a uma carreira na área jurídica. Então, na condição de chefe e provedor de uma família harmoniosa e feliz, cujas decisões importantes eram tomadas sempre em conjunto, o pai assentiu em derrogar a decisão anterior, e combinaram voltar ao assunto após as festividades de ano novo.

Aqui pode-se pular alguns meses, porque fim de ano de família feliz, a julgar pelo que disse Tolstoi, é sempre a mesma coisa. O que importa relatar é que, num dos primeiros meses do novo século, o Ângelo se lançou na primeira viagem além-mar. Convém anotar que não embarcou sozinho, pois a mãe, sempre cautelosa, fez questão de tutelar o filho nesse *début* de aventuras fora de casa.

Do aeroporto Charles De Gaulle foram direto para o Boulevard Raspail, na sede da *Aliance Française*, e só depois de acomodar o filho na casa de família onde ele residiria pelos próximos três meses, é que a professora Lúcia se instalou num hotel ali perto, na Rue De Fleurus, uma das entradas do Jardim de Luxemburgo. O alojamento do Ângelo localizava-se nessa mesma quadra. A mãe acompanhou o filho, conversou com a inquilina, Mme Sévigné, uma senhora aposentada que atuava como voluntária na Anistia Internacional e não parava muito em casa. Essa foi a parte que mais agradou ao estudante ainda não conspurcado pelas convenções de sociabilidade. Mãe e filho bem instalados, almoçaram no restaurante Le Bistrot, ao lado do prédio onde o Ângelo ia morar. Até ali a viagem correra às maravilhas, motivos não faltavam para uma comemoração e a *Bouillabaisse* foi harmonizada com uma garrafa de Pouilly-Fuissé e seguida de uma *Tarte aux fraises*, sem faltar naturalmente, o cafezinho. Depois, apesar do cansaço e da sonolência provocada pelo vinho, foram passear no Jardim de Luxemburgo, aquele mesmo onde, quase cem anos antes, o Hemingway, então um escritor estreante, ia passear ao meio-dia para esquecer que não tinha o que comer no almoço. Naquela época, Paris era uma festa.

Antes de se despedir do rebento, a professora quis dar uma espiada nas vitrines da galeria Lafayete e nos Champs Èlysées, comprou uma écharpe de presente para o marido, compensação pelos dias de solidão em casa; e um *manteau* para ela; e após muitas recomendações ao filho, tais como não se afastar do centro turístico, mandar notícias todos os dias por *e-mail*, ela voltou a Porto Alegre.

E eis que o Ângelo se viu sozinho em Paris, uma imitação provinciana de Luciano de Rubempré, sem a ambição de ser um novo Napoleão das Letras e ainda muito cedo para se falar em ilusões perdidas. Aliás, uma coisa que o garoto não carregava na bagagem era essa ilusão boba de que a vida seria outra numa capital europeia, coisa de caipira deslumbrado. O que ele esperava dessa viagem era apenas um pouco de tempo para pensar no que queria fazer da própria vida.

Chegou o primeiro dia de aula, o Ângelo se imiscuiu no aglomerado de jovens de todas as etnias, com preponderância dos asiáticos, mulheres muçulmanas com o véu tapando a cabeça; uns tipos bizarros inspiravam até medo, outros davam vontade de rir. Mas a primeira lição adquirida não veio de nenhum professor. Ele contava fazer muito sucesso entre os estudantes por já ter uma boa base no idioma de Stendhal, mas falar francês com a mãe em casa não é a mesma coisa que conversar com estranhos de outras nacionalidades, cuja pronúncia precária dificultava ainda mais o entendimento. Quanto aos próprios franceses, eles não tinham muito tempo a perder com quem não os entendia, assim que descobriam que o interlocutor não era nativo, já passavam a falar em inglês. Era assim no restaurante Le Bistrot, ao lado do alojamento. A primeira vez que entrou sozinho e tentou pedir uma mesa perto da parede envidraçada, pois gostava de observar o movimento da rua lá de dentro, não adiantou explicar que estava em Paris para praticar o idioma local. Até pensou em dizer que se quisesse falar inglês teria ido para Londres, mas achou melhor não ser ríspido. E nem teria tempo, pois o rapaz desapareceu e só voltou mais tarde para servir a comida na mesa. Quanto aos colegas de aula, além da dificuldade que encontrava de conversar com eles por causa da pronúncia, ao saírem da aula encarnavam o perfil de turista, num clima de deslumbramento com o qual ele não conseguia se empolgar. Jantares na torre Eiffel, passeio de baco no Sena, excursões a museus, sempre em bando, barulhentos e desordeiros. Na primeira semana passou em aula, das oito da manhã às três da tarde, uma hora para o almoço na lanchonete da escola, depois, para fugir das turmas, enfurnava-se na biblioteca, lia alguma coisa, fazia o tema de casa. No final da tarde, aproveitando a temperatura mais amena do início da primavera, caminhava um pouco às margens do Sena, às vezes ia até o Quartier Latin, olhava as livrarias nos arredores da Sorbonne, entrava num bar, tomava uma taça de vinho, voltava para casa, Mme Sévigné ainda não tinha chegado ou já tinha se recolhido. Para o Ângelo, a vida em Paris, pelo menos nos primeiros dias, estava longe de parecer uma festa.

Na biblioteca, conheceu a internet de primeiro mundo, velocidade inacreditável para quem só conhecia conexão discada. Escrevia *e-mails* para os pais todos os dias, mentia sobre o aproveitamento nos estudos, exagerava o próprio entusiasmo, mas, no íntimo, achava que tudo aquilo seria um dispêndio desnecessário, já começava a se culpar por não conseguir viver o deslumbramento que todos os brasileiros sentem ao viajar ao exterior. A prática do idioma se resumia a gaguejar frases prontas com japoneses, coreanos e um grupo de pessoas que ele classificava genericamente como muçulmanos, pois não se interessava nem em saber exatamente de que país vinham.

Já se ia pelo segundo mês, o Ângelo já conhecia todos os caminhos possíveis para se chegar ao Quartier Latin, sabia de cor os nomes das pontes do Sena, conhecia quase todos os livros da feira de usados que se estendia às margens do rio aos sábados. E já se transformara num verdadeiro *connaisseur* de vinhos baratos servidos em taça em todos os cafés da cidade. Sem falar no que já tinha praticado de inglês. Baudelaire teria sido ultrapassado por esse novo *flaneur*, caso o Ângelo conseguisse ter a mesma postura de contemplação estética diante dos fatos ou das pessoas que encontrava pelo caminho

Mas, *il y avait une fois...* como ele lia, na adolescência, nos contos de Mme Leprince de Beaumont. Aconteceu uma vez... Numa noite de sexta, meio chuvosa, a alma melancólica, um desejo enorme de voltar para casa, optou por uma *soirée* ali pelo bairro. Entrou no café *Le Fleurus*, na frente do prédio onde morava, disposto a tomar mais uma taça de vinho e ir dormir. Nunca tinha entrado naquele café porque gostava de perambular pelas ruas à noite, preferia ir mais longe. Da entrada, avistou o lugar preferido, um tamborete onde poderia sentar de frente para uma parede envidraçada e acompanhar o movimento da rua. O Ângelo ainda não conhecia o dilema do homem das multidões, mas intuía, através de uma leitura apressada de Baudelaire, que a multidão poderia proporcionar grande prazer quando o indivíduo se coloca na posição de observador, imune ao contato das massas. Mal se acomodara na banqueta quando ouviu um *bon soir* diferente de todos que tinha ouvido até então. Mais suave, vindo de alguém que parecia querer conversar, não aquele som mecânico que os garçons de qualquer lugar do mundo tentam enfeitar com um sorriso, tão forçado quanto a gentileza da voz. O Ângelo olhou para o lado de onde vinha aquela sonoridade quase musical e não fosse estar num bar de uma das cidades mais movimentadas do mundo, diria que se tratava de

uma visagem, uma fada, se ele acreditasse em fadas; uma sereia, se estivesse à beira de uma praia. Saído do encantamento, conseguiu contemplar melhor e notou que ela sorria, um sorriso autêntico, sincero, diria até que estava feliz de tê-lo encontrado ali.
– *Vous voulez demander quelque chose*?
Oh, *mon Dieu*, ela não atende em inglês.
– *Je voudrais boire um verre du vin*.
E não esqueceu do *s'il vous plait*, o que deixou a garçonete muito satisfeita. Ela mostrou a carta de vinho. As opções em taça não entusiasmavam um *Soi-Disant* apreciador de vinho e o Ângelo, num ato de presença de espírito, quis impressionar a moça, perguntou se ela tinha algum Côtes-du-vivarais tinto, meia garrafa. Diga-se de passagem, ele nunca tinha tomado esse vinho, até poucos dias antes nem o conhecia, mas, entre os muitos estabelecimentos onde entrava quando perambulava pela cidade, os preferidos, além das livrarias ao redor da Sorbonne, eram as enotecas. Um dia ele viu esse rótulo numa vitrine, e por algum mistério desses da alma humana que jamais será esclarecido, guardou o nome da bebida na memória. A moça voltou pouco depois, estava *desolée*, meia garrafa do Vale do Rhone só tinha um Chapoutier. Ele até tentou forçar uma cara de desagrado com a falta do vinho preferido, mas não conseguiu, teve o bom senso de não levar adiante a tentativa, pois estava sob o efeito de um verdadeiro *coup de foudre*, que em imagens mitológicas significa alvejado pela flecha certeira e venenosa de cupido. Em português castiço, acabara de sofrer um golpe fulminante de uma paixão à primeira vista. Disse que podia trazer aquele mesmo, ela trouxe, abriu a garrafa, serviu a prova, ele executou todo o ritual de uma degustação séria, primeiro aspirou o aroma, concentração, sorveu um gole, demorou alguns segundos para engolir o líquido, olhar vago de quem faz uma avaliação profunda, por fim disse que estava bem. Enquanto ela completava a taça ele observava. Loira, olhos azuis, cabelo amarrado em coque na nuca. Muito bonita. Dava vontade de conversar, aproveitar que não havia mais clientes no bar, mas foi ela quem perguntou de onde ele era,

e ao saber que estava diante de um brasileiro, disse que adorava o Brasil, mesmo sem nunca ter viajado para lá, e acrescentou que gostaria de conhecer uma escola de samba. Entrou mais um casal de clientes, ela se retirou para atender. Ele acompanhou com os olhos todos os movimentos da garçonete. Ela não caminhava, flutuava. Ou melhor, ele diria que os movimentos dela, ao se deslocar entre as mesas, tinham a suavidade e a harmonia de uma dançarina no palco, e de longe achou-a mais linda. Talvez um pouquinho mais alta que ele, e apesar de usar calça comprida e o inevitável avental com bolso na frente, até um romântico voltado para as qualidades espirituais podia perceber aquilo que o vulgo chama uma mulher benfeita de corpo. Os lábios grossos e os dentes brancos como o marfim deixavam o sorriso ainda mais perfeito.

As libações báquicas do Ângelo, quando sozinho, não excediam a uma taça. Em outra situação, levaria a garrafa pela metade e terminaria no outro dia, mas no momento em que encontrou um motivo para entoar graças a todos os deuses, não só a Baco, como abandonar aquela imagem maravilhosa que saltitava entre as mesas? A chegada de um grupo de turistas desfocou a atenção da atendente, ela parecia ter esquecido dele. Já ia pela metade da garrafa quando ela voltou com aquele sorriso que iluminava a vida de qualquer solitário, perguntou se ele não queria escolher nada para jantar. Pedir uma sugestão de cardápio a uma garçonete pode servir de estratégia para segurá-la por perto, e o garoto ainda virgem de malícias ia aprendendo conforme as oportunidades. Perguntou o que poderia servir para amenizar o efeito do álcool. Ela sugeriu uma *soup d'onion*. Ele não conseguiu fazer a tradução simultânea, mas entendeu que se tratava de sopa e aceitou, ela saiu para providenciar o pedido.

Todo o viajante solitário nutre, no fundo, a fantasia de viver uma história fantástica e aqui, tratando-se de um jovem tímido e inexperiente, não seria nada demais que o Ângelo vislumbrasse naquele restaurante a chance de se livrar do tédio e da solidão que o atormentavam e que tornavam Paris uma experiência já quase decepcionante. O álcool também ajudou a insuflar-lhe uma boa dose de coragem, quando ela voltou com a sopa de cebola, a simples presença dela destravou da língua e ele conseguiu conversar com uma fluência que até a ele mesmo surpreendeu. Em tradução livre, o diálogo foi mais ou menos assim:

Ele: como é seu nome?

Ela: (disse o nome)

Ele: desculpa, como se escreve?

Ela: (pegando uma caneta e uma folha do bloco de anotações de pedidos, escreve, mostra o papel) Khristyne

Ele: Você não é francesa?

Ela: Não. Sou da Noruega. Viajo um pouco por cada país, para aprender línguas estrangeiras, culturas diferentes, conhecer pessoas legais. Agora que meu país aderiu à União Europeia eu posso trabalhar aqui sem problemas. E você?

Ele: Meu nome é Ângelo, sou brasileiro, minha mãe é professora de francês, vim fazer um curso de três meses na Aliança Francesa.

Ela: Então você também conhece muita gente.

Ele: Até agora, o que me deixou mais feliz foi conhecer você.

Ela: (sorrindo)

Ele: Eu moro aqui em frente. Amanhã estarei aqui bem cedo para ver você de novo.

Ela: No *week-end* eu não trabalho.

Ele: Então eu volto na segunda-feira.

Ela: Ok, estarei esperando.

Deu meia volta, prestes a sair, ele estendeu a mão como para segurá-la, ela se voltou.

Ele: você é muito bonita.

Ela: Sua sopa vai esfriar.

Ela dirigiu a ele mais um lindo sorriso, que o jovem apaixonado entendeu como um agradecimento implícito, virou as costas e saiu.

Nessa época já havia sido tocado pela necessidade da escrita confessional, e pelo hábito de registrar as vicissitudes e reações emocionais. Naquela noite, antes de dormir, anotou o que sentia. E agora? Como passar mais um fim de semana sozinho, depois de ter mergulhado no azul daqueles olhos? Sentia-se pleno de um estado indefinível, mas que era bom, a sensação de ter iniciado uma aventura. Ou a bebida, ou a fantasia, ou uma fatal combinação das duas, enfiaram-lhe na cabeça a ideia de que aquele seria o primeiro de vários encontros com a Khristyne e urgia tomar uma providência. Por que não tentar? Chamar a moça, convidá-la para passearem juntos no sábado, ela deveria estar sozinha, que nem ele. Depois, não, uma mulher linda como ela não estaria sozinha em Paris. Levantou e um acesso de tontura fez o piso se movimentar, se apoiou na mesa. Só faltava agora encarrascar-se, botar tudo a perder, melhor ir dormir com a esperança de voltar na segunda.

Na ressaca do sábado a cabeça latejava. Entreabriu a porta, escutou, nada de movimento, podia sair tranquilo. Não se achava em condições de ser gentil. Fez um café, comeu um pedaço de pão e saiu para rua. Precisava consumir mais dois dias de maneira mais rápida possível, de preferência uma programação cultural, ter o que mostrar à Khristyne na segunda. Fazia-se necessário vencer a ojeriza ao senso comum, visitar museus, mas só conseguiu apreciar as estátuas expostas no jardim do Musée Rodin; no D'Orsay, a fila acabava com a disposição mais animada. E o Louvre? No meio da tarde, não valia a pena nem tentar. Ainda restava tempo para gastar, foi visitar a catedral de Notre Dame, a mãe sempre falava muito da grande emoção que sentiu quando galgou as escadarias da torre, aquela mesma que Quasímodo subia para contemplar sua Esmeralda lá na praça. Porém o renque de turistas era tão grande que ele se limitou a disputar espaço, às trombadas, com os visitantes no interior da igreja, fingindo aquela introspecção convencional dos ambientes religiosos.

O domingo amanheceu com cara de chuva e a certeza, ao estudante apaixonado, de que não tinha nenhuma vocação para turista. Procurou no jornal um programa em que não precisasse enfrentar filas enormes, encontrou uma sessão de cinema e literatura com o filme *L'auberge rouge*, adaptação de um conto de Balzac. Ele não lembrava de ter lido nada com esse título, o que serviu para aguçar a curiosidade. O passatempo cinematográfico agradou, distraiu bem umas duas horas, e ainda forneceu material para ocupar a mente por mais um tempo. Por exemplo, o padre interpretado por Fernandel rendeu boas risadas, o Ângelo captou bem a hipocrisia do clérigo, mas, pelo pouco que conhecia da Comédia Humana, não conseguia encaixar aquele clima de suspense meio fantástico na obra balzaquiana. A curiosidade aumentou ainda mais quando descobriu que Balzac teria se inspirado num fato real, um hospedeiro que assassinava os hóspedes com o propósito de surrupiar-lhes os bens. Leitura para mais adiante. Agora, a missão mais urgente era vencer o tempo livre antes de dormir. Precisava de um bom repasto, agora que o organismo se livrara dos efeitos do carrascão da noite anterior, recobrara o apetite.

Na segunda-feira, deixou para jantar no *Le Fleurus*, uma refeição servida pelas mãos da Khristyne certamente seria mais apetitosa. Logo na entrada, avistou a musa, que atendia um cliente. Ela abanou, o rosto iluminado por aquele mesmo sorriso, ele sentou no mesmo lugar de antes. Quando a moça se aproximou, ele desandou a perguntar sobre o fim de semana dela, antes que ela respondesse, ele contou o que ele mesmo fizera, aumentou bastante a importância dos passeios e de como se divertiu. Contou do filme, insinuou uma grande admiração pelo diretor Autant-Lara, de quem, frise-se, nunca ouvira falar antes, e omitiu as desistências das filas dos museus. Foi aí que se armou de coragem para a atitude que vinha decidido a tomar. Quando passou pelo Sena no sábado, viu os casais no passeio de barco, esqueceu toda a aversão aos clichês do turismo romântico, deslizar naquelas águas com uma sereia como a Khristyne seria inesquecível. Voltou à realidade do bar, a moça estava de pé na frente dele. Fez o pedido. Queria provar uma *crepe*, e para acompanhar, um Cabernet Franc, do Chinon, desta vez em taça.

Quem já teve vinte anos, já sofreu uma paixão repentina, já esperou a chegada de uma garota para convidá-la para sair, sabe bem o tempo que demorou até ela voltar com a comida. Ele repassou várias vezes na mente o que e como ia dizer, e quando avistou a garçonete com a bandeja na direção dele, chegou a pensar se não seria melhor deixar para o outro dia. Se ela dissesse não, ele não poderia vir mais. E se ela tivesse namorado? As europeias seriam mais liberais nesse ponto? Ela chegou, serviu o prato na frente dele, ele não se conteve.

– Você já fez o passeio de barco pelo Sena?
– Não. E você?
– Também não. Sozinho não tem graça.

Ela não respondeu. Terminou de arrumar a mesa, recolheu a bandeja.

– Você quer fazer o passeio de barco comigo?

Ela soltou uma gargalhada que poderia significar várias coisas, mas ele não tinha paciência nem habilidade para decifrar risadas de musas, e acrescentou enquanto ela ainda ria.

– Eu adoraria fazer esse passeio de barco com você.

Certas atitudes exigem uma reação cautelosa. Quando o reagente não quer se comprometer com demandas apressadas, um sorriso meio zombeteiro, meio debochado produz um grande efeito, o de deixar o demandante em suspenso enquanto se providencia uma saída de melhor estratégia. Nos olhos de Khristyne, um brilho gaiato denunciava uma indecisão apenas quanto ao que deveria responder, não exatamente ao conteúdo da pergunta. Mas alguém chamou lá de trás do caixa, ela pediu licença, afastou-se, entrou pela porta de onde trazia a comida, o Ângelo viu se aproximar como um fantasma a solidão dos dias anteriores. Se ela voltasse em seguida para dar uma resposta, era sinal de que ao menos deu importância para o convite, mas ela não voltava. De repente, tudo perdeu o gosto. A *crepe*, o Chinon. Uma onda de melancolia tomou conta do estabelecimento, ele via tudo sob a névoa do desencanto. Era um sacrifício até mastigar as últimas fatias do alimento. Engolia o derradeiro gole de vinho quando ela apareceu pela mesma porta onde entrara. Num impulso instintivo acenou com o copo vazio, ela veio e perguntou se ele queria mais um. Estava séria, ele preferiu pedir a conta. Quando ela veio pegar o dinheiro, ele não resistiu mais e voltou ao assunto.

– Vamos passear de barco no Sena?

Desta vez ela não riu, mas respondeu:

– Eu só posso no fim de semana.

O desejo era pegá-la pela mão, saírem dali juntos, caminharem pelas ruas até curar aquele tormento, mas pela glória de Santo Antônio, protetor dos namorados, a resposta dela significava nova esperança.

Precisava esperar uma semana inteira. Como encontrar ocupação para tanto, quem não conseguia se concentrar em nada. Os livros, mesmo o material didático do curso, não logravam canalizar todo aquele martírio, tornaram-se objetos inúteis. Nem o tema de casa surtia o efeito de trazer à realidade o aluno antes tão dedicado. Nas noites seguintes, quando voltava para casa, sofria para resistir à tentação de entrar no *Le Fleurus*, mas não queria demonstrar afobação ou desespero. Até que quinta-feira, não teve forças e entrou. Quando ela o viu, enfeitou-se com o mesmo sorriso do primeiro dia e perguntou se ele ia beber algo. As palavras da resposta saltaram pela boca numa golfada, como uma tosse incontrolável.

– Não. Eu só vim aqui te convidar para um café amanhã.

Ela olhou para ele com uma cara que não disfarçava um desejo de zombaria, como um adulto que se diverte ao assistir as traquinagens infantis, e foi no papel de uma babá que entra na brincadeira de uma criança que ela respondeu.

– Eu começo a trabalhar às seis. Podemos nos encontrar às cinco, aqui perto.

– No *Bread and Roses*, ali na esquina da rua Madame.

Ela aceitou a sugestão, ele recuperou a felicidade tão instável que havia experimentado desde que botou os olhos em Khristyne pela primeira vez. No outro dia, às cinco horas, ele já esperava ansioso. Fingia olhar o menu mas não conseguia tirar os olhos da porta da entrada. E ela apareceu. Usava um vestido até o joelho, botas compridas, um batom vermelho nos lábios grossos, em contraste

com o cabelo loiro, solto sobre os ombros, dava a ideia de uma rosa que brotasse num campo de trigo. Ele nunca tinha visto um campo de trigo, mas lembrou de uma canção antiga que a mãe ouvia, que dizia assim:
Douce comme une rose sur um champ de blé
Levantou, puxou a cadeira para ela sentar.
– Você está linda de cabelo solto.
– Obrigada. Lá no café tenho que prender o cabelo, mas eu gosto mais assim.
– Eu também.
No pouco tempo disponível para desfrutar da companhia de Khristyne, ele se esmerou em atenção, queria saber tudo da vida dela. E ela demonstrou prazer em falar de si mesma. Nascera na cidade de kongsberg, perto de Oslo, tinha vinte e três anos, mas desde cinco anos antes, quando a Noruega entrou na União Europeia, estava viajando, um pouco em cada país para aprender línguas, fazer contato com culturas diferentes, conhecer pessoas, coisas que ela já tinha dito no primeiro encontro. E confessou que ele era o primeiro brasileiro com quem ela conversava assim, fora do bar. Nunca tinha cruzado o Atlântico, mas sonhava em conhecer a América Latina, inclusive o Brasil, e também falou dos lugares que conheceu. Gostava mais de Londres para caminhar às margens do Tâmisa, com aquela infinidade de bares, pubs, restaurantes, coisas que o Sena não tem igual, mas a comida londrina é muito ruim, sobretudo o café. O café de Paris era uma delícia, melhor que o da Itália. Aliás, não tinha gostado muito de Roma, mas para quem gosta de vinho a Toscana é um lugar muito bonito, e a comida, então, nem se fala.
O Ângelo não disfarçava o deslumbramento de ser o alvo de atenção de uma mulher jovem, linda e tão vivida. Fosse ele um sujeito mais experiente, teria pensado que todas essas informações são encontradas em qualquer livro de viagem, mas não se pode exigir muito de um apaixonado, não é recomendado que suspeitas de um espírito crítico venham estragar um momento tão sublime. Só caiu das nuvens quando ela quis saber sobre o Brasil, praias, Amazônia,

todos esses locais que excitam a imaginação de qualquer europeu. Ele não conhecia nada disso. Do mar só podia descrever o litoral gaúcho, os veraneios com os pais em Torres, Capão da Canoa, mas devido a um acesso de pudor, preferiu se calar. Até omitiu que a mãe o acompanhou a Paris, mas impossível negar que era a primeira vez que viajava sozinho. Pejava-se num momento daqueles em que um indivíduo de pouco ou nenhum tirocínio, sem a lábia de uma mente capciosa, experimenta um gosto azedo de atraso intelectual, por não ter nenhuma história para contar. Ainda assim, encontrou meios de se blasonar com uma cantilena cheia de lugares-comuns sobre a experiência em Paris, o curso na Aliança, uma conquista para a vida inteira, ninguém tiraria isso dele, e outras tantas futilidades dessas que uma criatura expele boca afora quando não tem nada a dizer. Ela olhou o relógio, hora de ir ao trabalho.

– E o passeio de barco?
– Vamos no domingo?

Ele preferia no sábado, mas é melhor não exigir muito das musas. Marcaram encontro na Ponte Neuf, em frente da La Samaritaine.

O dia tão desejado chegou iluminado por um sol fraco e uma brisa que prometia virar vento. O coração do jovem apaixonado já batia em cima da ponte desde manhã cedo, mas as pernas só carregaram o corpo com os outros órgãos meia hora antes do encontro. Atravessou várias vezes de uma margem a outra, ignorava de que lado ela viria, tomou todo o cuidado para evitar um desencontro. As pernas não conseguiram segurar o corpo quando os olhos avistaram uma mecha de cabelos loiros que esvoaçava em direção a ele pelas margens do rio. Correu, estendeu as mãos para a moça, que entregou as dela e em troca ganhou um beijo no rosto. Ela não deve ter notado a excitação do rapaz, porque nem percebeu que ele queria falar alguma coisa, e sem esperar qualquer declaração, dirigiu-se ao barco que já encostava e disse apenas um "vamos entrar", com aquela indiferença de um guia turístico a quem a gente segue por não ter outro rumo a tomar.

Dentro dos limites do barco, faltava espaço para extravasar tanta euforia. O ar que enchia os pulmões vinha decantado por um perfume inebriante que emanava do corpo dela. Tudo agora parecia bonito. A cidade se transformou. A perspectiva às margens do rio, aquela fileira interminável de prédios históricos de cores envelhecidas, tudo agora excitava o olhar com um colorido intenso, ele se entregou àquele deslumbramento que ataca os turistas de primeira viagem. De repente, todos os clichês do turismo mais alienado, que ele desdenhava de longe com afetação de enfado, transformaram-se, pelas vidraças do barco, em destinos obrigatórios para quem aprecia as produções das gentes antigas. O Louvre. Como podia estar em Paris há tantos dias sem ter visto nenhuma obra de arte? Mais adiante, como um menino preso pela mão da mãe, que vontade correr pelos jardins das tulherias, aquele mesmo onde as personagens elegantes de Balzac desfilavam aos domingos. Toda aquela vida que deixara passar em branco por timidez e insegurança; como uma semente enterrada em solo estéril, queria irromper agora, brotar numa floração iridescente, a colorir todos os recantos do barco. Um coração selvagem com pressa de viver. Ela se deixou levar pelo entusiasmo dele e ignorando os demais passageiros, os dois fizeram do barco um parque de diversões, onde podiam se entregar às brincadeiras mais extravagantes. O vento, agora um pouco mais forte, entrava pela janela aberta, ondulava a cabeleira de Khristyne, ela se apoiou na ponta dos pés, ergueu o corpo como num movimento de dança, correu para uma das laterais e jogou a metade do corpo para fora da janela, braços abertos que formavam uma cruz humana. Uma mente maliciosa poderia ver nessa imagem esvoaçante a simbologia de um pássaro associado aos desejos; se fosse desconfiado, o Ângelo poderia ainda associar o voo do pássaro a um estado de leveza, de inconstância de uma pessoa que não para de saltitar daqui para ali, com a única intenção de se divertir. Mas, a alma do Ângelo, apesar de viver um momento de euforia, embotada desde cedo por emanações religiosas, com certo pendor pelas epifanias, o único paralelo que conseguiu traçar foi com um anjo descendo do céu. E como estava naquele estado em que os sentimentos nascem no coração e saltam pela boca em forma de palavras, deixou escapar uma declaração angelical ao comparar a moça com essas entidades divinas. Mas, ao que parece, ela não se contentava muito com a ideia de pureza celestial, preferia ser um pássaro selvagem que voava ao infinito dos tempos enfrentando as tempestades noturnas, as borrascas em alto mar. Ciente do fascínio que exercia sobre o amigo, impostou a voz numa inflexão teatral e recitou para o vento.

La tempête a béni mês éveils maritimes
Plus léger qu'um bouchon j'ai dansé sur les flots

Tão deslumbrado estava que nem se preocupou em esconder a ignorância poética.

– O que é isso?

– Você não conhece? É um trecho do poema mais lindo da língua francesa, *Le Bateau Ivre*, de Rimbaud.

– Ah, esse eu nunca li. Minha mãe, que é professora de francês, sempre me disse que Rimbaud é muito difícil.

– E você não tenta quando alguém lhe diz que é difícil?

– Mas eu li outros autores, como a Mme Leprince de Beaumont, Saint-Exupéry.

– Só autores para criança.

– Eu ainda tenho muito tempo para ler todos outros autores.

Khristyne parecia se divertir com o novo amigo quase inocente. Apesar dele não ter se declarado verbalmente, qualquer um podia perceber que ele estava apaixonado e pelo jeito ela parecia gozar os sabores de uma afeição por demais ardorosa, uma paixão intensa. Por outro lado, não dava nenhum sinal de correspondência e o Ângelo ainda não aprendera a vislumbrar as coisas que se manifestam pela ausência.

– Você precisa ler os autores que mudaram o mundo da literatura. Rimbaud, Verlaine, Lautrémont.

– Rimbaud e Verlaine eu conheço de nome, mas esse outro nunca ouvi falar.

– Amanhã você vai jantar lá no *Le Fleurs* que eu vou te dar um livro de presente.

Quando chegaram ao fim da linha, na torre Eiffel, o Ângelo nem lembrava mais que um dia se referiu com desdém àquela horda de invasores que se atropelam nos pontos turísticos. Puxou a moça pela mão, convidou para subir na torre, ela alegou que domingo havia muita gente, melhor no meio da semana. Na crença de que isso era um convite implícito para um novo passeio ele aceitou sem reclamar. Ela convidou para tomarem um champanhe num lugar que não lembrasse o trabalho, só para beber e se divertir.

– Já que você é um adorador de Baco, vou te levar no templo das Bacantes.

O Ângelo não teve tempo de criar nenhuma expectativa a partir dessa metáfora báquica, fosse por desconhecimento dos personagens e seus feitos na Mitologia, fosse porque não captou muito bem o sentido das palavras, ou ainda porque não conseguia a introspecção necessária para uma elaboração intelectual, a alma se projetava toda para fora, na onda daquela cabeleira dourada que o vento jogava de um lado para outro, assim como a deusa Vênus faz com a esperança dos apaixonados. Também porque a moça puxou o companheiro pelo braço, ladearam a margem do rio, à esquerda, até a ponte de Bir-Hakeim, por onde atravessaram, seguiram em frente. Ele nem se preocupou em saber em que tipo de local iriam, claro que com ela qualquer boteco se transformava em um charmoso café. Também, já nem havia a necessidade de chegar a destino algum. A própria caminhada, que poderia parecer longa para quem não exercita o hábito de andar a pé, já adquiria o sentido de uma jornada espiritual, daquelas que fazem os peregrinos de primeira viagem acreditar que o caminho vale mais que a chegada. De qualquer maneira, servia para preencher a carência de uma alma pura e ingênua. Ele se divertia com qualquer bobagem feita ou dita por ela, como simular um drama em cima da ponte e ameaçar a se jogar nas águas sujas lá em baixo. Até que ela entrou pela porta de um prédio antigo e anunciou:

– É aqui, vamos beber.
Ele conferiu a fachada e viu uma placa na parede *Musée du Vin*. Surpreso exclamou:
– Nunca imaginei que existisse um museu do vinho.
Difícil imaginar ambiente mais propício para uma cena romântica protagonizada por dois enófilos, a decoração toda com objetos usados na produção de vinho. Logo à entrada, um grande barril de carvalho com uma torneira, ladeado por uma escultura de cera de um monge com uma taça na mão em oferta aos visitantes. A curiosidade o arrastou pelos meandros da antiga construção, corredores estreitos, mal iluminados e frios como uma caverna, as paredes de pedras cobertas de prateleiras cheias de garrafas de vinho, para beber ou simplesmente se deixar inebriar com a fantasia de histórias medievais que o lugar inspirava, sobretudo ao se deparar com duas estatuas de cera em tamanho natural de monges dentro de uma enorme cuba de madeira empenhados no esmagamento das uvas com os pés. Mas a amiga reclamou, não se sentia bem nesse tipo de ambiente lôbrego. Escuro e frio já chegava o país dela. Queria sair. Ele obedeceu. Dali passaram para uma sala em penumbra, com pequenas mesas rústicas, onde a decoração mantinha o aspecto primitivo do ambiente medieval. Talvez o único lugar de Paris onde não havia dificuldade de conseguir uma mesa, e o Ângelo notou, sem esconder o prazer estampado nos olhos, que eles eram os únicos clientes. Numa hora dessas, até o mais ignaro dos matutos, se estiver apaixonado, é capaz de encontrar presença de espírito para impressionar a moça. E se ele for um devoto que acredita piamente na recompensa de sua devoção; se tem fé que a deusa a quem imolou a si próprio finalmente desceu das alturas para retribuir tanto sacrifício, então ele vai presumir que atingiu aquele estado emocional que as pessoas ingênuas, ou os românticos, fantasiam que seja uma outra dimensão, um estado de sublime completude, e por isso é bem natural que queira homenagear a si mesmo. Com semelhante estado de espírito ele anunciou o desejo de oferecer um champanhe, a menos que ela preferisse escolher. A preferência de uma musa é

o ardor de seu devoto, ela assentiu, ele foi até o atendente, trocou algumas palavras e voltou para a mesa, um passo firme, resoluto, o peito estaria estufado se ele tivesse o hábito da prática de esporte físico, mas no olhar estampava a convicção dos homens audaciosos, acostumados com o gosto da vitória. Em seguida chegou o pedido, a moça exclamou com uma voz de surpresa um pouco afetada.

– Um Don Pérignon! Você é um cavalheiro de muito bom gosto

No momento ele nem atinou no estrago que o bom gosto faria nas reservas de que ainda dispunha para se manter até o fim do curso. As taças foram servidas e esvaziadas com a mesma sede com que ele contemplava os olhos, os lábios, e às vezes até perdia o pudor de menino acanhado e deixava o olhar pousar no volume dos seios dela, espremidos por baixo da camiseta. Ela não dava sinais de que se importasse com o efeito que causava, agia com naturalidade, a fala acompanhada de movimentos de mãos e braços, como se precisasse dar uma complementação visual às ideias.

Conversas e trejeitos regados a champanhe numa tarde de domingo parisiense não vale a pena serem registrados. Ainda mais quando se trata de dois jovens onde um deles está apaixonado e o outro é o alvo dos raios fulminantes e cheios de desejos lançados pelos olhares do primeiro. Basta dizer que o espumante já havia fluido todo da garrafa para as taças e dali para os estômagos quando o Ângelo teve a inspiração de declamar um ícone da poesia brasileira no dialeto original. Ao fundo da sala havia uma elevação no piso formando uma espécie de estrado, no centro do qual incidia um foco de iluminação de cenário, poderia muito bem servir para alguma exposição temporária. O Ângelo subiu ao palco e numa pose teatral soltou um " ó que saudade que eu tenho da aurora da vinha vida " etc. A Khristyne afirmou nunca ter ouvido nada em língua portuguesa, mas achou tudo muito engraçado, e a poesia linda, mesmo sem entender nada. De volta à mesa resumiu uma tradução do poema casemiriano.

– Poesia para crianças. Você precisa conhecer literatura de gente adulta.

– Espera eu me tornar adulto.
– A boa literatura faz você amadurecer.

E improvisou uma palestra sobre os autores que ela conhecia ou apenas de que ouvira falar, incluindo uma dissertação improvisada sobre o já citado poema de Rimbaud, até que perguntou se ele já tinha lido *Les Chants de Maldoror*. Ele nunca ouvira falar. Ela boquejou uma palestra de bêbada, cheia de digressões, mas o Ângelo entendeu o básico. Lautrémont era o pseudônimo de Isidore Ducasse, francês que nasceu no Uruguai. Homossexual, cometeu suicídio aos vinte e quatro anos, deixando uma das obras mais enigmáticas da literatura francesa, uma mistura de gêneros e estilos, prosa com poesia e um monte de loucuras, que na época, início do século dezenove, era tudo muito estranho.

Visto que se tratava de algo que um *soi-disant* intelectual não poderia ignorar, ele prometeu que iria imediatamente procurar o livro. Ela segurou o braço dele, como se o rapaz já estivesse a caminho da primeira livraria.

– Não. Você passa lá no bar amanhã que eu te dou o meu de presente. Tenho muitos livros comigo, leio bastante para praticar o idioma e porque adoro literatura, mas eu me mudo muito, é difícil carregar tudo. Faço questão de te dar um presente.

A promessa de novo encontro em breve já atestava o sucesso do dia, e todas as emoções vividas naquela tarde, mais o efeito do álcool, provocavam um cansaço de alma, uma vontade se retirar na solidão para reviver tudo de novo no segredo da memória, por isso ele não protestou quando ela propôs de irem embora. Despediram-se na estação *Champs de Mars*, ele seguiu a pé, uma jornada longa que podia levar ao esgotamento físico além do emocional, mas caminhar era o único exercício que praticava com frequência, momentos em que deixava os pensamentos seguirem um curso descontínuo, perderem-se por ruelas e becos da mente.

Aquela noite, o Ângelo bordejou pelas ruas como um barco perdido em borrasca de alto mar, mesmo que a única experiência de navegação tenha sido sobre as águas calmas do Sena. Mas faz-se necessário recorrer a alguma metáfora para descrever o estado de espírito de um marinheiro de primeira viagem que naufragou nas profundezas de um par de olhos azuis como o atlântico.

Caminhou pela Quai Brasnly, a cabeça tonta, o coração inseguro como uma criança ao dar os primeiros passos, pende para um lado, cai aqui, levanta ali. Paris agora, pela primeira vez, aparecia como a imagem mítica dos cenários românticos, as fachadas dos prédios, por mais envelhecidas que fossem, sob os fachos da iluminação pública adquiriram a beleza plástica de uma obra de arte. Os passantes que perambulavam pela rua, que nem ele, poderiam ser amigos, vontade de conversar, de contar da paixão que sentia, de romper aquele isolamento em que vivia no meio da multidão, criar vínculos, ter com quem compartilhar alguma coisa. Só agora sentia com tanta intensidade a inexistência de algum confidente em quem pudesse desaguar toda aquela torrente que transbordava como uma barragem rompida. E se entrasse num café daqueles, sentasse numa mesa como o amigo esperado pela turma e deixasse jorrar todo aquele fluxo de sentimentos e emoções que o arrastavam pela rua como o barco desgovernado do poema? Mas ele não tinha o hábito de desviar a rota normal. A felicidade que sentia se assemelhava a uma fonte brotada em terreno arenoso, o fluxo jorra desperdiçado no solo estéril sem uma única semente de vida para irrigar. De repente, sentiu-se exausto, melhor ir para casa dormir. Quando entrou no prédio, ainda olhou para a fachada do *Le fleurus* ouviu a algazarra, vozes, risos, mas ela não estava lá, esteve com ele a tarde toda.

No dia seguinte, a aula lhe pareceu uma experiência inútil, a professora propondo aqueles exercícios ridículos de todas as segundas-feiras, o que fizeram no fim-de-semana. Todos os alunos foram a museus, galerias, parques, festas com amigos, contavam isso como se fosse uma grande coisa, um programa fabuloso. Quando chegou a vez dele, teve um acesso infantil de ciúme de contar a uma turma de estrangeiros sobre a mulher que ele amava, inventou um amigo escritor inglês, a quem foi visitar, almoçaram juntos no Café de Flore, lá onde o Sartre encontrava os amigos para um café, depois foram conhecer o museu do vinho e tomaram um champanhe e conversaram muito sobre literatura. Assim seria só uma mentirinha. Às vezes, a mentira lhe proporcionava um prazer enorme, a sensação de guardar só para ele a verdade que só ele conhecia.

À noite, correu para o café, ao encontro da amada. Foi atendido por um outro funcionário com cara de imigrante, que ele nunca tinha visto lá. Anunciou que esperava a Khristyne e recebeu a notícia que penetrou nos ouvidos como o punhal das histórias dramáticas atinge o coração da vítima. A Khristyne não trabalhava mais lá. De início ele não entendeu. Explicou que se tratava da moça da Noruega, que sempre o atendia, e se dirigiu a um senhor que recebia no caixa com pose de gerente do estabelecimento. A informação foi confirmada, a moça esteve no café à tarde e se demitiu. Não, não tinha deixado nada, nenhum recado. Endereços e telefones dos funcionários não eram fornecidos ao público. Só então o Ângelo se deu conta de que não anotara nada da moça, endereço, telefone, e-mail, nada. Como pode ser tão desatento? Também, como poderia suspeitar que ela fosse capaz de tamanha aleivosia? Mesmo assim decepcionado jantou e bebeu no mesmo lugar de sempre, pela vidraça cuidava o movimento da rua ao mesmo tempo em que se mantinha atento à porta de entrada. O vinho descia rascante, a garganta a custo segurava uma vontade enorme de chorar. Segurou a taça diante dos olhos. Ah, se tivesse o poder da enomancia para descobrir agora onde ela estava. O Ângelo não aprendeu a povoar a própria solidão e estar só no meio da multidão azafamada, como prescrevia o alter ego de Baudelaire. Perambulava pela cidade sem nenhuma motivação estética, apenas para passar o tempo, não observava nada, não absorvia nada, apenas se deixava levar daqui para lá porque o trajeto consumia as horas de folga, mas não desenvolvera nenhum recurso com que pudesse se distrair quando precisava permanecer parado no mesmo lugar. Nessa circunstância, só os devaneios lhe socorriam para criar alguma expectativa, por mais perene que fosse. Então a fantasia sugeriu um final feliz: a qualquer momento a Khristyne entraria como cliente, sentaria com ele, largaria o livro prometido em cima da mesa, confessaria que pediu demissão porque queria ir com ele para o Brasil. Solução bem conveniente para um romance destinado a uma adaptação cinematográfica, mas a vida real não vem com roteiro programado, nada disso aconteceu, ele foi dormir frustrado, sem entender nada. No dia seguinte, após a aula, entrou na livraria ao lado da Aliança, comprou dois livros. *Poésies,* uma antologia de Rimbaud que continha *Le Bateau Ivre*, e *Les Chantes de Maldoror*. Foi toda a bagagem que ele trouxe de Paris.

Nesse dia o Ângelo passou a suspeitar que o amor e as paixões arrebatadoras eram mais interessantes nos discursos dos autores de livros do que na vida real. Mas por outro lado, descobriu que a literatura não era apenas lições de moral para crianças, nem as definições pedantes e grandiloquentes sobre as fraquezas da condição humana, tais como a necessidades de afetos e outras tantas carências. Amor, morte, vida, solidão, tudo definido por alguns autores como sentenças acadêmicas, e as pessoas passavam a vida tentando se encaixar nessas definições e isso só as conduzia à frustração, desilusão, ao sofrimento. A sorte é que, embaixo dessa pilha de livros cheios de mensagens edificantes, havia muitas páginas escritas por homens inquietos que se lançaram a explorar as profundezas desse caudal que é a vida, e se deixaram levar na busca de sensações novas, novas experiências. É claro que já ouvira falar de poetas malditos, mas isso nunca passara de uma expressão nos compêndios de história da literatura quando estudava para o vestibular. Nunca tinha lhe ocorrido entrar no universo desses inovadores, e ler seria apenas uma ideia muito vaga, uma possibilidade num futuro de adulto. Foi lá, sobre as águas do Sena, ao ouvir pela primeira vez uma recitação de Rimbaud, que ele desejou mergulhar na tempestade dos olhos marítimos da Khristyne, e ser levado como uma rolha nos cabelos loiros da moça. Ele adaptava o poema às próprias necessidades emocionais. E foi depois desse choque entre a fantasia e a realidade que ele decidiu que queria voltar para casa e estudar literatura.

Levantar é preciso. Viver também. Espanejar a leseira e sair para a rua, sem olhar para o céu que, naqueles dias, não ostentava o semblante cerúleo dos dias de primavera, apesar do calendário informar a chegada de outubro. A aurora daqueles tempos não se vestia de cor de rosa, não tinha mais o aspecto pinturesco descrito pelos cronistas de antanho, a manhã corria sem nenhum lirismo. Em vez do canto dos passarinhos, que salmodiava nos ouvidos do poeta colorista do passado, o que se ouvia então era a sirene de um despertador, que penetrava nos ouvidos sem nenhuma sonoridade musical.

O aroma de um café passado, preparado na cozinha, chegava até o quarto, um bom incentivo para abandonar o conforto das cobertas. Encontrou os pais já à mesa, mas, diferente do costume, eles dejejuavam em silêncio. Ele ouviu apenas um bom dia quase formal em vez do festivo *bom jour mon coeur* diário. Ao se servir, bocejou e sem que ninguém perguntasse nada, justificou-se que lera até tarde, só pegou no sono de madrugada. E como se não houvesse nada diferente no âmbito familiar, acrescentou:

– A propósito, você sabe o que significa bustrofédon? Ontem eu tentei pesquisar no dicionário, mas precisava inserir o CD para atualizar, não achei. Vou ter que procurar hoje.

A mãe sabia, aproveitou a deixa para recuperar o clima afetuoso que sempre pairou no desjejum da família.

– É um sistema antigo de escrita, em que o sujeito escrevia da esquerda para direita, quando chegava no fim da linha, voltava na de baixo, da direita para a esquerda. Algumas civilizações, nos tempos primitivos da escrita, escreviam assim.

Como boa professora, acompanhou a lição com exemplo, a mão direita fingia segurar uma caneta invisível e fazia o gesto de escrever no ar, numa pauta imaginária, depois voltou no sentido contrário.

– Onde você leu isso?

– É o título de um dos contos da Zezé.

– De que se trata?

– É um escritor meio gay, quer dizer, escreve para frente e para trás, se é que me entendem. E não sabe se fica com uma garota ou com um garotão.

O pai, até então introspectivo, aderiu à conversa com a visível intenção de se reanimar.

– Não existe meio gay. Ou o sujeito é bem veado ou é macho.

Soltou uma risada, certo de que prestara uma grande colaboração para o problema dos gêneros. A professora Lúcia olhou para o marido com uma expressão fingida de zanga, deu-lhe um leve puxão na orelha, como quem passa uma corrigenda numa criança travessa. De novo para o filho.

– Um bissexual, você quer dizer?

O filho, que tinha acompanhado a risada do pai sem muita ênfase, mais para demonstrar sintonia e agradar do que por ver alguma graça na observação, acrescentou.

– É um dos poucos textos do livro que eu não tinha lido antes de publicar. Começa como se fosse uma crônica, depois vira um conto. Aí a gente descobre que é narrado por um escritor, que, aliás, se chama Ângelo. Então aparece uma moça muito bonita, ele bota o olho nela, mas também surge um garotão, e ele começa a fantasias com os dois.

– Um texto híbrido, indefinição de gênero literário para falar da mistura de gêneros sexuais. Será que é isso? Parece bem adequado.

– Não sei, preciso comentar com a autora. Mas essa possibilidade não me passou pela cabeça. Talvez eu tenha feito uma leitura deficiente.

– Você leu até tarde, estava cansado, sem o dicionário, teve dúvida do significado.

O Ângelo aceitou a justificativa, abandonou o assunto por ali. O desjejum recuperou o clima tradicional de família feliz, no fim, o filho se despediu, precisava ir para a aula, a mãe começou a tirar a louça, o pai voltou ao mutismo de antes, acomodou-se na poltrona da sala. Ao ver o filho sair desejou-lhe uma boa aula.

O Ângelo entrou na aula da Daisy com um esboço do trabalho. No final do período, pediu à professora um minuto de atenção para discutir alguns pontos e leu um trecho da introdução: As definições tradicionais tendem a estabelecer diferença entre a crônica e os demais gêneros considerados literários, principalmente em comparação com o conto. O princípio básico da crônica seria o de trabalhar com o circunstancial registrado por um narrador/repórter que geralmente presenciou os acontecimentos narrados. O conto seria uma narrativa que aborda um instante muito particular da condição humana, e sua característica básica é a densidade, enquanto a crônica se caracteriza pela aparente amenidade do tema. No caso dos autores em questão, essas fronteiras estão completamente diluídas. Não existe mais o "circunstancial" nem o fato que exemplifica a "condição humana", pois o cronista, muitas vezes transformado em narrador, se vale de fatos cotidianas para tecer reflexões bastante profundas sobre a condição humana. O recurso da memória utilizado por alguns deles, colocando alguns fatos da infância em constante relação com as ocorrências cotidianas, é uma tentativa de resgatar o que existe de condição humana nos fatos circunstanciais que marcaram a vida do autor. Assim sendo, o banal e o circunstancial são apenas fragmentos constituintes da experiência existencial do autor, e não são mais do que simples pretexto para entrar no tema que se propõe discutir. Por isso as crônicas de autores como Rubem Braga, Paulo Mendes Campos e Fernando Sabino merecem um estudo mais atento no sentido de estabelecer o que existe de elaboração literária nesses textos jornalísticos.

No final do parágrafo inquiriu a professora:

– Você continua no caminho certo. Só te aconselho a evitar a repetição de alguns termos e expressões. Eu ouvi *condição humana* quatro vezes, e *fatos* três vezes. Isso num texto de vinte linhas empobrece o trabalho. E sublinhou com caneta vermelha alguns pontos que o aluno precisa desenvolver, como as *definições tradicionais*. É importante dar exemplo de autores que tratam do tema. E para finalizar, anotou que esses cronistas, sobretudo o Rubem Braga, usavam muito o recurso da ironia, um elemento importante das crônicas desse período.

Dali desceram para o bar, aproveitaram o resto do intervalo com a já tradicional turma de amigos. O assunto em pauta era o livro da colega, que agora assumira o posto de estrela do grupo. Na primeira pausa do debate o Ângelo aproveitou para tirar uma satisfação.

– Escute aqui, escritora, que história é essa de criar um escritor meio gay com o meu nome? Não é nenhuma indireta, é?

A amiga soltou uma gargalhada.

– Esse conto eu deixei de surpresa, foi um dos últimos que escrevi, por isso você não leu antes. Na verdade, foi uma brincadeira que fiz com você. O título, pela sua mania de colecionar palavras difíceis, e o nome do personagem é porque você tem jeito de escritor.

– Mas eu não sou nem gay nem bi. É certo que não sou um macho do tipo predador, mas não tenho dúvida sobre a minha orientação.

– Não, você não é gay, você é um anjo ineficaz.

A professora concordou e lembrou que à noite tinham encontro na Arcádia, o Ângelo ainda queria saber a história do anjo ineficaz. Alguém comentou que não sabia do que se tratava, a Zezé explicou

– Foi a dedicatória que fiz a ele. É uma citação, dizem que de um cara chamado acho que Arnold que falou isso em relação ao poeta Shelley, aquele marido da autora do Frankstein, mas senta bem em você. Acho que você tem um potencial incrível para fazer alguma coisa legal, lê bastante, sabe francês, já viajou, tem uma situação financeira tranquila que dispensa preocupações. Só que você não se dá conta disso. É um anjo ineficaz.

Uma das características da Zezé era uma tendência às avaliações superlativas, com gosto pelo exagero das qualidades das pessoas de quem ela gostava. Como se os amigos a sua volta vivessem influenciados pela espiritualidade que ela própria buscava, uma espiritualidade, diga-se, um pouco confusa, uma mistura da Bíblia Cristã, I-Ching, Budismo e, às vezes, umas pitadas de Kardecismo. Tudo isso na crença de que o mundo é um lugar bom de viver, que a felicidade é possível, basta procurar com calma. E uma das coisas que ela anunciava com o fervor dos crentes era a convicção de que o Ângelo estava predestinado a realizar grandes feitos. O Ângelo, por sua vez, levava um pouco na brincadeira, mas o fato é que, quanto mais se aproximava o fim do ano, com a ideia da formatura, mais ele se atordoava com a dúvida sobre o que fazer depois, visto que um bacharelado em Letras não era o suficiente para estacionar na vida e ele não tinha a menor ideia de como ganhar o próprio sustento. Certeza, apenas uma, não pretendia permanecer pelo resto da vida na dependência dos pais.

A turma se dispersou para um novo período de aula, ele se dirigiu à biblioteca para procurar algo sobre a ironia, sugestão da professora. Não encontrou nada interessante, voltou para casa, onde poderia se dedicar à pesquisa com mais calma.

Abriu a porta, deu de cara com o pai, na sala, diante da televisão, que passava o noticiário do meio-dia. No impulso da surpresa inquiriu se não havia expediente, era feriado? Não, apenas uma folga. Talvez o pai estivesse doente, não costumava faltar ao serviço, exercia cargo importante. Atestado? Problema de saúde? Nada disso, apenas uns dias de folga, andava muito cansado. No noticiário da televisão imagens dos deputados acusados de receberem mensalidades ilícitas, o pai aumentou um pouco o volume do aparelho. Aquilo era tudo meio fora do normal, a vida familiar sempre fora bem organizada, as férias do casal eram sempre combinadas com antecedência, com ele incluído no programa, e agora aquela licença em casa. Mas ao ver que o pai aumentou o som da TV, estava claro que o noticiário era mais importante e foi para o quarto. Abriu a janela, uma aragem morna invadiu o aposento, trazendo o aroma das folhagens que balançavam lá fora. Um passarinho pousou no parapeito, ele tentou agarrá-lo, mas não teve êxito, o bicho fugiu a tempo e foi pousar na copa de um jacarandá, fora do alcance da mão, não da vista.

Passou a tarde às voltas com a redação do texto da monografia, organizou anotações. A tarde rendeu bons resultados, as ideias fluíram, o trabalho começou a adquirir os contornos de um estudo acadêmico. Concluída uma etapa, releu alguns trechos que mereciam mais atenção ou uma reescrita.

Gênero: definição. Serve para designar categorias literárias situadas em diversos níveis (prosa, poesia, teatro, etc). Cada obra literária terá suas características mais marcantes, e a união das obras que contem essas mesmas características dá a noção de gênero. "O gênero designa os aspectos primários, amplos e reiterativos de uma série de obras" a polêmica dos gêneros apenas prolonga o problema dos universais ou das ideias platônicas. O gênero seria uma ideia a qual cada exemplar da realidade procuraria se identificar.

Duas correntes de interpretação:

Realista: os gêneros se igualam as ideias platônicas, constituem realidade única e perene e preexistente.

Nominalista: os gêneros são apenas denominações da verdadeira realidade que são as obras literárias.

O gênero é o resultado do esforço de um processo de expressão de um conteúdo. Ao exprimir esse conteúdo, o artista busca a forma que lhe parece mais adequada à expressão de seus sentimentos, e essa forma de expressão será classificada de acordo com a ideia de gênero, conforme suas características básicas. Os gêneros não são leis nem regras fixas, são apenas veículos nos quais o artista embarca para chegar a algum nível de arte previamente desejado. Isso significa que para o bom escritor não há necessidade de criar gêneros novos, mas apenas explorar as potencialidades criativas de cada um.

Como realização empírica, os gêneros são frutos das condições sociais e existenciais vividas pelos artistas, que encontram nas formas artísticas maneiras de traduzir suas emoções. Essas emoções, por sua vez, vão ser resultado dessas condições existenciais vividas por esses indivíduos em cada época específica. Também será uma situação dependente dos meios de expressão existentes na época.

No caso dos autores brasileiros em questão, pode-se conjecturar que eles usaram a crônica para contornar a dificuldade criada pela falta de público leitor de literatura em livros. Eles se valem da crônica, um gênero mais acessível ao público, para criar textos poéticos e de grande valor literário. Por essa via de interpretação a opção por um gênero será condicionada pelas condições sociais da vida de cada escritor, assim como do meio em que ele vive. Se esses escritores vivessem em país rico seriam grandes romancistas.

Acabou a leitura, a folha estava toda riscada, e a decepção estampada na cara acusava que o texto era todo de segunda mão. Repassou alguns capítulos da bibliografia, não havia dúvida, quase tudo era cópia, apenas reescrita com outras palavras, em resumo, uma paráfrase. Os dois primeiros parágrafos, por exemplo, só plágio de Massaud Moisés, quase literalmente. Quem sabe copiava o texto original, depois botava uma nota de rodapé com os dados bibliográficos, seria mais honesto. Mas aí cometeria o mesmo erro que condenava nos colegas, de selecionar primeiro algumas citações que poderiam agradar à professora, depois emendar um palavrório qualquer, cheio de lugares comuns para fazer a conexão entre os trechos citados. Por fim o cansaço venceu a disposição de honestidade intelectual, deu o expediente por encerrado. Antes de sair ainda anotou: eliminar as repetições, corrigir ou reescrever a frase "os gêneros não são leis nem regras fixas, são apenas veículos nos quais o artista embarca para chegar a algum nível de arte previamente desejado". Por fim, num acesso de cinismo anotou como álibi uma justificativa que, para outro estudante qualquer, poderia servir de consolo: melhor copiar do Massaud Moisés que do Google.

Apesar de tudo, não podia se queixar do resultado, pelo menos avançou o texto. O estômago é que aproveitou uma distração do cérebro para reclamar atenção, foi até a cozinha preparou um sanduíche, um copo de leite, quando o pai apareceu, vindo do quarto, com cara de recém acordado.

– E aí, velho. Nem lembrava mais que você estava em casa. Esqueci completamente.

– Sim. Eu fui dormir um pouco.

– Quer um café?

– Sim, Preto e forte, só para espantar o sono.

Enquanto mastigava o sanduíche, preparou a cafeteira, ligou o fogão. O pai voltou a mesma poltrona de antes, ligou de novo o aparelho de TV, sintonizou um canal, trocou para outro, em seguida trocou mais uma vez, até que achou um telejornal. O Ângelo observava da cozinha. O velho não conseguia encontrar uma postura confortável no assento, os resmungos de impaciência chegavam incompreensíveis até os ouvidos do filho; a cada vez que acionava o controle remoto com a mão direita, a esquerda tapeava o braço da poltrona, como se ali estivesse a culpa de não encontrar o que queria. Pronto o café, apanhou uma xícara e um pires, serviu e alcançou ao pai, que agradeceu com o mesmo tom impessoal de quem se dirige ao garçom do restaurante. Na cozinha, pegou o sanduíche e o copo de leite, de volta ao lado do pai, manteve-se de pé. Por um momento, tentou entender o que aparecia na tela, imagens da Câmara dos Deputados em Brasília, parlamentares aos berros na tribuna, gritarias, uma confusão que lembrava os filmes de catástrofes das sessões de matiné.

– O que está acontecendo, pai?

– Você não viu as notícias? O PT acusado de pagar mensalidade aos deputados para votarem a favor do governo.

– Não. Eu me refiro a você. Não é por causa disso que você está em casa.

– Claro que não. Eu ando cansado, tenho uns dias de folga, resolvi descansar.

Como se estivesse naquela casa pela primeira vez, o Ângelo se abstraiu por um tempo a observar os detalhes que sempre estiveram ali, mas passavam despercebidos, como o desenho no tapete já amarelecido, a cortina da janela que oscilava com o bafejo vindo da rua, a estante onde se via uma coleção de bibelôs arrematados em viagens, como o galinho do tempo português que muda de cor conforme a temperatura; o elefante de marfim que devia ser posicionado com a traseira virada para a porta para dar sorte; na parede uma reprodução de *A Liberdade guiando o povo*, de Delacroix; e outras tantas bugigangas soltas ou afixadas por toda parte. Observava esses detalhes de decoração como se a qualquer momento um deles fosse apresentar a resposta escondida em algum lugar, talvez uma combinação entre eles revelasse o segredo. Nas anotações que costumava fazer, por várias vezes registrou o desassossego por não saber o que estava acontecendo, um impulso quase mórbido de abarcar toda a essência dos fatos. E ali, dentro de casa, acontecia alguma crise cujo sentido escapava, pior, ele estava sendo excluído desse acontecimento. Se tem algo que se aprende com o tempo é que a verdade, ou pelo menos uma explicação prenhe de sentido, sempre aparece. Desistiu de receber atenção do pai, terminou o lanche, lavou o copo e avisou que ia sair, só voltaria à noite, deu um tchau e se foi.

Caminhou até a Protásio, tomou uma lotação, desceu na Osvaldo Aranha esquina com João Teles, entrou no *L'atelier*. Cruzou com a Graciele na porta, fim de expediente, encontrou a mãe na sala, também já se preparava para ir embora. Ouviu o previsível

– Oi meu filho que bom que você apareceu, já vou sair você quer carona?

Ele contou que vinha de casa, só passou para dar um oi e saber se havia algum revertério com o pai. Ela garantiu que nada sério, o pai só tirou uns dias de folga, questões burocráticas, não precisava se preocupar, já tinha as tarefas da faculdade, e por falar nisso, como ia a monografia?

O Ângelo nunca se empolgou com nenhuma corrente mística, mas desde algum tempo vinha notando em si um faro estranho que lhe avisava quando as coisas não encaixavam umas nas outras. A indiferença afetada do pai, a rapidez com que a mãe mudou de assunto, nada disso era normal na vida da família. Sempre tiveram um relacionamento marcado pela transparência e a sinceridade, mas já que eles insistiam em dizer que estava tudo bem, ele ia passar na Arcádia, ver se encontrava o livro que procurava. Para manter o hábito de caminhar, pegou a Vasco da Gama, foi até a José do Patrocínio, dobrou a esquerda, na frente da obra alguns operários de macacão e capacete conversavam com os olhos mirando no alto da construção. O Ângelo mirou no alto, o mesmo ponto, não viu nada de interessante, esgueirou-se pelo meio dos operários e ouviu um deles comentar, "só se desmanchar e fizer de novo". Seguiu sem ouvir a resposta, dobrou na Lopo Gonçalves, entrou na Arcádia. Só a Daisy havia chegado e mantinha um papo bem animado com o Hermes. Ao avistar o Ângelo perguntou:

– E aí querido, veio para se integrar à nossa equipe? Traga seus sonhos impressos para enriquecer nossa realidade.

– Ah, professora, meu único sonho agora é encontrar o livro do Staiger.

– Ora, escreva um conto sobre isso, o livro desaparecido, ou perdido, ou roubado. É um bom mote. Pense no título: À *la recherche du livre perdu*.

– Eu mal consigo escrever minha monografia. E por falar nisso, hoje progredi um pouco, copiei vários trechos do Massaud Moisés.

– Ah, sempre desfazendo da própria capacidade. Falsa modéstia é o sinal mais evidente de arrogância. O que você precisa é de exercício de escrita. Tenho certeza que seria muito legal você participar. Muita gente boa começou anotando sonhos, cenas cotidianas, coisas que para os leigos parecem banalidades, para os gênios se manifestam verdadeiros tesouros.

– Eu não sou iniciado em onirocrisia, quer dizer, não sei analisar sonho. E nunca li *A Interpretação dos Sonhos*, de Freud.

– Não se trata de analisar no sentido psicanalítico, muito menos místico, mas sim no potencial literário que eles possam ter.

A Zezé surgiu nesse momento, pegou o final da conversa.

– Aliás, você prometeu mandar os textos dos sonhos por *e-mail* e não mandou, vou cobrar até receber todos eles.

O Hermes, sentado na cadeira atrás do balcão, fez alguns comentários positivos sobre o livro dela.

– Gostei muito do conto do passarinho. Divertido, irônico. E o do cara que procurava uma mulher ideal, quando encontrou uma com a ferida no rosto, saiu correndo, o cretino.

– Pois esse conto é baseado num abalo que sofri quando criança. Uma vez, vi uma louca, lá na minha cidade, ela tinha uma ferida horrível no rosto, daí eu comecei a fantasiar que nenhum homem ia quer namorar com ela, pedi ao meu pai para ser namorado da coitada.

– Que bacana isso. Uma comoção que marcou muito sua infância, você guardou até agora, e transformou em arte.

– O que eu mais gosto no livro da minha aluna, que acho muito atual e bem moderno, é essa abordagem dos gêneros sexuais. Alguns personagens não são nem homens nem mulheres, são apenas humanos à procura de seu espaço no mundo, como é o caso da Dorinha, ou até do Ângelo, o personagem escritor, que estava de olho na menina, mas também no garotão. Não se trata de um macho à cata de uma fêmea, e sim de um desejo humano de se integrar no mundo.

O Júlio se apresentou, a outra colega que faltava apareceu pouco depois. Turma completa, livraria fechada, podia começar a aula. O Ângelo já havia comentado com a Zezé, em outra ocasião, que se sentia entediado ao ouvir alguém ler em voz alta, o que dificultava a atenção e o entendimento do conteúdo, mas aceitou o convite para ter uma amostra grátis dos exercícios. Escolheu a cabeceira da mesa oposta à parede, mais fácil de sair em caso de desespero. Dificilmente permaneceria até o fim, justificou-se com antecedência, melhor aproveitar a livraria livre de público para procurar o livro. De fato, as leituras começaram por uma colega que ele não conhecia, a Ilda. Uma narrativa sem interesse, nada de importante acontecia, a história de uma mulher que passava muitas dificuldades para criar o filho sozinha, o marido, um bêbado que a humilhava, maltratava o filho, uma vida condensada em duas páginas. Passaram aos comentários, que se limitaram aos erros de pontuação, algumas dúvidas de sintaxe, e quando a Zezé comentou que não sentiu a tensão necessária, a autora argumentou que na cena em que a mulher ouve barulho na porta, conclui que o marido está chegando, há uma grande expectativa em saber se ele chegou bêbado. O Ângelo, que mantinha uma caneta e um caderno à mão, anotou, discreto: confusão entre tensão da linguagem e tensão nervosa. A professora arrematou a discussão com o veredito de que a Zezé tinha razão, a linguagem do texto era muito direta, mas por outro lado, algumas situações são tão significativas, carregam em si mesmas um nível tão cheio de tensão, que dispensam o recurso do requinte estético, elas falam tudo por si mesmas. Uma situação emblemática. A linguagem crua servia para traduzir o nível quase primitivo de vida da personagem. Quando a discussão deu sinais de esgotamento, aconteceu o inevitável, a professora questionou se o Ângelo não tinha nada a dizer. Ela acusou que o viu anotando algo. Não adiantou tentar escapar, então improvisou.

– Acho que a elaboração da linguagem não tem nada a ver com as deficiências da realidade, não é porque a realidade oferece todos os elementos necessários para uma obra, que a linguagem pode ser ignorada. No caso presente, o que me pareceu é que a autora não deu muita importância a esse aspecto. Mesmo que esteja traduzindo uma situação real, a simplicidade precisa ser elaborada.

– Bem, tudo aqui é exercício, tentativas de acertar, mesmo que se erre. Naturalmente, a Ilda vai avaliar os nossos comentários e decidir o que ela quer fazer, a escritora e o escritor devem ser sempre livres das amarras teóricas, embora tenha obrigação de conhecê-las.

Terminada a exortação, a Daisy sugeriu passarem ao próximo texto. Para não precisar intervir outra vez, o Ângelo pediu licença, retirou-se para nova tentativa de achar o livro perdido. É certo que isso não passava de uma desculpa para não permanecer sentado e ainda ter que fingir atenção, porque àquela hora, com aquele lusco-fusco entre as estantes, a chance de achar alguma coisa era mínima. E de fato, foi mais uma tentativa em vão. Já tinha as mãos cheias de pó quando ouviu risadas dos oficineiros, já de saída. Juntou-se ao grupo, despediram-se do Hermes, que jogava paciência no computador, e saíram. Ao chegarem na calçada, a colega chamou o Ângelo.

– Queria te agradecer pelos comentários, acho que você tem razão, vou tentar ser mais requintada na linguagem nos próximos contos.

– Ah, foi só um comentário sem importância, mania de teórico. Eu nem sei escrever ficção. Talvez eu até tenha falado uma bobagem.

A Zezé, que se despedia da Daisy, convidou para irem ao Barafunda, tomarem uma cerveja. A professora e a Ilda declinaram do convite, o Ângelo aceitou.

O Barafunda não destoava em nada de qualquer bar típico de Porto Alegre. Situado na Osvaldo Aranha, acolhia toda a diversidade de público, desde bancários, funcionários de escritórios da redondeza, que procuravam almoço rápido e barato, até os adeptos da boemia, que atravessam a madrugada consumindo cerveja. A Zezé e o Ângelo chegaram perto das dez horas, ocuparam a primeira mesa livre que encontraram. Ele correu a vista em volta.

– Então é aqui que o meu xará vem pegar as meninas?

– Ou um garotão.

– Eu não frequento muito, mas já conhecia. Só não consigo imaginar a cena.

Um garçom se aproximou, cumprimentou a Zezé com a familiaridade de velhos amigos, sinal de que ela era cliente assídua. O rapaz ostentava um porte atlético dentro de uma camiseta bem justa, de quem se preocupa com a boa aparência física, cabelo bem aparado, rosto de pele lisa, gestos um pouco efeminados. Ela apresentou.

– Este é o Leo. Quando você vier aqui, pede para ser atendido por ele, é o melhor garçom da cidade.

Ao ouvir o nome do personagem, o Ângelo arregalou os olhos e soltou uma risada. O garçom anotou o pedido e saiu muito satisfeito com os elogios.

– Eu me inspirei nele para criar o Leo personagem.

– Mas um não tem nada a ver com o outro, a não ser o porte físico.

– Isso não importa. O que interessa é a imagem que interiorizei no instante em que vi a figura na pose de macho alfa, coisa que ele não é, mas não vem ao caso. Então, transformei o Leo em cliente do bar, um predador caçando as meninas. Só que, até aí, tudo muito corriqueiro, então me veio a ideia de um escritor bissexual e uma garota, e o escritor em dúvida se pegava um ou outro. Uma ideia puxa a outra, apareceu a garota gostosa, do tipo não disponível, mas que queria parecer interessante para o escritor.

– Você acha que eles se encontram de novo? A questão ficou em aberto.

– Não sei. Talvez a menina queria apenas que o escritor, um cara mais velho, procurasse ela, tentasse um novo encontro. Daí ela inventaria uma desculpa qualquer. Mas aí eu não seria mais responsável. De qualquer maneira ele voltou para tentar se arrumar com o Leo. Também não sei se conseguiu.

– E eu? Como seria se eu fosse um bissexual aqui diante de tantas ofertas? Está faltando uma Marta para fazer o vai e volta. ...E por falar nisso, vou fazer uma crítica negativa: tive o pressentimento de que a palavra do título saiu muito forçada. Meu palpite é que você queria usar o vocábulo e escreveu o conto só para isso.

– Já disse que foi uma homenagem pela sua mania de colecionar palavras difíceis.

– Eu sei, mas pareceu artificial. Além do mais, eu nem sou mais assim. Mania de adolescente que eu perdi porque os colegas do campus me achavam pedante, reclamavam que precisavam de dicionário para falar comigo.

– Colou em você como uma marca de nascença, vai carregar isso para sempre. Mas você falou artificial? O que é artificial na arte? É o meu primeiro livro, eu me sinto livre para tentar sem medo de errar, só assim eu serei uma boa escritora algum dia.

– Eu penso que as palavras, as cenas, as imagens devem aparecer por uma necessidade interna do texto, como se brotassem de uma maneira natural. A palavra tem que ser tal que nenhuma outra possa substitui-la, e no seu caso não me pareceu que foi assim

– Viu só? Você é um escritor de mão cheia, está desperdiçando talento e sabedoria.

– Vou pensar no assunto. Aliás, vou começar agora, com a imitação do seu Ângelo bi.

– Imitar não é criar. Você precisa se ver dentro daquela realidade para transformá-la em ficção. Nesse caso você estaria imitando uma ficção, não uma realidade.

– Muito confuso. Às vezes eu tenho dificuldade de saber onde começa uma e termina a outra. Os papeis sociais, por exemplo, também são produtos da ficção, as pessoas se comportam de acordo com um roteiro pré-programado, submetem-se a ele sem questionar. Eu não consigo me encaixar em nenhum papel.

– Acho que você tem medo de se perder nisso que você chama de papel social.

– É tudo muito impessoal.

– Você sabe que eu não tenho preconceito contra nenhuma corrente filosófica, eu absorvo tudo que me serve. Então, o I-Ching recomenda que a pessoa deve fluir de acordo com as circunstâncias, evitar conflitos para escapar dos esforços desnecessários. A vida funciona como uma engrenagem, a gente não pode ir contra o movimento geral sem sofrer os desgastes dos atritos, se você quer ir contra, você tem que ter muita força, senão será esmagado pela engrenagem.

O Ângelo ouvia tudo, atento, mas volta e meia se distraía com o movimento do bar. Entrou uma cliente jovem, com uma saia de jeans, passou por eles, sentou numa mesa ocupada por alguns beberrões já meio alterados, foi recepcionada com aplausos e sorrisos ebrifestivos. A Zezé percebeu o alheamento do amigo.

– O que você está olhando?

– Aquela moça que entrou. Será que o nome dela é Marta? Ela usa uma saia igual a do conto.

– Ah, você está preocupado com a moça? Cuidado, daqui a pouco vai começar a se interessar pelo Leo.

– Nem pensar. Minha fantasia vai só até a Marta. Quando chega a vez do Leo eu volto à realidade.

Ainda beberam mais um pouco, na celebração de uma amizade que flui sem confrontos. Quando se despediram, já passava de meia-noite, cada um seguiu o próprio caminho, a escrita na vida daqueles dois tinha uma margem bem definida. No dia seguinte, eles retomariam a nova linha e seguiriam traçando novos encontros, sem as máculas do desejo, sempre na mesma direção.

OUTUBRO PASSOU COM a rapidez dos atos ilícitos, trazendo finalmente uns ares de clima vernal. No que diz respeito à vida pública do grupo de amigos, a expectativa se concentrava na estreia da Zezé na feira do livro de Porto Alegre, um dos orgulhos do povo gaúcho, já de si mesmo tão orgulhoso. Mas na vida privada do Ângelo é que o convívio familiar, de hábito tão alegre, degringolou para um mutismo exasperante. Os dias de folga do pai viraram licença para tratamento de interesse; o velho passava a maior parte do tempo em casa, na frente da televisão, quando não dormindo, ou em conversas ao telefone com um tal doutor Nogueira, enigma que o filho não lograva decifrar. Quando tentava alguma sondagem recebia sempre a mesma resposta: questões de trabalho, nada grave. Para o Ângelo, a permanência em casa durante a tarde, tornara-se conflitante, pelo sentimento de exclusão das vicissitudes da família, pois conforme anotara mais de uma vez, não restava dúvida de que os pais escondiam algo. Até o trabalho de conclusão do curso só conseguia tocar durante a noite, agora os pais iam dormir mais cedo, sem os jantares no clube; sem beber vinho, sem as conversar familiares de antigamente. No campus, não encontrava mais ninguém, a Zezé quase nunca aparecia depois do almoço, a Patrícia, ainda que presente, depois de uma festa na casa do Júlio, não atiçava mais aquela chama de antes, o encantamento vinha sendo substituído, aos poucos, por uma quase indiferença misturada com rancor, ressentimento e um pouco de cinismo aprendido com o Hermes.

Pois justamente na Arcádia ele encontrou um subterfúgio para se afastar da cizânia que emanava da nova aura familiar, e ainda desfrutar um pouco de prazer. Um dia de mais uma incursão entre as prateleiras empoeiradas, encontrou vários livros fora do lugar, literatura na pilha de economia, manuais de Direito no meio da história da arte, uma barafunda, como ele dizia. O livreiro se justificou culpando os clientes, que pegam os livros para olhar e colocam em qualquer lugar, ele não tinha paciência para arrumar, e arrematou com uma teoria um tanto original.

– Na verdade, é uma bobagem essa história de separar o conhecimento em espaços determinados. Na cabeça da gente, quando ele entra, forma uma rede contínua, os nós todos interligados, não tem como separar.

– Você andou lendo certas teorias do conhecimento dos cursos de especialização?

– Eu leio tudo que me chega aqui, pelo menos os índices. A gente aprende muito só com os índices.

– Pode ser, mas no seu caso, acho que essa rabulice toda é apenas artifício para deixar essa confusão do jeito em que está.

O Ângelo se ofereceu para organizar as prateleiras, atualizar o catálogo no computador. O Hermes arregalou os olhos, coçou a barba.

– Você diz, trabalhar aqui comigo?

– É. Eu tenho a tarde livre, só escrevo minha monografia de noite, o clima lá em casa não anda legal, sinto vontade de sair para a rua. Então posso vir te ajudar.

– Eu nunca tive empregado, nem sei como faz isso. Quem me ajuda de vez em quando é a Claudia, uma amiga que vem aqui.

– Não estou falando de emprego. Eu também nunca trabalhei, nem sei como é que faz. Eu falo em ajudar, mesmo. Se você quiser retribuir, pode ser em livro, o que você achar justo, assim como você faz com o pessoal da oficina.

O livreiro avisou que precisava pensar no assunto, mas em seguida calculou que não adiantaria muito, porque em relação às pilhas do chão, não havia onde colocá-las.

– Isso é simples, só comprar mais umas prateleiras, pode deixar lá fora mesmo, mas tudo bem organizado.

– Comprar? Eu detesto sair para comprar alguma coisa. Acho chato.

– Você me diz a loja, eu vou lá, faço os pedidos, mando entregar aqui.

O Ângelo parecia bem resoluto, o que poderia causar espanto até nele próprio, em virtude da lassidão congênita que dificultava a tomada de uma iniciativa enérgica. O fato é que o Hermes não teimou muito, fosse por falta de argumento, fosse por indisposição de levar adiante qualquer conflito, por fim concordou, desde que não precisasse sair de casa. A livraria não representava só um ganha pão, também desempenhava a função de esconderijo, melhor dizendo, nas palavras do próprio Hermes, uma toca, onde ele se refugiava. Sair de casa, só empurrado por uma força ineluávvel, ou promessa de um farrancho daqueles dos antigos. Como se pode ver, manter os negócios em estado de bom funcionamento não contava entre os itens impositivos. Combinaram que o Ângelo passaria numa loja de prateleiras no bairro Petrópolis, no dia seguinte, levaria um cartão de crédito do Hermes, inclusive de posse da senha. Assim dito, assim feito. O estabelecimento comercial escolhido não exigiu documento de identidade, o Ângelo saiu com a missão cumprida. Comprou mais umas duas estantes de metal, umas três gôndolas de parede, para fixar em baixo da meia água no pátio, protegida no lado oposto à parede por uma lona plástica transparente, que pendia dos caibros, presa ao chão por espetos de aço. O Ângelo também questionou esse desleixo, um estágio quase primitivo de vida, ao que o livreiro respondeu que a vida é sempre primitiva, tudo consiste em nascer, se alimentar, fazer filho para perpetuar a espécie, e esperar a morte. Isso que as pessoas chamam de civilização, progresso e outras sandices, não passa de retórica para dar sentido a algo que não tem sentido nenhum. Montaram as prateleiras ao lado da parede, onde havia uma das pilhas de livros no chão. A primeira dificuldade apareceu no momento de estabelecer um critério, pois havia de tudo ali, então o melhor seria acomodar tudo naquela estante, por assunto, ou gêneros, mas acabou optando por uma classificação mais genérica, ciências exatas de um lado e humanas de outro.

 A arrumação durou alguns dias, em primeiro lugar porque o Ângelo só aparecia durante a tarde, em segundo, porque os dois passavam grande parte do tempo conversando, o Hermes sempre tinha um comentário sobre a aquisição do livro, alguma anedota a respeito do fornecedor, como aquela da mulher que ligou para oferecer uma biblioteca inteira. Chegou lá, foi atendido por uma mulher ainda jovem, conduzido a uma sala cheia de encadernações de luxo, coisa fina, mas tinha uma senhora de uns noventa anos que mal caminhava, quase não se ouvia o que ela dizia, daí concluiu, a velha nem morreu ainda, a filha já estava vendendo tudo. O Ângelo não disfarçava o prazer que sentia de estar ali, no meio de livros, com um tipo douto meio autodidata, que parecia não levar nada muito a sério, nem a si próprio. No segundo dia de trabalho, quando o Ângelo chegou, encontrou o Hermes no lugar de costume, sentado atrás do balcão na frente do computador, de conversa com um sujeito engravatado que portava uma pasta de executivo. O homem permanecia de pé, o semblante sério. O Hermes também falava num tom mais áspero do que o normal, coisa incomum para o livreiro, que sempre recebia todo mundo com um ar jucundo e algum dito espirituoso. O Ângelo só ouviu o Hermes falar que não tinha interesse, não adiantava insistir.

— Mas vai ser um bom negócio para o senhor, não vai nem precisar mais trabalhar.

— O que é bom negócio para mim quem decide sou eu, já disse que não tenho interesse e não falo mais sobre isso.

A voz do Hermes ressoava ríspida, o Ângelo, sempre discreto, passou reto e se foi para o local de trabalho. Em poucos minutos viu que o homem da gravata se retirou, o Hermes se aproximou, com o mesmo ar jovial de sempre, como se não tivesse sido meio agressivo poucos minutos antes.

— Então, meu jovem amigo, não desistiu ainda? Os ácaros e as traças já estavam reclamando sua demora.

— Pois seria bom espalhar um pouco de inseticida por aí. Existe algo indicado para livrarias?

— Para deixar aquele fedor insuportável? Deixa os bichinhos em paz, eles não me incomodam.

Na sequência da tarefa, lá pelo meio da pilha, apareceu um volume de capa dura, vermelha, as bordas floreadas em ouro, que chamou a atenção do Ângelo. Apanhou o livro, leu o título, ARCADIA, autor, Jacopo Sannazaro. O Hermes notou um esgar de curiosidade, aproximou-se.

— O meu livro preferido. Eu comprei isso num sebo em São Paulo, há muitos anos, daí que tirei o nome da livraria. Esse vai lá para cima com os meus, não está à venda.

— Mas é em italiano. Você lê em italiano?

— Claro que não. Mas isso não importa. Muita gente não entende nada do que lê, mesmo na língua mãe.

Pegou o volume da mão do Ângelo, folheou, soprou uma mancha de pó, leu ao acaso, com uma pronúncia trepidante do perfeito estilo macarrônico.

Per pianto la mia carne si distilla
sì come al sol la neve
o come al vento si disfà la nebbia;
né so che far mi debbia.
Or pensate al mio mal, qual esser deve

— Viu só, não é bonito?
— O que significa?
— Sei lá. Mas a sonoridade, você não gosta? O importante é a leitura emocional, a cerebral é só complemento.

Nesse instante, ouviram o apito do sensor da porta, os dois espiaram, o Hermes se lançou em direção à entrada, de braços abertos, a camisa desabotoada, os pelos do peito e a barba com manchas de pó.

– Ó minha deusa, seja bem vinda.

Acolheu a visitante entre os braços, saudou-a com um beijo que não deixou ao Ângelo nenhuma dúvida sobre o tipo de relacionamento existente entre eles. Enlaço-a pela cintura, conduziu-a até o Ângelo.

– Esta é a Claudia, a rainha deste reino. Este é o Ângelo, meu novo ajudante.

Cumprimentaram-se, o Ângelo voltou à tarefa de antes. O Hermes, ainda com a amada entre os braços falou:

– Você chegou bem no momento em que eu explicava ao Ângelo o nome da livraria. Arcádia era o verdadeiro paraíso habitada por seres eleitos, que se dedicavam à poesia, onde a existência corria tranquila, no culto dos valores do espírito. Ou seja, este lugar aqui.

– A sua vida pode correr tranquila porque você é um ser apático para as coisas do mundo material, mas a minha vida não é nada tranquila, eu corro o dia inteiro para ganhar minha sobrevivência com um mínimo de dignidade.

– Aqui eu tenho tudo do que preciso. Ganho o suficiente para alimentar esta carcaça velha, tenho bastante alimento para o espírito, e de vez em quando a companhia da mulher mais extraordinária que já conheci. O que mais me falta?

– Para você eu não sei, mas a mulher mais extraordinária agora precisa de um banho.

Desvencilhou-se dos braços do amante com um esforço fingindo porque ele também fingia retê-la, transpôs a cortina de miçangas, subiu a escada em direção ao andar de cima. O Ângelo soltou uma observação quase indiscreta.

– Não sabia que você tinha uma namorada.

– A Claudia é apenas uma amiga, com quem eu tenho um pouco mais de intimidade.

– Uma amizade colorida?

– Esse termo é muito cafona, eu prefiro amiga íntima.

Se havia um sentimento que o Hermes desconhecia era essa vergonha de falar de si, essa falsa discrição que muitas vezes disfarça apenas falta de amor próprio. Então ele fez uma apresentação mais completa da amiga, mesmo na ausência dela. Morava com o pai, um aposentado inválido que passava a maior parte do tempo em cima de uma cama, lá para os lados do Lami, numa casa modesta que ela procurava manter com um pouco de capricho. A pensão do velho e o que ela ganhava como revisora de texto dava para levar uma vida digna, mas com simplicidade. Quando se conheceram, o Hermes encontrou um bom motivo para abandonar o refúgio por algumas horas, já no primeiro passeio dormiram juntos, a Arcádia virou, para a Cláudia, uma espécie de segundo lar, melhor dizendo, abrigo, pois ela aparecia quase só para dormir. E ela não escondia a satisfação de ter a livraria a disposição, como se fosse uma biblioteca particular. A única providência que assumiu para si na Arcádia foi instalar na porta de entrada um sensor de movimento, comprado numa loja de produtos chineses no centro. Quando o Hermes se encontrava no andar de cima, ou entre as estantes, às vezes os clientes iam embora sem comprar nada, por não aparecer ninguém para atendê-los. Isso quando se tratava de gente honesta, porque não raro, um flibusteiro qualquer passava a mão em num volume e ia embora sem pagar. Outra providência da rainha da Arcádia foi colocar a cortina para separar os ambientes, o da loja e o privado. Ela que escolheu também o material, porque a miçanga afasta o mau olhado.

– Eu não sabia desse valor apotropaico das miçangas.

– Ah, isso as mulheres inventam para dar um valor simbólico ao que fazem.

Quando o Hermes terminou essa narrativa sobre a amiga, o Ângelo anunciou a intenção de se retirar.

– Não senhor. Agora você vai jantar com a gente. No almoço eu fiz um carreteiro, o troço saiu tão ruim que eu mal consegui engolir um pouco, sobrou bastante, eu não vou terminar aquilo sozinho. Você vai me ajudar.

O Ângelo já ia se acostumando com essas bizarrices do amigo, soltou uma gargalhada e impôs como condição que a cerveja fosse boa, já que o amigo não desenvolvera o saudável hábito do consumo de vinho.

Pouco tempo mais tarde, o trio se encontrava à mesa para liquidar o tal carreteiro que sobrara do almoço. O Hermes usava uma nova camisa, agora abotoada até em cima, a mesma bermuda de antes, o cabelo penteado, também tinha tomado banho. A Cláudia usava apenas um vestido curto florido que mais parecia uma camisola, a pele recendia a creme pós banho, nas orelhas um par de pingentes dourados. Os aposentos privados do Hermes não destoavam da livraria, tudo muito simples. Uma sala ampla com janela para a rua da frente; uma mesa com quatro cadeiras, um sofá de dois lugares diante da televisão. Ao lado da mesa uma estante de metal igual às da loja com alguns livros, que mais pareciam terem sido atirados ali do que empilhados, ao lado da qual uma pequena mesa de telefone onde se via um aparelho dos antigos com disco, que poderia deixar dúvida se estava ali por um propósito decorativo ou funcional. Como decoração na parede, mais pôsteres de ídolos à semelhança daqueles vistos na loja, um do Raul Seixas, outro do Barão de Itararé, de maneira que a sala privada mais parecia uma extensão da loja do que um aposento particular. Num lapso em que o Hermes foi ao banheiro e a Claudia à cozinha pegar um talher, o Ângelo, sozinho por alguns instantes, registrava mentalmente a simplicidade do local, quando notou a única obra de arte na parede, uma reprodução de uma paisagem bucólica, árvores, montanhas, regatos, pássaros em voos baixos, animais em harmonia. O Hermes voltou abotoando a braguilha, encontrou o Ângelo absorto na natureza da pintura.

– Gostou? Isso me lembra a Arcádia.

– Você é fanático pela Arcádia.

– É o meu país idealizado. Se essas superstições do espiritismo sobre reencarnação, vidas passadas, tiverem algum fundamento, eu certamente vivi na Grécia Antiga.

A Claudia voltou com uma colher de pau para servir o jantar. Acomodaram-se à mesa, o Hermes fez as honras da casa, serviu a Claudia, depois o Ângelo. As cervejas já nos copos. A Claudia perguntou:

– Então, meu deus grego da Arcádia, como vão as coisas aqui?

– Com a sua ausência, tudo aqui é muito triste e escuro, como se eu ainda vivesse numa caverna dos tempos mitológicos, mas aí você aparece e o sol ilumina tudo de novo.

– E já que a luz do meu sol ilumina tanto assim a livraria, amanhã vou pegar uns livros, depois devolvo.

– Aqui tudo é seu, pode levar o que quiser, menos o meu amigo Ângelo, que também está a cata de um livro para copiar alguns trechos para uma monografia.

O Ângelo só ria dos exageros pseudopoéticos do amigo. Esse era um momento raro na vida do estudante, privar da companhia de gente mais velha que não fossem os pais, além disso pessoas inteligentes, divertidas. A maior parte do tempo o Ângelo passava com gente da mesma idade, do campus, o que de certa forma, dava no mesmo. Estar com gente parecida é o mesmo que se postar na frente do espelho, muitas vezes a imagem refletida não agrada, o que pode gerar um desejo de afastamento da turma. Outro dia, numa conversa com a Zezé, no café durante um intervalo de aula, ele se queixava de um insulamento ainda mais radical, não conseguia mais suportar a maior parte dos colegas. Até a Patrícia, andava sem paciência com ela. A amiga alertou que podia ser um processo de despedida, um luto, ela também experimentava algo parecido, o final do curso era o fim de uma fase da vida, depois a pessoa começa tudo de novo, talvez fosse isso a agonia do amigo, que aliás, nunca fora muito entusiasmado com nada. Ele abriu o coração para o Hermes e a Claudia e falava sobre isso. A nova amiga respondeu, com visível intensão de animar o jovem.

– Isso não passa de um processo natural, você está virando uma página da vida, em breve tudo o que você vive hoje vai fazer parte do seu passado.

– Aí é que está, eu não tenho passado. Tudo o que eu vivi até hoje foi um apêndice da vida dos meus pais, ou eu acompanhei ou eles escolheram por mim.

– Ó, o meu jovem amigo está virando filósofo. Cuidado, Isso pode ser coisa grave.

– É sério. Tudo o que eu vivi até hoje aparece como momentos isolados, sem nenhuma conexão uns com os outros. Para mim, isso que chamam de passado é coisa de gente velha.

– Meu infante filósofo, você está se angustiando à toa, porque você já captou a essência da coisa. Isso que as pessoas velhas chamam de passado não passa de uma construção retórica. As pessoas guardam na memória apenas os episódios mais significativos, de preferência os que deram alegria, ou uma tristeza que possa ser transformada em algo grandioso. Algum tempo depois, elas selecionam os mais importantes e costuram uns aos outros, e criam uma narrativa para dar algum sentido para aquele monte de bobagens que guardam na memória. Isso é o que a gente chama de passado. Cada um constrói o seu como bem se agrada. Quando você vive um momento, ele simplesmente acontece, não tem sentido nenhum, ele só adquire sentido quando você o reconstitui na memória, associando a outros fatos. Os fatos são que nem as palavras, adquirem significados quando associados uns com os outros, mas é uma construção a posteriori. É da associação das palavras e dos fatos que se faz literatura. E se você acha que não tem passado é porque ainda não conseguiu construir sua própria narrativa. Se você não consegue fazer isso, não pode ser um escritor, por exemplo.

– A Daysi e a Zezé dizem que eu já sou um escritor, só me falta escrever alguma coisa.

– Elas gostam muito de você, são muito suspeitas.

– Para mim, as pessoas só poderiam se orgulhar daquilo que elas viveram com profundidade. Mas, o que é viver com profundidade hoje? Antigamente as pessoas tomavam atitudes, se dedicavam a uma causa, davam a vida para defender algo em que acreditavam. E agora? Você vê o que está acontecendo na política hoje? Tem gente que morreu ou apanhou muito para a gente chegar a esse ponto.

– Você se deixou influenciar pelo heroísmo dos personagens da literatura. No caso do nosso país, se você se refere às lutas dos anos sessenta e setenta, não sei se foi heroísmo, me parece mais um caso de grande irresponsabilidade juvenil. Uma paixão sincera, mas inconsequente.

– Quer um exemplo? Meu pai. Ele conta dos tempos de militante dos anos setenta, dos riscos de ser preso, apanhar, tortura. Quando veio a liberdade se filiou ao Partido dos Trabalhadores, sempre fiel ao ideário de esquerda, e olha no que deu. Todo mundo acusado de corrupção.

– Vai com calma meu amigo. Ser acusado é uma coisa, ser criminoso é outra muito diferente. A gente deve esperar algum tempo para ver onde tudo isso vai acabar.

Lá fora o silêncio da noite tomava conta da rua, ouvia-se de vez em quando alguma voz de passagem, o ronco de algum motor que acelerava na sinaleira da esquina, ruídos que entravam pela janela aberta junto com o bafo da noite. Quando o Ângelo mencionou o pai, o Hermes retomou um detalhe dito pelo amigo outro dia, uma queixa de que em casa o clima não andava muito bom. O Ângelo resumiu as mudanças estranhas no convívio familiar, a sensação de que os pais escondem algo. Dali passaram para assuntos pessoais, o Hermes contou algumas aventuras do tempo de jovem, quando andou pelo Brasil, morou no Rio de Janeiro, conheceu as praias do Nordeste, só não teve coragem de viajar para o exterior. Nunca tinha saído para fora do Brasil, e acrescentou em tom de reflexão filosófica.

– A gente deve conhecer os próprios limites, e dentro desses limites tentar aquilo que tem chance de conseguir. No meu caso, nunca me interessei por esses lugares visados pelo turismo comercial, pose na frente de monumentos famosos para tirar foto. Viajar para o exterior seria só para conhecer a cultura do país, trabalhar, se misturar na vida real dos habitantes, viver uma experiência diferente, mas como nunca aprendi nenhuma língua estrangeira, não arrisquei. Se é para ir limpar banheiro de rico eu prefiro vender os meus livrinhos aqui mesmo.

A Claudia, que já conhecia a biografia do amigo amante, acompanhava o assunto com um ou outro comentário, sem interferir nos rumos da conversa. Nesse momento comentou

– Ele tem a sabedoria dos filósofos, embora um pouco turrão. Mesmo sem saber língua estrangeira, coleciona livros em latim, francês, italiano.

– Eu entendo a linguagem dos corpos femininos, sei muito bem o que eles estão tentando me dizer.

– Convencido, ainda por cima.

– A propósito, fale um pouco de você aí ao meu angustiado e jovem amigo para ver se ele recupera o ânimo ao ouvir a melodia da sua voz.

Quem observasse de longe o relacionamento da Claudia e do Hermes, poderia pensar, numa conclusão apressada, que eles já estavam naquela fase em que o casal já entrou num terreno pedregoso e cada passo equivale a tropeçar no bico de uma pedra, de onde as palavram saltam doloridas. Puro engano. As réplicas da Claudia não passavam de estímulos, uma espécie de jogo que fazia parte da erotização de um casal que despreza as pieguices do romantismo açucarado e é atraído pela força da admiração mútua e do desejo mais autêntico. É como um fluxo que corre em solo livre e plano, sem as limitações das margens morais. Toda aquela provocação não passava de preliminar para o que viria depois, quando o casal estivesse a sós na intimidade do quarto.

– Eu peguei uma revisão numa editora de ciências, uma coletânea de ensaios de entomologia, classificação de insetos, ambientes que eles mais habitam, do que se alimentam, etc. você sabia que tem uma classificação chamada insetos bibliófagos? O que se alimentam de livros.

– Eu também me alimento de livros.

– E por falar nisso, o meu deus grego já tomou providências para acabar com as baratas, as traças, os carunchos que parasitam seus livros?

– Deixa os bichinhos em paz, eu me dou bem com eles. Agora tem um inseto muito maior querendo se apossar da livraria.

Olhares de interrogativa curiosidade da amada e do amigo traduziram o efeito da declaração.

– Sabe essa obra aí da esquina? Eles querem comprar a minha casa para expandir a construção.

– Mas se pagarem bem pode valer a pena, você compra um apartamento pequeno e vai viver de renda.

– É a oferta deles, me dão um apartamento no prédio, e mais um acréscimo. Mas eu não quero viver de renda, eu não quero um apartamento menor. Se eu sair daqui algum dia, vai ser por minha livre e espontânea vontade, não porque um asnático executivo de construtora vai me botar a correr.

– Eu só falei que a oferta podia ser interessante.

– Eu tenho muito mais a recusar do que eles a oferecer, já dizia o meu amigo Diógenes, que recusou tudo o que o grande Alexandre podia lhe dar e preferiu continuar vivendo no tonel.

– Cercado de cães vira-latas e pulgas.

– Mas livre e com dignidade. Bem aventurados os pobres com espírito livre, Mateus, capítulo dez, versículos vinte e três.

O Ângelo, que se mantinha calado durante essa espécie de duelo retórico, só se manifestou para lembrar de uma consequência desagradável do possível negócio.

– O pessoal da oficina já sabe disso? Se tiverem que trocar de novo, são capazes de desistir.

O Hermes garantiu que ninguém precisaria desistir, e empolgado com o próprio frenesi, traçou um perfil dos vizinhos em construção.

– Essa obra aí ao lado é uma fraude. O projeto foi apresentado como uma das sete maravilhas da Cidade Baixa, captação de água da chuva para o consumo dos condôminos, energia solar, o escambau, tudo para atrair trouxas que se atiram a consumir qualquer coisa que pareça novidade, só pelo gosto de parecer moderno. Mas acontece que a garagem, que seria subterrânea, inundou na primeira chuva forte, agora querem a minha casa para fazer estacionamento, porque, para essa gente, carro é mais importante do que livro. Além do mais, a obra está para ser interditada, por uma série de irregularidades. Ouvi dizer até que o terreno foi adquirido por meio de um cambalacho qualquer. Quer dizer, foi apresentado como uma maravilha supermoderna da construção civil e acabou como todas as outras.

Pela primeira vez o Ângelo viu o Hermes realmente assim tão agastado. A Claudia, que parecia ignorar, ou por outra, se divertir com esse tom mais agressivo, disse, voltada para o Ângelo, mas se referindo ao Hermes.

– Ele quer mudar o mundo sem sair de casa.

– Minha rainha, desde que você esteja aqui comigo, o mundo lá fora que se dane.

Enquanto falava isso, segurou a mão da amada, levou-a aos lábios, beijou-a com uma reverência exagerada, ela retribuiu o afeto, os dedos dela coçaram a barba dele, acarinharam os lábios, ele ameaçou mordê-los, ela retirou a mão num sobressalto de susto fingido. O Ângelo se movimentou na cadeira, o Hermes olhou para os copos vazios, disse que ia pegar mais uma cerveja, ao que o Ângelo protestou:

– Não. Para mim chega. Preciso ir embora, ainda quero estudar um pouco e amanhã tenho aula cedo.

– Você que sabe meu jovem amigo, esta casa é sua, apareça quando quiser.

O Ângelo se despediu com promessas de voltar no dia seguinte para continuar na organização dos livros.

Quando chegou em casa, assim que puxou a porta, a mãe apareceu vinda do quarto, de pijama, os cabelos desalinhados demonstravam que já estava deitada e levantou de repente.

– Oi, meu filho. Onde você anda? Agora não para mais em casa, chega sempre tarde.

Ele deu um beijo na mãe e explicou a nova empreitada. Ela não entendeu direito.

– Você vai trabalhar na livraria? É isso?

– Não é exatamente trabalho, não se trata de um emprego, ele me retribui com livros.

– Você não precisa trabalhar por livros. Seus pais ainda estão em condições de arcar com seus estudos.

– A gente não deve fazer só o que precisa. Pode fazer também alguma coisa apenas por prazer, porque está afim.

Aconselhou que a mãe não se preocupasse, ele já tinha jantado, ia se recolher, deu boa noite e entrou para o quarto.

O PÁSSARO DO BICO DOURADO

Saltou do elevador e enfiou a chave na fechadura com a afobação de marido jovem de casamento recente, o antegozo do beijo de recepção. O desejo de chegar logo ao conforto da casa e ao aconchego da esposa tornavam a espera mais ansiosa. Entrou, braços abertos para amparar a mulher que não via há dois dias. Mas a boca engoliu o beijo guardado, os braços se perderam no vazio, porque o corpo que queria acolher se manteve distante, os olhos, que ele comparava a duas estrelas a guiarem o seu caminho agora o recebiam como a um invasor e miravam-no com um ódio nunca visto antes nas suas órbitas. Ele conteve o passo, mas não a surpresa.
– O que foi? – ele conseguiu balbuciar.
Ela avançou. A mão, sempre tão delicada, agora transformava-se numa garra que o puxava pelo braço, em direção ao quarto. Uma cena muito comum nos primeiros dias de matrimônio, quando as almas sofriam o divórcio dos corpos e o reencontro era sempre celebrado entre lençóis. Desta vez, a cena se repetia, mas a motivação era certamente outra, pois o marido não ignorava, aliás, até se ressentia por vezes, que aquela chama que devorava a mulher recém-casada, já não ardia mais com tanta intensidade. A mulher arrastou o marido para dentro do dormitório, mirou um ponto em cima das cobertas e perguntou, num tom mais de desafio do que de interrogação.

– O que é aquilo ali?

Uma resposta possível seria – uma cama – mas avaliou a fúria que ela continha nos lábios retesados e apenas perguntou o que estava acontecendo, pois não via nada de errado e não entendia o motivo daquele alvoroço. Ela estendeu o braço, apanhou um pequeno objeto em cima do móvel e aproximou do rosto dele, numa atitude agressiva.

– Isto é um brinco, e não é meu. Agora eu quero saber o seguinte: eu durmo uma noite fora, na casa da minha mãe, te deixo sozinho uma única noite, e quando chego em casa encontro um brinco em cima do meu travesseiro. Um brinco que não é meu.

A única coisa que lhe ocorreu responder saiu boca afora sem que ele controlasse.

– Não é meu também.

Foi o suficiente para ela perder o controle mantido até ali e ele precisou se esquivar de uma sequência de tapas e empurrões, acompanhados de xingatórios e palavras grosseiras, coisas tão raras no gênio dela, sempre tão meiga. Com a sinceridade dos inocentes, ele só conseguia repetir que não sabia de nada, não tinha a menor ideia sobre a dona do brinco, muito menos como ele veio para ali. As réplicas se sobrepunham raivosas e ameaçadoras até que a fúria se esgotou transformada em sopapos, e ela recuperou um pouco da calma, mas sem sinal de pacificação.

– Tu pensa que eu sou idiota? Eu não sou, não. Se refestelar com alguma vadia por aí, eu até podia fazer de conta que não sei de nada, mas aqui, no nosso ninho. É demais, não tem perdão.

O marido se perdia em conjecturas, rememorava o dia e a noite anteriores, sem encontrar uma pista que pudesse esclarecer a situação. Enquanto isso, a esposa ziguezagueava furiosa e praguejava contra a falta de caráter dos homens, que transformavam a vida de qualquer mulher num inferno. E por fim parou, respirou fundo e para encerrar o assunto, lançou uma ameaça.

– Eu só não vou embora agora porque já é tarde, mas se até amanhã de manhã não encontrares uma explicação muito convincente, eu volto de vez pra casa da minha mãe e daí tu podes encher essa alcova de brincos, pulseira, anéis e todos esses penduricalhos que essas peruas usam hoje, porque eu não volto nunca mais.

Ele ainda repetiu que passou a noite em casa sozinho, jantou logo que chegou do trabalho e foi ler deitado, até pegar no sono, mas ela já não ouvia mais, pois se encerrou no outro cômodo, mobiliado com um sofá-cama na frente da televisão, onde até pouco tempo atrás assistiam filmes abraçados em baixo das cobertas.

Um banho para relaxar o corpo, organizar as ideias e encontrar uma justificativa para algo tão inusitado. Repassou de memória os fatos do dia anterior, quem sabe alguma mulher de quem ele tenha se aproximado.... não, não tem como uma mulher perder um brinco e ele ir parar em cima da cama dele. Só se fez de sacanagem para causar constrangimento, mas entre todas as colegas de trabalho, com quem ele esteve todo o dia, não havia uma única capaz de tamanha irresponsabilidade.

Saiu do banho, vestiu apenas uma bermuda, foi até a sala de TV, a porta trancada, não insistiu. Na cozinha, pegou uma cerveja na geladeira, sentou no sofá da sala, na esperança de que a esposa viesse conversar, ele iria repetir que não sabia de nada, era inocente. Mas ela não apareceu nem pra jantar e ele comeu uma porção de arroz com um bife, sem muito apetite, e foi ler sozinho no mesmo lugar e posição da noite anterior, até pegar no sono.

No dia seguinte era sábado, acordou sozinho, e em vez de aproveitar a preguiça da manhã de folga, levantou, abriu a janela, respirou o ar fresco de uma manhã ensolarada, e nem lavou o rosto, correu a espreitar o refúgio da consorte. Trancado. A mão fechada subiu no ar e ameaçou uma batida com os nós dos dedos, de leve para não parecer revolta, mas desistiu. Alguns minutos mais tarde ele afogava as mágoas numa xícara de café com leite e pão feito em casa, acompanhado de queijo camembert, quando ouviu um rangido de dobradiças. Naturalmente ela teria que sair mais cedo ou mais tarde. Ela foi ao banheiro, demorou mais do que o costume e quando voltou, ele se concentrou na tarefa de cortar uma fatia de queijo. Numa ostentação de naturalidade, que ela ignorou, anunciou, como se ela ainda não tivesse percebido.

– O café está servido. Hoje eu assumi a tarefa.

Ela fingiu não perceber a tentativa dele de agradar e parecer natural. Ela sentou, pegou uma fatia de pão, despejou um gole de café e outro de leite numa xícara e engoliu tudo com a pressa de quem estivesse atrasada. Sempre disposto a não retornar ao assunto do brinco, como se nada tivesse acontecido, ele chamou a atenção dela pela rapidez com que engolia o pão, mas falou em tom de censura fingida, assim como se fala com uma criança que não se comporta com bons modos na mesa. Ela desprezou o cuidado dele e replicou que tinha pressa, que ia pra casa da mãe e só regressava quando ele tivesse uma resposta convincente para o caso do brinco. Se tivesse.

Ele se limitou a repisar o arrazoado do dia anterior, não tinha a mínima ideia, não trouxe ninguém pra dentro de casa, passou a noite lendo até pegar no sono, sozinho. Ela não retrucou nenhuma das alegações, se manteve numa postura distante e superiora, e como desafio, perguntou qual o livro que ele leu. Ao que ele respondeu prontamente.

– Aquele que já te falei, *A senhorita Simpson*, do Sérgio Sant'anna, em que o personagem faz uma tremenda confusão entre realidade e fantasia. Ou ficção, que é a mesma coisa.

– Aquele em que o cara transa com todas as personagens femininas da história?

Ela perguntou isso com um ar triunfante.

– Esse mesmo.

– Ah, então, quando ficas sozinho tu vais ler fantasias de um pobre diabo que transa com tudo que é mulher que aparece pela frente, até com a ex?

– Não tem nada a ver uma coisa com a outra, é literatura de alta qualidade, aliás, se quiseres saber, no final, a ex já tem outro amante e convida o cara pra irem morar todo mundo junto, na mesma casa.

– É muita modernidade pro meu gosto, ainda bem que essas coisas só acontecem na ficção.

Na cabeça da mulher, a realidade estava bem clara. Ela passou uma noite fora e o marido trouxe uma vagabunda pra dormir com ele. Era o fim. Recolheu a louça da mesa, depositou sobre a pia na cozinha, mas ao contrário dos outros dias, não se preocupou em lavar nada. Sua decisão era convicta. A impotência dele estava estampada no olhar de súplica com que ele envolvia a futura ex-esposa. Porque se ela insistisse nessa desmedida, seria o fim, pois ele não tinha a menor ideia do que aconteceu, como já tinha repetido várias vezes. Saiu da mesa, vagou impaciente, sem saber onde se meter. O melhor seria vestir uma roupa esportiva e sair pra rua, caminhar ao sol, quem sabe encontrasse algum argumento.

Essas meditações foram interrompidas pela agitação de um pequeno vulto na janela. Fitou o alvo suspeito e seus olhos se iluminaram, não pela claridade do sol que inundava o aposento, mas porque vislumbrou a causa de todo aquele tumulto, e um acesso de euforia brotou no peito e se espalhou pelo rosto, pelo olhar e saltou pela boca na forma de um grito que chamava o nome da mulher.

– Olha aqui, vem ver, corre.

Ela espreitou lá da sala, de pé ao lado da mesa, onde limpava os farelos de pão, e veio espiar do corredor. Ele não conteve a impaciência, correu, pegou a mulher pela mão, puxou-a atrás de si.

– Olha ali.

Ela olhou na direção em que ele apontava, seus olhos procuraram os dele, os lábios se moveram, já prontos para retribuírem o sorriso que ele lhe oferecia. Ela se aproximou da janela e viu, sem restar nenhuma dúvida, sobre o peitoril, um pássaro que ela não conseguiu identificar, carregava no bico uma correntinha dourada. Ela saltou sobre ele, mas não conseguiu pegá-lo, o pássaro voou mas deixou a joia cair no tapete. Ela juntou o objeto precioso e estendeu o corpo sobre a soleira na tentativa de ver o trajeto daquele intruso que vinha trazer coisas que não lhe pertenciam. E o que ela viu, na verdade, foi o apartamento do prédio ao lado, um andar abaixo do seu. A moradora, na janela, aos gritos, xingava e excomungava, com gestos agressivos e cheios de raiva. Observou os sinais de desespero da moça e concluiu que o alvo de suas imprecações era o mesmo pássaro que ela tentou pegar. Espichou um pouco mais a visão e percebeu, esparramado entre os móveis, um amontoado de bugigangas, uma desordem típica de mudança. Então ela entendeu tudo: o pássaro pilhava o prédio ao lado e vinha depositar o esbulho no leito nupcial dela. O remorso fez com que ela se abraçasse ao marido, que, embevecido ao seu lado, observava aquela movimentação toda. Ela pediu perdão, disse que era uma boba desconfiar dele, e no decorrer dos minutos seguintes, quem visse a cena de um ponto do lado de fora, veria o quadro de um casal apaixonado, emoldurado pelos marcos da janela.

A ideia seguinte, que tiveram quase ao mesmo tempo, foi que deveriam devolver aquele roubo a quem de direito. Acenaram para a vizinha e aos gritos marcaram encontro na frente do prédio. Em torno de quinze minutos, o casal apaixonado entregava os pertences à verdadeira proprietária e, entre risadas e pedidos de desculpas, contaram suas últimas horas de vida controladas por um passarinho ladrão. A esposa não conseguia esconder a intenção de apagar as marcas da ciumeira anterior e se esforçava ao máximo para passar à outra a imagem de um conúbio feliz, o tempo todo abraçada ao marido, ora enlaçando a cintura dele, ora pendurada em seu braço, com a cabeça apoiada em seu ombro, o rosto banhado por um sorriso de eterna felicidade. Por isso ela não notou os olhos dele, estalados nas pernas roliças da vizinha, que veio recuperar seus adornos assim como estava em casa, usando apenas um short de jeans e um top de lycra que deixava à mostra um ventre liso e bronzeado.

Expressas as mútuas gratidões, concluídas as formalidades recomendadas pela política da boa vizinhança, o casal se despediu, e a mulher, na intenção de demonstrar promessa de amizade, recomendou à outra que daqui pra frente tivesse cuidado com o passarinho, e qualquer coisa podia chamá-los, sem cerimônia. Foi aí que ela notou uma nuvem de decepção encobrindo o rosto da outra, que respondeu com uma voz embargada, uma tristeza que parecia até sincera. Ela estava de mudança, por isso aquela bagunça no seu cafofo. Ela adorava morar naquele bairro, mas o contrato de aluguel era informal e o proprietário, que era um conhecido seu, pediu o imóvel às pressas, sem dar o tempo previsto nos contratos formais. Daí que ela não conseguiu arrumar outro local e ia pedir ajuda a uma amiga, mas essa amiga estava viajando havia uma semana, e ela não tinha pra onde ir. Ia se instalar em algum hotel até a amiga retornar. E acrescentou com uma expressão que mexia com o coração mais insensível.

– Mas hoje nem sei ainda onde vou pousar.

A esposa outrora ciumenta ameaçou um gesto de piedade e quase acolheu a nova amiga num abraço, só não o fez porque a infeliz criatura escapuliu sem perceber a intenção caridosa, provavelmente para proteger as pernas dos olhos famintos do marido, que a essas alturas já tinha feito uma radiografia do que não via, baseado nas partes que admirava. Acenos, abraços, beijos jogados ao ar, se separaram. O casal voltou pra casa, abraçados como na lua-de-mel, e a mulher só exclamava " coitada da moça, ter que sair assim, sem ter pra onde ir, ainda mais uma mulher jovem e bonita, é perigoso". E como o marido nada respondeu ela perguntou

– Tu não achou ela bonita?

O marido falseou o pé numa lajota solta no piso, perdeu o equilíbrio e se desenlaçou do braço da mulher que envolvia sua cintura. Recuperado em seguida gaguejou.

– Nem vi direito, fiquei pensando como é que aquele passarinho foi fazer uma sacanagem dessas com ela e com a gente. Não bastava o senhorio ter botado a inquilina pra fora sem dar o tempo necessário?

Terminou essa imprecação contra a injustiça do proprietário já dentro de casa, e ele comunicou que ia sair a caminhar um pouco, ao que ela se adiantou a avisar que ia junto, bastava vestir um abrigo e calçar um tênis. E quando se preparava para a caminhada matinal, ela, que permanecera um tempo pensativa, concentrada em alguma ideia renitente, chamou o marido.

– Aquela história que tu falou do livro, a mulher convidou o ex marido pra morar com ela e o amante só porque o ex não tinha pra onde ir?

O marido, que não era dos mais lentos no raciocínio e às vezes demonstrava alguma presença de espírito, captou de imediato o que passava pela cabeça da esposa, ensaiou um ar de indiferença na resposta e apelou para o instinto de psicólogo que todo mundo tem nessas horas, e respondeu assim:

– Olha, tudo isso é apenas uma história de ficção, vale tudo. Mas nunca se sabe as motivações mais íntimas de uma pessoa.

– É verdade. Só na ficção mesmo para uma louca fazer uma coisa dessas.

E como ele também nutria algum verniz cultural, adquirido em semanários nacionais, acrescentou, não desprovido de intenção maldosa.

– Aí discordo de ti. Na realidade também acontecem coisas que nem a ficção é capaz de imaginar. Sabe aquele escritor francês, o Victor Hugo? Pois é. Ele era casado havia muitos anos e tinha uma amante, com quem tinha até filhos. A esposa descobriu e sabe o que ela fez? Foi lá na casa da amante e convidou ela pra morar todo mundo junto. Assim, o grande escritor ficou com duas mulheres e uma cuidava os filhos da outra quando precisava e o marido sempre em casa escrevendo.

– É sério isso?

– Foi isso que eu li, na sala de espera do dentista, numa revista dessas que dão dicas de relacionamentos.

Um alegre e agradável passeio sob o sol da manhã pelas ruas do bairro, o casal estava definitivamente reconciliado. Caminhavam pela calçada, suados, vigorosos, esbanjando energia, quando se encontraram na frente do prédio contíguo. De repente, a mulher segurou o braço do marido.

– Espera aí, vou falar com ela. Convidar pra ela ficar lá em casa até se acomodar noutro endereço. Tu não te importa, né?

O marido não se importou, e assim, a noite cobriu uma reunião de amigos ao redor da mesa do jantar, onde saboreavam um filé com amêndoas ao molho de geleia, prato preparado pela esposa, com algumas sugestões da agora parceira que, para não se sentir parasitária, contribuiu com um vinho tinto que guardava para uma ocasião especial. E por conta da bebida ela não perdeu a oportunidade de exibir um pouco de requinte gustativo. Segurou a taça pela base, girou-a lentamente observando o líquido, levou-a ao nariz, inalou o aroma de olhos fechados, respirou fundo e soltou o ar numa expiração lenta, acompanhada de um gemido de prazer. O casal assistiu àquela performance sem dizer uma palavra, a mulher lançou ao marido um olhar interrogativo, como a perguntar "o que a gente faz?", mas não foi necessário perguntar nada porque a convidada abriu os olhos e se dirigiu à mulher, num tom de voz que não escondia o prazer sensual.

– Ah, eu adoro essas notas florais da Pinot Noir.

Num impulso quase autômato a esposa imitou o gesto de cheirar a taça, mas não sentiu nenhuma flor ali dentro e engoliu o resto do vinho de um gole só.

Embora se dirigisse quase sempre à anfitriã, a convidada não descuidou das reações do marido a todos os trejeitos com que ela se exibia. Com um repertório bem variado de olhares lúbricos e boca cheia de volúpia ela controlava todas as nuances da fisionomia do pobre homem. Após aquele instante de êxtase do olfato com os aromas de flores, ela encheu a boca com um gole, engoliu a bebida como se sentisse cada gota do líquido massageando suas papilas gustativas, e ao abrir os olhos, ela percebeu, com imensa satisfação, que o marido mantinha os olhos grudados nela, e quase caiu da cadeira quando ela passou a língua pelos lábios para apanhar uma gota do vinho que escorria pelo canto da boca.

Contaram muitas histórias, soltaram muitas gargalhadas e vieram os bocejos e a dona da casa insinuou que desejava descansar, mas antes de se recolher fez questão de deixar a ex-vizinha bem acomodada no recinto da TV. O marido seguiu a esposa, que não escondia a disposição de dormir sem mais delongas. Se acomodou, apagou o abajur, tentou encontrar uma posição mais favorável para adormecer. Não encontrou. Deitava de um lado, virava para outro, e nada de sono. Foi aí que a esposa chamou e pediu, já que ele não conseguia dormir, fosse até a cozinha pegar um copo d'água pra ela. Estava com sede, por causa do vinho, mas estava nua e com preguiça de procurar uma roupa. O marido, que continuava de pijama, levantou solícito e, ao passar pelo corredor, viu a porta do quarto de TV semiaberta, a lâmpada acesa. A mão direita ameaçou bater na madeira, com o nó dos dedos, mas desistiu, seguiu caminho em direção à cozinha. Ao regressar com a garrafa de água e um copo foi surpreendido pelo avanço da visitante, que perguntou se ele tinha chamado. Meio confuso, gaguejando, ele respondeu que sim, só queria saber se ela não precisava de nada. Já que ele estava segurando uma garrafa de água, ela aceitaria um golinho. Ele serviu o copo e alcançou, ela levou o recipiente aos lábios. Agora iluminado pela luz que vinha lá de dentro, o corpo moreno, coberto apenas por uma camisola preta, emanava um forte perfume, que ele não conseguiu identificar, mas, talvez por lembrar da sensualidade com que ela falou do aroma do vinho, soltou uma exclamação

– Que cheirinho bom, esse.

– É essência de rosas, eu boto pra dormir. Quer ver?

Liberou a passagem e pegou, em cima da cama, um objeto. Um vidro de perfume, em formato de pássaro, a tampa dourada na posição do bico. As pontas dos dedos massagearam o bico do pássaro como se o vidro precisasse de uma carícia para soltar a tampa. Aproximou o recipiente do nariz e repetiu aquele mesmo ritual da degustação do vinho, só que agora o tempo gasto foi menor.

– Eu adoro esse perfume. Quer provar um pouquinho?

Ele se continha, estaqueado na entrada, os olhos vidrados nela, sem atinar o que responder. E nem precisou, porque ela se encarregou de tomar a atitude que ele não conseguia, apanhou a garrafa e o copo, largou no chão, puxou o homem pelo braço e fechou a porta.

JÁ É NOVEMBRO, a primavera espalhou colorido pela cidade, nas roupas mais leves e mais curtas, braços, pernas, decotes, tudo exposto ao sol. Numa manhã dessas o Ângelo chegou ao campus, como fazia diariamente, havia uns quatro anos. Usava uma camisa xadrez de mangas curtas, uma calça jeans e a indefectível mochila, sem esquecer do livro que sempre carregava à mão para se esconder no ônibus. Distraído, como se as pernas o conduzissem por conta própria no trajeto já interiorizado, entrou no prédio sem atinar no movimento ao redor, quando foi segurado pelo braço.

– Oi, Ângelo. Não conhece mais a gente?

– Oi Pati. Desculpe, eu vinha distraído, pensando na Daisy, quer dizer, no assunto que eu preciso conversar com ela.

– Como você está? Já terminou a monografia?

– Não, mas vou acabar até o fim do ano. E você, a gente não tem se visto muito. Você não tem vindo às aulas?

– Eu tive uns problemas de saúde, nada grave, mas não tinha ânimo para sair de casa. Você continua indo na Arcádia?

– Sim. Tentei ajudar o Hermes, só que ele não gosta muito de organizar as coisas. Vou quase todos os dias para lá, nem que seja para ler e conversar com ele.

– Se não tiver problema para vocês, hoje de tarde vou passar por lá, ando louca de vontade de sair, passei muito tempo socada em casa.

– Claro que não tem problema, pode ir a hora que quiser. Hoje é dia de oficina, vai no fim da tarde, a gente já espera o pessoal.

Despediram-se e rumaram cada um para uma aula, com a promessa de se encontrarem mais tarde. O Ângelo seguiu no mesmo andar que vinha antes, sinal de que a presença da Patrícia não causava mais aquele tumulto que alterava até a direção dos ventos. Esse estado de fastio teve um marco inicial, a festa na casa do Júlio.

Mais ou menos um mês antes desse encontro, o Júlio reuniu a turma da oficina para uma janta na casa dele, com a finalidade expressa de exibir dotes culinários. O Ângelo e a Patrícia foram convidados como amigos sempre presentes, o Hermes, apesar de eleito o homenageado do dia, alegou cansaço e não compareceu. A Daisy, mesmo com as honras de presença indispensável, na última hora deu parte de um imprevisto, de maneira que a ala jovem só contou com a colega Ilda como representante da geração mais velha. O propósito era se reunir, matraquear, divertir-se, estar juntos, e comer um espinhaço de ovelha ao aipim, um prato da cozinha gaúcha que o anfitrião se pavoneava em preparar com maestrias de *chef*. Mas a diversão tomou um rumo que pelo menos o Ângelo não esperava. Quando a própria Patrícia deu a notícia da comilança, dias antes, o Ângelo argumentou que não fazia oficina, portanto não se sentia incluído ao festim, ao que a amiga retrucou que ela também não participava, mas não via problema, o Júlio tinha chamado todos os frequentadores da Arcádia. Essa possibilidade deve ter atiçado aquela brasa antiga e incendiado a fantasia do apaixonado estudante, visto que ainda vivia sob o feitiço dos cabelos loiros e crespos da colega, tanto que, como sempre, ele se deixou levar, mais pelas expectativas do que pelos argumentos. Combinaram de chegar juntos, o que deixou o Ângelo na ilusão de preferido. Na entrada já encontraram a Zezé e a Ilda sentadas ao redor de uma mesa onde havia uma garrafa de uísque, cervejas e tábuas de frios, queijos, azeitona, ovos de codorna, esses acepipes que todo mundo serve para recepcionar visitas. O Júlio, na cozinha, cuidava uma panela cheia de pedaços de aipim na fervura enquanto fritava os nacos de carne já temperados com sal e pimenta. O Ângelo cumprimentou o colega e se juntou às amigas na sala. Após os beijos de recepção, a Patrícia se ofereceu para ajudar e assumiu a tarefa de cortar cebolas e tomates. Ela se dava bem na lida doméstica aprendida com a mãe, e nas reuniões e festinhas com amigos não perdia oportunidade de colaborar com a preparação da comezaina. Descascou e picou cebolas e tomates sob os aplausos e elogios do Júlio, pela destreza com que executava a tarefa, como se manusear uma faca de mesa fosse um exercício que exigisse grande perícia. Depois desses afagos no ego da colega, despejou as hortaliças na panela em que tinha fritado a carne, segurou a mão da ajudante, simulando interesse de ver se ela tinha mãos de quem realmente ajudava a mãe em casa, mas ela se esquivou, entregou-se à missão de misturar bem os legumes com a colher de pau no fundo da panela. O Júlio pediu que ela tomasse conta da cozinha por um momento. Foi até a sala, serviu um gole de uísque, comeu um salgadinho, trocou algumas palavras com as colegas e com o Ângelo, para cumprir as regras de sociabilidade de quem recebe amigos em casa, anunciou que a comida não demoraria, e caminhou na direção do quarto. Apareceu poucos minutos depois e voltou para a cozinha. Os tomates já diluídos em forma de molho, as cebolas já douradas e macias como um pedaço de papel, tudo borbulhando na fervura, acrescentou a carne e instruiu a ajudante a misturar bem os ingredientes enquanto ele despejava um pouco de água quente. Ela obedeceu, observou tudo com o a curiosidade de aprendiz. Pronta a primeira etapa, deixaram as panelas em fogo baixo e foram se juntar aos amigos na sala onde o aparelho de som tocava CPM22, *Um minuto para o fim do mundo*. A turma conversava e se chacoalhava ao som da música. Dois assuntos alimentaram os diálogos, o primeiro, a aventura da Patrícia com a xará mendiga, que ela recontou várias vezes, certa de que vivera uma experiência extraordinária; segundo, como não podia deixar de ser, o livro da Zezé e a proximidade da estreia na feira do livro. Foi justamente a Pati que entrou no assunto, ao perguntar à autora como ia a recepção da obra.

– Acho que não vendeu mais nenhum depois do lançamento, coisa já esperada. Agora é esperar pela feira e torcer para vender mais alguns.

– Eu já acabei de ler. O conto do passarinho que rouba o brinco da vizinha perua é muito engraçado.

Daí seguiu-se uma polêmica sobre o casal fictício, se afinal a esposa acabou empurrando o marido para a cama da outra, ou se tudo foi uma sequência de fatos aleatórios, ou ainda se o marido era um sem-vergonha e se aproveitou da situação. A Ilda, única casada da turma, psiquiatra com alguns anos de prática, esclareceu que o ciúme doentio demonstrado pela esposa no começo, pode, às vezes, ser um desejo recalcado de ver o cônjuge com outra pessoa, mas não é uma relação mecânica, que se possa garantir que onde há uma existe a outra. É uma leitura possível. O Ângelo acrescentou que o pássaro é um símbolo que sempre carrega uma conotação sexual, pode-se intuir também que o marido e a vizinha já tivessem se cruzado antes e que o desejo entre os dois já estivesse latente, daí surgiu o pássaro para uni-los. A Ilda, que não tirava os olhos do Ângelo enquanto ele falava, arrematou.

– São várias leituras possíveis. É um conto muito rico de significado.

A autora, que só ouvira os comentários até ali, respondeu:

– Ai, gente, eu estou tão emocionada com essas avaliações. Acreditem, eu não pensei nada disso, a história foi surgindo, eu fui escrevendo. Primeiro apareceu o passarinho ladrão, daí eu pensei numa história de casal, do tipo comédia da vida privada, nunca imaginei que ia dar tudo isso.

As bebidas e o clima amistoso deixaram os ânimos mais soltos e desarmados, então a Patrícia, que se manteve abstêmia e só ingeriu água mineral, retomou a palavra.

– Eu achei aquela história do vidro de perfume, com a tampa em forma de bico, muito cafona.

O Ângelo nunca via maldade nem em falas nem em atitudes, mas de longe conhecia a implicância da Pati com a Zezé, tanto quanto a reciprocidade da Zezé pela Pati, ainda mais nos últimos tempos, quando a escritora canalizava todas as atenções nos encontros da turma. As duas mantinham uma espécie de rivalidade mútua, coisa meio difícil de entender, pois não eram concorrentes em nada, a não ser nas atenções do Ângelo, e no afeto que ele dedicava às duas, embora de natureza diversa, com a mesma intensidade. Ele atalhou.

– Sim, a personagem é uma persona meio *kitsch*, mas no contexto, aquilo ali é um símbolo fálico, faz todo o sentido.

A Ilda complementou:

– Sem querer ser muito freudiana, acho que ainda é o desejo sexual que movimenta a vida.

A Patrícia insistia no pingue-pongue retórico.

– Pois é isso que eu digo. Eu adorei o conto, aliás, o livro todo, mas essa pessoa me pareceu assim sem princípios.

O Ângelo rebatia sempre.

– Mas que princípios ela devia seguir? Da realidade? São muito vagos e um pouco subjetivos. Da autora? Isso não nos interessa. Ou do leitor? Nesse caso, o escritor vai se preocupar em não atingir os valores morais do público, então que literatura pode sair daí? Estamos falando de personagem fictício, não de uma pessoa real. Então, esses princípios só podem ser os da ficção, tais como a coerência interna e a verossimilhança, e nesse caso, mesmo cafona e um pouco calhorda, a personagem é totalmente verossímil.

A Patrícia, ao ver que a tese dela não encontrou adeptos, encolheu-se num mutismo embirrado e não participou mais das avaliações literárias. O disco que tocava no aparelho chegou ao fim, ela encontrou um subterfúgio para se retirar de cena. Encontrou um escape na pilha de CD's na estante. O Júlio, que entrara na sala durante o debate, e não demonstrava muito interesse pelos princípios da ficção, mais voltado para os da realidade, aproximou-se da colega e juntos se abstraíram no monte de discos. A cada um que a moça pegava, ele tinha um comentário a fazer, como comprou, se ganhou de presente, a música que mais gostava, sempre achava um motivo para tomar o exemplar e nesse gesto aproveitar o ensejo para segurar a mão dela, que às vezes ela deixava pender entre as dele, como se não se desse conta dos desígnios explícitos do rapaz, até que ela achou algo que despertou interesse e falou, enquanto estendia o braço em direção a um ponto da estante.

– Ah, eu adoro Skank.

O Júlio, naturalmente, também gostava da banda mineira, principalmente *Garota Nacional*, que colocou para tocar no aparelho. Ela aumentou o volume do som, tanto que os colegas interromperam as controvérsias literárias, passaram a acompanhar o ritmo da música. Tendo todos os olhares voltados para ela de novo, a Patrícia transformou aquele canto da sala numa pista de dança, onde o Júlio foi o parceiro escolhido para a performance de um pequeno show improvisado. Naquele mundinho fechado, ela usava um vestido cor de laranja, mas nem por isso se sentia menos incrível. Só interromperam o espetáculo quando a Ilda avisou que o cheiro da comida que chegava na sala estava ótimo e incentivando o apetite. O Júlio foi verificar, voltou em seguida com a notícia de que já podiam se servir, pediu que alguém arrumasse a mesa, a Patrícia se ofereceu para ajudar e entrou na cozinha atrás dele. A conversa na sala foi saltando de um tema para outro, chegou aquele momento em que os assuntos estabelecem conexões impensadas, justo quando a Ilda mencionou a situação política, as denúncias de corrupção, o Júlio e a Patrícia surgiram com as travessas de comida e depositaram na mesa. Cada um assumiu seu lugar, mas o Júlio posicionou a Patrícia na ponta, à direita da cabeceira onde ele, como anfitrião, assumiu o lugar de honra, de modo que, em breve, os dois se isolaram do assunto geral e confabulavam em tom mais baixo, uma prova inquestionável de que não precisavam da companhia dos demais. Esse matiz de intimidade não passou despercebido de ninguém, muito menos do Ângelo e da Ilda, menos ainda no final da janta, quando os dois se entocaram na cozinha com a justificativa de lavar a louça. Quando a Zezé quis tomar um copo d'água, entrou no recinto e viu os dois jovens atracados aos beijos e apertões que não deixavam nenhuma dúvida sobre a natureza daquela amizade. E para acabar com a festa e as esperanças do Ângelo, ele estava sentado bem na frente, no lado oposto da mesa, de maneira que não adiantou a Zezé tentar encobrir a vista da cena. Daí em diante, o encontro perdeu o clima de festa, assumiu aspecto fúnebre, cada um concentrado no empenho de ser natural. Tudo inútil. O grupo continuou em volta da mesa apenas o tempo necessário para fazer de conta que estava tudo normal. O estrago já estava feito.

Como costuma acontecer nesse tipo de festa, quando a primeira pessoa se retira é acompanhada por todos os convivas. Pois a Ilda anunciou que precisava ir, o Ângelo balbuciou que ia junto, a Zezé aproveitou para se retirar também. Só a Patrícia permaneceu. A Ilda se prontificou a largar o Ângelo em casa, ele aceitou. No caminho ela elogiou os comentários dele sobre o conto da colega, mas ele não respondeu nada. Os automóveis na rua, as pessoas solitárias que caminhavam pela calçada, tudo parecia apenas vultos em movimento, empurrados por alguma força invisível, em direção a lugar nenhum. Naquele excesso de claridade criado pela iluminação pública e pelas sinaleiras que orientavam o tráfego dos veículos, os faróis dos automóveis se mostravam desnecessários, serviam apenas para jogar luz nos olhos de quem vinha no sentido contrário, reflexões extemporâneas e sem sentido de alguém que precisava ocupar a mente com qualquer coisa que servisse para afogar a raiva que sentia. A dor maior, ele anotaria mais tarde, não era a preferência pelo outro, mas o fato de ela ter insistido para ele ir na janta, o que parecia um propósito claro de humilhação. Quando se encontraram no campus na segunda-feira ela tentou se justificar.

– O Júlio me beijou quase à força, eu só não reagi para não dar escândalo, mas não aconteceu nada. Quando vi, vocês tinham ido todos embora, eu saí pouco depois. Peguei um táxi, sozinha.

– Você não precisa me dar satisfação, você não é minha namorada, não tenho nada que ver com quem você vai para a cama.

– Eu sei que não. Mesmo assim eu queria que você soubesse que eu não tenha nada com Júlio, nunca fui para a cama com ele.

Um álibi intempestivo. Por alguma maneira que nem ele mesmo conseguia explicar, começou ali naquele momento a cura daquela obsessão. Também pode ter sido ali que luziu o primeiro raio a iluminar a dimensão daquela demência sentimental. Foi ali, na entrada de uma aula de Literatura Brasileira que ele teve o grande *insight* registrado em seguida no caderno de anotações. A timidez acorrentara todo o vigor necessário para interagir com o mundo externo, incluindo-se aí as relações amorosas com o sexo feminino. A energia sexual fora totalmente dirigida para uma ideia de amor romântico que, por algum motivo desconhecido, ele personificou na colega. A Patrícia não era uma mulher, era uma idealização.

Agora que encontrava com ela no campus, após um certo período de rompimento unilateral, ele não sofreu nenhum abalo de humor. Nem mesmo o vestido curto e florido que ela usava conseguiu causar qualquer desvio no propósito de ir falar com a professora.

Mas esse dia ainda guardava algumas surpresas. No intervalo da aula desceu para o bar e encontrou com a Zezé, a única pessoa da turma com quem ainda mantinha algum laço. Quando ela o avistou, abanou, parecia ansiosa. Ele parou no caixa, pagou o café, esperou ser atendido no balcão e foi para a companhia da amiga, que veio ao encontro dele, aflita.

– Você não lê notícias, né?

– Não muito.

– Então vou te mostrar uma coisa muito chata, que pela sua cara, você ainda não sabe.

Ela abriu a mochila onde guardava o material, tirou um jornal, abriu em cima da mesa. Ele olhou bem a matéria indicada e por algum tempo permaneceu estático, impassível. Na falta de qualquer resposta dele, ela perguntou:

– É o seu pai, né?

– É.

– Você já sabia?

– Não.

A ausência de qualquer alteração nas palavras e no semblante do Ângelo deixaram a Zezé ainda mais impaciente, por fim ele falou, mais para si mesmo do que para qualquer ouvinte.

– Então é isso. Você pode me dar esse jornal? Eu vou embora.

Ela nem precisou concordar com nada, porque, antes de qualquer resposta, ele passou a mão na folha impressa, dobrou-a, colocou na mochila, e antes que ela tentasse algum impedimento, bateu em retirada. Ela ainda chamou, perguntou o que estava acontecendo, mas ele não ouviu mais.

Entrou em casa, encontrou o pai na sala, ao telefone, sentou na poltrona em frente, largou a mochila no chão, esperou. O pai interrompeu a conversa, tapou o fone com a mão, virou-se para o filho.

– Quer alguma coisa?
– Eu espero, pode terminar o assunto.

O pai voltou à conversa.

– Nogueira, a gente se fala mais tarde, vou ter que desligar agora.

Recolocou o fone no gancho, voltou o olhar ao filho, na expressão do rosto, um visível intuito de parecer natural.

– Pois não.
– Esse Nogueira é advogado?
– Por que a pergunta?
– Porque eu acho que você anda precisando de defesa.

O pai manteve silêncio, os olhos fixos no filho, como se a qualquer momento precisasse se defender de um ataque. Na mesinha do telefone, o mesmo jornal que a Zezé havia mostrado pouco antes. Pegou a mochila, abriu o fecho com uma calma ensaiada, tirou a folha, dobrou-a de maneira que a foto do pai e a manchete estivessem em destaque, mostrou.

– Você está virando famoso e nem me falava nada. Nome completo no jornal, aparece duas vezes. Então é isso que andam escondendo de mim, como se eu fosse uma criança incapaz de entender.
– Não precisa essa ironia toda, eu sou inocente.
– Sim, todo acusado se diz inocente.
– Meu filho, eu vou te explicar. A gente não te contou para não te trazer mais um mal-estar à toa, agora no final do curso, com esse trabalho de conclusão.
– Muito obrigado por essa irrefutável prova de amor.

– Afinal, tudo não passa de bobagem. Você sabe que o meu cargo é almejado por muita gente. Muita rivalidade, mesquinharia. Tem gente que faz qualquer coisa para derrubar alguém do meu posto. Pois bem, meses atrás eu fui denunciado de irregularidade na multa de uma rede de supermercados. Encontraram um erro na data de autuação, que teria beneficiado a empresa em alguns milhões de reais, então me acusaram de suborno, que eu teria errado de propósito.

– E não foi de propósito?

– Claro que não. Imagina se eu ia sujar o meu nome por uma bagatela.

– Uma bagatela de alguns milhões, digamos a dez por cento, seria umas centenas de milhares. Quantos vinhos franceses dá para comprar com, suponhamos, duzentos mil reais?

– Meu filho, essa ironia não serve para você, e para ser sincero, me machuca bastante.

– Você passa o dia em casa. Por que?

– Quando esse rolo começou, achei melhor tirar uma licença para me defender. Contratei o Nogueira, que é um velho amigo meu, foi sugestão dele que eu me afastasse do ambiente de trabalho para não ser acusado de ocultar provas ou atrapalhar na investigação. Há um processo administrativo sobre o caso.

– E por que isso foi parar no jornal?

– Ora, o jornal precisa de sensacionalismo. Com essas denúncias de suborno pesado em Brasília, qualquer deslize vira escândalo. Lá na secretaria, todo mundo sabe da minha filiação partidária, minhas convicções políticas, meu passado de militante, nunca escondi nada de ninguém, ao contrário, sempre me orgulhei do que fiz, você sabe muito bem. Alguém se aproveitou dessa onda de denúncias para me ferrar.

– E o que pode acontecer se você não conseguir provar inocência? Pode ir para a cadeia?

– Não. É apenas um processo administrativo, investigação interna, não tem nada na área criminal. E o Nogueira é um ótimo advogado, como te falei. Vai dar tudo certo, em breve eu volto ao trabalho. E você vai tratar da sua pesquisa de conclusão do curso que é o mais importante para você agora.

Inútil continuar a conversa, o pai iria reafirmar inocência, o filho continuaria sem saber o que pensar, recolheu-se ao quarto, já que perdeu uma aula poderia estudar um pouco. Mas em vez do material e da bibliografia acadêmica o que ele pegou foi o caderno e a caneta para anotar as últimas atribulações vividas. A primeira imagem que surgiu foi a do barco bêbado perdido no meio da tempestade. Desde que voltou de Paris, ainda sob os efeitos dos olhos azuis da Khristyne, sonhava em um dia pegar um barco e, como o poeta francês, se embebedar de poesia, de infinito, ser arrastado pelo fluxo da vida genuína, não aquela bolha em que vivia protegido de tudo, encharcar-se de realidade, uma vida pulsante, cheia de vivências autênticas. Agora se dava conta de que tudo isso não passava de imagens literárias, que na realidade ele sempre andou meio à deriva, numa jangada que agora começava a se despedaçar, e o pior, ele não tinha nenhuma margem em vista, nem indício de terra firme. O navio que sempre navegava ao lado para socorrer em qualquer ventinho que soprasse mais forte, de repente se transformou numa caravela das antigas, tão frágil quanto aquele barquinho de plástico com que ele brincava na banheira, lá pelos cinco anos de idade, quando a mãe aproveitava qualquer momento para passar as lições de francês, quando, durante o banho, ela cantava, ele repetia, batendo com a mão na água ao ritmo da música:

Bateau sur l'eau
La rivière, la rivière
Bateau sur l'eau
Les enfants font plouf dans l'eau

No último verso ele mergulhava o barquinho no fundo da banheira e se jogava junto, simulando um naufrágio, com isso a água saltava e molhava o rosto da mãe, que fingia susto, e os dois riam até cansarem da brincadeira e davam o banho por encerrado. Tudo isso agora aparecia num horizonte nublado. As dúvidas sobre a honestidade do pai pareciam inevitáveis, se houvesse tanta convicção assim da inocência, não haveria porque privá-lo por tanto tempo do conhecimento dos fatos. E a mãe, até onde conhecia a história toda? Nesse momento seria muito bom ter o desapego do Hermes, encarar tudo como uma piada, levar na brincadeira. E se o cinismo do Hermes fosse apenas uma estratégia para fugir de situações como aquela que encarava agora? Inteligência? Covardia? Olhou no relógio, quase três horas da tarde, ainda nem tinha almoçado. O intuito de estudar se esvaiu, de qualquer maneira não conseguia mais o mínimo de autocontrole, abandonou a ideia. Uma caminhada faria bem para organizar o pensamento. Passou na cozinha, pegou um sanduíche, preparou um café, engoliu tudo com uma rapidez de faminto. A porta do quarto dos pais estava aberta, espiou, nenhum barulho, nem movimento, o pai teria saído, saiu também.

Não quis pegar ônibus, melhor caminhar um pouco. Desceu pela Protásio, foi a pé até a escola da mãe. Já na porta avistou a Graciele, com aquele indefectível sorriso de recepcionista, passou por ela sem olhar, apenas respondeu um boa tarde, mas a moça acrescentou.

– A professora Lúcia ainda não desceu, mas você pode esperar na sala dela se quiser.

Ele já tinha até fechado a porta quando a moça concluiu a frase. A mãe apareceu uns dez minutos mais tarde, largou uma pilha de livros e papeis em cima da escrivaninha, pediu para o filho esperar um minuto, ela precisava ir à *toilette*, voltou em seguida.

– Então, você passou em casa e discutiu com seu pai.

– Não discuti, só queria saber o que estava acontecendo, é estranho saber as notícias da família pelo jornal.

– Pois agora você já sabe, seu pai está respondendo a um processo administrativo por denúncia de improbidade, tirou uma licença para se defender e em breve tudo voltará ao normal.

– E se não voltar tudo ao normal? Se ele não conseguir provar inocência? Pode ser preso? Perder o emprego?

– Seu pai já falou que é inocente, foi um erro cometido, um engano. Você não acredita no seu pai?

– O que eu acredito não vai alterar o resultado do processo, a minha pergunta continua a mesma. Pelo pouco que aprendi no curso de Direito, um processo administrativo pode virar uma ação penal. Nesse caso, o pai poderia ser preso e perder o emprego.

– Seu pai já tem tempo de aposentadoria, só não se aposentou ainda para não perder as gratificações de função. Numa hipótese remota dessas ele se aposenta e pronto.

Seria muito natural uma mulher que se considera bem casada acreditar cegamente na inocência do marido numa situação de suspeita, ou pelo menos se manter ao lado dele, com apoio, quando mais não seja, afetivo. Mas a professora Lúcia parecia um pouco irritada com os questionamentos do Ângelo, como se o filho tivesse regredido à fase dos intermináveis porquês. Ela não conseguia manter o foco na conversa, pegou um livro, procurou alguma coisa, largou o volume, apanhou uma folha de papel, anotou algo, meteu o papel numa gaveta, abriu outra gaveta, não achou o que procurava, buscou na estante, voltou com uma gramática, tudo isso sem olhar um só momento nos olhos do filho, que se mantinha sentado na cadeira em frente à escrivaninha, impassível e objetivo como um investigador de polícia. Por fim a mãe sentou, olhou para ele.

– Meu filho, eu não tenho muito tempo hoje, agendei um atendimento particular a um aluno agora às cinco horas. De noite conversamos mais em casa junto com seu pai.

Ele levantou para sair, mas antes, como um jogador que arrisca um lance, ou como naqueles filmes policiais de televisão, em que um investigador meio canastrão força os limites da conjuntura para observar a reação do adversário, sugeriu:

– Então vamos abrir um Borgonha, faz tempo que não tomamos um bom vinho lá em casa.

A mãe não respondeu em palavras, mas o olhar que lançou ao filho, como se projetasse raios, dava a entender que ela se sentia ferida. Sabendo-se que uma das estratégias de certas pessoas para se livrar de momentos incômodos é fazer dramalhão, seria possível dizer que ela sentiu como se o filho tivesse lhe cravado um punhal no peito.

Nunca o Ângelo gastou tanta tinta de caneta como nesses dias em que os fatos se precipitaram sobre ele como uma avalanche. Todos aqueles conflitos e inquietações se transformavam em páginas de desabafo de um eremita de quem o maior confidente eram as folhas de um caderno. Havia muitos aspectos da vida de solitário tímido, como as carências de uma vida quase monástica, sobre os quais nem com a Zezé ele conseguia se abrir. Os bate-papos mais privativos com a amiga giravam em torno de temas, por assim dizer, literários, aqueles que se pode entabular como se fosse a sinopse de um livro: as dúvidas existenciais, os desencontros dos relacionamentos típicos da idade deles. No Hermes também encontrou novo interlocutor com quem era fácil se entregar a uma conversação franca e mais descontraída, mas também com ele havia algum recolhimento. A mania do amigo de não levar nada muito a sério era um limite para a necessidade de encontrar um ouvido receptivo, onde ele pudesse desaguar todo aquele fluxo de desespero. E justamente a imagem do Hermes entrou em cena quando ele saiu da escola da mãe e se dirigiu para a Arcádia. Como sempre fazia, sobretudo em momentos de angústia, optou por ir a pé até a livraria, caminhou pela rua Vasco da Gama e quando passou pelo colégio Rosário, uma cena trouxe à baila o discurso do amigo. Em baixo do viaduto que une o estabelecimento aos dois lados da via, um mendigo sentado no chão, ao lado de um velho carrinho de supermercado cheio de papeis, pedaços de madeira, sacolas. O homem segurava na mão esquerda um pote de plástico, de onde tirava comida com a mão direita e levava à boca. Ao lado dele, dois cães observavam passivos, como se esperassem a vez deles de se alimentarem. De vez em quando, o homem alcançava um pouco de comida na boca dos animais, que engoliam tudo rapidamente e lambiam a mão do dono em forma de agradecimento. Impossível não lembrar da imagem que o Hermes pintava do grego Diógenes. Só faltava o barril que servia de casa e a lamparina para sair em busca de um homem honesto, o que leva a concluir que o problema da desonestidade humana era bem antigo. Já os viadutos, esses não existiam na Grécia clássica.

Chegou na Arcádia, havia um caminhão de tijolos estacionado em frente à entrada, e um grupo de homens ocupados em tirar a carga do veículo e empilhar na calçada da obra. O Hermes vigiava de longe o trabalho dos homens. Assim que viu o Ângelo, esbravejou

– Você viu o que os cretinos me fazem? Passaram a tarde toda aí na frente, como se não houvesse outro lugar para estacionar essa fubica velha.

– A rua é pública e a pilha está na parte deles da calçada.

– Ora meu amigo, não seja ingênuo, isso é só para me irritar, me pressionar. E é só o começo, vai vir coisa pior por aí, você vai ver

O Ângelo soltou a mochila, pegou a garrafa térmica em cima do balcão.

– Está vazia. Eu preciso de um café, vou procurar um lá fora.

– Eu também quero um para ver se me distraio. Vai lá na cozinha, prepara um café novo para nós. Se eu sair daqui essa cambada vai despejar tijolo dentro da livraria.

– Que exagero, cara, relaxa.

O Ângelo já nem lembrava mais o motivo que fez ele conhecer o Hermes e a Arcádia, a falta de um livro de teoria literária que faz parte da bibliografia de qualquer curso de Letras, e que no sufocante provincianismo cultural de Porto Alegre é difícil de encontrar. A verdade é que desistiu de procurar e seguiu a monografia sem os ensinamentos de Staiger. A Arcádia se transformou numa espécie de segundo lar e o Hermes um homem digno de admiração, apesar das esquisitices e de algumas incoerências. Subiu pela escada como se estivesse na própria casa, entrou na cozinha e não foi difícil achar o pó de café e a cafeteira, estava tudo ali à vista, provavelmente desde manhã. A pia ainda continha a louça do almoço, uma xícara e talheres diversos, o fogão com manchas de leite seco. Em casa, na ausência de empregada doméstica, a mãe ensinou desde criança a lavar a própria louça, limpar a sujeira que produzia diariamente, hábito que o pai também nutria, para ajudar a esposa na manutenção da casa, e também para dar bom exemplo ao filho, de maneira que o Ângelo não viu nada demais em dar uma geral na cozinha do Hermes enquanto preparava o café. Lavou o prato, a xícara, os talheres, deixou tudo no secador de plástico em cima da pia. Pronto o café, preparou uma bandeja com os utensílios necessários, levou para o andar de baixo. Encontrou o Hermes sentado no lugar de sempre, à frente do computador, depositou a bandeja no balcão, serviram-se. Enquanto saboreava o café, a todo instante o Hermes espichava o olho para a rua.

– Você é bom de fazer café.

– Minha mãe sempre disse que eu precisava ter autonomia. Embora ela própria não tenha contribuído muito para isso.

– O amigo hoje está me parecendo mais jururu do que o normal, não me diga que continua apaixonado pela loirinha.

– Não, nada disso. Aliás, ela prometeu passar aqui hoje, mas o problema é outro.

Um dos operários do caminhão da obra deixou cair um punhado de tijolos no chão, bem em frente da entrada da livraria, o Hermes viu, deu um tapa de mão aberta em cima da bancada que a bandeja chegou a trepidar, mas o grito que ameaçou se reduziu a uma careta de impaciência, pois o operário já tinha desaparecido da vista. Voltou-se para o Ângelo.

– E então?

– Lembra que eu falei que o clima lá em casa andava estranho? Pois, é. Agora eu sei do que se trata.

Entre as excentricidades do Hermes não se encontrava a indiscrição. Ele ouvia os outros, mas deixava que o interlocutor seguisse o ritmo próprio, no entanto, em vez da voz do Ângelo, o que ele ouviu foi o apito do sensor da porta que acusava a entrada de gente.

Era a Zezé, que chegava para a oficina. Cumprimentou os amigos e perguntou se o Ângelo já tinha encontrado o livro que procurava

– Ih, até já desisti. A monografia já está quase no fim, nem preciso mais daquilo.

– Pois olha só o que eu li hoje no jornal, um cara no Rio de Janeiro vai lançar um *site* que vai unir todos os sebos do país. Em breve a gente vai poder comprar livro usado de qualquer parte do Brasil, sem sair de casa. Vai ser legal, hein Hermes?

– Se não precisar sair de casa eu vendo livro até no Japão

– Vai ser bom para a gente se livrar desse provincianismo porto-alegrense, onde só se encontra o que está na mídia.

– Pois é, vai inaugurar em breve. Vai se chamar estante *on line*, ou estante virtual, algo assim.

Alguns minutos mais tarde, chegaram os demais participantes da oficina, e as novidades nas tecnologias de venda de livros deram espaço para os comentários sobre o caminhão na porta, motivo pelo qual o Hermes decidiu fechar a loja mais cedo. Assim que avistou a Daisy na entrada, precipitou-se a ela, pegou-a pela mão e numa reverência exagerada de cavaleiro medieval beijou a mão da professora.

– Veja só, eles querem obstruir a entrada dos seres iluminados a este templo da criação, mas para uma musa eu sempre estarei aqui, pronto a abrir caminho, nem que precise recorrer aos raios de Zeus.

– Ai, que amor. Com uma recepção dessas, acho que vou dar aula todos os dias.

Convidou o Ângelo para tomarem uma cerveja no andar de cima, abandonaram os futuros escritores postos em sossego. Foram para a mesma sala onde jantaram com a Claudia outro dia, o Hermes trouxe a bebida. Esperou que o Ângelo encontrasse por conta própria o momento de desabafar, no entanto, o amigo comentou sobre o caminhão estacionado lá na frente, não era motivo de estresse, no dia seguinte estaria tudo em paz novamente. O Hermes comentou que naquele bairro não se vivia mais sossegado como no tempo em que ele começou a frequentar os bares da República e da José do Patrocínio, relatou as noitadas com os colegas da Parobé.

– Você estudou na Parobé? Precisa me contar sobre isso.

– Não sei se dá para classificar como *estudar* o que eu fazia. Mas, depois das aulas, eu e uns parceiros vínhamos beber aqui nas redondezas. A melhor parte do curso. Outro dia te conto.

Nova busca de cerveja na geladeira. A noite corria encoberta pelo silêncio da rua, já livre da barulheira do dia. O Ângelo pulava de um assunto a outro, parecia um tanto elusivo em ralação aos transtornos que o afligiam. Lá pelas tantas, numa referência à vida familiar, o Hermes aproveitou a deixa.

– E por falar em família, meu angustiado e jovem amigo, qual o problema que te aflige? Eu já li um pouco de Freud, bastante de Sartre e quase tudo do Barão de Itararé, tenho formação suficiente para te ajudar a sair da crise.

O Ângelo contou o drama familiar, sem omitir nada. Ao contrário, como se estivesse repassando a própria trajetória pessoal, falou do padrão de vida que sempre teve, nunca faltou nada em casa para que ele se sentisse confortável e pudesse estudar, a experiência em Paris, tudo bancado pelos pais, o fato de nunca ter trabalhado porque nunca precisou, e agora surge a suspeita de que tudo isso tenha uma fonte ilícita. Contou das conversas com os pais, sempre cheios de reticências, e resumiu.

– Daí eu me pergunto se essa história de me esconder assuntos é de agora ou sempre foi assim e eu nunca tinha percebido. De repente, é como se toda a minha vida até aqui fosse uma coisa falsa.

– Há que se considerar alguns aspectos. Primeiro, como já te falei outro dia, ser acusado é uma coisa, ser criminoso é outra. Segundo, no meio dessa classe média medíocre, onde a única coisa que conta é o valor do contracheque, tem uma competição mesquinha, a burguesada lança mão de qualquer estratégia para derrubar um colega e pegar o cargo dele. Seu pai pode estar sendo sincero.

– Eu pensei sobre isso, e tenho medo de cometer uma injustiça

– Além disso, a maior parte do rendimento do seu pai é salário honesto, que imagino seja bem bom.

– Sem falar que no meu padrão de vida também tem a contribuição da minha mãe, que é tudo limpo, com certeza.

– Limpo? Ela vende conhecimento para filhos da classe média. Ou você já viu pobre estudar francês em escola particular. O Rico vai direto para a França, Bélgica ou Canadá. Pois bem. Você já se perguntou de onde vem o dinheiro desses pais que pagam os estudos dos filhos na escola de sua mãe?

– Mas nesse caso eu teria que virar morador de rua e comer os restos que as pessoas jogam no lixo.

– E ainda assim poderia comer lixo fruto de dinheiro sujo. Você nunca vai saber, a não ser que abra mão de todos esses penduricalhos consumistas que o mercado produz para satisfazer uma necessidade que o próprio mercado criou para fazer você consumir.

– Então, qual é a solução?

– A solução é você deixar de ser um romântico moralista, aprender a diferença entre Ética e Moral, admitir que você não fez nada de errado, independente do resultado desse processo de seu pai. Precisa se livrar desse masoquismo cristão. Você não pode assumir a culpa de todas as sacanagens dos outros, mesmo que você, de alguma maneira, seja beneficiado por elas.

– Sabe o que você me lembra? Um personagem do Balzac.

– Eu seria um ótimo personagem literário.

– Você conhece o conto *A Estalagem Vermelha*?

– Não lembro.

– Eu vi uma adaptação para o cinema em Paris, não entendi nada porque não tinha lido o texto, depois vi de novo aqui na Casa de Cultura, e li o conto. A questão é muito parecida. Um rapaz que está apaixonado por uma moça riquíssima, um casamento que vai torná-lo rico para sempre. Ele é um sujeito correto, honestíssimo, e a paixão é totalmente correspondida, a pretendente está disposta a casar. Mas aí ele descobre que a fortuna do pai da noiva foi conquistada por meio de um crime hediondo, então se ele se casasse com aquela moça, estaria se beneficiando de um crime ocorrido mais de vinte anos antes.

– Mais um idiota moralista. Ou romântico, que é a mesma coisa. E como termina isso?

– No fim ele chega a mesma conclusão que você, não foi ele quem matou, ele não roubou nada de ninguém, e a mocinha é linda e meiga. Além de rica, é claro.

– Não é à toa que Balzac é um dos maiores escritores do mundo.

– Ah, um detalhe, que já ia esquecendo. O conto é inspirado num fato real, um dono de estalagem que matava os hóspedes endinheirados e se apossava do dinheiro deles.

O Hermes levantou para ir ao banheiro, na volta passou na cozinha, pegou mais uma cerveja, serviu os copos. O Ângelo bebia com vontade, como se quisesse afogar aquelas inquietações que o levaram até ali. Ouviram barulho no andar de baixo, a turma da oficina encerrava o horário, em seguida a voz da Daysi ressoou ao pé da escada.

– Ó de casa.

– Pode entrar que a casa é sua, professora.

A Daysi entrou, o Hermes acolheu-a no último degrau, enlaçou-a pela cintura, conduziu-a até o sofá na frente da tv. Ela sentou, cruzou a perna, a barra do vestido subiu um pouco acima do joelho, o pé abanando dentro de uma sandália de couro.

– Então, o que os meninos tanto matraqueiam?

– Discutíamos Balzac.

– Que maravilha. E em que ponto estavam?

– No momento em que ele se livrou do romantismo e caiu na vida real.

– O Romantismo não é tão ruim assim. Muitos românticos produziram obras muito boas.

– Romantismo é como a infância, é uma fase muito bonita, mas chega um momento em que o sujeito precisa crescer.

O Hermes sentou ao lado da Daisy, copo na mão, ofereceu, ela aceitou, bebeu um gole, ele abriu os braços sobre o encosto da poltrona, de maneira que o braço direito se estendia quase por cima do ombro dela. Dava para perceber naquele quadro que aqueles dois já tinham estabelecido uma intimidade até agora desconhecida do resto do grupo. As vozes dos demais participantes da oficina chegavam do andar de baixo, o Ângelo aproveitou a ocasião, desceu as escadas, juntou-se aos amigos. Ao dar de cara com o Júlio, seria difícil não lembrar da Patrícia, que prometera aparecer e não apareceu. A Zezé subiu até a porta da sala, despediu-se da professora, a Daisy disse que iria dali a pouco, antes precisava conversar com o Hermes. Ele, por sua vez, desceu para abrir a porta, despediu-se da turma, largou a chave em cima do balcão, apagou as luzes e subiu a escada, os passos lentos, quase parando em cada degrau.

O MUNDO É UM PALCO, onde cada um tenta exibir alguma habilidade em busca da sobrevivência. Adaptação às demandas é fundamental a todo aquele que quiser se impor à realidade e conquistar um público cativo, que sirva de orientação para desenvolver novos espetáculos. Essa a filosofia que o Hermes desenvolveu ao longo da vida. Demorou um bom tempo no ensaio de várias atividades até encontrar, na venda de livros usados, a profissão mais condizente com uma alma teimosa, com pretensões de autossuficiência, que desprezava as ocupações que se limitam a ganhar dinheiro. Nunca se interessou em ostentar pose de *status* social pela posse de bens materiais, carro do ano, casa em bairro nobre. Um canto seguro para se abrigar, alimentação suficiente para manter a carcaça em pé, tempo disponível para cultivar o espírito e o intelecto, conversar com pessoas, descobrir o que elas possuem de especial, eis o triunfo a que um ser humano de alma nobre deve aspirar. E tudo isso ele conquistou ali no meio de prateleiras empoeiradas e livros velhos, alguns já amarelados, com sinais de traça. Toda pessoa, ele afirmava com entonação filosófica, tem algo que não se revela em nenhuma outra, e descobrir essa particularidade é o que dá mais prazer. A primeira pista que se pode farejar rumo ao âmago de uma pessoa é o livro que ela procura. A partir daí, impõe-se uma leitura atenta dos sinais que ela emite, até atingir a essência dessa outra subjetividade, para saber se vale a pena seguir adiante. Às vezes, é melhor dispensar aquele livro e procurar outro. Livros e pessoas têm uma característica comum: não se deve perder tempo com quem não tem nada a dizer. Por outro lado, para que se descubra essa qualidade única de cada pessoa, e cada livro, é necessário perspicácia para ler com calma, atenção, paciência e disposição para descobertas. Nesse sentido, ele costumava afirmar com um pouco de afetação que não existe livro ruim, existe é leitura deficiente.

O Hermes conviveu muito pouco com o pai, uma espécie de caixeiro-viajante, que veio do Nordeste e chegou a se instalar no comércio, em Cachoeirinha, no Rio Grande do Sul, atraído pelo estilo diferente do gaúcho, mas com a crise econômica e social que atingiu o estado durante o governo do Brizola, veio o medo da falência. Além do mais, quando estourou a campanha da Legalidade perdeu o entusiasmo com as bravatas gaudérias. O povo por aqui gostava muito de brigar e ele, um devoto da paz, não queria se meter em escaramuças partidárias, ainda mais aquelas resolvidas a bala, como eram as disputas políticas naqueles tempos. Juntou o que dava para carregar numa sacola de viagem e foi tentar a sorte na nova capital federal, e nunca mais se soube notícias dele. Como se tinha por um homem digno e responsável, deixou a esposa com um mercadinho de miudezas para criar o filho. A mulher assumiu o negócio, o Hermes, menino recém apeado do colo, foi chamado a ajudar no atendimento durante a tarde, após a escola. Cresceu naquele ambiente delimitado por prateleiras de mercadorias. Nos primeiros tempos, ainda encobertos pelas névoas da infância, tudo parecia uma brincadeira, mas ao terminar os estudos primários, ele mal se continha na mesquinhez do ambiente doméstico e na rotina de procurar produtos na prateleira, pesar feijão, arroz, atender os agricultores da região, que forneciam as frutas. E ainda precisava ouvir as rezingas da mãe, uma mulher agitada, cujo corpo obeso se movia lento por causa da dor nos pés, sempre com uma correção e um conselho. Sonhava em se livrar daquelas tarefas tão comezinhas, mas o remorso de deixar a mãe sozinha prendia o mancebo atrás do balcão. Como se não bastasse, a puberdade mandava recados em forma de moças que apareciam na venda em trajes bem descontraídos, o que consolava um pouco dos padecimentos diários. Essas freguesas, também mocinhas na flor da idade, vinham comprar doces, refrigerantes, e ele se desmanchava em gentilezas. Quando a moça levava uma mercadoria mais pesada, ele se oferecia para ajudar até a casa dela. Não raro essa presteza de aprendiz de comerciante desandava em contatos menos venais e mais físicos, o que deixava a mãe atenta e preocupada com a possibilidade de se comprometer com a clientela. Ela resmungava nos ouvidos do filho, que tomasse jeito, criasse responsabilidade. Se tivesse interesse por uma das moças que namorasse sério, apenas uma, em vez de andar de pouca vergonha com qualquer uma que entrasse no estabelecimento. Ele dava de ombros, protestava que ainda era muito cedo para amarrar o burrinho dele em palanque de família, queria aproveitar a juventude enquanto tinha energia. Mas ao mesmo tempo, fortalecia nele uma certeza, que não comentava com a mãe para não deixá-la ainda mais preocupada: ele não ia permanecer por muito tempo naquela vida de mercador numa província do interior de outra província. O mundo é muito grande para um ser humano viver como uma árvore plantada sempre no mesmo lugar, na dependência de alguma lufada mais forte para usufruir de um pouco de movimento. Pode ser até que nesses devaneios houvesse um pouco do cromossoma paterno, mas a verdade é que, ainda garoto, descobriu o universo maravilhoso da literatura, na biblioteca da escola. Enfurnou-se no mundo paralelo que existia naquela sala, bem guardada por um senhor de barba branca que alcançava o volume solicitado. Foi com imensa alegria que viajou junto com Gulliver, explorou a ilha do tesouro, naufragou com Robson Crusoé. Quando voltava para o meio dos expositores de frutas, legumes e outras tantas vitualhas soava o alarme de que aquele mundo ali era real e precisaria afainar-se para dominá-lo.

Para alguém que não se interessava por coisas práticas a escolha se tornava um pouco difícil, mas uma ideia já tinha se enfiado na cabeça dele como um mosquito no ouvido e zunia sem dar descanso, ele não tinha condições de escolher muito, se quisesse abandonar aquele ambiente sufocante, manter um mínimo de dignidade e independência, ou seja, não viver às custas de ninguém, nem precisar se submeter a qualquer um, precisava ter uma profissão que permitisse alguma mobilidade. Por mais odioso que fosse, não havia como fugir do esquema tradicional de se misturar às manadas que correm para serem abatidas no matadouro do mercado de trabalho. Pelo menos por um tempo. Um dia, quando folheava um jornal à espera da freguesia, após o almoço, deparou com um anúncio de que a Escola Parobé estava inaugurando uma nova fase de cursos técnicos profissionalizantes, ente eles, o de eletrônica, que naquele ano de 1971, em que as manifestações intelectuais eram reprimidas, estava em alta. O reclame enfatizava os avanços da tecnologia moderna, o conhecimento da eletrônica seria fundamental para a formação profissional. Eis a ideia que se meteu na cabeça do moço entediado, talvez a eletrônica fosse algo legal, consertar rádio, televisão, poderia até ter uma oficina, trabalhar por conta, não ser explorado por ninguém. Além disso, podia trabalhar em qualquer lugar do mundo. Assim como os ricos fazem medicina, que é a mesma para doente de qualquer país do mundo, ele faria eletrônica. Enriquecer não consistia em uma prioridade, nem mesmo uma fantasia, mas a diversidade do mundo, novas garotas, tudo isso inundou as esperanças do adolescente de mudar de vida.

Não podia tardar, precisava agir. No dia seguinte, inventou que precisava ir à Biblioteca Pública fazer uma pesquisa para um trabalho do colégio e foi conhecer a Parobé, informou-se sobre o curso, podia estudar de noite e ajudar a mãe durante o dia. Esse último ponto era um argumento a mais para se justificar em casa sobre a mudança de rumo, pois a velha alimentava a esperança de deixar os negócios para o filho quando não pudesse mais trabalhar. Ela chantageou que viveria sozinha, com uma diabetes que não conseguia controlar, atordoada, esquecia até de tomar as injeções de insulina, o que dificultava o tratamento. Quando deu a notícia, já tinha tudo decidido, no ano seguinte começaria uma nova fase, a profissionalização rumo à independência.

O período de permanência no curso de eletrônica abriu portas, outras expectativas, uma delas, a boemia. O jeitão espontâneo e meio rude de gente do interior surtiu algum efeito na hora de se enturmar, e as aulas acabaram num mero pretexto para sair de casa, encontrar a turma, paquerar alguma colega. Mal conseguia se conter na explicação da atração entre polo positivo e negativo, fórmulas para calcular resistência, capacitores, transistores, e mais um amontoado de pequenas peças que a gente tinha que combinar para ordenar a corrente elétrica, obrigá-la a circular por um caminho pré-programado para produzir determinado efeito, fosse acender uma lâmpada, fosse produzir um som, transmitir uma música. Não demorou muito para atinar que aquilo era uma metáfora do que ele estava fazendo com a própria vida. A energia que tinha acumulada para viver estava sendo represada e redirecionada para outros objetivos. Uma vez, meio de brincadeira, falou sobre isso para um professor que explicava o fluxo de corrente elétrica, ele disse, o legal seria que a atração entre os polos positivo e negativo ocorresse sem nenhum obstáculo, ao que o professor respondeu que, nesse caso, ele só provocaria um curto-circuito e destruiria toda a fonte de energia. A turma riu, ele acompanhou o gracejo, mas, no íntimo, confabulou para si próprio que precisava reter um pouco dessa energia se quisesse um dia conquistar a independência e não depender sempre da mãe. O que sobrava era esperar pelo final das aulas, convidar algum colega com quem tivesse mais simpatia e descer para a Cidade Baixa, onde os bares atravessavam a madrugada atopetados de jovens cabeludos com calça de boca larga, as moças com vestidos indianos que as deixavam ainda mais apetitosas. E para melhorar, elas tinham outros assuntos além dos comentários de novela que ele ouvia das vizinhas que frequentavam o mercado da mãe. Com aquele nível de parceria, dava gosto a gente sentar no meio fio da calçada, uma cerveja na mão, ou um garrafão de vinho barato comprado no Pão dos Pobres, varar a noite falando de literatura, cinema, filosofia, política. Vivia-se o auge da quartelada de 1964, e em lugares como aquele, as trombetas dos milicos eram desafiadas pelos uivos da contracultura. Deixou crescer o cabelo e a barba, levou todas as calças que tinha para uma costureira vizinha atualizar a roupa com a moda da boca larga, passou a usar a camisa aberta nos três botões de cima, exibindo com certa vaidade os pelos que cobriam o peito. Não foram poucas as vezes em que chegou em casa ao clarear do dia, comportamento que deixou a mãe ainda mais preocupada. Ela caminhava com dificuldade, os pés sempre doendo por causa das feridas e inchaços, precisava de ajuda no balcão, alguém para entregar as compras das clientes idosas, o preguiçoso agora permanecia na cama até o meio-dia e ainda acordava de ressaca, um bafo de álcool que não se podia aguentar. Pedia a Deus que o filho não andasse com marginais, gente drogada, subversivos. Todos os dias ouvia no noticiário do rádio e da TV sobre os bandos de arruaceiros presos e até expulsos do país. Mas o filho tranquilizava, não usava droga, não assaltava banco e nem queria derrubar o governo, apenas se divertir enquanto podia, e não se desviava do bom caminho, apenas a cada dia estava mais convicto de que não queria nada com o mercado de miudezas.

Fim do curso, diploma na mão, apesar da pouca confiança na própria competência como técnico, só restava procurar emprego. Peregrinou por toda Porto Alegre, empresas na área metropolitana, preenchendo fichas e formulários, deixando currículo que consistia apenas de um curso técnico, mas no fundo, nutria um desejo secreto de que ninguém o chamasse. Não conseguia se imaginar um dia inteiro, de segunda a sexta, trancado numa oficina, toda a energia vital canalizada para uma placa de circuito eletrônico.

Mesmo o mais materialista dos indivíduos, às vezes, se mete a considerar a existência de alguma força metafísica a dirigir os seres humanos, uma predestinação, um caminho traçado a priori, do qual ninguém consegue se desviar. O Hermes teve pelo menos um motivo para alimentar essa crença. Numa sexta-feira de dezembro do último ano do curso, já formado e sem nenhuma expectativa de emprego, havia combinado com o grupo dos cervejeiros da escola um encontro num bar da Cidade Baixa para uma beberagem de despedida. Ele não tinha estabelecido qualquer laço forte de amizade com nenhum dos outros alunos, mas a companhia deles, e sobretudo das garotas, serviam para preencher uma noite de verão de quem não tinha nada melhor para fazer. Na companhia de um bando de beberrões ao redor de uma mesa num bar da José do Patrocínio, conversavam sobre a procura por uma colocação, quando um grupo de jovens cabeludos, com a cara pintada e roupas esfarrapadas invadiu o bar e começou a circular entre as mesas. Uma moça com o rosto tisnado, a cabeleira desgrenhada estendia aos fregueses um chapéu, um pedido para que colaborassem com algum trocado. Enquanto isso, os outros participantes, uns cantavam, outros discursavam, ou puxavam conversa com quem se dispunha a ouvir. Mas um dos clientes, sentado a um canto com a namorada, ao ser abordado levantou-se irritado, empurrou o intrometido maltrapilho, que caiu por cima de outra mesa. O público presente reagiu, uns em socorro do invasor, outros em defesa do freguês, que estava no direito de não ser incomodado. O Hermes não teve dúvidas, tomou o partido do intruso, que não fez nada demais, apenas se aproximou e tentou conversar. Bastava que o outro recusasse com civilidade, não havia necessidade de violência, tudo pode ser resolvido com diálogo. Estabeleceu-se ali uma simpatia com aquele grupo e a confusão já começava a baixar quando o dono do bar se apresentou e esclareceu o ocorrido: tratava-se de uma intervenção teatral que tinha por objetivo discutir o comportamento condicionado entre as pessoas. O cliente nervoso também era integrante da trupe e a agressão, como se podia concluir, tinha sido ensaiada antes. Ele também discursou sobre a postura egoísta que as pessoas normalmente assumem diante dos necessitados. A partir daí o bar se tornou um palco de debates, a clientela se irmanou em torno de ideias como troca, solidariedade, humanismo, com posicionamentos que atendiam a todos os lados do espectro ideológico. O Hermes estava deslumbrado com a proposta, se interessou, fez amizade com o grupo. O rapaz que tinha sido empurrado pelo falso freguês, a essas alturas já ocupava um lugar na mesa com o Hermes e explicava que se tratava de um movimento teatral com origem na França e tinha o objetivo de mobilizar as pessoas, fazê-las pensar sobre as relações de poder que eram vividas na sociedade, sem que a gente se dê conta disso. O grupo fazia uma mistura de Teatro da Crueldade com o Teatro do Oprimido, numa proposta de teatro político, totalmente oposto ao teatrão consumido pelas pessoas endinheiradas. Foi a primeira vez que o Hermes ouviu os nomes de Augusto Boal e Antonin Artaud, e empolgado pela curiosidade intelectual, na primeira oportunidade correu à Biblioteca Pública para pesquisar sobre eles. Arrebatado pela novidade, queria assistir mais encenações como aquelas, mas infelizmente o grupo não atuava com muita regularidade. Os participantes exerciam outras atividades para sobreviver e só se reuniam quando juntavam uma equipe suficiente. Ele, por exemplo, estava de partida para o Rio de Janeiro e não sabia quando voltaria. Lá existia mais gente trabalhando, havia até grupo profissional que atuava em termos de pesquisa. O Hermes se mostrou decepcionado e confessou que se sentia empolgado até para participar. Seria no mínimo divertido. Então o outro perguntou: "por que você não vai para o Rio"? "Eu não posso largar tudo aqui e sair de mão abanando". Sem saber da coivara de dilemas que acendia na alma do novo amigo, o outro perguntou: "Mas o que você tem aqui para abandonar"? A resposta saiu boca afora com a espontaneidade do choro de uma criança: nada. Ele se acostumara a repetir uma frase clichê, uma dessas desculpas esfarrapadas que as pessoas dizem quando têm medo de tomar uma atitude, mudar os rumos de uma existência.

 O ator chamava-se Mário, trocaram endereços, telefones, mantiveram uma intensa correspondência até fevereiro do ano seguinte. Aí então, na rodoviária de Porto Alegre, o Hermes embarcou num ônibus da Penha, porque naquela época, andar de avião, nem em sonho ele poderia. Vinte e quatro horas depois desembarcou na cidade que todo mundo dizia ser maravilhosa. Antes disso, ainda precisou de muitos argumentos para tranquilizar a mãe. Disse que ia a passeio, tirar umas férias, mas na verdade, sonhava em arrumar um emprego e nunca mais voltar.

 Sorte tem quem acredita nela. Chegou ao Rio em pleno carnaval, se instalou na casa do Mário, em Santa Tereza. O Mário viajou para o Nordeste e deixou o apartamento por conta do amigo. Esse clima de franca solidariedade, um sentimento bem diferente da casmurrice gaúcha, deixou o Hermes bem comovido. Nos primeiros dias viveu deslumbrado, correu logo rumo às praias, queria conhecer Copacabana, se assustou com a força das ondas e quase foi junto com um repuxo mais forte. Sem o hábito de usar protetor solar, no primeiro dia saiu com a pele ardida, depois passou a mergulhar com a camiseta da Parobé, o que o distinguia bem dos corpos bronzeados e esculpidos que desfilavam ou se estendiam sobre a areia. Foi a primeira sensação de estar fora do lugar, de não se enturmar com aquela gente suada, que fazia da ostentação do corpo uma fonte de prazer e alegria. Mas ele não queria gastar dinheiro com cremes e óleos para a pele, coisa que a mentalidade caipira considerava uma frescura. Sem grana para frequentar clubes, a opção era perambular pela orla durante o dia e de noite procurar alguma emoção, talvez uma companhia feminina pelos bares.

 Também andava pelo centro, onde via uma população bem variegada, gente feia, cansada, desnutrida, com cara de fome, que se apinhava nos ônibus como uma manada a caminho do matadouro. Desse grupo ele também não queria participar. Um parecer bem positivo sobre a própria capacidade, pelas aspirações que tinha de uma vida mais digna, menos servil, mais humanista, inspirava-lhe um sentimento de amor próprio que o distanciava daquela multidão anômala, que vagava pela cidade como um bando de zumbis. Mas o senso bem atinado de realidade gritava a todo instante que ele estava bem mais próximo dos aflitos do centro do que dos hedonistas da praia. E o sufoco por viver espremido entre esses dois grupos, sem se integrar a nenhum deles, oprimia-o um pouco mais a cada passo.

O carnaval acabou. Com a volta do dono da casa, o apartamento de um quarto se tornou pequeno demais para uma permanência, e apesar dos convites do amigo para permanecer com ele até se estabelecer dignamente, ele arrumou a mochila e se mudou para uma pensão em Niterói, nas proximidades do terminal de onde a balsa parte para o Rio, apinhada de gente em busca da sobrevivência.

Por um bom tempo, a única leitura que conseguia fazer eram os classificados, em geral com ofertas vagas para vendedor de todo tipo de produto. Quando entrava na área técnica, exigiam experiência comprovada em carteira. Os poucos trocados oferecidos pela mãe já se resumiam quase às últimas moedas e só a ideia de pedir mais a ela o atormentava. Pairava no ar a ameaça de ter de pegar qualquer trabalho, por mais desqualificado que fosse. Até que um dia renovou a esperança com uma oferta de emprego de técnico que não exigia prática anterior. Tratava-se de uma autorizada de assistência técnica que estava abrindo uma nova loja no bairro da Tijuca, perto da praça Saens Peña. Correu lá, inscreveu-se, submeteu-se à entrevista, e três dias depois recebeu resposta positiva. Finalmente, tinha um emprego de técnico. Ainda como aprendiz, salário baixo, mas dava para comer e pagar a pensão, até arrumar coisa melhor. O problema consistia em saber o que era melhor. Tornou-se leitor assíduo do jornal dos concursos pensando na possibilidade de virar um funcionário público, talvez bancário, mas as autoridades diziam que o Brasil vivia em crise econômica, precisava enxugar o Estado, não havia expectativa de bons concursos, a solução era se contentar com o que apareceu. O serviço se resumia a consertar rádios, televisores, toca-discos. De início, assumiu a tarefa de abrir os aparelhos que chegavam, fazer os testes básicos, em poucos dias já conseguia detectar alguns defeitos, que na maioria dos casos não iam além da troca de um transistor, uma fonte queimada, um fio descolado. Ao final dos três meses de estágio, já se sentia um profissional confiante. Mas percebia algumas dificuldades. Por exemplo, o curso profissionalizante não trouxera até então nenhuma esperança quanto ao futuro almejado, aquele de ter uma vida independente e mais digna. E o pior, para continuar na profissão de técnico, precisava se atualizar, a tecnologia mudava com a velocidade do pensamento. Os colegas de trabalho portavam sempre o último número da Nova Eletrônica, que já anunciava o advento da era digital, a hegemonia dos computadores. Os assuntos preferidos giravam em torno das novidades, as previsões do futuro tecnológico. Ele ouvia tudo sem nenhum interesse. Um dia, foi com um tom de crítica que o chefe perguntou se ele não costumava se manter atualizado. Ele não se interessava. Atualização significava se debruçar sobre páginas que tratavam de circuitos integrados, tecnologia digital, programação de computadores, linguagem Cobol, nada disso despertava o menor interesse. Os trocados que sobravam do salário após pagar a pensão e garantir a comida, ele consumia em livros comprados nas bancas de revistas. Entre os preferidos despontava a coleção Os Imortais da Literatura Universal, onde adquiriu Dostoievski, Balzac, Cervantes, e também alguns números da coleção Os Pensadores. Nunca se deixava oprimir pela solidão, nem mesmo nas horas em que permanecia no mísero quartinho do alojamento, mobiliado com quatro beliches e um armário, pois se o corpo permanecia estirado na cama, a alma acompanhava a saga dos irmãos Karamazov, as aventuras de Luciano de Rubempré na sórdida corte parisiense, ou ainda, se entregava à reflexão sobre os conflitos da existência nas páginas de um livro de Nietzschie, de Sartre, dos gregos. Foi nessa época, aliás, que leu pela primeira vez uma referência ao criador do cinismo filosófico, o grego Diógenes, aquele que a história mostra apenas como um personagem folclórico, o maluco que andava com uma lanterna acesa em plena luz do dia, à procura de um homem honesto. Ele descobriu o lado irreverente, subversivo daquele amigo dos cães vira-latas, o desprezo pelos valores sociais criados apenas para manter as pessoas condicionadas a um rebanho fácil de conduzir. A partir dali, decidiu que seria um cínico. Mas como negar os valores sociais mais básicos alguém que está sozinho no mundo e precisa da sociedade para sobreviver com um mínimo de dignidade? Eis um dilema que o atormentaria por um bom tempo.

Além das leituras, o que mais o distanciava do meio profissional era a convivência com a turma do Mário. Apesar de não ter nenhuma pretensão de ser ator, assistia às intervenções teatrais, sempre que os horários lhe permitiam, e chegou até a participar de algumas, quando faltava algum membro da equipe. Como num sábado à tarde, em que simularam uma cena de roubo na Cinelândia e perderam o controle da situação. Um sujeito, interpretado pelo Hermes, surrupiou a carteira do bolso de outro, o espoliado reagiu, um amigo ajudou a pegar o ladrão e tentou convencê-lo a devolver o roubo. Tudo bem ensaiado para discutir as noções de justiça, violência, linchamento. Na cena, o ladrão era levado a considerar que aquela pessoa a quem ele atacou era também uma vítima, tanto quanto ele, que o verdadeiro culpado pela situação de ambos era um sistema injusto que transformava todos em vítimas indefesas para se perpetuar num regime de exploração. Mas o público na volta não aceitou muito bem esse argumento, e também não acreditou que se tratava de uma cena de teatro, e queria linchar de verdade o ator, no caso, o Hermes. A polícia apareceu, disposta levar todo mundo. Por sorte, o Hermes carregava até a carteira de trabalho, e após uma longa balbúrdia, com apresentação de documentos e muitas explicações, foram liberados, com a promessa de abandonarem o local. No final das contas, tudo se transformava em diversão, um antídoto contra uma rotina sem muitas opções de lazer. Com esses exercícios de fingimento descobriu uma habilidade que desenvolveria mais tarde, a de brincar com a realidade, encarar uma encenação como se fosse uma realidade, mas também uma realidade como se fosse uma encenação. Nasceu aí a mania de não levar nada muito a sério.

Mas nem tudo era festa. Aos domingos, passava quase sempre sozinho, mergulhado nas leituras, ou caminhando sem rumo. Até o mar perdeu o fascínio que despertava no começo. O pessoal da trupe de atuadores vivia sempre com agenda cheia de compromissos nos fins-de-semana, não abria espaço para programas fora dos encontros para intervenções. Desde almoço com família, passeio na Serra, encontro com a turma da faculdade, até retiro espiritual num templo budista, uma série de eventos fechados para os quais não havia possibilidade de inclusão de mais ninguém. La pelas tantas, ele passou a desconfiar que aquilo tudo era meio artificial, uma pretensão de ostentar uma vida socialmente intensa. Além de tudo, aquela camaradagem imediata, que despertou tanta simpatia no começo, permanecia na superfície, não avançava para uma amizade mais consistente. Aí ele começou a perder o interesse. Muitas vezes, na mesa de bar para onde iam após os espetáculos, ele se impressionava ao observar que alguns colegas mantinham uma pose teatral, como se ainda permanecesse no palco. Um gesto, um trejeito nos lábios ao falar, a maneira de levar o cigarro à boca, tudo parecia ensaiado para causar efeito no público. Quanto ao pessoal do trabalho, a maioria era homem e só queriam falar de circuitos eletrônicos. Uma vez até conseguiu marcar um cinema com uma das poucas moças solteiras, a recepcionista da empresa, mas ela fez questão de escolher o filme, e optou por um muito bobinho, uma comédia romântica, cujo título ele até esqueceu em seguida. Além disso, sem ter avisado antes, levou uma amiga, depois do filme foram a uma lanchonete, comeram batata frita e beberam cerveja, mas as colegas passaram o tempo todo conversando sobre assuntos que só elas conheciam, e o Hermes se limitou a ouvir, vez ou outra acompanhar uma risada, fazer de conta que estava a par do bate-papo. Não houve uma segunda tentativa.

Passado o verão, a praia também deixou de ser uma atração interessante. O Hermes não conseguia entender a mentalidade do carioca de viver dentro d'água o tempo todo. Para ele, só nos dias de calor muito forte o banho de mar proporcionava algum prazer. Ele logo percebeu que ir à praia não era apenas entrar na água, dar um mergulho, curtir um pouco de sol deitado na areia, caminhar um pouco entre corpos suados. Havia um ritual de poses, de ostentação de uma alegria um pouco afetada, mas sobretudo uma necessidade de consumo. O povo comia e bebia muito na beira da praia, além do desfile de acessórios e outras tantas bugigangas que as pessoas carregavam. Foi então que o Hermes se deu conta de que as riquezas e belezas naturais do Rio de Janeiro não se ofereciam assim de graça para um desgarrado como ele. Para aquelas pessoas, ir à praia não significava apenas um momento de prazer ao ar livre, era antes de tudo um evento social, a exibição de um estilo de vida, de quem faz parte dos escolhidos pela sorte e vive a eterna juventude dourada, sob o sol tropical. E para alguém como ele, que não nasceu naquele meio, se quiser ao menos a ilusão de fazer parte do grupo dos abonados, precisava passar a semana inteira trancado numa oficina na zona norte, para, no domingo, viver algumas horas de fantasia de uma integração tão fictícia quanto as personagens que ele às vezes representava na turma de atores. Era um preço muito alto a pagar. O Rio de Janeiro ainda não havia se tornado uma cidade maravilhosa.

Um dia, enquanto quebrava a cabeça para descobrir as causas da imagem desfocada de um televisor, a colega da recepção, aquela do cinema, veio avisar que tinha uma ligação para ele. Foi atender e logo identificou o sotaque gaúcho, era uma vizinha da mãe, que algumas horas do dia ajudava no mercado em troca de alguma sacola de rancho. A mãe tinha sido hospitalizada, sentiu-se mal em casa, precisou ser atendida numa emergência.

Tem gente que acredita naquela força sobrenatural que controla o destino das pessoas, e empurra o vivente pelo caminho traçado para ele. O Hermes acreditava apenas em si próprio, na capacidade de ir para onde quisesse, mas não sofria dessa obstinação suicida de permanecer na rota que já se sabe não ter saída. Para ele, teimosia é apenas desculpa de quem não consegue avaliar corretamente a situação e transforma uma deficiência de entendimento em uma suposta força de vontade. A inteligência, dizia ele em tom filosófico, consiste em recuar quando se percebe que o esforço para continuar não vai dar nenhum resultado. Já havia algum tempo ele vinha refletindo sobre a viabilidade de continuar no Rio de Janeiro.

Voltar para casa? Sim, mas não para trás do balcão do mercadinho. E não se sentia derrotado por isso. Ao contrário, a aventura serviu para mostrar que precisava construir uma base mais sólida para depois partir e conquistar outros mundos. Permanecer ali significava se submeter justamente a tudo aquilo de que ele tentava fugir, a exploração, a falta de liberdade, a tendência a viver em rebanho. Abandonou o emprego, juntou a bagagem, que consistia de duas sacolas de livros, e voltou para casa.

 Da rodoviária de Porto Alegre foi direto para a Santa Casa ver a mãe. Encontrou-a abatida, na cama de uma enfermaria. A primeira coisa que ouviu dos lábios dela foi um comentário sobre o estado dele, como estava magro, todo escanzelado, sobre aquela aparência de desleixo, parecia que nem tomava banho. Ele nem deu ouvidos, bobagem argumentar que passara vinte e quatro horas dentro de um ônibus, dormindo mal, e ainda preocupado. Já esperava tais recriminações. Queria saber o que aconteceu. Ela contou que estava no trabalho, como sempre, sentiu-se mal, quando se deu conta, estava caída no chão, a dona Maria na volta, tentava acordá-la, corria a pedir ajuda, ela com dificuldade de respirar, achou que ia morrer, mas por sorte o marido da dona Maria estava em casa, ela foi acomodada no carro e correram para o hospital. O Hermes já esperava uma enfiada de detalhes, que não chegava ao ponto principal, esperou pelo médico e recebeu um relatório mais objetivo, a mãe sofrera um coma hiperglicêmico, coisa típica de diabéticos que não levam o tratamento com o devido rigor. Ao que ele denunciou, a mãe nunca abriu mão dos doces, come muito, e com a desculpa de atarefada, esquece as injeções. O médico lamentou que esse é um perfil comum entre os pacientes. O Hermes quis saber se o caso da mãe era grave, ouviu um prognóstico sem rodeios, sim, considerando que a mãe era obesa, a idade e o perfil em relação ao tratamento, o caso dela exigia muitos cuidados.

 Quando a mãe teve alta, ele quis compensar o tempo que esteve longe, e, ou por remorso, ou por um acesso de amor filial, dedicou-se aos cuidados necessários para recuperar a saúde da velha.

Vigiava a compulsão por comida, assumiu o comando do mercado, providenciava alguém para aplicar as injeções de insulina, parecia um filho exemplar, aquele com que a mãe sempre sonhara. Mas o sonho durou poucos dias. Assim que a mãe se recuperou e pode andar, não houve quem a mantivesse longe do balcão, sempre rezingando, corrigindo e se queixando de dor nos pés. Até que ele considerou que a cota de amor filial devida já estava paga, precisava achar um rumo para a própria vida. A dona Maria continuou a prestar ajuda possível, ele saiu a perambular pelas ruas de Porto Alegre, voltou aos bares da Cidade Baixa, mas não tinha vontade nem de tomar uma cerveja de tão deprimido. Certa vez levantou da cama após um dia quase todo a mirar o teto, como se dali pudesse sair uma solução, tropeçou numa pilha de revistas que acumulara nos tempos do curso técnico. Como se as publicações fossem a causa de todos os conflitos que ele tinha na cabeça, deu um chute naquele monte de lixo no meio do caminho, decidiu jogar tudo fora. Mas tão logo se abaixou para pegar o entulho, teve a ideia de passar adiante, alguém poderia fazer algum uso daquilo. Era também mais um pretexto para sair de casa. Acomodou tudo numa sacola e procurou um sebo, onde podia se livrar do incômodo e ainda pegar uns trocados, ao menos para uma cerveja. Uma ideia puxou a outra, concluiu que ia oferecer os livros também. Uma saída dessas para uma crise ainda apresentava um viés filosófico. Ele já tinha lido tudo, o livro existe para ser lido, é um contrassenso deixar um livro guardado fora do alcance de quem precisa dele, melhor passar tudo adiante, sem desprezar a possibilidade de recuperar um pouco do dinheiro investido. Nada mais óbvio. Os primeiros sacrificados, como já ficou dito, foram as revistas, depois uma ou duas brochuras de conteúdo técnico que foi obrigado a comprar nos tempos do curso. Deixou tudo num sebo de Porto Alegre em troca de *A Idade da Razão*, do Sartre. Mas os livreiros ofereciam preço muito baixo por um produto tão valioso, seria necessário encontrar uma maneira de obter melhores rendimentos. Um dia, numa loja de usados, encontrou um estudante de sociologia que procurava uma edição de *O Capital*, de Marx, mas queria todos os volumes. O cliente regateava preço, alegava que o livreiro estava pedindo quase o mesmo valor da edição nova, e ainda tentou ser engraçado, não se podia cobrar a mais-valia justamente numa obra do Marx. O Hermes não viu graça nenhuma no chiste, mas vislumbrou uma solução para dois problemas que vinha enfrentando, desocupar um pouco do entulho do quarto e ainda recuperar uns trocados. Uma possibilidade era vender os livros na universidade, para estudantes da área de Ciências Humanas. Adquiriu uma licença para colocar uma mesinha no corredor e vender os livros ali. Para o nível de exigência daquele momento, o negócio até que deu certo, além de vender os livros, ainda mantinha bom papo com os alunos, um público bem diferente dos antigos colegas de trabalho, e mais ainda dos já distantes parceiros de tecnologia, com quem não conseguiu estabelecer nenhum laço de amizade duradoura, porque não tinha nada o que conversar com eles fora das mesas de bar. Sem esquecer, naturalmente, as moças da Filosofia, da Sociologia, da História e das Letras. Apesar de já ter uma visão mais amadurecida, ainda não se dispunha a acatar os conselhos da mãe de criar vergonha e assumir compromisso com uma única pretendente. Ainda mais que ali naquele novo público ele tinha prazer em se alongar em papos mais intelectualizados sobre a exploração do capital; sobre a coisificação do ser humano transformado em mero agente de consumo, a falsidade dos valores morais construídos artificialmente, e outro tantos temas que atraiam a atenção daquela juventude que acreditava que ainda podia mudar o mundo. É típico de alguns solitários desenvolver essa habilidade de cativar com a palavra, enveredar por assuntos que sabe interessar ao ouvinte. Essa capacidade, não raro levava-o a se enrabichar com alguma estudante, cujo papo se prolongava para além dos corredores da universidade. Esse aspecto devolveu ao Hermes um tipo de alegria, a de conviver com o sexo feminino após um período de abstinência no Rio de Janeiro. Por mais incrível que pudesse parecer, numa cidade onde as mulheres são tidas como bem liberadas nos costumes, ele viveu um período de verdadeira ascese, como um autêntico monge em busca da perfeição da alma. Só que no caso dele, não havia nenhuma devoção, nada de busca espiritual, foi apenas a dificuldade de se encaixar num meio onde não encontrava nenhuma afinidade, com pouco espaço de manobra para fazer concessões. Agora ele estava de novo no ambiente em que sempre procurou estar e não conseguia se privar das tentações da carne. A maturidade tão exigida pela mãe podia esperar mais um pouco.

Mas a mãe não conseguiu esperar que ele tomasse jeito. Recuperadas as forças, voltou à rotina estressada, e apesar dos alertas do filho, desleixava do tratamento, sofreu um derrame, o nome que naquela época se dava ao AVC, morreu poucos meses depois, deixando a ele um mercado que ele não queria, e uma casa onde não gostava de morar. Só havia uma única solução: vender tudo e seguir outro rumo. Pela total falta de habilidade para negócios, entregou tudo numa imobiliária, fechou o mercado, e nos primeiros dias permaneceu em casa, sem saber o que fazer. A única certeza que orientava todas as divagações que passavam pela cabeça era de que não ia se enterrar vivo naquela cidadezinha provinciana. Essa certeza orientou a primeira decisão tomada naqueles dias de luto, se livrar de tudo que pudesse. Móveis, utensílios domésticos ofereceu tudo na vizinhança, vendeu uns, deu outros de graça, negociou com lojas de usados na região e alugou uma quitinete na Cidade Baixa, o bairro de que sempre gostou desde os tempos da Parobé. Mas continuou com a mini livraria de usados no campus. Com o tempo, aprendeu a tirar proveito das necessidades dos outros. Se o aluno não dispunha de dinheiro, ele aceita livros em troca, mas de maneira a sempre levar vantagens, como por exemplo, aceitar dois por um, alegando preços diferentes. Com isso, juntou um certo acervo capaz de atender uma demanda cada vez maior. Conseguiu vender a casa e o ponto com tudo que tinha dentro. Assim que embolsou o dinheiro, correu a uma imobiliária que mantinha uma placa numa casa de dois andares numa esquina da José do Patrocínio.

Fui caminhar na Redenção sozinho num domingo de manhã. Isso é muito curioso, eu nunca curti o Brick da redenção, uma chinfrinada digna da mente caipira desta cidade. Mas enfim, eu fui caminhar. Assim que entrei naquele cafarnaum provinciano, esgueirei-me pelo meio da multidão, em pouco, sentia-me cansado daquele monte de gente com cara de domingo, olhando aquele amontoado de bugigangas, acreditando que faziam um programa interessantíssimo. Coisa mais suburbana! Então, livrei-me do fluxo de passantes, entrei no parque pelo monumento ao expedicionário, peguei a trilha por baixo das árvores em volta do lago. Daí a pouco escureceu, de repente. Quando me dei conta, estava sozinho no parque, no meio do arvoredo, quase caindo para dentro d'água. Escutei um barulho na água, olhei, o pânico tomou conta de mim, me paralisou: o lago estava cheio de jacarés. Eles nadavam de boca aberta em direção à margem onde eu estava. Tentei correr, não consegui me mover, meus pés estavam grudados no chão.

Ouvi uma voz feminina gritar meu nome, virei a cabeça para os lados, pois os pés continuavam cravados no chão, como se eu fosse um poste, então vi a Daysi, que me abanava. O Hermes segurava a mão dela, olhava para mim e ria sem parar. Nem num momento de crise como esse ele levava a gente a sério.

Daí veio um temporal, um vento muito forte me impedia de ver, pois eu escondia o rosto para não ser sufocado. Quando passou a tempestade eu estava dentro de um carro preto, enorme, com vários *recursos eletrônicos, telefone, CD player, vários botões de controle que eu não sabia para que serviam. O Hermes e a Daysi tinham desaparecido. No volante, um vulto todo trajado de preto, que às vezes era meu pai, outras vezes, minha mãe. Ao meu lado direito, uma criança de uns cinco anos que eu não sabia se era menino ou menina por causa da roupa unissex, um macacão de jeans desbotado, cabelo comprido sem nenhum desses enfeites nem arranjos que se faz nas meninas, mas ao mesmo tempo, um rosto angelical. Não sei porque me veio essa ideia de angelical, mas foi isso que eu pensei quando olhei bem para ela. A pessoa no volante nem perguntou onde eu andava, eu respondi, fui caminhar no Brick, ela respondeu, não existe mais Brick. Ligou o motor, o carro correu por uma avenida larga, dividida por um canteiro com palmeiras imperiais, que nem a Osvaldo Aranha. Mas não era a Osvaldo.*

A criança queria me dizer alguma coisa, mas não sabia falar direito, ou eu não entendia por causa do barulho que vinha de fora. Pedi para fechar o vidro do carro, e foi só eu verbalizar o pedido, a janela se fechou sozinha, eu vi bem que o vulto motorista não tirou as mãos do volante. Perguntei aonde a gente ia, a criança respondeu, para Paris, e deu uma gargalhada muito estridente, que chegou a me causar um mal-estar, meu pai, que dirigia o automóvel, olhou para a criança com um ar de aprovação à traquinagem e riu junto. Eu não ri porque não entendi o que havia de engraçado em ir para Paris, e a minha mãe, que conduzia o carro agora, disse, foi só uma brincadeira de inocente, nós vamos para casa.

Numa tarde de sexta-feira, de início de novembro, sob um mormaço de primavera, o sol inundava o quarto, algumas vozes da rua entravam pela janela. Do outro lado da rua, na sacada em frente, malgrado a forte umidade do ar, uma vizinha aproveitava o ensejo de bronzear ao menos o rosto, sobre uma cadeira de balanço, enquanto não se cumpria a previsão de chuva para o fim do dia. O Ângelo viajava pelo espaço virtual à procura de material para o tão falado trabalho. A mãe na escola, o pai, ainda em licença, arrumara uma desculpa qualquer e andava na rua. O filho pesquisava sobre ironia, e o pouco material disponível em português levou-o a procurar no Google, antes de sair para encontrar com os amigos na Arcádia. Apesar da pouca confiança nos *blogs* e *sites* de literatura, no momento em que pulava de um *link* a outro, deu com um trecho, a metadescrição da resenha de um conto que tinha lido nos primeiros semestres do curso e que garantiu a idolatria ao autor. Copiou, colou. Imprimiu. Leu.

Este texto é o resumo de um estudo sobre a paródia de Dalton Trevisan, no conto **Dinorah, Moça do Prazer**, no livro *Contos Eróticos*. O que exatamente o autor está parodiando e ironizando nessa obra? À primeira vista, a paródia recai sobre a literatura de confissões do século XVIII. Porém, a literatura não é um fato e sim um discurso sobre fatos históricos e sociais. E esse discurso é gerado a partir de uma visão de mundo que se cria diante dos fatos da vida social. Portanto, a paródia irônica aqui é sobre um estado emocional e moral que gerou esse discurso. Mais precisamente, uma atitude emocional de cunho exageradamente dramático a partir da constatação de um fenômeno da vida social, a prostituição. A vida de uma moça pobre e órfã, abandonada no mundo, sem ter a quem recorrer, acaba caindo nas mãos de uma cafetina, não tem em si, nada de irônico, nem de trágico ou de cômico. Esses aspectos, de natureza puramente emocional, vão aparecer no discurso feito sobre a história da personagem em questão. Na construção desse discurso é que vão aparecer todos os elementos que estruturam a vida social, e o papel que cada um desempenha nessa estrutura. A vida de uma prostitua, em si, não tem nada mais interessante do que a vida de qualquer outro ser humano. O que a torna mais digna de interesse do que os demais é que o elemento básico que caracteriza essa personagem é a vivência da sexualidade, elemento tão importante na construção das representações sociais. E principalmente em se tratando da sexualidade feminina. A questão é que a literatura se encarregou de fazer uma espécie de documentário sobre a prostituição, enfatizando apenas o lado dramático e sociológico da questão. As personagens principais dos romances sobre o tema são sempre vítimas indefesas das dificuldades de sobrevivência, da falta de escrúpulos de algum aproveitador, ou de ambos. Trevisan nos mostra outro aspecto desse fenômeno. Através de uma paródia irônica, caracterizada basicamente por uma duplicidade semântica, ele nos mostra que talvez a personagem não seja uma vítima tão inocente assim. Ele deixa bem claro que a moça, apesar do estado de tensão por estar nas mãos de um personagem a quem ela chama de "velho sátiro, odioso", não deixa de perceber os inúmeros detalhes de luxo e riqueza que, aliás, a deixaram tão deslumbrada. Nem tão pouco deixou de avaliar a promessa de se tornar duquesa. E mais ainda, apesar de todo o ódio que sentiu pelo velho, não deixou de experimentar os primeiros arrepios de prazer sexual.

Bem que o texto merecia um pouco mais de cuidado na estética para evitar as repetições e alguns desleixos da sintaxe, que deixam algumas passagens meio confusas, mas considerando que a internet é um território meio sem lei, é melhor fixar apenas no conteúdo aproveitável. Por exemplo, essa ideia do condicionamento emocional e moral do discurso poderia ser interessante, sublinhou na página impressa, anotou na margem o que poderia ser utilizado.

Ouviu barulho na sala, talvez o pai tenha chegado. O convívio dentro de casa, embora sem os arroubos afetivos de antigamente, mantinha um aspecto civilizado. O Ângelo não esquecia da própria situação de dependência a que precisava se submeter. Mesmo que o pai estivesse sob suspeita de desonestidade, ele ainda dependia das provisões paternas se quisesse continuar no mesmo padrão de vida e tranquilidade, pelo menos até se formar. Cinismo? Covardia? Talvez andasse conversando demais com o Hermes. O fato é que não queria estragar a tarde com crises existenciais repassadas, que só serviam para trazer aflição e angústia, sem resolver nada. O sol já se despedia no parapeito da janela, pronto para abandonar o quarto, a vizinha da frente já abdicara do bronzeamento facial, talvez por causa de algumas nuvens que manchavam o céu, reafirmando as promessas de tempestade. Desligou o computador, tirou o celular da tomada, onde havia conectado para carregar a bateria, preparou a mochila, foi encontrar com o pai. Entrou na sala, não encontrou ninguém, a porta do quarto do casal aberta, deu um passo em direção ao aposento, mas estacou ainda no corredor, gritou, na voz um esforço para reproduzir a naturalidade afetiva de antigamente.

– E aí, velho. Como você está? Passeando muito? Sempre na rua agora.

O pai apareceu diante da janela da parede oposta. De pé, contra a claridade que chegava da rua, a figura paterna se reduzia a uma silhueta, uma imagem meio borrada que emitia uma voz um tanto desanimada.

– Oi, filho. Tudo bem.

O pai se aproximou, os contornos da compleição adquiriram mais nitidez, e o Ângelo viu uma fisionomia desolada, rosto sombrio, cujos pelos de barba davam uma aparência inusitada a um homem que sempre mantivera o rosto bem escanhoado, até com certa vaidade. O Ângelo precisou disfarçar o espanto de ver ali na frente uma pessoa tão distinta daquela que vira no café da manhã, quando os três juntos tentavam manter a tradição de uma família feliz. O velho abotoava a camisa do pijama, o Ângelo se deu conta de que o pai acabara de sair do banho.

– Eu não andava passeando, saí apenas para resolver os meus problemas do trabalho.

Já havia algumas semanas que o processo administrativo só aparecia nas conversas de forma indireta. Criara-se um acordo tácito de não se falar nada em que houvesse alguma referência, ainda que vaga, ao assunto. Até os vinhos franceses sumiram da mesa.

– Como estão as coisas?

– Tudo sob controle. Só uma questão de tempo e tudo volta ao normal.

O diálogo se esgotou aí, mas o Ângelo sabia que não estava tudo normal. O pai, quando chegava de um encontro com os advogados, permanecia em casa, macambúzio, nem se barbeava mais, deprimido. Nunca mais foram ao clube nos fins de semana, e a vida social, antes um orgulho de se mostrar na sociedade como um homem bem-sucedido, agora significava exposição e motivo de comentários entre os maldosos, e o casal se distraía em casa na frente da televisão. O Ângelo retornou ao quarto, pegou a mochila, na cruzada de volta pela sala deu um tchau ao pai e saiu.

A Arcádia tinha se transformado num ponto de convergência da turma nos finais de tarde das sextas-feiras, quando os estudantes se reuniam em clima de festa, como se não tivessem passado a semana toda no mesmo ambiente do campus, às vezes na mesma sala de aula, ou no cafezinho dos intervalos. É que aquela geração ainda vivia sob a imposição de ser feliz na sexta à noite. Além do mais, nesses festejos de início de fim-de-semana, na Arcádia, eles contavam com a participação do dono da casa, pessoa que se tornara parte essencial da turma. Eles gostavam de ouvir os casos contados pelo Hermes, muitas vezes com um pouco de desconfiança, mas sabiam que se ele inventava algum elemento da aventura, era apenas para torná-la mais colorida, mais saborosa, nunca para se engrandecer ou se gabar. Nesses encontros, até a Patrícia cumpria a promessa de aparecer. Mais tarde, quando fechava a livraria, continuavam os assuntos em algum bar das redondezas. Naquela tarde, o Ângelo, como sempre, foi o primeiro a chegar. O Hermes, sentado na frente do computador, uma pilha de livros ao lado, atualizava o catálogo. Por insistência dos jovens amigos, ia aderir à modernidade da venda *on line*. Do outro lado, um cinzeiro com um cigarro pela metade. Volta e meia, interrompia o trabalho, dava uma tragada. Enquanto o cigarro se consumia, ele observava a fumaça subir e se desfazer no ar e aproveitava para espiar um casal com jeito de namorados que passeava pelo meio das estantes. Eles pegavam um livro, olhavam juntos, teciam comentários baixos que nem chegavam aos ouvidos do livreiro. Nesse momento, o Ângelo entrou, largou a mochila atrás do balcão, o cliente se aproximou do recém-chegado, perguntou se aceitavam cartão de crédito, o Hermes se adiantou, respondeu que sim, o namorado voltou para junto da namorada, os dois confabularam algo em segredo, continuaram na peregrinação pelas prateleiras. O Ângelo, que já havia, em outras vezes, exteriorizado aversão ao tabaco, provocou o amigo.

– Se eu fosse um cara chato, ia torrar sua paciência com aquele discurso antitabagista. Mas como não sou chato, vou deixar que você destrua seu pulmão à vontade, já que isso te dá prazer.

– Meu jovem amigo, um cigarro aceso é a melhor metáfora da vida. O que a gente faz a não ser se gastar, para chegar no fim só restar as cinzas?

– Ah, as filosofias baratas para justificar as bobagens que não consegue evitar.

– Ora, você é um pupilo bem aplicado, já aprendeu até a fazer ironias. Essa paralipse que você usou para me esculhambar é pura ironia, que você só pode ter aprendido comigo, porque lá no seu curso não ensinam o aluno a ser engraçadinho.

– Pois além de fumante, o seu maior defeito é ser convencido. Saiba que eu acabei de ler um texto bem bom sobre ironia.

– Já leu o Kierkegaard? Ele afirmou que foi o Sócrates o pai da ironia.

– Ainda não. A professora também me recomendou esse.

Desde o dia em que deixou a Daisy na companhia do Hermes, com sérias suspeitas de que ela pretendia se demorar por lá, o Ângelo não falava mais o nome dela com o Hermes, nem no Hermes com ela. Não havia nenhum motivo sério para esse silêncio sobre aquele dia. Ciúme? Mas de quem, se não alimentava nenhum interesse sexual pela professora, e com certeza nada parecido em relação ao Hermes? Constrangimento? Uma reação muito infantil. Afinal de contas, não era problema dele.

As reflexões sobre ironia foram interrompidas por um barulho, gritos e correrias vindos da rua. O Ângelo correu à porta e viu, proveniente da João Alfredo, em direção à Arcádia, uma menina com algo na mão. Mais atrás, uma moça caminhava rápido, falava alto, apontava para a menina, e entre elas, um homem de meia idade seguia a menina aos berros de pega ladrão. O Ângelo demorou alguns segundos para identificar que o objeto na mão da menina era uma câmera fotográfica, daí concluir o óbvio: tratava-se de um assalto. Entendeu a situação no momento em que a fugitiva passava pela frente da Arcádia e conseguiu se interpor na frente dela, segurou-a pelo braço. O homem seguidor avançou com olhar de fúria, a menina desandou a chorar, mas o Ângelo a acalmou, conduziu-a para dentro da loja, o Hermes, que a essas alturas estava a caminho da porta, colocou-se como anteparo a qualquer tentativa de violência contra a pequena. Quando o homem de meia idade se aproximou, o Ângelo alcançou a máquina, mas o sujeito informou que não era o dono do roubo, ele apenas correra atrás da ladra para dar-lhe um corretivo e levá-la ao juizado de menores, era preciso tirar essa ladroagem das ruas, senão, onde a gente ia parar? O Ângelo respondeu que ninguém ia tocar na menina, resposta reafirmada pelo Hermes, que abordou o homem com uma firmeza na voz que não era muito comum.

– Pronto, meu amigo. Se a máquina não é sua, pode deixar que o dono aparece. Quanto à garota, vou procurar os pais dela, se ela tiver, senão, procuro alguma autoridade competente.

O homem saiu indignado, rosnando impropérios.

– Vocês protegem esses bandidos, quero ver o dia que eles aparecerem para roubar teus livros.

Quando ele terminou, o Hermes já tinha virado as costas e se dirigia, junto com o Ângelo, para dentro da loja, no mesmo momento em que o casal de namorados saiu porta afora sem comprar nada, com cara de assustados. Nesse meio tempo, a jovem que vinha mais atrás alcançou os dois, apresentou-se como a legítima dona do espólio e postulou a câmera. O Ângelo, com o roubo na mão, mirou a postulante com um ar interrogativo, trocou olhar com o Hermes, mas ela se adiantou.

– Tem umas fotos de mim aí, se precisar de prova.

Deixou escapar um sorriso constrangido, entregou a máquina.

– Não. Claro que não precisa prova, eu acredito em você

A moça retomou o aparelho roubado, e por um instante permaneceram os três ali na calçada, parados, trocando olhares uns com os outros, como a se perguntarem o que deveriam fazer agora. Ela olhou pela janela e deu sequência à ação.

– Aqui é uma livraria? Que legal. Eu ainda não tinha vindo aqui para esse lado.

Foi o suficiente para o Hermes, que nunca perdia a oportunidade de espichar o papo com uma mulher, aproveitar a deixa.

– Sim, livros usados. A propósito, você está meio nervosa com a aventura, vamos entrar, tomar um cafezinho, você já conhece o nosso templo do saber.

Entraram, ele serviu um café morno da garrafa térmica que deixava no balcão. Puxou um banco para a visitante, o Ângelo pegou outro, sentou ao lado dela. O Hermes buscou a menina escondida lá na sala do andar de cima. Quando transpuseram a cortina, a pequena ladra viu a vítima e empacou, mas a moça se adiantou, com uma voz maternal.

– Pode descer, ninguém vai te fazer mal.

O Hermes reafirmou a promessa, buscou uma cadeira mais alta, sentou-a ao lado dele, acomodou-se no lugar de sempre, de frente para os dois jovens no outro lado do balcão. Ofereceu café à pequena, ela relaxou a tensão, ele apanhou um pacote de biscoitos que mantinha numa prateleira embaixo da bancada, ela se atracou no lanche, sob o olhar atento dos três. O Hermes perguntou o nome dela, onde morava, ela não respondeu, concentrada no café e nos biscoitos. Tinha mãe? Pai?. Nada. Terminou o lanche, olhou para o Hermes, agora com um olhar de súplica.

– Posso ir embora agora, tio?

– Não. Não pode sair sozinha. Você tem que dizer onde é sua casa, a gente vai levar você e conversar com sua mãe. Se você sair sozinha daqui aquele tio lá da rua vai bater em você. Viu a fúria dele?

Ela fez que sim num gesto de cabeça. A dona da máquina roubada se ofereceu para ir junto, com a promessa de não ser vingativa, nem com a filha nem com a mãe, só queria retribuir a ajuda que deram a ela. O Hermes, que até então não sabia o nome da desconhecida, deixou a ladra de lado.

– A propósito, como você se chama? Nessa confusão a gente até esquece as boas maneiras, nem se apresenta. Eu sou o Hermes, esse aí é o meu pupilo Ângelo que, segundo uma amiga nossa, é um anjo ineficaz.

– Sou a Sofia, fotógrafa.

E contou a aventura vivida poucos minutos antes. Caminhava pela João Alfredo, fotografando prédios antigos para uma exposição que tinha idealizado, o passado que permanece no presente das grandes cidades.

– Que pena que não se pode captar em imagens a mentalidade das pessoas, aí você poderia fotografar qualquer gaúcho para mostrar o passado arraigado no presente.

A Sofia riu pela primeira vez.

– Na verdade, o gaúcho é bem antiquado, mesmo. Mas não, nesse trabalho agora não envolve a figura humana. Qualquer casa, prédio, carro. Aqui em Porto Alegre tem essas carrocinhas dos catadores de papel. Um dia, enquadrei uma bem no meio da pista, numa rua estreita, e atrás dela uma fila de automóveis na mesma velocidade porque não podiam passar, o carroceiro não dava passagem. Uma imagem que me pareceu bem ilustrativa da situação do nosso país, não só do Rio Grande.

O Ângelo, que até então se mantivera calado, olhava para ela com indisfarçada curiosidade, acrescentou.

– O que mais me incomoda aqui é esse provincianismo.

E não saiu mais nada sobre a mentalidade provinciana do gaúcho, como se isso fosse uma opinião compartilhada por todos. Então, ele perguntou como tinha acontecido a cena do roubo.

A pequena ladra observava, impaciente, levantou, com jeito de quem ia sair, mas o Hermes a reteve. Se não dissesse onde morava ia chamar a Brigada e entregá-la às autoridades. Havia realmente a possibilidade da menina ser agredida na rua por pessoas indignadas que viram o assalto, e ele jamais permitiria uma atrocidade dessas com uma criança. Ela se aquietou de volta na cadeira, a Sofia relatou o acontecido. Durante uma sessão de fotos na João Alfredo, encontrou a menina chorando, um pivete, maior que ela, tinha roubado o dinheiro que ela ganhara dos motoristas, se ela chegasse em casa, sem nada, seria castigada pela mãe. A Sofia, então, agachou-se para conversar, penalizada, procurou alguma moeda, mas enquanto vasculhava a carteira na bolsa, deixara a máquina desprotegida, com o tiracolo em volta do pescoço. Com uma perícia inacreditável para uma criança, a menina sacou a máquina do pescoço da outra e saiu correndo. Ela levantou atônita, sem saber o que faria, nesse momento, um homem que estacionava o carro ali perto, saiu atrás da garota aos gritos de pega ladrão. Durante a narrativa a Sofia olhava a todo momento para a menina, como a conferir o que dizia, e a pequena balançava a cabeça em gesto afirmativo. Nesse momento, apitou a campainha, a menina estalou os olhos para o lado da porta, um claro estado de pânico. Os outros se voltaram para ver, a Patrícia acabava de chegar. A garota pulou da cadeira e saiu correndo, mas foi novamente retida pelo Ângelo e agora também pela recém-chegada, que, surpresa, nem cumprimentou os amigos, dirigiu-se à pequena.

– Você por aqui?
– Você conhece essa garota?
– Sim, é minha xará. Essa é a garota que foi roubada na rua e eu levei ela em casa.

Os três se olharam, colocaram a Patrícia a par do acontecido.

– Então é uma golpista, que atrai as pessoas na rua para poder roubar delas. Sorte que de mim não roubou nada.

A menina se debatia, implorava ao Hermes.

– Deixa eu ir embora, tio. Prometo que nunca mais vou fazer isso.

Dessa vez a Patrícia adulta não demonstrou a mesma indulgência com a Patricinha, opinou por ligar para o 190, chamar a Brigada, que eles levariam a larápia mirim ao Conselho Tutelar. O Hermes argumentou que as autoridades a levariam para casa do mesmo jeito e entregariam para a mãe, então, melhor poupar trabalho. Levá-la direto para casa. Porém, ao ouvir a expressão Conselho tutelar, a garota decidiu colaborar, e disse que iria embora, se o tio a levasse. A Patrícia adulta se mantinha irredutível.

– Eu sei onde ela mora, mas não vou perder meu tempo. Amanhã ela vai estar na rua de novo aplicando o mesmo golpe.

– De qualquer maneira, ela foi acolhida aqui na minha casa, qualquer coisa que acontecer com ela nas próximas horas, pode sobrar para mim. Prefiro levar essa pirralha para a mãe e lavar as minhas mãos.

Então a Patrícia adulta explicou como encontrar a casa da mãe irresponsável e o Ângelo e a Sofia levaram a Patrícia mirim para casa, com a ameaça de que não adiantava tentar fugir. Ouviram da mãe a mesma ladainha dita tempos antes, saíram de lá com a certeza de que a Pati tinha razão, no dia seguinte a garota estaria na rua de novo, utilizando a mesma estratégia para atrair pessoas e lográ-las, mas consolaram-se mutuamente com a convicção de não poderem resolver todos os problemas do mundo.

Missão cumprida, hora de voltar. Mas talvez o Ângelo pudesse aproveitar um pouco mais a companhia da nova amiga. Simpatizou com ela, o jeito simples e espontâneo de falar, a maneira como se referiu ao trabalho de fotógrafa, uma dedicação apaixonada, sem afetação. Até na maneira impessoal de vestir. Uma calça jeans, um par de tênis, uma blusa de malha bege, de manga curta, um decote em v muito discreto, cabelo preso num rabo de cavalo, sem nenhuma maquiagem, nem adereços, tudo isso dava ao Ângelo uma certa tranquilidade de estar ao lado dela. A Sofia se posicionava no meio do caminho entre a Patrícia e a Zezé, sem aquela sensualidade que emanava do corpo da primeira, nem os trejeitos masculinos da segunda, uma mulher que não ansiava por canalizar as atenções de todos os homens.

Morava na Salustiano, em frente à usina do Gasômetro, numa daquelas casas antigas, onde montou um pequeno estúdio. O Ângelo se ofereceu para acompanhá-la até em casa, mas ela preferiu pegar um táxi, a aventura do roubo deixou-a sem vontade caminhar àquela hora, já escurecendo, ainda mais com a expectativa de chuva a qualquer momento, num céu já carregado de nuvens escuras. Então, o Ângelo convidou-a para encontrar com a turma dele no bar mais tarde. Ela prometeu aparecer, tinha gostado do Hermes e deu vontade conhecer aquela loja, adorava vasculhar sebos, à cata de livros sobre fotografia. Trocaram telefones, despediram-se com a promessa de novo encontro mais tarde.

Algumas horas mais tarde, a turma se encontrava no Barbudo, na rua da República, um local cujo nome se explicava pela principal característica do dono, o Rui, um homem de uns quarenta anos, que usava uma barba até o peito. O Rui entendia muito de cerveja e o bar que ele administrava era um dos poucos estabelecimentos, se não o único, de Porto Alegre que servia cerveja artesanal naquele distante ano de 2005, quando a bebida mais refinada, para paladares mais exigentes, ainda não se tornara uma moda da boemia porto-alegrense. O Rui, apesar de uma equipe de funcionários sempre atentos, desfilava a imensa barba entre as mesas, conversava, vigiava o atendimento, zelava pela satisfação da clientela. O principal assunto em volta da mesa da turma de amigos estudantes, não poderia deixar de ser as novas aventuras da pequena Patrícia, ocasião em que a Patrícia adulta aproveitou para relembrar, com todos os detalhes, a vez em que ela caiu na lábia da pequena ladra sobre uma das pontes da avenida Ipiranga, numa manhã quando voltava do campus. Como sempre, nessas situações, cada um tinha um evento semelhante para contar, e a conversa corria solta e despretensiosa, as mesas do bar espalhadas pela calçada, naquela noite quente com uma atmosfera sufocante, prestes a desabar em forma de chuva, até que encostou um táxi na frente do prédio e a Sofia abanou aos novos amigos lá de dentro do veículo. O Hermes, para manter a tradição de bom recepcionista, levantou da cadeira, foi até o carro, segurou a mão da moça para a ajudá-la a desembarcar.

– Seja muito bem-vinda a esta nossa patota, a mais querida, a mais culta e mais inteligente de Porto Alegre.

– Muito obrigada. O Ângelo já me falou que você é um perfeito cavalheiro. Outro dia eu quero ir lá na livraria procurar uns livros.

– É só mandar a lista que amanhã mesmo estarão a sua espera.

Seria muito natural que o Ângelo se sentisse com direito de prioridade nas atenções da Sofia, uma vez que foi por uma atitude dele que ela surgiu na vida daquela turma, no entanto, não demonstrava nenhum resquício de contrariedade pela iniciativa do Hermes de recepcionar a nova amiga, pois já conhecia a necessidade do amigo de ser meio babão com todas as mulheres. Mas não se podia ignorar que a professora Daisy, a quem o livreiro bajulava bastante, pelo menos uma noite pousou na Arcádia, e certamente não foi ministrando aulas de escrita criativa. Por outro ângulo, de tanto ser apontado como distraído, o Ângelo andava exercitando a habilidade da observação, e notou que a nova amiga agora usava uma saia preta, comprida, até o tornozelo, calçava uma sandália, usava uma blusa branca de mangas curtas e um decote menos discreto que o da tarde, o cabelo solto, e nas orelhas um par de pingentes, desses vendidos em lojas de artesanato. De maquiagem, apenas um batom leve, marrom, meio terroso. Em resumo, ela estava elegantemente muito bonita. Esse último detalhe não escapou a ninguém, muito menos à Patrícia, que não se furtou de observar que o olhar do Ângelo contemplava encantado o visual conspícuo da nova amiga. O Hermes fez as apresentações, enfatizando a maneira como a Sofia apareceu na loja. Pegou uma cadeira lá dentro do bar, posicionou-a o lado do Ângelo, de frente para ele. A nova amiga foi aceita na turma sem restrições, nem mesmo pela Patrícia que, assim que pode retomar o assunto, contou mais uma vez, agora dirigida à Sofia, a aventura que ela também vivera antes, sem esquecer nem a imagem dos três porquinhos. Apesar da Patrícia não ter sido roubada, segundo ela, porque portava, na ocasião, apenas o material da faculdade e uma bolsa que sempre carregava com o tiracolo atravessado, por cima do ombro esquerdo e por baixo do braço direito, que nenhum gatuno conseguiria puxar e sair correndo, as duas mulheres se irmanaram na condição de vítimas da violência que assolava a cidade. Emanava um espírito de sororidade entre as duas, sentimento que podia ser percebido na alegria estampada no rosto de cada uma. Só por um momento deu para perceber umas rugas na testa da Pati, cenho franzido, os olhos brilhando com mais intensidade. Foi quando a Sofia se declarou muito agradecida ao Ângelo, que conseguiu recuperar a câmera sem que o episódio degringolasse para algo mais trágico. A declaração foi acompanhada de um gesto de carinho bem espontâneo, a ponta dos dedos finos cofiando a cabeleira do amigo. O Hermes sentiu uma mão no ombro, virou-se, o Rui, com a barba esvoaçante, queria saber se estava tudo em ordem. Sim, para melhorar, só se a cerveja fosse de graça, mas o barman já se dirigia ao outro lado, onde um mendigo se aproximava com a mão estendida, pedia algum trocado para os clientes da mesa ao lado. O Rui falou ao intruso algo que não se podia ouvir, conduziu-o para o meio da rua, longe do assédio aos clientes. Dos demais participantes da beberagem, a Zezé se mantinha em silêncio, observava o movimento ao redor, sem ter o que dizer sobre aquela conversação. Numa mesa ao lado da porta, ocupada por dois rapazes, um deles gesticulava muito ao falar, não raro os gestos dele atingiam os passantes da calçada, ou até os fregueses ao lado.

Esgotados os assuntos sobre roubos e assaltos, voltaram-se para a Feira do livro, o Júlio comentava sobre a palestra do Ariano Suassuna, que assistira pouco antes de vir para o bar. Fora um momento mágico, dizia ele, com aquele deslumbramento típico dos gaúchos com a maior feira a céu aberto da América Latina, e naquele ano, ainda ampliada, uma demonstração do quanto os gaúchos valorizavam a cultura. Com tanta coisa para tratar, até esqueceram do último capítulo da novela América, que prometia uma cena de causar grande impacto no moralismo sulista, um beijo gay entre dois personagens masculinos. A Zezé anunciou que no domingo, o Jean Wyllys estaria autografando um livro de crônicas sobre a participação dele no programa global que explorava o voyerismo, e deixou o convite para quem quisesse acompanhá-la e lembrou que ela própria estaria lá no próximo fim-de-semana, último da feira. Confessou-se ansiosa, com medo de passar vergonha lá sozinha, afinal, todos os conhecidos já tinham adquirido o livro. A Sofia respondeu que ela ainda não tinha, queria adquiri-lo e se prontificou para fazer uma sessão de fotos se a autora quisesse. A Zezé aceitou de pronto, e os olhos dela se projetaram lá dentro dos da Sofia. Literatura, hábitos literários, preferências de leitura entraram na pauta que ocupou a turma até o fim da noitada, regada a cerveja e batata frita.

O céu que aparecia sobre as folhagens das árvores foi riscado por um relâmpago. O telefone da Ilda tocou, ela se afastou para atender; o Rui passou mais uma vez, o Hermes afirmou que estava tudo bem. O rapaz da mesa ao lado, num gesto mais afoito, derrubou a garrafa, que caiu por cima de um dos copos, derramou todo líquido, rolou pelo chão, jogando respingos lá perto do Ângelo e da Sofia. A Ilda voltou, pediu desculpas à turma, precisava se retirar para não pegar chuva. Como sempre, a saída do primeiro é a deixa para os outros começarem a abandonar o local. O segundo foi o Hermes.

– Crianças, eu também vou fugir da trabuzana. Amanhã, a hora que eu acordar, estarei no lugar de sempre. Apareçam.

A Sofia perguntou se podia ir à tarde procurar uns livros antigos de fotografia.

– Você pode aparecer a hora que quiser, para você a porta estará sempre aberta.

O Ângelo prometeu ajudar a moça na procura do material.

Uma onda de ar quente se rebelava em forma de redemoinho pela calçada, empurrando os beberrões resistentes para dentro do bar. A turma se dispersou, e em poucos minutos o Ângelo também entrava dentro de um táxi. Mal teve tempo de chegar em casa, ouviu uma forte trovoada, e ao entrar no quarto, a persiana sacudia com a força da enxurrada que se precipitava na janela.

O SÁBADO AMANHECEU DILUVIOSO. O temporal que caiu de madrugada transformou Porto Alegre numa Veneza sem as obras de arte. Quando o Ângelo se levantou, o pai já estava na sala, sentado na poltrona na frente da TV, de pijama, uma caneca de café na mão. Os noticiários da manhã mostravam o estado de calamidade vivido na capital gaúcha. Na Cidade Baixa, moradores desfilando de caiaques pelas ruas; no Bom Fim, fios da rede elétrica caídos; na Redenção, árvores arrancadas; a Osvaldo Aranha quase interrompida pelas palmeiras que desabaram na pista. O Ângelo deu um bom dia ao pai, que respondeu sem desgrudar os olhos da tela, e ao ouvir referências ao bairro onde se situava a Arcádia, permaneceu ali de pé, mas não apareceu nada sobre a rua da livraria. Vieram os comerciais, ele entrou na cozinha, a mãe terminava o desjejum sozinha, ainda com um roupão sobre a roupa de dormir. Retribuiu o bom dia com uma voz mecânica, sem os hipocorísticos de antigamente. Havia já um bom tempo que o Ângelo não ouvia mais o *mon coeur* de manhã. Despejou o leite na caneca, colocou no forno de micro-ondas, digitou 1 minuto e esperou de pé o apito do aparelho. Pela vidraça da cozinha espiou a folhagem das árvores, ainda agitadas pelo vento. O clima nublado reforçava ainda mais o estado sonolento. Soltou um bocejo, o forno apitou, pegou a caneca, sentou à mesa na frente da mãe, a cafeteira em cima da mesa ainda mantinha café suficiente, serviu. Com a calma de quem não tinha nada para fazer, apanhou duas fatias de pão, porções de queijo e presunto, preparou um sanduíche. A mãe observava a movimentação do filho, nos olhos podia-se vislumbrar um pedido por atenção.

– Não vi você chegar ontem. Não pegou a chuvarada?
– O aguaceiro começou a cair bem na hora em que eu cheguei.
– De madrugada faltou luz. Eu levantei para ir ao banheiro, tudo escuro.

O Ângelo não demonstrou interesse pelos efeitos do temporal, já perdera a conta das vezes em que se viu ilhado em algum ponto da cidade devido aos constantes alagamentos provocados por qualquer chuvinha. Sem falar nos banhos de chuva. Não havia motivo nenhum para o alarde que se fazia agora com essa borrasca que caiu de madrugada.

– Ainda bem que não faltou luz na hora da novela. Aliás, que decepção. O Brasil inteiro em vigília para ver o beijo gay do último capítulo e não aconteceu nada. Quanto moralismo. Você viu?
– Não, mãe, eu não vejo novelas, e não estou preocupado com beijo gay.

Não havia nenhuma crítica nessa resposta, apenas uma total falta de entusiasmo. Desde que os pais diminuíram a participação na vida social, deixaram de ir ao clube, ao teatro, a shows, a mãe preenchia o tempo ocioso com a programação televisiva, sobretudo as novelas, um tipo de atração que o Ângelo simplesmente ignorava. Além do mais, havia outra boca para beijar, a de uma mulher hétero, que usava um batom cor de terra que desperta desejos telúricos.

O pai entrou na cozinha, largou a caneca na pia, deu meia volta para sair, o pijama meio caído por causa do elástico frouxo, deixava um pouco da nádega à mostra. A mãe anunciou, sem se dirigir especificamente a nenhum dos presentes.

– Mais tarde eu vou sair, preciso fazer o supermercado para preparar o almoço.

Nenhum deles respondeu. O marido saiu sem dar uma palavra, o filho não tinha o que dizer. Mas a mãe parecia se incomodar com o silêncio.

– Você não tem aparecido mais na escola. Sabe qual é a novidade? A Graciele vai embora. Arrumou um emprego melhor e vai parar com o francês.

– Que bom para ela.

– Acho que ela se sente rejeitada porque você nunca chamou ela para sair. Nunca me falou nada, mas a gente lia nos olhos dela quando você aparecia, ou quando eu falava em você.

– Nunca me interessei por uma murixaba chinfrim como aquela.

– Uma o quê?

– Uma quenga, uma zabaneira, uma oferecida, cafona.

Certamente o Ângelo não se deu conta, mas atribuir tais adjetivos à donzela que a mãe sonhava em ter como nora, era o mesmo que jogá-los na cara da própria mãe. Pelo menos ela deve ter se sentido assim, a julgar pelo ar de angústia expressado no rosto dela. Ela levantou da mesa, recolheu a xícara, colocou na pia, pegou o resto de pão sobre a mesa, enrolou no pacote plástico, juntou os farelos, jogou na lixeira. Enquanto executava essas tarefas rotineiras com uma naturalidade mecânica, despejou nos ouvidos do filho uma queixosa.

– Você agora deu para usar esse vocabulário vulgar, e logo em relação à minha melhor aluna, um anjo de pessoa. Onde você aprendeu essa linguagem? Lá na tal livraria, com seus novos amigos?

Voltou a sentar no momento em que terminava a última frase, braços cruzados sobre a mesa, olhar fixo no rosto do filho, como a esperar uma resposta. Ele tomava o café sem pressa, sem dar muita atenção ao discurso da mãe, o que a deixava ainda mais nervosa. Mas em vez de uma reação cordial, para acalmar os nervos maternos, ele recitou um texto que lera dias antes, e guardou de memória. Havia na voz dele um tom ostensivamente debochado.

– A linguagem tem como função principal as comunicações, mas também é uma maneira do sujeito expressar a imagem que faz do contexto social em que se encontra. Ao optar por um estilo de comunicação o falante está manifestando uma visão de mundo concernente ao instante preciso do ato comunicativo. Por isso a linguagem adequada é a que expressa o que o sujeito pensa e sente daquele ato de comunicação específico.

– Mas o que significa isso, agora? Zombaria com sua mãe?

– Apenas a minha maneira de me colocar no contexto social de seu discurso, ou seja, comunicar que eu estou de saco cheio dessa história de você querer escolher namorada para mim. Não vou chamar ninguém para sair, pelo menos ninguém escolhida por você.

– Sim, você gosta é de correr atrás de quem não te valoriza

– E por falar em linguagem adequada, *chamar para sair, fazer supermercado,* isso é desvio da língua portuguesa, um galicismo, um cacoete típico de classe média, e é muito pedante.

Em momento algum o Ângelo se exaltou, levantou a voz, atitude que deslegitimaria uma reação mais explosiva de parte da mãe. Via-se no rosto dela uma tensão que procurava uma válvula de escape, mas o filho não aceitou a tarefa de abrir as comportas, pois seria ele a primeira vítima da enxurrada. Terminou o café, recolheu a louça, dirigiu-se à porta. A mãe recuperou a calma para se justificar.

– Eu sou professora de francês, é natural que eu use francesismos, mas você, onde aprendeu essa linguagem vulgar? Não foi aqui em casa, com certeza.

Virou as costas e saiu sem responder. Na sala o pai lia o jornal na mesma poltrona em frente à TV, agora desligada. Aproximou-se por trás do pai e viu a manchete da notícia lida. Comissão de ética da câmara dos deputados cassa o mandato de José Dirceu. O pai virou a cabeça, interrogou o filho.

– Você viu? Começaram a devassa nos políticos de Esquerda. Isso era esperado, a Direita nunca aceitou e nunca vai aceitar compartilhar o poder.

O conhecimento que o Ângelo assimilara sobre política não ia muito além daquelas máximas que circulavam no senso comum. Em épocas de eleição, deposita o voto em algum político da Esquerda, apenas por influência paterna, sem muita convicção, e menos ainda interesse. Mas já tinha provocado a mãe, seria injusto não dar a mesma atenção ao pai.

– Como assim devassa da Esquerda?

– Simples. Essa elite podre que gangrenou o Brasil desde o descobrimento não aceitou entregar o poder, nem mesmo por uma eleição legítima. Vai fazer tudo que puder para envolver os políticos esquerdistas em escândalos, mentiras, intrigas.

– Sinceramente, meu velho. Você acredita mesmo que toda essa avalanche de denúncias que está surgindo seja tudo invenção e intriga da Direita?

– Não digo que seja invenção, mas deturpação dos fatos. Na verdade, eles estão nos acusando de fazer o que eles sempre fizeram.

A mãe entrou na sala, trazia uma jarra de água, foi até o canto da sala, despejou a metade do conteúdo na samambaia, e o resto no vaso da bromélia no outro canto, abriu a cortina, voltou para a cozinha com a jarra vazia, e em seguida cruzou pelos dois em direção ao quarto. No céu, as nuvens se afastavam com lentidão, uns raios de claridade rompiam os espaços e se projetavam no ambiente, sobre a mesa de jantar. O Ângelo continuava de pé, possuído pelo espírito da contrariedade.

– Quer saber de uma coisa? Eu não acredito em nada disso. Esse pessoal se viu dono do poder, teve um ataque de deslumbramento com toda aquela grana à disposição.

– Você me decepciona com essa visão empobrecida dos fatos.

– E esse seu presidente aí, que diz que não sabia de nada? Se não sabia era incompetente, se sabia era conivente. Muito difícil a situação dele.

– Não é tão simples assim. Se eu, que tenho um cargo no baixo escalão, não consigo controlar tudo o que os subordinados fazem, imagina o presidente da República. Até eu fui envolvido em falcatruas por ser militante da Esquerda. E sou inocente.

– Todo acusado se diz inocente. Até o Maluf jurou inocência a vida toda.

– Meu filho, o que está acontecendo que você está tão agressivo hoje?

A mãe reentrou na sala, penteara o cabelo, trocara de roupa, e um pouco de maquiagem disfarçava as olheiras.

– Ele está assim hoje, são as companhias atuais.

– Não estou agressivo, só resolvi falar o que penso. Se isso agride alguém não é culpa minha.

A mãe portava a chave do carro, repetiu que ia ao supermercado fazer compras para o almoço, e saiu, os dois homens permaneceram na sala. O Ângelo sentou na poltrona à direita do pai, pediu o caderno da programação cultural, o pai alcançou a parte solicitada e voltou à leitura da coluna política em silêncio. Mas aquele dia, o Ângelo acordou com vontade perturbar a paz. Espiou a página de leitura do pai e lá no canto esquerdo avistou uma manchete e retomou o assunto.

– E esse Dossiê Cayman aí? Pelo pouco que eu acompanho parece mais uma arapuca da Esquerda para pegar tucanos adversários.

– Não sei. Isso precisa ser bem explicado. Além do mais, é caso antigo, da eleição passada

– A sem-vergonhice no Brasil é atemporal, quer dizer, é sempre do presente.

O pai arredou o pufe, enfiou os pés nos chinelos, pôs-se de pé, puxou a calça do pijama que já escorregava de novo, ameaçou uma caminhada em direção ao corredor que dava para o quarto, mas em seguida, como se estivesse esquecido o que ia fazer lá, sentou de novo, o olhar voltado para o filho traia um pouco de curiosidade, misturado com mágoa.

– Sabe, meu filho? Acho que sua mãe tem razão, você está diferente, também tenho notado isso, e não é de hoje.

– Desde o dia em que eu descobri que meus pais escondem problemas importantes de mim, e que talvez essa vida boa que a gente tem seja tudo falso.

– Então você não acredita na minha inocência?

– Como já disse outro dia, o que eu acredito não vai influenciar no resultado desse processo.

— Eu até entendo isso, essa necessidade natural do filho se rebelar contra a figura paterna, construir uma identidade própria, e para isso renegar ou desqualificar tudo o que recebeu desde o nascimento. Só não entendo por que justo nesse momento em que estamos atravessando uma fase difícil.

— Não esqueça que de tudo o que eu recebi tem o trabalho da minha mãe, o dia todo naquela escola aguentando filhinho de classe média.

— Pois é bom você saber que sua mãe só conseguiu ser empreendedora de escola particular porque teve a garantia do meu salário de funcionário. No começo eu pagava até o aluguel daquela casa. No Brasil, o empreendedorismo individual é sempre dependente do dinheiro público, mesmo que seja do salário do marido.

No mesmo clima do diálogo com a mãe, não havia tom de briga, exaltação nenhuma de voz que denunciasse raiva, ressentimento, apenas um desabafo mútuo de duas pessoas que se confrontavam com índole pacífica. Mas tornara-se evidente que continuar naquele papo significava apenas replicar e replicar a réplica, até um deles ser vencido pelo cansaço. Melhor voltar para o quarto e tentar adiantar o trabalho até a hora de encontrar com a Sofia. Novamente isolado no dormitório, ligou o computador, abriu a persiana, um bem-te-vi pousado no parapeito da janela levantou voo e foi se juntar aos amigos entre as folhagens das árvores da rua. No ar ainda nublado uma neblina dava uma aparência enfumaçada ao horizonte por cima dos edifícios. Mas em vez de acessar a internet, aproveitar a preguiça da manhã para ler *e-mails*, ou tentar avançar no texto da monografia, pegou uma caneta e o caderno de notas e começou a escrever à mão, como sempre fazia as anotações pessoais, sonhos ou qualquer nota que não fosse referente ao curso da faculdade. Nos últimos tempos também andava desligado do Orkut. Uns dois ou três anos antes, seguindo a tendência dos colegas do curso, que viviam trocando comentários sobre redes sociais, a grande novidade do momento, onde podiam participar de grupos de debates, ele se converteu e abriu uma conta, porém poucas tentativas de acesso foram suficientes para perder o entusiasmo. Apenas uma ideia fisgou-o para cair na nova rede, a esperança de encontrar a antiga paixão, e com a probabilidade de quem acerta numa loteria, encontrou-a muito sorridente, num bar rodeada de amigos. Escolheu uma das fotos do perfil, copiou num *pen-drive* e levou a uma loja daquelas que antigamente revelavam filmes fotográficos, imprimiu a foto colorida em tamanho maior, passou num mercadinho de um e noventa e nove e comprou uma moldura, que colocou ao lado do computador, como se fosse um templo de adoração a uma deusa. Quando se enredou na cabeleira loira e cacheada da Patrícia sofreu um acesso de senso do ridículo e jogou o quadro na lixeira.

Quando a mãe chamou para o almoço, já tinha escrito várias páginas, guardou tudo na gaveta da escrivaninha e foi almoçar. Durante a refeição, ninguém tocou nos assuntos que tumultuaram a manhã. Foi como aqueles encontros de família, em que os parentes se juntam de vez em quando, num domingo, mas não têm mais nada o que conversar, e os tópicos que poderiam entrar em pauta são sempre evitados para não remexer feridas antigas. Falaram do temporal, da previsão de tempo bom para as próximas horas. E como um atestado de que tudo estava bem, o Ângelo pediu o carro da mãe emprestado. Ele não sofria dessa doença típica da classe média de fetiche pelo automóvel, e até preferia andar de ônibus ou a pé, podia deixar a imaginação voar e atingir lugares que jamais chegaria em qualquer outro meio de transporte, mas para encontrar com a Sofia, recomendou a si próprio que seria bom poder levá-la a algum lugar, nem que fosse para conversar dentro do carro, na beira do rio, como já vira vários casais. A mãe entregou a chave com a recomendação de não beber nada de álcool, ele tranquilizou a mãe, só tomaria café. Pelas duas horas, conforme combinado, a Sofia ligou, marcaram para as três, na Arcádia. Antes de sair, precisou vasculhar as gavetas da escrivaninha à procura da carteira de habilitação, documento que jazia esquecido em algum canto porque quase nunca era usado.

A pretensa naturalidade na pose assumida na conversa com os pais não passava de estratégia para manter o autocontrole. De repente, a família tão cordata se transformou num palanque competitivo, um jogo de aparências onde não se podia colocar todas as cartas na mesa, onde o blefe é um elemento essencial da jogada. Tudo contribuía para escalavrar a superfície de aparente concórdia daquele lar, e os últimos acontecimentos penetraram nas almas daqueles três como o mofo que se instala pela umidade e começa a estufar o papel de parede aqui e ali, denunciando que a estética que embeleza o ambiente estava apoiada numa estrutura frágil, vulnerável às intempéries. Quanto ao Ângelo, o que mais o escangotava era o fato estar cada dia mais próximo o momento de decidir o que fazer depois da faculdade e ele ainda lutava contra o bloqueio que o estorvava na conclusão da monografia. Ser professor de português ou literatura num colégio da formação primária? Via colegas de curso já trabalhando em creches, o que nem em sonho teria audácia de fazer. Uma conjuntura de dar saudade dos tempos em que brincava com o barquinho de plástico na banheira e não precisava decidir sobre nada, pois tudo aparecia já pronto, como se o mundo fosse uma eterna fonte de provisões. O barquinho nunca afundava, a banheira tinhas margens muito sólidas e definidas, não precisava se preocupar com o rumo que devia seguir. Acontece que o tempo altera a proporção das coisas, o barco não cabia mais nos limites restritos da banheira da infância, a realidade dos adultos invadiu a fantasia do infante marinheiro e jogou-o num oceano muito mais vasto e sem fronteiras, o barco então vagava bêbado, sem rumo, e com um condutor inábil, que não possui bússola e não conhecia o movimento das estrelas para se guiar.

Com a cabeça cheia de tais caraminholas, estacionou o Honda Civic da mãe bem atrás de um Uno Mille verde parado na frente da Arcádia, naquela tarde em que o sol conseguia afastar as nuvens e se estender pelas ruas da cidade e secar o lamaceiro deixado de madrugada. Assim que o alarme da porta acusou a entrada, o Ângelo ouviu a voz do Hermes, lá no andar de cima talvez a Sofia tivesse chegado mais cedo e estivessem só os dois, correu ao encontro deles, mas se enganou. Fosse ele um sujeito mais atento, pouparia a si próprio alguns ataques de pânico provocado por ciúme infundado, pois teria percebido o carro parado na frente da loja, atrás do qual estacionou, e concluído que a Claudia estava com o Hermes. A alegria que demonstrou ao ver a namorada do amigo podia ser uma demonstração sincera de afeto por uma pessoa que admirava, apesar de se verem tão pouco, mas também não se descarta a possibilidade de um imenso regozijo por não encontrar a Sofia só com o Hermes. Os sentimentos em relação ao amigo ainda se mostravam meio confusos. A Claudia andava lá pelo quarto, apareceu na porta, abanou para o Ângelo. Na mão esquerda segurava uma sacola de supermercado com roupas. O Hermes, no banheiro, com a porta aberta, usava apenas um abrigo de moletom e um par de sandálias, na frente do espelho, sem camisa, aparava a barba com uma tesoura. Via-se sem dúvida, que se preparava para sair. O Ângelo sentou no sofá, ainda segurava a chave do carro.

– O barulho de motor que ouvi aí na frente era você?

– Sim, estou motorizado hoje.

– Ah, esses filhinhos de papai.

A Claudia apareceu, largou a sacola com roupas na beira da porta, trocou beijinhos com o Ângelo e voltou para o quarto. O Hermes, concluída a tarefa, pegou uma camiseta atirada em cima do sofá, ao lado do Ângelo, vestiu, voltou para a frente do espelho, mirou-se, conferiu a barba, arrumou o cabelo com a mão mesmo, parecia um homem conspurcado pela vaidade. Tanto que o Ângelo não resistiu a um comentário sobre aquele momento de autocontemplação.

– Então seu narcisismo não é só intelectual.

– Ora, a barba dá mais simetria ao rosto do homem, mas não é uma erva que pode se criar de qualquer jeito, como a grama do jardim. Tudo o que serve para embelezar deve estar na medida exata de dar realce ao conteúdo, caso contrário, perde o sentido. Não sou desses homens que fazem penteados e corte de cabelos excêntricos, barbas e cavanhaques em estilo pechisbeque, porque a prioridade da forma, ainda que torne bonita, se não for um complemento do conteúdo não tem graça, não serve para nada.

– Pechisbeque? Essa nem eu conhecia.

– Leia o Lima Barreto que ele te explica. Agora, meu jovem amigo, a minha rainha apareceu aqui e me deu a ordem de acompanhá-la até o Lami, e passar o fim de semana lá com ela. Volto amanhã à noite.

– Então não poderemos procurar os livros. Vou avisar a Sofia.

– Por que? Eu tenho chave reserva, vocês ficam aí e podem procurar o que quiserem. E fazer o que quiserem também.

Ao proferir essa última frase, olhou para o Ângelo com uns olhos que traduziam bem umas ideias maliciosas, mas o Ângelo, que ainda temia passar por um estroina, protagonista de frascarias, tanto reais quanto insinuadas, adiantou-se em justificativas.

– Nada a ver. Ela só vem conhecer a livraria porque eu disse que você abria sábado à tarde.

O Hermes se aproximou da porta do quarto e falou lá para dentro, "Tá liberado", a Claudia apareceu, entrou na toalete, fechou a porta, o Hermes enveredou por um discurso pedagógico.

– Você já viu alguém se interessar em conhecer uma livraria de usados numa tarde de sábado? E você pensa que eu não vi a sua babação na volta dela, cara de sedento bebendo as palavras na boca da moça? Meu amigo, você é muito passivo, muito tímido, se limita a zanzar na volta da mulher o tempo todo com esse olhar de pedinte, que nem fazia com a loirinha, esperando que a mulher te aceite. Mulher não gosta disso, mulher gosta de ser arrebatada, de ser conquistada, gosta de homem com iniciativa, com ousadia. Pegada, como elas dizem. Se você vai esperar que a mulher tome iniciativa, vai viver sozinho a vida toda, porque mulher gosta de sentir que o mundo está girando em torno dela, que a vida dela está sendo o motivo de uma revolução cósmica, que ela é apenas a causa natural desse movimento, mas sem que ela precise agir para isso, e sabes por que? Porque mulher precisa se sentir integrada ao cosmos, sentir que faz parte do movimento dos astros, tudo o que acontece com ela é culpa dos astros. Entendeu? A mulher não quer assumir a responsabilidade do que acontece na vida dela. Tudo tem que ser o resultado de um movimento cósmico. Por isso as mulheres são muito mais religiosas que os homens. Então, se a mulher precisa tomar a iniciativa para ter uma relação romântica, todo o romantismo desaparece. É, você tem que tomar a iniciativa. Então, para conquistar a mulher, você precisa convencê-la de que você é parte desse movimento cósmico no qual a vida dela está inserida. Aí ela vai para cama com você sem sentir remorso nenhum, porque não foi ela que quis, foi o universo que decidiu assim, estava escrito nas estrelas, como dizem os adolescentes.

Durante essa pregação, a Claudia saiu do banheiro, sentou ao lado do Ângelo, cruzou a perna, a atenção exageradamente voltada para o namorado. Quando ele se calou, ela levantou e aplaudiu de pé, e arrematou voltada para o Ângelo.

– Eis o homem que mais entende as mulheres, anota bem essa lição e segue à risca todas essas pérolas de iluminada sabedoria, e você será um feliz solteirão que nem ele.

– Imagina se um homem que desfruta os carinhos de uma deusa que nem você vai se sentir um solteirão.

Pegou-a pela mão, puxou-a para junto de si e afirmou.

– Estou pronto para servi-la, minha rainha.

– Então vamos embora.

O Ângelo só ria, escorado para trás no encosto do sofá. O Hermes entrou na cozinha, e voltou em seguida com um molho de chaves, entregou para o Ângelo, que já esperava de pé, pronto para acompanhá-los. As janelas fechadas, uma penumbra cobriu a sala, o casal desceu as escadas, o Ângelo atrás. Ainda lá de cima, ouviram de novo o alarme da porta, o Hermes olhou para o Ângelo com aquela mesma cara maliciosa de antes, cedeu lugar para ele passar na frente, o Ângelo pulou alguns degraus e lá no último ouviu a voz da Sofia. Afastou a cortina, cumprimentou-a de longe e antes de mais nada se adiantou a dizer que o Hermes estava de saída, mas não havia problemas, mostrou o molho de chaves na mão. O Hermes apareceu, cumprimentou a moça com a mesma reverência exagerada, apresentou a Claudia. As duas mulheres trocaram beijinhos, confessaram o mútuo prazer em se conhecerem, o casal se retirou, deixando os dois jovens finalmente sozinhos. Em seguida, ouviram o ronco do motor do Uno que se afastava. A primeira coisa que chamou a atenção da Sofia foram os pôsteres na parede. Ela examinou um por um dizendo o nome das figuras, como se estivesse numa prova de conhecimentos: Raul Seixas, Barão de Itararé, Diógenes.

– São os ídolos do Hermes.

– Sério? Ele deve ter uma índole bem irreverente, anarquista.

– Ele é muito debochado, nunca sei quando ele fala sério ou de brincadeira. Na verdade, ele não leva nada muito a sério.

Dos quadros na parede passaram para as estantes, o Ângelo esforçado em mostrar um mínimo de ordem que ele mesmo tinha colocado na livraria, com uma etiqueta indicativa da categoria dos livros, seleção por gêneros, tipo Literatura Brasileira num canto, estrangeira no outro, e assim com História, Filosofia, mas salientou que essa classificação também não era muito confiável, tudo meio misturado.

– Você se preocupa muito com os rótulos das coisas?

– Bem, estamos falando de uma casa de negócios, onde, me parece, deve haver um mínimo de organização.

A Sofia caminhava entre as estantes, a atenção voltada para as lombadas, olhava, folheava, guardava de volta no lugar. Numa pilha sem etiqueta de identificação, o olhar curioso pousou num título, puxou o volume, cuja capa mostrava a imagem de dois homens bem vestidos, sentados na grama embaixo de algumas árvores, acompanhados de uma mulher nua, sentada ao lado deles, que olhava diretamente para o primeiro plano do quadro, enquanto os dois cavalheiros se entretinham numa animada conversa. Na capa, estampado em letras vermelhas *Amor a Três*.

– Este livro é bem interessante.

– Nunca tinha visto.

– Trata-se de um trabalho de intensa pesquisa sobre as tríades amorosas ao longo da história, os casais que aceitaram mais um, às vezes até dois, como parte do relacionamento. E apresenta fotos de todos os casais citados que viveram na época da fotografia. E o mais incrível, os autores também são um casal de três, um homem e duas mulheres.

O Ângelo conduziu-a até um canto onde tinha visto algo sobre arte e fotografia, perguntou se ela procurava algo específico.

– Uma vez, no sebo Brandão, em São Paulo, achei um livro com as fotos do Kenneth Josephson, mas era muito pesado, já tinha tralha demais na bagagem, não pude trazer, e nunca mais achei.

– O computador está desligado, não dá para procurar no catálogo, e também não ia adiantar muito, porque não é atualizado. O negócio é procurar por aí.

– Esse é um cara incrível. Ele utiliza figuras humanas, mas só como elemento a mais na composição da obra. O ser humano entra apenas para dar maior plasticidade à imagem.

– Você gosta de trabalhar também com a figura humana?

– Como elemento de composição sim. Não curto essas fotos de pose que as pessoas fazem. Às vezes tem um cenário incrível, a criatura vai lá e estraga tudo com um enquadramento medíocre, só para dar relevo a alguém, e compromete todo o resultado estético.

– Além desse aí que você falou, algum outro?

– Eu gostaria muito de encontrar algo sobre Mapplethorpe, outro que tem um portfólio bem bacana com figuras humanas, sobretudo nus masculinos.

Mas o acervo de arte e fotografia se limitava a brochuras com dicas para amadores, do tipo, como fotografar seus filhos, a arte do retrato ao alcance de todos, e outras coisas semelhantes. Perdido no meio desse culto ao amadorismo, encontrava-se um exemplar de *A Câmera*, do Ansel Adams, que obviamente, a Sofia já tinha. O Ângelo então sugeriu irem até a Bamboletras, no Olaria, lá se encontrava bastante coisas sobre arte em geral, inclusive fotografia, a companheira confessou a preferência pelos Sebos por causa da vantagem do preço, as edições novas sobre arte em geral são muito caras, mas considerando que dali não sairia nada, aceitou o convite e foram embora. Na saída, o Ângelo fechou a porta, chaveou, conferiu se estava tudo bem fechado, apertou o botão do controle remoto, destravou o alarme do carro, fez questão de um cavalheirismo, abriu a porta para a Sofia entrar, e assim que ela se acomodou, bateu a porta do carro de leve, como se cuidasse para não machucar a moça.

Encontraram a outra livraria cheia de gente, talvez aproveitando os descontos do período da Feira, desistiram e foram para o bar em frente ao cinema, tomar um café. No bar também havia bastante gente, ocuparam uma mesa ao lado da parede envidraçada que dá vista para o cinema. Dali podia-se ver o cartaz do programa do dia, *Dois Filhos de Francisco*. Ali também as pessoas se aglomeravam nas filas da bilheteria e de entrada. No banco, em volta do chafariz, muita gente comemorava o retorno do sol. A Sofia pediu um cappuccino, o Ângelo uma taça de café passado, puro. Servidos os cafés, o Ângelo lamentou a tentativa inútil de encontrar o material, e contou que conheceu o Hermes por causa de uma busca também infrutífera, selaram uma grande amizade e a Arcádia virou quase um segundo lar para ele. A Sofia aproveitou a deixas e cobrou que não sabia quase nada dele, a não ser que era um estudante de Letras e de ser um anjo ineficaz. Ele sorriu pela lembrança da frase da dedicatória, confessou que sobre ele não tinha muito o que contar. Primeiro, passou dois anos no curso de Direito para agradar ao pai, depois perambulou por uns meses, sozinho em Paris, para agradar a mãe. Fora isso, nada além de ir para aula, estudar, tomar cafezinho nos intervalos das aulas, e conversar, mostrar inteligência e tentar ser aceito por alguém.

– E para agradar a você mesmo, tem feito alguma coisa?

– Pois é. Essa é minha dificuldade. Chegou o momento de decidir o que fazer por mim mesmo e eu não sei que rumo tomar.

– Vai continuar os estudos, pós, essas coisas?

– Meu foco agora é outro. Não consigo mais viver com meus pais, mas não tenho como me manter sozinho. Preciso fazer alguma coisa.

Resumiu a situação familiar, o clima vivido no momento, a falta de expectativa com o futuro.

– Pelo que eu entendi, você não passa por dificuldade financeira.

– Por enquanto não.

– Por que você não faz as duas coisas, continua estudando longe dos seus pais?

– De que jeito?

– Vá para São Paulo fazer Pós-graduação na USP, daí consegue um emprego. Até se formar, você aprende a se virar sozinho.

– Mas como vou me manter?

– Ora, arrume uns bicos para ganhar uns trocados. Pode morar numa república de estudante, pode trabalhar de garçom, entregador de pizza, flanelinha, guardador de carro, sei lá. Ou você vai ser um boyzinho de classe média a vida toda?

– Não consigo me imaginar nesse tipo de trabalho. Nunca me imaginei numa lazeira dessas.

– Flanelinha e guardador de carro e falei de brincadeira, mas tem muita coisa que um cara da sua idade, com saúde e inteligência pode fazer para ganhar a vida. Além do mais, seus pais não vão negar ajuda por mais uns dois ou três anos.

– O problema agora é a situação do meu pai, que é muito indefinida. Ele tenta parecer que está tudo sob controle, mas eu andei pesquisando no site da Receita sobre o cargo dele, das punições, e pelo que entendi, se for confirmado o delito, ele pode até perder o emprego. Em alguns casos, ele pode ser exonerado mesmo depois de aposentado, quer dizer, cancelam a aposentadoria dele.

– Mais um motivo para você se agilizar.

A Sofia trajava no mesmo estilo impessoal do dia anterior, quando se conheceram. Trocara as peças de roupa, mas mantinha aquela mesma neutralidade de uma calça jeans, um par de tênis, uma camiseta branca, e por cima um casaquinho de malha cinza, desabotoado na frente. O casaco aberto na frente deixava ver a estampa da camiseta, a imagem de uma mulher nua sentada no chão sobre a perna direita dobrada de maneira que a nádega esquerda se apoiava em cima do pé direito, o pé esquerdo apoiado no chão ao lado do joelho direito, as mãos cruzadas abraçavam o joelho direito no ponto de encontro das duas pernas, o rosto escondido em cima da coxa esquerda. Uma imagem em que o corpo feminino, sem mostrar nada da genitália, e sem nenhuma tonalidade erótica, era apenas um ponto de reflexão da luz que incidia sobre o primeiro plano da foto. Essa mesma serenidade que mostrava no estilo de vestir se refletia no jeito de falar, sem deslumbramento, sem aquela mania de muitas pessoas que falam como se tudo o que dizem fosse extremamente interessante, e fazem a gente se sentir com complexo de inferioridade por não ter um relato à altura para contar. Esse tom sereno na voz da amiga, dava a quem a ouvia a impressão de uma pessoa em paz consigo mesma, que não precisava se sobressair em tudo o que dizia. As palavras só vibravam num tom mais apaixonado quando falava do trabalho dela, de como concebia a arte da fotografia, a captação de um instante sublime, uma fração de segundo em que é necessário perceber o enquadramento de uma imagem que pode nunca mais se repetir. E para isso a gente precisa estar muito atenta, sempre ligada, conectada com a vida ao redor, o que nos dá uma sensação muito prazerosa de viver intensamente cada segundo. Como dizia Cartier-Bresson, fotografar é reunir, no mesmo ponto de vista, a cabeça, o olhar e o coração.

Essa paixão tranquila e tão segura de si deixava o Ângelo num estado de alegria tão grande que chegou a convidar a amiga para brindar aquele encontro com uma garrafa de vinho, mas foi advertido de que estava de motorista e tinha se comprometido a levá-la em casa mais tarde. Ele contou que a mãe só liberou o carro com a mesma recomendação e se contentou com mais um café. O sol do horário de verão ainda iluminava boa parte do pátio interno do shopping Olaria, mas o relógio já marcava quase seis horas. O tempo passa rápido quando a pessoa está feliz e para o Ângelo, aquelas alturas, a voz da Sofia se transformava em epitalâmios que ele não queria parar de ouvir, precisava espichar o encontro.

Do outro lado do chafariz, as pessoas saiam do cinema, uma gritaria mais alta na frente do cartaz publicitário chamou a atenção do jovem casal. Eram duas mulheres que, pelo clima de festa, não se viam havia muito tempo. Saíram abraçadas e o cartaz do filme permaneceu visível ao público visitante.

– Me deu vontade de ir ao cinema agora. Se você não tem compromisso eu gostaria de te convidar.

– Você quer ver a história do Zezé di Camargo e Luciano?

– Não, claro que esse não. Mas tem vários outros.

– Na verdade, tem alguns filmes na cidade que eu gostaria de ver. *Eros*, por exemplo, uma obra coletiva, dirigida por Michelangelo Antonioni, Steven Soderbergh e Wong Kar-Wai, sobre o tema do amor e erotismo. Mas hoje eu não posso, marquei com um amigo de ir ao show do Ney Matogrosso. Aliás, daqui a pouco eu tenho que ir.

Os cantos nupciais decaíram para música sertaneja, não havia mais nada para ouvir, a não ser as vozes e risadas que explodiam lá fora, e o burburinho das pessoas que se aglomeravam na porta do bar à espera de uma mesa vaga, naquele horário em que os porto-alegrenses convergem em massa para os bares.

– Bem, eu já bebi café demais, e como não posso beber vinho, se você quiser, podemos ir.

Ela concordou, pagaram a conta, e assim que tiraram as carteiras do bolso e da bolsa, um casal se aproximou da mesa, numa pose bem evidente de guarda de uma propriedade. No estacionamento do shopping, engarrafamento para entrar e para sair. O Ângelo não tinha pressa, mas pela falta de hábito de dirigir em Porto Alegre, coisa que raramente fazia, se agitava, meio atordoado, olhava para um lado e outro, como se não houvesse apenas um caminho a seguir naquela fila de carros quase parados, enquanto a Sofia observava o movimento com a calma devida de quem vai na carona. No carro da ponta da frente da fila, o motorista não achava a carteira, ou perdera o tíquete do estacionamento, e obstruiu a passagem de todo mundo por uns bons cinco minutos. O motorista de trás buzinou, na esperança, talvez, de empurrar a fila com o barulho da buzina, o Ângelo se virou para trás.

– Calma, não precisa se estressar, a fila não vai andar mais rápido por isso.

– E esse idiota aí atrás, buzinando.

– Deixa ele exercer o direito de ser idiota, este é um país livre.

Finalmente destrancados, subiram a Lima e Silva, dobraram à esquerda na Perimetral, logo deixaria a Sofia em casa, na companhia de outro, certamente um namorado, ninguém sai com um amigo no sábado à noite. De repente, um jorro de palavras saiu boca afora, talvez para contrariar o discurso do Hermes sobre ele ser passivo com as mulheres.

– Você é uma mulher incrível. Eu agradeço àquela pirralha que me colocou na sua frente ontem. Eu me sinto muito atraído por você, e queria te dizer isso, mesmo que você já tenha namorado. Sim, uma mulher interessante como você não sai com um amigo sábado à noite.

– Eu saio com meus amigos ou amigas, em qualquer hora de qualquer dia. Saí com você hoje que é sábado.

Estacionou na frente do prédio dela, uma casa antiga, fachada desbotada, a porta protegida por uma grade de ferro, com manchas de ferrugem.

– Eu moro aqui. Obrigada pela ajuda lá na Arcádia, pelo café, pela companhia, por tudo.

– Tchau, bom show e um bom final de semana.

Ela passou o braço esquerdo por cima do ombro dele, puxou-o contra si, deu um beijo de leve nos lábios dele.

– Tchau. Eu também gosto de você. E não tenho namorado.

Abriu a porta, desceu, já com a chave na mão, entrou em casa, antes de fechar a porta, ainda abanou para ele.

Se o automóvel traduzisse o estado de espírito do motorista, aquele do Ângelo sairia dali desgovernado, entrando na contramão, infrene, trombando nos postes, atravessando o sinal, subindo pela calçada. Nada podia ser mais aflitivo do que esse sobe e desce emocional, um momento nas alturas, a queda e em seguida as nuvens de novo. Seria preciso reviver tudo o que aconteceu, tudo o que disse e ouviu para saborear o gosto de uma nova esperança. Perdido em devaneios correu pela Washinton Luis, dobrou a direita na Augusto de Carvalho e quando atravessa a Loreiro da Silva para pegar a esquerda, o barulho de uma buzina rasgou-lhe os ouvidos, seguido de um som de pneus derrapando no asfalto, e outro automóvel que parava a poucos centímetros do dele, tudo isso acompanhado de cumprimentos típicos do trânsito, tais como, boca aberta, idiota, imbecil, vai aprender a dirigir primeiro, otário. Ele tinha avançado o sinal e por pouco não provocara um acidente. Deu ré, esperou na faixa correta e o outro enraivecido seguiu caminho. Quando passou pela frente do Largo da Epatur, o desenho enorme de um homem, que ocupava toda a fachada de um prédio, olhava para ele com olhar que as vezes parecia repreensivo, e outra parecia debochado. Ele abanou a cabeça, esfregou os olhos e se concentrou na direção, para chegar em casa com vida, e entregar o carro inteiro para a mãe.

Semana seguinte, a rotina no campus, ônibus lotado às sete da manhã, aulas pontuadas por bocejos, cafezinho no intervalo. A Zezé, o Ângelo e a Daisy se nutriam de cafeína no bar, quando a colega escritora anunciou uma nova produção literária, na qual precisaria da ajuda do Ângelo. Tratava-se de um conto em que o personagem seria um pedreiro, daí ela precisava se familiarizar com o ambiente de trabalho de um peão da construção civil, conhecer as tarefas de uma obra. Acontece isso com escritores, passam muitas vezes por uma situação sem atinar aos detalhes, características próprias, um dia resolvem escrever sobre aquilo, aí se dão conta de que não entendem algo que já viram várias vezes. Escrever é conhecer, concluiu a escritora, que de canteiro de obra só lembrava cenas da infância, quando ia bisbilhotar o trabalho de algum vizinho que levantava um puxado, aumentava a casa. Nesse ponto é que o Ângelo entraria na história. Tencionava visitar aquela construção perto da Arcádia, a que queria comprar a casa do Hermes, conversar com o pessoal de lá. Se ele pudesse, ela estaria livre naquela tarde mesmo. O Ângelo e a Daisy já tinham marcado uma reunião para ele tirar algumas dúvidas sobre o trabalho, mas outro dia, sim podia acompanhá-la com prazer. A Daisy parabenizou a aluna pela veia profícua e já registrou a grande expectativa com esse novo trabalho. A Zezé confessou que andava sonhando com voos mais altos, ser publicada por uma editora nacional, sem ter que pagar pela publicação. A Daisy elogiou a disposição da aluna de querer se livrar do amadorismo provinciano do meio literário gaúcho, esse esquema de financiar a própria obra e vender livros só para os amigos, ter que criar eventos a toda hora para arrastar todos os conhecidos e empurrar um livro para cada um. Num ambiente assim, nem que tivesse um milhão de amigos, que nem o Roberto Carlos, um escritor sobrevive. Os amigos vão no primeiro lançamento, por curiosidade, ou até por constrangimento de faltar, depois perdem o interesse. E como se sabe, para o verdadeiro artista, o público diversificado é o melhor incentivo para a produção. A Zezé declarou-se inquieta em relação a isso, não pensava em deixar de escrever, ao contrário, o retorno que recebera de algumas pessoas, amigas ou simples conhecidas, sobre o livro, deixavam-na tão emocionada que seria até uma traição com ela mesma se parasse de escrever. Além do mais, não aceitava entrar na estatística dos alunos de oficina, que lançam um livrinho com os contos de aula e nunca mais. Seria muito frustrante. A Daisy, que só esperava a deixa para retomar o discurso, arguiu que a palavra chave é profissionalização. Se você quer se estabelecer realmente como escritora, precisa buscar gente profissional para te dar assessoria. Uma coisa que o pessoal daqui não valoriza muito é um agente literário, esse é um elemento que, no provincianismo crônico de Porto Alegre, não existe. Outro detalhe importante também eram os vícios de linguagem, como o uso do Tu, por exemplo. Se quisesse se projetar nacionalmente, melhor começar a usar o *Você*, como muitos escritores gaúchos já fazem há bastante tempo. No eixo Rio-São Paulo, ou seja, o mercado nacional, ainda existe esse tipo de coisa, os dialetos regionais são tratados como desvio da língua oficial. No Brasil, quem lê é a classe média, um segmento da sociedade que tem mania de venerar uma suposta língua culta, para se distanciar das camadas mais baixas. Podem dizer os maiores absurdos, desde que gramaticalmente corretos.

A Daisy, quando começava a falar, incorporava o papel de professora, emendava um assunto no outro, seguia sem rumo definido, até que alguém levantasse a mão para fazer uma pergunta. Nesse caso, foi a Zezé, que olhou o relógio do celular e viu que precisava ir embora para outra aula. A professora atinou que também tinha compromisso, mas antes gostaria de participar uma novidade legal, que deixou para contar só depois de confirmada. No próximo domingo, iria mediar um bate-papo na Feira do Livro com o escritor Simplício Boaventura, e sairia a tempo de ir na sessão de autógrafo da Zezé. Prepararam-se para sair, mas o Ângelo as deteve, queria comunicar um fato inusitado. Tivera um sonho muito curioso, acordou de manhã com uma história pronta na cabeça, em vez de anotar o sonho como sempre fazia, escreveu um conto, se elas quisessem ler ele enviaria por e-mail. Foi o suficiente para as duas mulheres esquecerem o adiantado da hora, recolocaram as bolsas em cima da mesa, voltaram a sentar, falaram, quase ao mesmo tempo, que não queriam ler assim, ele deveria levar na oficina e mostrar para os outros colegas. E não adiantou ele argumentar que não era aluno regular da oficina, que não pagava mensalidade que nem os outros, não achava justo. A Daisy reafirmou que ele sempre foi convidado, e que, tinha certeza, os colegas se sentiriam felizes com a presença dele. Então combinaram assim: se até a próxima quinta-feira ele fizesse os ajustes que achava necessário, levaria o conto na oficina, como convidado. Daí se despediram, o Ângelo e a Daisy combinados de se verem mais tarde.

 O Ângelo almoçou no bandejão do restaurante universitário. Depois bateu-se numa luta renhida contra o sono após o almoço, às voltas com as anotações da monografia. Às três horas se apresentou na sala 205, onde a Daisy conversava com outra aluna. Acomodou-se numa cadeira no meio da sala, esperou. Assim que a outra saiu, ele sentou em frente a professora, tirou o material da mochila, largou em cima da mesa. Sem perder tempo em preâmbulos, anunciou que o trabalho dele partia da premissa de que os cronistas brasileiros das décadas de quarenta e cinquenta estavam conectados com as teorias europeias de transgressão de gêneros literários, mas para transgredir é preciso conhecer, em outras palavras, definir, por isso começava com uma tentativa de definição baseada na bibliografia lida. Pegou uma folha e leu um trecho.

O conceito de gênero parte da necessidade do ser humano de catalogar e explicar tudo, uma ânsia de estabelecer os limites e as margens onde ele se situa. Todo indivíduo tem essa obsessão. O gênero literário surge daí. Na verdade, essa preocupação de transgredir o gênero é apenas uma maneira de estabelecer uma outra classificação para aqueles exemplos que já não se encaixam na classificação anterior. A preocupação com a definição de gêneros é dos teóricos, não dos escritores. Os teóricos atendem a necessidade humana de classificação para não deixarem os escritores agirem de maneira muito livre e solta. É claro que os escritores sem talento entram na onda das teorias dos estudiosos e se limitam a copiar aquilo que os estudiosos decidem, não aquilo que os escritores fizeram.

Interrompeu a leitura, olhou para a professora. Ela afirmou que estava muito bom como exórdio, mas deu um alerta contra um certo hábito, entre os amadores e inexperientes, uma fantasia meio juvenil, de quebrar regras e teorias, não se submeter a tradições, quando, na verdade, se trata de um mal-entendido sobre os limites da confluência entre o conhecimento e a prática. Não é porque eu conheço que devo seguir como um cego. Por outro lado, ninguém faz boa literatura sem boa teoria. Chega dessa besteira de que escritor não deve conhecer teoria porque atrapalha a criatividade. Balela de gente que tem preguiça de ler teoria ou dificuldade de entender o que os outros já fizeram. Teoria não é manual prescritivo, é conhecer o potencial dos elementos constitutivos da obra e saber administrá-los corretamente. Na Antiguidade, os autores da poética clássica já diziam isso. Sem esquecer, evidentemente que, na vida real, as histórias são vividas num fluxo contínuo, onde tudo se entrelaça e se mistura. Nada na vida acontece como um conto, uma novela, um romance, muito menos uma crônica. Essa classificação é apenas catálogo de literatura.

Retomando a palavra, o Ângelo afirmou que pretendia centrar o foco na obra do Rubem Braga. Ao ler as outras crônicas desse autor, as que tratavam de política, sentira-se desapontado por causa do viés muito reacionário, antigetulista ferrenho, e ao mesmo tempo muito tolerante com o Regime Militar de 1964. Mas uma crônica como *O Conde e o Passarinho* poderia ser classificada como um poema em prosa, no estilo de Baudelaire. E leu mais um trecho.

Os poemas em prosa falam de fatos anedóticos, de um episódio qualquer, mas a singularidade está na voz que narra. O que existe de poético é essa relação entre o sujeito narrador e o objeto narrado, ou seja, o discurso, que é uma maneira de atuação no mundo. É através dele que o indivíduo se funda e adquire domínio sobre as representações simbólicas que estão a sua volta e também cria suas próprias representações, é uma maneira do indivíduo se formar como sujeito. Aquele que se limita a engolir e repetir os discursos alheiros se mantem numa posição passiva diante do mundo, não cria nenhuma representação simbólica, não constrói uma identidade própria, e ainda contribui para a legitimação das representações alheias. A linguagem é o veículo do discurso. A literatura é linguagem estetizada, portanto ela pode também engendrar discursos que fundam identidades novas por meio de novas representações, ou simplesmente reproduzir e legitimar as já existentes, contribuindo assim para a manutenção do espectro ideológico. Em outras palavras, tudo é discurso.

Acrescentou, ainda que, à guisa de fechamento, pensava em colocar uma citação do Massaud Moisés, que diz assim: não é crítico quem não se coloca o problema dos gêneros, assim como não é filósofo quem não se coloca o problema das ideias. E antes que ela se manifestasse, desculpou-se pelas repetições, sobretudo do fonema ão, muito difícil de evitar. A Daisy amenizou o problema salientando a qualidade do texto quanto ao conteúdo e citou uma passagem de Longino, para quem, nos gênios, os deslizes estão desculpados pelas partes grandiosas. Considerando as simples compilações que costumava receber, um trabalho original já é considerado coisa de gênio. Além disso, uma boa revisão, digo, um exame minucioso, resolveria o problema. Não se tratava de adulação. Desde a chegada, o Ângelo percebeu que a professora estava bem-humorada e por vezes se entregava a algum gracejo. Encerraram o encontro e saíram satisfeitos, a professora com o aluno, o aluno consigo mesmo.

Na tarde daquele mesmo dia, o Hermes conversava com o Dionísio, uma xícara de café na mão direita, um cigarro entre os dedos da esquerda, o olho atento para o fundo da loja onde um adolescente circulava entre as estantes. Os dois relembravam os velhos tempos de boemia na cidade Baixa, logo que o livreiro se instalou no bairro e o ex-colega de Parobé passou a visitá-lo regularmente para uma prosa, uma cerveja, ou mesmo um café da garrafa térmica. Naquele tempo, na hora de fechar a livraria, sempre havia um dos antigos parceiros por ali, os boêmios espichavam a noite na Terreira da Tribo, onde assistiam a grandes espetáculos do verdadeiro teatro; no bar Luanda, onde bebiam cerveja com trigo velho; ou no Bom Fim, onde o Edgar Alan Porre era o endereço natural das madrugadas, depois de jogar sinuca no bar do João, ou jantar no bufê da Lancheria do Parque. Nessas noitadas, quase sempre voltava para casa com uma companhia feminina para passar a noite. Naquela fase de redemocratização do país, havia uma ânsia de festejar a liberdade o mais rápido possível, como se houvesse um medo de que ela não fosse durar muito. Celebrava-se o que se tinha, e algumas pessoas, como eles, só tinham o corpo, então, fazer festa significava beber e transar.

O adolescente se aproximou do balcão com dois volumes da saga de Harry Potter, pagou, enfiou os livros na mochila e saiu apressado, tanto que quase esbarrou na mulher parada em frente à loja. A mulher que passava leu a placa afixada no cavalete, entrou. As reminiscências saudosistas dos dois ex-boêmios foram interrompidas pela entrada da estranha. Ela foi até os dois homens e se dirigiu ao dono.

– Boa tarde, você é o Hermes?
– Eu mesmo, às suas ordens.
– Eu sou a Lúcia, a mãe o Ângelo. Por acaso ele não está por aqui?

O Hermes saltou da cadeira, foi ao encontro dela, com uma solicitude reverente, seriedade que sabia ter quando necessário, estendeu a mão, cumprimentou a visitante.

– Mas que prazer receber uma visita tão solene.

Pegou o outro banco, colocou ao lado do balcão na frente daquele que ele sempre ocupava, e depois dos devidos cumprimentos de recepção, voltou ao lugar dele. A professora Lúcia sentou, largou a bolsa em cima da bancada. O Hermes ofereceu um cafezinho, ela olhou para a garrafa térmica e recusou, estava de passagem. Só então o Hermes atinou a responder à pergunta feita na chegada.

– Não. O Ângelo não está aqui hoje. Aconteceu alguma coisa?

– Não. Nada demais. Eu vim aqui no supermercado da outra rua e na saída lembrei que o meu filho vem muito aqui, quis conhecer a loja.

– Pois aqui é o nosso templo do saber, e eu tenho o privilégio de agregar uma turma de jovens inteligentes e cultos, entre os quais, o seu prezado filho, que apesar da diferença de idade eu tenho como um amigo.

– Ah, ele também tem grande admiração por você. Ele diz que você é muito inteligente e culto.

– As almas puras veem nos outros a projeção de si mesmas, por isso ele diz isso.

A essas alturas, o Dionísio já estava excluído do assunto, hora de se retirar, pediu licença, precisava seguir caminho, prometeu ao Hermes que voltaria outro dia em horário mais tarde para tomarem uma cerveja no bairro, despediu-se da Lúcia e partiu. A Lúcia não escondia a satisfação de ouvir tais elogios ao filho, já o Hermes observava atento a cada gesto, cada movimento das mãos, trejeito dos lábios ao falar, a inclinação da cabeça, a entonação da voz. Toda essa postura deixou evidente que ela não estava ali por acaso, e muito menos à procura do filho. Bastava ter chamado no celular para saber que ele não se encontrava ali. Mas deu corda. Como ele mesmo costumava dizer, quando uma pessoa começa a se movimentar na frente dele ele gostava de segui-la para saber onde ela queria chegar. Entrou uma mulher seguida de um menino de uns doze anos, perguntou o que havia de literatura infantojuvenil, o Hermes acompanhou a cliente até uma prateleira no meio das outras, por sorte, de manhã, ele tinha recolocado um livro naquela estante e lembrava bem o local, ela podia procurar à vontade. A Lúcia, sentada onde estava, observava o movimento do livreiro. Ele voltou a se posicionar de frente para ela, uma mulher que ainda disfarçava a idade com uma aparência vistosa de gente que se cuida e se trata bem, à base de academia de ginástica, cremes após banho, para pele, para o rosto. O olhar transmitia ainda muito vigor. Trajava um figurino de executiva estilo casaquinho e saia até o joelho, sapato de salto baixo, combinando com a cor da roupa. Qualquer observador, como ele, que soubesse encontrar atrativos, concluiria que o brilho daqueles olhos ainda podia ser abrasado. Os dois ali, frente a frente, um observando o outro, a esperar o rumo do colóquio, depois da interrupção dos elogios, o Hermes optou pelo obvio.

– Então, você é professora de francês.

– Sim. É o que sei fazer e sinto enorme prazer no que faço.

– Pois eu, apesar de viver no meio desse monte de livros, não consegui aprender uma língua estrangeira. É verdade que nunca estudei num curso regular. Mas isso não me atrapalha nas minhas buscas.

– E o que você busca?

Nessa pergunta, o Hermes encontrou um caminho seguro para percorrer. Se ela tivesse disposição de segui-lo poderia ser um passeio interessante e divertido.

– A Filáucia. De acordo com Aristóteles, consiste em amar a si próprio na medida certa.

– Não é meio narcisista?

– De maneira nenhuma. O narcisismo é a perversão do amor próprio. O amor de si chega pelo conhecimento. O primeiro passo do sábio é conhecer a si próprio. O sábio conhece a si mesmo como conhece qualquer outro objeto. A ação de se conhecer, portanto, é puramente intelectual, não tem nada a ver com essas concepções românticas e adolescentes de se chegar ao conhecimento por uma revelação divina, contato consigo mesmo, uma dimensão espiritual.

– Isso me soa citação de livros.

– Tudo o que dissemos, fazemos e vivemos é citação de alguma coisa, no sentido de que já foi dito ou feito ou vivido antes. Só os adolescentes e os apaixonados acreditam em originalidade. Além do mais, quando citamos, assumimos uma responsabilidade, por assim dizer, uma coautoria.

A mãe com o menino chegou no balcão com *O Menino Maluquinho* pagou a conta, o Hermes perguntou se ela precisava de uma sacola, mas o menino já ia com o livro aberto, queria ler ali mesmo. A mulher se retirou, o Hermes comentou, em referência ao menino, esse vai ser um grande leitor. A Lúcia não demonstrou interesse pelo futuro do pequeno cliente, voltou ao assunto.

– E você já atingiu esse estado que você chama de... de quê, mesmo?

– Filáucia. Não sou eu, foi o Aristóteles. Ainda não, mas um dia eu chego lá.

– De qualquer maneira, me parece uma coisa muito autocentrada.

– Normal. Os gregos não praticavam essa deturpação dos afetos que os cristãos chamam de amor ao próximo. Não há nada demais em querer o próprio bem, ter uma vida sensível a tudo o que acontece de agradável e desagradável. Querer o bem para si é algo que traz grande proveito ao intelecto, pois o homem assim vive em harmonia com as recordações do passado e as esperanças de futuro.

O telefone tocou, o Hermes atendeu, perguntou o nome do autor e o título, digitou no computador e em seguida informou que possuía um exemplar, deu o preço e o horário de funcionamento da livraria, estaria às ordens. Enquanto o Hermes atendia o telefone, a Lúcia se voltou no banco, o olhar perlustrou a livraria e pousou na escada que dava para o andar de cima, semiprotegida pela cortina de miçangas. O Hermes largou o fone no gancho e percebeu o interesse dela, adiantou-se a informar.

– Lá é a minha residência, eu moro aqui também.

Pediu licença por um minuto, precisava separar o livro que o cliente viria buscar. A Lúcia assentiu apenas com um movimento de cabeça e continuou no exame do ambiente. Mesmo sem sair do lugar, observou as paredes, com aquela decoração típica dos anos setenta, pôster de ídolos de adolescente, a máquina de escrever com a falta de algumas letras no teclado, tudo dava a ideia de que quem vivia ali era uma pessoa parada no tempo. Ele voltou com um livro na mão, colocou-o numa pequena prateleira fixada na parede atrás dele, destinada a guardar as encomendas por telefone. Dessa vez não precisou esperar, porque foi a Lúcia que retomou o assunto.

– O Ângelo mudou bastante depois que começou a vir aqui. Mais ríspido, insolente. Até ironias ele faz comigo e com o pai dele.

– Pelo o que ele me contou, o pai dele anda meio vulnerável a ironias.

– Pois é. Até falar com estranhos sobre os problemas familiares. Estranho, que eu digo, quem não é da família

– Talvez ele esteja buscando aqui com os amigos da oficina alguma orientação que não encontrou mais em casa.

– Por exemplo?

– Bem, eu não costumo me meter na vida dos outros, mas já que você puxou o assunto e me parece estar querendo uma orientação, eu vou dizer o que eu concluí sobre o seu filho.

A Lúcia trocou de banco, puxou a bolsa para a outra ponta da bancada, acomodou-se agora de frente para a porta de saída, como se a qualquer momento fosse sair às pressas, apoiou o braço direito por cima do esquerdo sobre o balcão e esperou o que o Hermes tinha a dizer, o olhar fixo no interlocutor, como um réu que aguarda ansioso a promulgação da sentença, na frente do juiz.

– Em primeiro lugar, não foi a frequência aqui na livraria que fez ele mudar, e sim o encerramento de uma fase da vida, o fim da faculdade e não saber o que fazer depois disso, o que o deixa ansioso. E por que ele não sabe o que fazer? Talvez não tenha sido orientado corretamente para esse objetivo; ou as opções de vida oferecidas a ele para o futuro não o atraem. Ele é um rapaz muito inteligente, tem cultura, mas ainda tem concepções de mundo muito infantilizadas. Ele agora se depara com a necessidade de agir como adulto, mas não tem a estrutura emocional de um adulto, apesar de já ter quase vinte e cinco anos. E ainda tem a cabeça meio entupida com algumas quinquilharias morais, tais como ser o Joãozinho do passo certo. Sem falar que uma formação romântica e idealista atrapalhou na relação com as garotas, digo, as namoradas.

Aqui a Lúcia se empertigou na cadeira, tentou fazer algum comentário, mas o Hermes não deu espaço.

– Acho que o problema do processo do pai é apenas a gota d'água que está transbordando, inclusive por culpa daquele moralismo romântico de que falei.

– Você fala de formação idealista. Você acha que eu o eduquei mal?

– Não tenho competência para julgar a educação que você deu a seu filho, mas me parece que você tem dificuldade de aceitar que ele não é mais um garotinho que você precisa vigiá-lo enquanto ele brinca na pracinha. Ou você acha que eu acreditei que você veio aqui por acaso procurá-lo?

– Está bem, eu menti. Desculpe. Eu só queria saber o que está acontecendo com ele.

– Acho que seria suficiente perguntar a ele. Mas não se preocupe. Aqui ninguém vai desvirtuar seu filho. Uma pessoa só procura um conselheiro depois que escolheu o conselho que quer ouvir. Se ele encontrou aqui alguma resposta para a dúvidas é porque já estava procurando essas respostas antes.

O celular da Lúcia tocou, ela pediu licença, atendeu, falou que não ia demorar, já ligaria de volta. Enquanto isso o Hermes se voltou para o computador, clicou em alguma coisa, manteve um ar discreto de quem não se interessava pelos assuntos alheios. Ela então falou.

– Era da escola. Vou ter que ir. E não quero atrapalhar mais o seu trabalho.

Levantou-se, afastou o banco, pegou a bolsa, estendeu a mão para o Hermes em gesto de despedida. Ele contornou o balcão, se aproximou dela, apertou-lhe a mão com uma leveza que destoava da aparência meio rude que ele tinha.

– Foi um prazer conhecer a mãe do meu amigo, apareça quando quiser. E desculpe qualquer coisa, às vezes eu sou meio grosso, falo o que me passa na cabeça.

– Nada disso, não há o que desculpar. Pelo contrário, agradeço muito sua sinceridade. Até outro dia.

Ele segurou a mão dela durante o diálogo, quando ela terminou de falar, puxou levemente a mão, saiu porta afora, dobrou à esquerda, em direção ao supermercado onde tinha deixado o carro.

No final daquela mesma tarde o Ângelo, ainda na biblioteca do campus, colocava o material na mochila para ir embora, quando o celular chamou. Atendeu e reconheceu de imediato a voz do Hermes, que tinha novidade para contar. Falou da visita da Lúcia, o Ângelo não entendeu direito, o Hermes mudou de assunto, uns cretinos andaram provocando a paciência dele, mas ele contaria pessoalmente porque acabara de chegar gente na loja. O Ângelo arrumou a mochila, mas antes de sair ligou para a Zezé, confirmou o encontro na Arcádia para o dia seguinte, de tarde. Combinariam melhor pela manhã no cafezinho do intervalo. No final do dia, o movimento no ônibus do campus, o que vai pela Protásio Alves, é bem menor, por sorte não havia ninguém das relações dele, o que o salvava de ter que conversar sobre os mesmos assuntos, aulas, conteúdo de trabalho de conclusão, sobretudo a expectativa de vida após a faculdade.

Quando entrou em casa, a mãe passava pela sala em direção ao quarto, ia tomar um banho. O pai estava no gabinete, lendo algum texto técnico sobre tributo previdenciário, explicou que fora convidado para dar aula num cursinho para concurso, precisava organizar o material. O Ângelo largou a mochila no quarto, voltou para a sala e tentou se distrair com as notícias do jornal do dia, até a mãe sair do banho. Nada de interessante. O evento em destaque era o churrasco oferecido pelo presidente Lula ao colega Bush, dos Estados Unidos, os dois em poses sorridentes para a foto, como se fossem grandes amigos numa comemoração fraterna. Nos suplementos de cultura, as atrações da Feira do Livro, na última semana. Mais adiante, a programação do cinema, correu o olho pelo texto e achou o nome do filme de que a Sofia falou que gostaria de ver. Pegou o celular, procurou na agenda, mas antes de digitar o número ouviu barulho no quarto da mãe. Ela entrou na sala. Trazia uma toalha de banho, atravessou a sala, entrou na cozinha e foi até a área de serviço, estendeu a toalha no varal e voltou. Vestia um abrigo e uma camiseta. Ele desistiu da ligação, guardou o celular.

– Então, meu filho, como passou o dia?
– Você foi na Arcádia me procurar. Por quê? Era só me ligar. Além disso, eu avisei de manhã que passaria o dia no campus.

A mãe sentou na outra poltrona, ao lado dele, pegou outra parte do jornal, começou a folhear, com uma naturalidade não muito convincente.

– Eu fui para aquele lado tratar de um assunto da escola, passei no supermercado da Lima e Silva, na saída, lembrei que você frequenta a livraria. Não lembrei do que você disse de manhã, e o celular estava sem bateria. Não havia nada demais em chegar para te procurar e conhecer a loja. Havia?

– Não. Claro que não.

Os dois fingiram se entreter na leitura das notícias, a mãe até fez um comentário sobre a foto dos dois presidentes estampada na capa do jornal, o filho não ouviu, ou não deu importância.

– Então, o que achou da livraria?
– Nada diferente de qualquer sebo que já conheci.
– Algumas daquelas prateleiras fui eu que arrumei, coloquei um pouco de ordem, era uma bagunça danada, os livros todos misturados.
– Parece bem o tipo do dono.
– Como assim? Você conversou com ele. Qual sua opinião? Não é um cara legal?

– Sinceramente, ele representa ser um homem muito culto e inteligente, pena que está desperdiçando a cultura e a inteligência. A cultura só tem valor se for transmitida a alguém, uma maneira de se relacionar com as pessoas, uma moeda de troca, você transmite o que você sabe e as pessoas lhe retribuem com alguma coisa, pode ser o lado humano, afeto, amizade, mas tem que haver um intercambio. Reter a cultura só para si é um pouco egoísta e narcisista, gente que não tem capacidade de se relacionar com outras pessoas assume esse ar cínico, às vezes meio pedante. No meu caso, as pessoas me pagam para aprender francês, mas não é só isso, tem muita gente que não estuda mais, volta e meia aparece lá para dar um oi, matar a saudade.

– Lá também, tem gente que frequenta para bater papo com o Hermes.

– Havia um lá quando eu cheguei, foi embora em seguida. Gente sem o que fazer, vão lá passar o tempo, pessoas sem vínculos.

Mais do que evidente que a mãe vinha com o propósito de desqualificar o amigo e o ambiente da livraria. Nesse caso, ela continuava refratária às necessidades do filho, a atitude mais viável seria o silêncio, uma prova da dificuldade de diálogo que se instalou entre eles. Ela levantou, largou o jornal no colo dele e acrescentou, num tom que oscilava entre a promessa e a ameaça.

– Mas, já que você me acusou de querer arrumar namoradas, não vou me meter entre seus amigos também. E agora vou preparar alguma coisa para a janta.

Entrou na cozinha e fechou a porta, ele desistiu das notícias e foi para o quarto com a disposição de terminar o conto para levar na oficina na quinta-feira.

Tia Dorinha

Cheguei na casa da minha mãe, em Lajeado, no final da tarde de sábado, sob os açoites de um vento frio que prenunciava uma noite de baixas temperaturas. Dia das mães, aproveitei para saldar uma dívida de amor filial. Desde a morte do meu pai, eu diminuí as visitas familiares, por motivos que nem eu sei explicar, pois sempre tive uma relação afetiva muito boa com minha mãe e irmã.

E foi ao redor da mesa da cozinha, onde tudo acontece na casa da minha família, que a gente se reuniu, numa tagarelice previsível, enquanto a mãe preparava a janta. Os assuntos nunca variavam, quem morreu, quem casou, quem não saiu do lugar. Notícias que não me despertavam mais nenhum deleite pois eu tinha perdido todo contato com aquela comunidade. Minhas viagens à cidade, além de cada vez mais raras, se limitavam ao ambiente doméstico, aquela prosa repetitiva, às vezes jogava carta com a minha irmã. Eu, por vezes, perguntava sobre alguém que me vinha à mente, não tanto por interesse, mas para desviar as histórias que a minha mãe contava, tão cheias de detalhes insignificantes, que não faziam diferença, não acrescentavam nada à narrativa do fato, já por si sem muitos atrativos. Foi por isso que perguntei pela Dorinha. Minha mãe olhou para minha irmã, que retribuiu um olhar interrogativo, e a dupla olhou para mim. A expressão no rosto das duas carregava uma coisa indefinida, um riso de deboche da irmã, um ar de piedade nos olhos da mãe.

Ninguém ignorava que a Dorinha foi a grande paixão da minha adolescência. Uma morena com um sotaque engraçado, que causava grande curiosidade na vizinhança. Ela se declarava natural do Nordeste, por isso a cor da pele e o sotaque causavam estranheza para aquela gente de origem germânica. A roupa também gerava bisbilhotice. Sempre um vestido longo e alguma peça de mangas compridas. Ela se queixava da dificuldade de se adaptar ao clima gaúcho, mesmo no verão. Por demais reservada, não falava muito sobre a própria vida. Dizia apenas que na cidade dela, interior do Ceará, não havia condições de sobrevivência. Em São Paulo ou Rio ela seria apenas mais uma nordestina, então resolveu vir para o Rio Grande do Sul. Preferia enfrentar os preconceitos dos descendentes de alemão do que a miséria no sertão, ou a indiferença no Sudeste. No Sul, pelo menos, ela despertava o falatório nos vizinhos, se sentia importante. Mas o que se cogitava de verdade é que ela veio parar na região por causa de um namorado que conheceu em São Paulo ou no Rio, não lembro mais, um sujeito que trabalhava no comércio de congelados, e viajava muito para cá. Uma vez que ele precisou permanecer mais tempo, ela veio junto, arrumou um emprego de secretária numa das indústrias de alimentos e se adaptou, fez amizades, conquistou simpatias, e quando terminou o romance e o amado foi embora, alugou um quarto na residência de uma viúva idosa, ao lado da minha, e se propôs a enfrentar a vida sozinha.

As pessoas que vivem nas sombras me fascinam. A indefinição dos contornos e a angústia da dúvida me atraem. O mistério sobre aquela moça, a cor amarronzada da pele, o sotaque, a maneira de rir, de falar, tudo causava um enorme rebuliço nos meus hormônios de adolescente. E só por pirraça, apelidei a minha amada de Tia Dorinha. Ao final da tarde, quando ela voltava do trabalho, eu me parava na frente da casa só para ver ela passar. Quando ela surgia no fim da rua já me abanava, e vinha gritando coisas que eu nem ouvia apesar da voz forte que ela emitia. Ela chegava, passava a mão sobre o minha cabeça e dizia, "como vai meu alemãozinho"? Eu tinha vontade dizer, "estou feliz e apaixonado", mas a timidez me permitia apenas um sorriso de satisfação. Minha irmã quase sempre aparecia nessa hora e me observava com um olhar de troça, o mesmo olhar que ela me jogou ali ao redor da mesa da cozinha. Foi ela quem perguntou:

– Mas tu não soubeste mais nada a respeito da Dorinha?

– Eu nunca mais soube notícias de ninguém daqui a não ser de vocês.

Houve um silêncio muito pesado, e nos olhos daquelas duas, mirados para mim, pairava uma sombra de comiseração, como um carrasco que se apiedasse da vítima no instante da execução. Minha mãe se valeu da comida para desviar o assunto, anunciou que a janta estava pronta. Durante a refeição, minha mãe inquiriu sobre meus hábitos alimentares de solteiro, inventei uma dieta cotidiana que a deixou satisfeita, mesmo assim ainda alertou para ter cuidado com as carências de nutrientes, aquele papo de mãe. E só para agradar um pouco, falei que sentia saudade da comida dela. Eu vislumbrava, de parte das duas, uma intenção bem clara de desviar o assunto da Dorinha. Mas quando a minha irmã retirou a louça no final da janta e convidou para jogar canastra, eu é que insisti no tema.

– Mas afinal, o que houve com a Dorinha?

Elas olharam uma para a outra e eu notei nos olhares uma combinação muda.

– Pois bem, já que tu insistes. Para começar, o nome dela não é Dorinha, é ...Dorival.

– O que?

– Sim, maninho. O grande amor, a grande paixão da tua adolescência era um travesti, que veio se esconder aqui porque naquela época não havia essa liberalidade de hoje. Na verdade, foi o pai dela, quer dizer, dele, que correu ele/ela de casa. Então a criatura veio parar aqui e não quis se mostrar. Resolveu passar por mulher e todo mundo acreditou, principalmente tu.

– Eu era uma criança, nem 15 anos eu tinha, um ingênuo. Além do mais nunca aconteceu nada.

Eu disse isso para me justificar, mesmo sendo desnecessário e até ridículo, pois não se tratava de uma acusação. Minha irmã não teve pena, e acrescentou, com ar mais debochado ainda.

– Agora que as coisas estão muito mais liberadas ele/ela foi embora para Porto Alegre e entrou num desses grupos de militantes sobre os direitos dos gays. Mas se quiseres ver o grande amor ada tua vida, deve ser fácil encontrar ele/ela. Aliás, ouvi dizer que ele/ela trabalha numa boate gay, fazendo dublagens de cantoras famosas. Mas com a vida que essa gente leva, deve estar uma velha toda esbodegada.

O resto do passeio foi previsível, jogamos carta até os pés congelarem, depois fomos dormir. Após o almoço de domingo me despedi. Voltei para casa com um sentimento muito confuso. A Dorinha em Porto Alegre. Quer dizer, Dorival. Minha primeira experiência de paixão jogada fora, como se nunca tivesse existido? Eu não conseguia pensar noutra coisa. Que me importa que seja Dorival? Na minha memória é sempre a Dorinha, foi ela quem fez o meu coração juvenil disparar pela primeira vez. Fui procurar no Google. Depois de entrar em vários *sites* nada a ver com o que eu queria encontrei um endereço de publicidade de shows *drag*. Cliquei no link e procurei por alguns minutos, não via ninguém que lembrasse minha antiga amada. Digitei show de Dorinha e apareceu uma lista de uns dez sites. Descartei os de outros estados e filtrei a busca para Porto Alegre. Até que encontrei uma Dorinha, de peruca loira e uma minissaia de couro preta e uma blusa com imenso decote que evidenciava um par de seios de silicone, muito diferente da moça recatada que eu conheci, mas os olhos não deixavam dúvidas. Anotei o endereço, uma travessa da Farrapos, os dias de show, e decidi ir lá no domingo, que o espetáculo acontece mais cedo, às oito horas da noite.

No dia programado, entrei num taxi, falei o nome da rua e o da casa, o taxista conhecia, chegamos em pouco tempo. Na frente da porta, ainda refleti se entrava ou voltava para casa, talvez fosse mais interessante guardar na memória a Dorinha que eu conheci e não essa de hoje.

A porta, em forma de arco, era encimada por um toldo e guardada por um leão de chácara metido num terno escuro. Ele notou minha indecisão e chamou, "pode entrar, o show já vai começar". Foi o suficiente para eu me aproximar mais e perguntar quem era a artista. Se ele dissesse outro nome, então eu ia embora e não voltava mais lá.

– São várias.
– Tem uma Dorinha?
– Tem sim, ela é incrível, uma mulher sensacional, canta, dança que é uma maravilha.

Ao lado da porta vermelha tinha uma janelinha protegida por uma grade, a venda de ingressos. Me aproximei com uma determinação que normalmente não tenho, entreguei o dinheiro e garanti a entrada. Uma mão de mulher velha me alcançou o bilhete e uma voz indefinida, se de homem ou de mulher, me desejou um bom divertimento. Entrei e meus olhos mergulharam numa penumbra que me fez reter o passo por alguns minutos. Quando pude enxergar, vi um excesso de cor vermelha, desde a parede até a cobertura das mesas e o carpete. Lá no fundo, um palco. Na plateia, só se via os vultos em movimento, sem visualizar nenhum detalhe. A gente podia estar ao lado de um conhecido sem vê-lo. Procurei uma mesa vaga e me acomodei. Uma moça que circulava entre os clientes, de vestido curto e umas sandálias de salto exageradamente alto, se aproximou e perguntou se eu queria beber alguma coisa. O ambiente meio estranho me injetou uma espécie de coragem que eu nunca tinha sentido antes, e mesmo sem o hábito de consumir bebidas destiladas, pedi um conhaque, e acrescentei, fazendo uma pose que me pareceu de frequentadores da boemia – para começar.

Como eu não tinha o costume de ingerir álcool, uma dose de conhaque bastava para me deixar acabado, então eu tinha que beber em pequenos goles para evitar bebedeira. Perguntei pela artista, se eu podia falar com ela, fui informado que só depois do show ela recebia os fãs no camarim. Tomei o primeiro gole da bebida, e a minha garganta, desacostumada com álcool, ardeu que me tirou água dos olhos, e eu deixei escapar um quase gemido que chamou a atenção dos olhares de outras mesas, a maioria delas ocupadas por homens. Apenas a um canto mais escuro havia um casal que me pareceu tradicional, quer dizer, um homem e uma mulher. De longe, na penumbra, não dava para ver, mas podia-se imaginar que se tratava de gente apenas curiosa que abandonou os preconceitos e quer apenas ver um espetáculo diferente para passar o tempo. Mas, para ser franco, naquele lugar, não dava para afirmar nada com precisão.

Enfim chegou o momento esperado. Uma pessoa apareceu para anunciar a grande atração da noite, teceu vários elogios à cantora e dubladora, a sensacional, a única, a incomparável Dorinha. Então ela apareceu, irreconhecível. Usava uma peruca loira até o ombro, olhos e bocas, o rosto todo pintado com exagero, um vestido de couro preto bem curtinho, um bustiê também de couro preto, que evidenciava os seios grandes, tudo em cima de um par de sapatos de salto alto. O conjunto todo dava uma impressão muito estranha, ás vezes engraçada, como aquelas fantasias de carnaval em que homens se vestem de mulher. Mas também parecia muito patético, como se ela quisesse convencer a plateia de que ela era uma mulher. O número consistia de dublagens de musas como Celine Dion, Barbra Streissand. Por momentos o público ria bastante, sobretudo na dublagem de Glória Gainor, *I will survive*. Bateram muitas palmas, chamaram linda, maravilhosa, ela agradecia os elogios e falava que as pessoas ali eram a razão da vida dela. Um espetáculo meio repetitivo, com tentativas de piadas e interação com o público entre uma música e outra. Dava para ver que ela trazia tudo bem decorado, até os improvisos.

Quando ela saiu de cena, a mesma pessoa de antes anunciou a próxima atração, fui até o camarim, bati na porta e ouvi um pedido para esperar um minuto. Quando abriu a porta usava um roupão por cima da roupa do show e um par de chinelos. Esperei um pouco para ver se ela ia me reconhecer.

– Pois não. Deseja alguma coisa?
– Dorinha, não me reconhece, lá de Lajeado?
Ao mencionar o nome da cidade, os olhos dela brilharam.
– Mas é o meu alemãozinho querido. Nossa, quanto tempo.
Eu me senti quase sufocado no abraço com que ela me envolveu, me deu muitos beijos enquanto falava.
– Que bom te ver. Onde tu andas? Moras em Porto Alegre?
Tantas perguntas ao mesmo tempo que eu nem vencia responder. O casal da plateia apareceu na porta, elogiou o show, ela agradeceu, eles foram embora.
– Mas me conta, querido, o que tu tens feito?
Daí eu contei da visita da minha mãe, o assunto que tive com ela, e que minha irmã, que adora uma fofoca, me contou tudo o que aconteceu.
– Então tu já sabes de tudo, né? Pois chegou um dia em que eu não aguentei mais me esconder, achei que essa coisa de inclusão tinha dado certo, saí do armário. Mas não foi tão fácil assim, não. Perdi meu emprego, aquela velha, dona da casa onde eu morava, não quis mais alugar o quarto para mim. Até tua mãe passou a me ignorar. Então vim tentar a sorte aqui.
– E aqui é melhor?
– Aqui tem mais coisa para gente fazer. Entrei num grupo de militantes LGBT, conheço bastante gente como eu. Por outro lado, veio essa onda de retrocesso que invadiu o nosso país, não sei onde vamos parar. Já fui agredida na rua, xingada no ônibus. Já recebi até ameaça de morte, um horror. Tem uns idiotas que acham que podem bater na gente só porque a gente é diferente deles.
Mais dois homens apareceram na porta, elogiaram o espetáculo. Ela despediu os intrusos e fechou a porta.
– Eu vou me trocar rapidinho, espera aí e a gente sai juntos. Vamos jantar por aí.
E foi se trocar. No camarim, o espaço menor, a luz mais forte iluminava melhor os objetos. Para se proteger da vista, só atrás de um biombo, onde ela entrou, mas deixou as costas bem iluminadas

aos meus olhos. Me deu um certo constrangimento ver ela tirar a roupa assim na minha frente, virei a cara para o outro lado. Senti arrepios só de lembrar das várias noites de insônia juvenil em que visualizava, na solidão das madrugadas, aquele corpo nu, beijava aquela boca. E agora, as costas dela refletiam no espelho à minha frente, eu tentava encaixar na imagem que eu fazia antes e que guardei na minha memória. Ela percebeu minha hesitação e falou.

– Seu bobo, pode virar para cá e olhar para mim.

Eu me virei, ela já de calça jeans bem apertada, enfiou uma camiseta tapando os seios que pareciam duas bolas coladas no corpo. Sentou ao meu lado, na frente do espelho, retocou a maquiagem, pegou uma jaqueta de couro preta e anunciou.

– Prontíssima, vamos jantar.

Sugeriu um restaurante na Cristovão Colombo, onde ela comia de vez em quando um filé com fritas muito bom. Eu nem tinha fome, a escolha do lugar não fazia muita diferença. Fomos a pé, ela enfiou o braço dela no meu e caminhamos juntos, como namorados, eu precisava reter o passo por causa do salto alto que dificultava andar no calçamento irregular.

Chegamos. O restaurante quase vazio, ela procurou uma mesa mais para o fundo, longe da entrada, que deixava a gente mais reservada. Passamos pela frente de um homem que bebia cerveja sozinho numa mesa, um sujeito corpulento, alto, braços grossos e fortes, uma barriga saliente. Ele olhou para nós com olhar de espanto, como se visse um extraterrestre. Percebi que ele estava meio bêbado quando estendeu o braço na tentativa de tocar na Dorinha. Ela não notou esse atrevimento, seguimos reto. O homem se parou a resmungar algumas palavras que eu não entendia direito, mas percebi que o garçom foi até a mesa dele, falaram algo, ele soltou uma gargalhada, um casal na outra mesa, acompanhou a risada do bêbado e lançou olhares desafiadores na nossa direção. De repente, tive um pressentimento de que não seria legal permanecer ali, e mais preocupado ainda ao perceber que Dorinha não se dava conta de que era motivo de chacota. Falei isso e ela respondeu.

— São uns selvagens. Eu tenho meus direitos, posso jantar aqui, onde eu quiser, sou eu que vou pagar a minha janta, não eles.

Tentei argumentar que com esse tipo de gente não existe argumento, melhor é seguir adiante, mas ela segurou minha mão por cima da mesa.

— Querido, não vai acontecer nada demais, vamos aproveitar esse nosso reencontro.

Mas o que eu temia não demorou a acontecer. Ela anunciou que ia ao banheiro, levantou. Eu observava o bêbado de canto de olho, ele ergueu o braço, de novo, um aceno para chamar atenção dela. Ela passou reto, rumo à porta com a placa FEMININO. Foi aí que o bêbado saltou e cambaleou em direção a ela, aos berros.

— Esse banheiro aí é para mulher, não tem banheiro só para veado, vai lá no masculino.

O garçom acudiu, segurou o bêbado, conduziu-o de volta à mesa, largou-o em cima da cadeira e se retirou, entrou por uma porta estilo *saloon* e sumiu. Quando a Dorinha voltou, o pinguço se ergueu mais uma vez com dificuldade, aos tropeços e se estaqueou na frente dela.

— Olha aqui, seu veado de merda, ali é banheiro para mulher, não vai se meter lá de novo senão eu vou ter que ensinar boas maneiras.

— O que é, hein? O senhor paga as minhas contas? Por que não vai cuidar da sua vida, seu bêbado infeliz. Eu não sou obrigada a aturar desaforo de um macho escroto e borracho.

Parece que ele só esperava essa reação porque levantou o braço e baixou o punho fechado com toda força na cara dela, ela caiu e bateu com a cabeça no balcão. Foi tudo tão rápido que eu mal tive tempo de acudir, corri para lá atônito, mas não consegui evitar novos golpes, ele chutava o corpo caído e gritava enfurecido.

— Veado imundo, aqui é lugar de família, de gente de bem.

Eu não sabia o que fazer, se me botava no homem bêbado, se chamava o garçom. O casal da outra mesa ria como se tratasse de um número farsesco. Tentei chamar o homem à razão, mas quando toquei no braço dele, ele se voltou contra mim com uma bordoada de mesma intensidade da que deu na Dorinha, eu cai por cima de uma cadeira. Não foi pior porque eu desviei a cara e o murro pegou de lado. Só depois que a Dorinha já estava quase desmaiada que o garçom apareceu e empurrou o bêbado porta a fora. Me ajudou a levantá-la e sentá-la numa cadeira. Eu pedi algo para limpar o rosto ensanguentado, ele respondeu que seria melhor levar a um hospital. Eu quis chamar a polícia, mas ele contestou, ia fechar e eu teria que esperar na rua. O casal da outra mesa ainda tinha uma cerveja pela metade, a desculpa de fechar logo não convencia ninguém, mas eu entendi que ele não queria se envolver no assunto.

Fui para o meio da rua e ataquei o primeiro taxi que passou, expliquei o ocorrido ao motorista para ele também não se recusar a ajudar. Embarcamos, o garçom veio ajudar. Acomodamos Dorinha no banco de trás com a cabeça no meu colo. Ela não gemia, não se queixava de dor. Com a manga da minha camisa limpei o sangue que escorria do nariz dela e caia pelos lábios. Ela falou.

– Alemãozinho, viu como é difícil para uma mulher viver nessa país nos dias de hoje?

Respondi que para algumas mulheres sempre foi assim.

– Que bom que tu estavas comigo, não ia ter ninguém para me ajudar.

– A partir de hoje vou estar sempre contigo, se tu quiseres

Ela me abraçou pela cintura. Nesse momento eu fui tomado de uma explosão de afetos por aquela pessoa tão frágil, tão sozinha. Passei o meu braço por trás do pescoço dela, levantei-a, beijei com sofreguidão aquela boca ensanguentada.

Lá fora, as lâmpadas dos postes passavam correndo ao lado do carro, ela me apertou mais ainda entre os braços, recostou a cabeça no meu peito, escondeu o rosto, vi que chorava baixinho. Durante o trajeto pensei em várias coisas trágicas, ela morrer, ou sofrer alguma sequela. Minhas aflições só acabaram quando fomos cobertos pela luz clara e forte do Pronto Socorro.

As horas demoraram a passar naquela manhã no campus. O Ângelo conferia o relógio do celular a cada instante, revoltado com o lento correr dos números no mostrador digital. Durante o intervalo a Zezé não apareceu, talvez tenha matado aula para escrever o novo conto. Quando entrou no bar, viu a Patrícia no meio de uma turma, em conversa bem animada. Não havia mais nada que o atraísse em direção a ela, pegou um café e sentou sozinho. Assim que terminou o café, subiu a escada em direção ao segundo andar, onde teria aula de latim.

Chegou na Arcádia antes do horário combinado com a Zezé. Logo ao entrar quis saber do encontro do Hermes com a mãe, se se mantiveram lá em baixo, ou subiram para os aposentos do outro andar. O Hermes resumiu a parolagem com a Lúcia e mudou de assunto, havia outro mais interessante. Meteu a mão embaixo da bancada, tirou, de dentro de uma gaveta, um papel todo amassado, rabiscado com uma caligrafia irregular, de quem não tinha o hábito de escrever à mão. Mas a mensagem era bem clara NÃO SE METAM ONDE NÃO FORAM CHAMADOS. O Ângelo leu, releu, examinou o papel.

– O que significa?

– Um cambapé que alguém tenta nos passar. Encontrei aí no chão, enrolado numa pedra. Acho que tem a ver com a menina que tentou roubar a Sofia.

– Uma ameaça anônima?

– Tudo indica que sim. Provavelmente de algum adulto que utiliza a garota para pedir e aplicar o golpe quando possível.

– A mãe dela?

– Ou o garoto maior, aquele que ela diz ter roubado o dinheiro dela. É truque para despertar a compaixão, quando a vítima vacila, como a Sofia, ela pega alguma coisa e se manda.

– Então estamos sendo vigiados?

– Eu ainda tenho os amigos aqui da esquina, gostam tanto de mim que querem a minha casa.

A Zezé entrou nesse momento, inteirada do acontecido, e disse.

– Porto Alegre está adquirindo as coisas ruins de São Paulo, a violência, a insegurança, o trânsito caótico, sem as coisas boas, a vida cultural, as livrarias, os cafés. Então é melhor ir para São Paulo mesmo.

– A Sofia me falou algo parecido outro dia. Aliás, é melhor avisar ela também.

– Meu jovem amigo, você não precisa desse pretexto para ligar para a moça, vai lá e liga de uma vez, diz a ela que você anda louco de tesão por ela, que sonha com ela todas as noites.

– Hermes, estamos tendo um problema sério.

A Zezé ria. O Ângelo se afastou para o fundo da loja, ligou, contou das ameaças, ela devia se cuidar também. Ela agradeceu, confabularam mais um pouco sobre as novidades dos últimos dias, além da já contada, e por fim, antes de encerrar a ligação, ela perguntou se ele queria ir ao cinema com ela no dia seguinte. Naturalmente ele queria, e assim combinaram de se encontrar, sem saber nem mesmo o filme que veriam.

Despediram-se com beijos virtuais, ele voltou à companhia dos outros. Eles conjeturavam sobre o executivo da construtora, que tinha ligado no dia anterior, mas o Hermes não acreditava que aquele safardana fosse capaz de uma esparrela daquele tipo. Um passante na calçada meteu a cabeça pela porta, espiou lá dentro, o Ângelo e o Hermes se voltaram num sobressalto, a pessoa seguiu caminho, a Zezé se adiantou a acalmar os nervos.

– Calma pessoal, foi só um curioso que queria bisbilhotar. Não vão entrar em pânico agora.

Entrou outra pessoa, agora um cliente, o Hermes foi atender, o Ângelo e a Zezé saíram com a missão de conhecer um canteiro de obras, fazer uma pesquisa de campo para dar um tom mais realista na literatura. Antes de dobrarem a José do Patrocínio para chegar na obra o Ângelo expressou a dúvida sobre o que deveriam dizer. Não imaginava que os operários da construção civil fossem se interessar por questões de verossimilhança. A Zezé, sempre pedindo calma, alertou que o processo de criação é assim mesmo, a gente vai atrás de uma ideia, se não der em nada, azar. Tem que seguir a intuição, daí vai adaptando os dados que surgem. A entrevista tem que ser da mesma maneira. Ao dobrarem a esquina, encontraram o portão da obra aberto, aproximaram-se da entrada, espiaram. Ainda não havia reboco nas paredes, à direita uma betoneira ligada, um homem em frente à boca da máquina jogava pás de areia lá dentro. Mais à direita um declive dava para o subsolo, mas a entrada estava interditada com cavaletes. À esquerda, uma pilha de tijolos, um rapaz encostou um carrinho de mão, encheu de tijolos, entrou por um corredor e desapareceu atrás de uma parede. O Ângelo, em voz baixa, perguntou à amiga se já não era o suficiente, não precisava tanta fidelidade assim ao real, podia inventar o que ela não soubesse. Ela deu um passo à frente, sem responder. Ouviram uma voz atrás deles, viraram-se, um senhor de capacete usando um macacão de brim e um par de botas manchadas de cimento perguntou se eles procuravam alguém. A Zezé explicou muito naturalmente o que buscava, o homem observou-os dos pés à cabeça, como se estivesse na frente de uma parede conferindo a qualidade do reboco.

– Ah, vocês escrevem, é?

O Ângelo se adiantou a responder que só a amiga, ele viera apenas para acompanhar.

– Eu tenho uma neta de cinco anos que está sempre com alguma coisa para ler. Não pode ver um papel no chão que já quer saber o que está escrito. Às vezes nem tem nada, é só uma folha em branco.

– Que legal. Eu era assim quando criança, queria que a minha mãe me explicasse tudo. Ela lia as histórias da Bíblia, eu não aceitava as explicações dela, questionava, queria entender tudo.

Pronto, já estavam irmanados num ponto comum. Pelo que dava para notar, o avô tinha um grande xodó pela neta, era só puxar esse fio da meada.

– Vamos entrar, lá na minha sala eu falo alguma coisa para vocês, no que eu puder ajudar.

Entraram. Ele fechou o portão, pediu para que os dois esperassem um pouquinho. Seguiu na mesma trilha do carrinho dos tijolos, dobrou à direita, voltou poucos minutos depois, com dois capacetes, entregou um para cada um, justificou, lei de segurança, ninguém podia entrar no canteiro de obra sem o devido equipamento. A Zezé não viu o menor problema em proteger a cabeça dos possíveis objetos despencados lá de cima, já o Ângelo não se convencia da necessidade daquilo, se uma parede daquelas desabasse, ou mesmo um tijolo caísse em cima dele, não haveria capacete que segurasse a cabeça dele no lugar. Apenas uma formalidade. Examinou, apalpou, cheirou o lado interno, fez uma cara de nojo. A Zezé pegou o capacete da mão dele, enfiou-lhe na cabeça.

– Põe isso aí e não seja chato, aproveita que a situação está favorável.

Essa recriminação foi feita em voz baixa, em tom quase maternal, como uma mãe que tenta impor autoridade ao filho pequeno sem causar-lhe mágoas. Isso fez com que eles fossem deixados para trás, e resolvido o dilema do capacete do Ângelo, apressaram o passo para encontrar o homem. Ele seguiu por um corredor, entrou numa sala onde havia uma mesa toda suja de massa e cimento, papéis esparramados, um porta-lápis com duas canetas e um lápis, um grampeador e um celular plugado na tomada. Para sentar, apenas uma cadeira. Ele entrou e convidou os visitantes.

– Aqui vai ser o apartamento do porteiro, por enquanto é o meu escritório. Eu sou o Amâncio.

Os dois estudantes se apresentaram, a Zezé registrava tudo mentalmente, não carregava bloco de anotações, confiava na memória. Ela perguntou se podia passear para ver o trabalho dos operários. O Amâncio permitiu, mas pediu que não puxassem assunto com eles, para não distrair ninguém, eles eram meio malandros; também não deviam subir ao andar de cima, e sobretudo não podiam usar aquele elevador de material. Saíram para fora da sala, encontraram o rapaz do carrinho de tijolos que passava em frente, o Amâncio gritou lá de dentro.

– Ô Sansão, não precisa encher o carrinho desse jeito, assim vais te rebentar, ô peste.

E acrescentou falando para os estudantes.

– O pessoal apelidou ele de Sansão, agora ele acha que tem força para carregar tudo sozinho. Se ele se machuca eu tenho que pagar atestado.

O Sansão entrou no elevador que conduzia o material para os andares de cima, a escritora e o parceiro seguiram na observação da realidade dos operários. Andaram, viram um pedreiro ocupado em nivelar o piso de cimento; um marceneiro colocando um marco de uma porta. A escritora se entregou a divagações

– Você viu? Esse é um personagem que eu não pensava em encontrar, um avô, mestre de obra, que tem uma netinha que gosta de ler, e ele, que provavelmente nunca leu um livro, tem orgulho disso.

– Ela lê até papel em branco achado no chão.

– Não importa. O mais legal é que ela vai ser uma leitora quando adulta. Esse é o caso típico de personagem que não estava programado, surgiu assim de repente. Dá para aproveitar isso no conto, ou escrever um novo.

– Por exemplo?

– Assim de improviso, eu penso numa abordagem sociológica, a neta ouviu várias vezes o vô falar que constrói umas casas muito bonitas, ela pensa que vai morar numa delas, aí quando o edifício está pronto ela vem conhecer, mas vai se deparar com a realidade de que ela nunca vai poder morar numa casa daquelas. Claro, aí a obra seria uma mansão de rico, né?

– Mas isso é um dramalhão.

– Nada a ver. O que determina se é drama ou comédia é o enfoque que o autor dá ao tema. Pode-se tratar de maneira séria, mas sem carregar no sentimentalismo.

Feito esse epítome, com um adendo de teoria literária, ela cochichou no ouvido do Ângelo que não conhecia o nome das ferramentas, ia perguntar. O Ângelo advertiu do interdito e informou que ela encontraria tudo no Google, era só digitar FERRAMENTAS DE PEDREIRO IMAGENS. Os adeptos da estética realista não precisavam mais de tanto trabalho assim.

Não demorou muito para a Zezé se dar por satisfeita, voltaram para a sala do Amâncio, ele discutia com o marceneiro das aberturas, os visitantes esperaram, o mestre de obras voltou, uma máscara de chefe brabo moldada no rosto, falou, como se não houvesse ninguém escutando.

– Se eu não estou em cima, fazem tudo de qualquer jeito.

Em seguida, como se notasse a presença das visitas, se dirigiu a eles.

– Então? Satisfeitos? Vou contar para a minha neta que veio uma escritora aqui conhecer a obra.

– Quando o meu livro estiver pronto vou deixar um aqui para o senhor dar de presente para ela. Como é o nome dela?

– Deusênia Maria. Ela é um encanto de menina.

A Zezé precisou reter uma gargalhada, como se o vô coruja tivesse falado de brincadeira, mas ao certificar que o nome era sério, desviou o assunto.

– E aquele declive ali ao lado, o que vai ser?

– Ali seria a garagem no subsolo, mas naquela chuvarada do inverno inundou tudo, vão ter que tapar e fazer a garagem noutro lugar.

Os dois jovens se olharam, o Ângelo fez um discreto gesto com a cabeça convidando para irem embora, a Zezé olhou para ele com aquele olhar que ele conhecia bem, e que significava um pedido de calma.

– E como vão fazer?

– Vão ter que achar outro terreno aqui perto e construir um estacionamento separado.

O Ângelo pegou no braço da amiga, com uma pressão discreta tentava conduzi-la na direção da saída. Ela se deixou conduzir uns dois passos, mas se livrou da coerção, voltou.

– E o pessoal aqui participa de algum sindicato?

A pergunta pegou tanto o Amâncio quanto o Ângelo de surpresa, mas a Zezé também podia escrever algo com viés político, tentar praticar a literatura de denúncia social, muito valorizada pela crítica da imprensa brasileira, por isso ela seguiu aquela proposta de pegar a ideia que aparecesse no calor da espontaneidade. Nesse ínterim, o Sansão voltou com o carrinho vazio em direção à pilha

– É só curiosidade. Como hoje a gente tem um governo de esquerda é natural que se valorize os aparelhos de atuação dos trabalhadores.

– Não sei, mas acho que o pessoal aqui não dá muita bola para isso, não. Aqui todo mundo trabalha em paz. Sindicato é só para cobrar anuidade e fazer greve.

O Amâncio começou a demonstrar um pouco de impaciência, olhou várias vezes no relógio durante esse último encontro, por fim se desculpou, precisava subir para vistoriar o trabalho dos pedreiros lá em cima. Desejou boa sorte à escritora e subiu pelo elevador de material. A Zezé e o Ângelo agradeceram a atenção, ela reafirmou a promessa de deixar um livro autografado para a Deusênia Maria e saíram. Dirigiram-se para o portão, fechado com uma taramela, o Ângelo fez o papel de cavalheiro, abriu, nessa feita, o Sansão, que observava os visitantes, veio até eles para trancar de novo a saída. A Zezé aproveitou mais essa oportunidade improvisada.

– Como é seu nome verdadeiro?

– Gedeílson, mas aqui todo mundo me chama de Sansão.

– É verdade que vocês aqui não participam de sindicatos? É bom trabalhar aqui, nunca tem nada a reivindicar?

– Ah, dona, se a gente faz uma queixa, no outro dia não tem mais trabalho. E o mestre de obra ali, o Amâncio, quando vê a gente de prosa em grupo já vem logo meter o bedelho.

– Mesmo com um governo que valoriza os trabalhadores?

– Esse governo aí é que nem esse edifício aqui, no começo prometia muita novidade, mas depois... Esse prédio já foi quase todo vendido, com a promessa de ser moderno, mas aí usaram só material vagabundo, aí já viu, né?

Pouco tempo depois, os dois jovens estavam de volta à Arcádia, numa retrospectiva da entrevista, com ênfase nos nomes das personagens. A Zezé, numa seriedade caricata, expressou grande preocupação com o futuro de uma criança chamada Deusênia Maria, mesmo sendo uma leitora voraz. Em caso de colocar a menina como personagem de uma história, teria que mudar o nome, ou inventar o apelido, senão corria o risco de cair no grotesco. E por falar nisso, o Sansão deveria assumir essa alcunha como nome verdadeiro, pelo menos é bíblico, e bem melhor que Gedeílson. O trio se entretinha com anedotas sobre nomes bizarros, a Zezé expressou o desejo de tomar um pouco de álcool, o Ângelo prometeu ir junto se fosse lá no Barbudo, que tinha cerveja boa, mas ainda era cedo para o Hermes fechar a loja e acompanhá-los, além disso a Claudia prometera chegar mais tarde, então o próprio Hermes propôs beberem ali mesmo. Foi lá no segundo andar, voltou com três *long necks* de artesanais e três copos, serviram, brindaram à literatura, à amizade, ao futuro da Deusênia Maria, a qualquer coisa. Voltando à entrevista, o Ângelo comentou que o Amâncio, certamente um empregado como outro qualquer, agia como se fosse o dono da construtora, pose de grande chefe. O Hermes tinha uma explicação para isso.

– É que ele não se sente um empregado igual aos outros. Como está no comando da boiada, a serviço dos donos, ele se identifica com os proprietários, não com a manada que ele reponta. É típico da mentalidade de qualquer pobre-diabo da sociedade brasileira, quando deixam ele levantar um pouco a cabeça, já pensa que foi apartado do rebanho, que saiu da miséria, e não percebe que a maior miséria de um ser humano é viver como serviçal, ainda que no comando de outros. Quem tenta fugir desse esquema acaba na margem, que nem eu.

– Mas você não vive na margem.

– Refiro-me a esse esquema de legitimar hierarquias, mandar nuns e obedecer a outros. Eu nunca tive empregado aqui na loja. Até precisei de alguém para me ajudar, mas para isso eu teria que entrar na engrenagem do poder, mandar e obedecer, assim sozinho eu não mando e não obedeço.

O Hermes sempre se empolgava ao lançar imprecações contra os valores que perpetuavam uma sociedade que ele desprezava.

– Quando jovem eu até tentei arrumar emprego convencional, mas além da mediocridade da tarefa, o salário não passava de uma merreca que mal pagava aluguel e comida. Depois, tentei alguns bicos de garçom em pizzaria, bar noturno, nunca durou mais de uma semana, eu caia fora. Até que comecei a vender livros usados. Embora não tenha fugido do esquema capitalista, consegui me manter vivo com certa dignidade.

Jovem gosta de ouvir relatos pessoais de tempos antigos, eles davam corda ao amigo.

– Nessa época, meu sonho era viver como um goliardo, um tipo social da Idade Média, um andarilho que fazia um bico aqui outro ali, quem tinha habilidade musical cantava em praça pública, outro recitava poemas, faziam qualquer coisa que garantisse a sobrevivência, sem dar a mínima para ascensão social, riqueza, *status*.

Para o Ângelo, que vivia o conflito de se tornar independente dos pais sem perder as regalias familiares, essas histórias despertavam ainda mais fascínio.

– Deve ser emocionante viver assim, como um funâmbulo, sempre se equilibrando na corda bamba.

– Emocionante, mas cansativo, por causa da perseguição. Os goliardos foram extintos por isso. Abatidos, presos, ou acabaram aceitando emprego de burguês nas corporações medievais. Ninguém suporta a existência de uma pessoa livre assim. As pessoas querem ver os outros presos a uma rotina cheia de rituais, igual a que elas vivem. O mais perto que cheguei de um goliardo foi logo que abri a livraria. Em janeiro e fevereiro, que Porto Alegre é uma cidade fantasma, eu fechava a loja, pegava um ônibus e ia viajar. Conheci as praias de Santa Catarina, do Nordeste, todas as capitais nordestinas, e é claro, voltei uma vez ou duas ao Rio de Janeiro. E se aparecia uma maneira de ganhar uns trocados, um bico de garçom, vender água de coco na beira da praia, qualquer coisa que me permitisse espichar ao máximo a aventura eu topava, desde que fosse trabalho honesto, claro. Eu não ia sair daqui para apanhar de polícia em outra cidade, isso eu podia fazer aqui mesmo. Mas praia nunca foi meu habitat natural, eu gosto mais da cidade, por isso eu ia bastante a São Paulo, nos sebos do centro, e também às cidades históricas de Minas Gerais. Uma vez passei uma semana em Ouro Preto, nunca bebi tanta cachaça boa na minha vida. Viajava até acabar o dinheiro. Durante todo ano eu guardava um pouco para torrar nas férias, sempre de ônibus, chegava a passar dois dias na estrada. Nunca andei de avião. Agora virou moda o pobre achar que mudou de vida porque anda de avião. Coitado. Ele está apenas pagando por uma passagem mais cara porque há uma facilidade de crédito, mas continua preso à mesma escravidão, sonhando com coisas que nunca vai conseguir. Eu pelo menos não sonho em comprar as bugigangas que os ricos consomem. Além do mais, consumo não garante desenvolvimento em economia de terceiro mundo, essa farra vai acabar, e o pobre vai voltar para a rodoviária, isso se ainda tiver como pegar ônibus.

Interrompeu o discurso, tomou o último gole do copo. Quando se exaltava, o olhar adquiria uma aparência líquida, mas não era lágrima, era como se todo aquele fluxo de ideias não encontrasse vazão suficiente nas palavras e precisasse se derramar também pelos olhos. Ele precisou ir ao banheiro se livrar do excesso de bebida, trouxe mais cerveja. Ainda lá no último degrau da escada desafiou.

– Vocês não vão acreditar que até literatura eu tentei.

Essa podia ser a declaração bombástica do dia, então ouviram da boca do próprio Hermes, que em tempos idos, logo que começou a ler, andou ensaiando alguns rabiscos, depois, com as mudanças, o que não foi jogado fora se perdeu por conta própria. Dia desses, remexendo no meio da papelada onde guardava a escritura da casa, deu de cara com um exemplar salvo das ruínas por acaso, coisa que ele nem lembrava mais que tinha escrito. Estava ali bem à mão. Pegou uma pasta de plástico de baixo da bancada, tirou umas folhas presas por um grampo já bastante enferrujado, largou em cima do balcão, diante dos jovens amigos com o convite, que mais parecia um desafio, para eles lerem. O Ângelo redarguiu:

– Não, você vai ler para nós, que nem na oficina, mas espera um pouco que eu também vou ao banheiro.

Subiu as escadas correndo e voltou pouco depois, a Zezé segurava o texto, tentando decifrar a caligrafia.

– Hermes, acho que só você consegue entender essa garranchada.

Ele encheu mais uma vez o copo, sorveu um grande gole e começou a ler.

A rua começa no canto do cemitério e se estende ao lado do muro por uns 50 metros. Bem em frente ao portão há uma curva para a esquerda e segue em direção de uma fábrica de cerveja que fica a umas 5 quadras. Ao longo da rua, pelo lado direito, depois da curva, há uma fileira de árvores que faz a divisa da rua com um vasto campo de grama verde de propriedade da cervejaria. O lado esquerdo é todo coberto por pequenas casas de madeira. Na rua não há calçamento, razão pela qual há grande quantidade de buracos em consequência do intenso movimento de caminhões de carga que entram e saem da fábrica.

No canto formado pelo muro do cemitério e a cerca de arame que contorna o campo, existe um pequeno barraco feito de pedaços de madeira e papelão. Fica pouco depois da curva, quase ao lado do porão do cemitério e serve de abrigo a um sujeito que apareceu há alguns meses, ninguém sabe de onde. Instalou-se ali e sobrevive da caridade dos vizinhos. Ninguém sabe seu nome, mas todos o chamam pela alcunha de Lino, descoberta por um dos vizinhos.

O dia que Lino chegou na vizinhança ficou na memória dos moradores da rua. Era o final de uma tarde muito fria quando dona Leocádia, moradora no n° 135, ia chegando em casa, vinda do armazém com mantimentos para preparar a janta. Rua pequena, onde todos os vizinhos se conhecem, aquele desconhecido chamou a atenção, principalmente pelas roupas meio rasgadas e sujas. A barba grande e os cabelos com restos de terra e fios de palha de trigo demonstravam claramente que se tratava de alguém que dormia ao relento ou em algum galpão. Trazia sobre as costas um saco já todo encardido onde se via que carregava alguns objetos. Encontrou dona Leocádia perto do portão de entrada e perguntou se ela lhe arrumava algo para comer, que ainda estava em jejum aquele dia. Ela teve um gesto de se livrar daquela figura inoportuna, mas em seguida notou sua expressão cansada, feições pálidas, olhar inexpressivo, e conclui que não havia perigo. Era uma pessoa tão debilitada que não teria forças para lhe fazer mal algum. Foi até a cozinha e juntou os restos do almoço que guardava para aproveitar com a janta e trouxe sem esquentar, alegando pressa. O pobre homem nem ouviu as desculpas e se atirou em direção ao prato como um desesperado, pegando a comida com as mãos, ignorando os talheres que lhe foram oferecidos. A dona da casa ficou por ali parada olhando aquela cena, sem saber se entrava ou se esperava que o desconhecido fosse embora. Tentou puxar assunto perguntando de onde ele vinha e obteve como resposta um vago "de muito longe". Ao perguntar pelo nome do homem não obteve nenhuma resposta e viu que era inútil insistir. Foi quando seu Libório, vizinho da casa ao lado chegou, vindo da fábrica onde trabalhava e, vendo a cena, aproximou-se da vizinha. Com apenas uma troca de olhares entre velhos conhecidos entendeu o que se passava. Terminada a refeição, o homem olhou ao longo da rua em direção ao grande muro e apontando para o portão que dava bem em frente a curva, perguntou se aquela era a única entrada para o cemitério. Ela respondeu-lhe que não, que na avenida principal, no outro lado, havia outro portão maior que aquele. Ele então, agradeceu a comida e se retirou sem falar mais nada. Após a retirada do estranho, seu Libório ficou por uns instantes pensativo e por fim disse à vizinha: "Que coisa estranha! Não pude ver direito por causa da barba, mas essa criatura me lembra um homem que conheci". Começou a falar sem dar importância para a mulher que lhe escutava, como se falasse para si próprio. Contou que alguns anos atrás, quando começou a trabalhar ali na fábrica, tinha um dos gerentes, homem ainda jovem, que andava sempre bem vestido e todos os funcionários tinham uma grande admiração por ele porque, além de chefe muito camarada, tinha fama de mulherengo. Se chamava Marcelino, ou Valdelino, não lembrava direito, mas tinha certeza que todos lhe chamavam de Lino. Quando deu o incêndio que destruiu um pavilhão da fábrica e matou alguns funcionários, o tal gerente estava lá dentro. O incêndio foi tão grave que alguns corpos não puderam ser reconhecidos. Mas como se sabia quem estava lá dentro foram todos enterrados ali naquele mesmo cemitério. Terminou de contar esse episódio e, como que acordando de um estado de hipnose, deu boa noite para a vizinha e entrou para sua casa.

No dia seguinte, quando os moradores da rua saiam para o trabalho, viram o barraco de madeira e papelão montado ao lado do portão do cemitério. Um dos meninos da vila, quando passava para a escola, por curiosidade se aproximou para ver o estranho terminar de montar o que seria seu lar dali em diante. O menino indiscreto achou tudo muito curioso, mas não foi percebido pelo novo vizinho que, naquele momento, se concentrava em pendurar na parede dos fundos, em frente a porta, um retrato em tamanho grande de um homem jovem, de boa aparência, usando terno e gravata.

Encerrou a leitura, olhou para os amigos, e sem esperar a opinião deles.

— Essa literatice deve ter mais de trinta anos. Não faço a menor ideia de como surgiu essa história.

— Hermes, eu acho que você é um escritor frustrado.

— Frustrado pode ser, mas escritor jamais. Mas, para falar a verdade, pelo menos na quantia de vezes que uso o verbo FICAR como auxiliar, e o demonstrativo SEU/SUA com uma sintaxe de redação colegial, eu diria que esse meu texto é bem contemporâneo. Fica parado, fica olhando, fica pensando. E olha essa aqui: deu boa noite para a vizinha e entrou para sua casa. Não se sabe se esse sua é a casa dele ou da vizinha. Agora fiquei confuso.

— Isso é discussão de oficina literária. A professora Daisy podia ajudar você, ela é ótima oficineira.

A Zezé falou isso e o Ângelo olhou para o Hermes com cara de malícia e fingiu segurar uma risada. A Zezé sorriu discreta, apenas um sorriso cúmplice, para mostrar que tinha entendido a mensagem não verbalizada. O Hermes falou:

— Com a Daisy é impossível. Vocês sabem que eu sou um barregueiro e não consigo controlar alguns instintos. Além do mais, não precisam se fazer de ingênuos, ela dormiu comigo, isso não é segredo para vocês, mas esse não é o assunto do momento. A questão é que eu nunca quis ser escritor.

— Mas com tudo o que você viveu e com tudo o que já leu, você teria bastante assunto.

— Nada disso é suficiente se não tiver talento. Se ao menos eu tivesse raiva faria como os antigos romanos *si natura negat, facit indignatio versum*, que quer dizer mais ou menos o seguinte, se não tem talento a raiva é suficiente. Daí eu podia fazer literatura panfletária para atacar toda essa podridão que infesta a sociedade brasileira, racismo, machismo, homofobia, até música sertaneja. Mas eu sou um homem de paz, não tenho nem raiva nem talento.

— Minha mãe diz que o conhecimento só tem sentido se for passado adiante.

— Eu até acho que eu tenho umas ideias muito boas, que o mundo inteiro deveria conhecê-las. Poderia contribuir para o desenvolvimento da humanidade. Mas quem escreve quer ser lido, não acredito nessa conversa de escrever para si mesmo. Sempre há o desejo de chegar ao grande público. O problema é que para isso o sujeito tem que se curvar ao sistema, às leis do mercado, tem que bajular editor para publicar, jornalista para divulgar, em resumo, entrar na engrenagem, e eu não consigo isso. Meu ideal de vida sempre foi a simplicidade, se eu pudesse viveria como meu amigo Diógenes.

– Um dia desses eu vinha para cá, passei em baixo do viaduto do Colégio Rosário, lá havia um mendigo, ao lado de dois cachorros, lembrei de você e de seu amigo. Será que Diógenes seria um filósofo atuante hoje?

– Claro que não. Na Grécia Clássica a sociedade era mais simples, a pessoa não precisava se adaptar totalmente, ao ponto de se despersonalizar, qualquer atitude excêntrica já colocava o sujeito em evidência na comunidade. O próprio Diógenes, mesmo morando num barril, no meio da praça, discutia filosofia com Platão, que era um aristocrata. Porém, hoje a situação é bem diversa. Para alcançar prestígio, ter a mensagem divulgada e aceita pela comunidade, ele precisa de um mínimo de projeção social. Não há como praticar o desapego total. Para ser visto e ouvido e ter um mínimo de credibilidade o indivíduo precisa entrar no jogo das convenções sociais e aderir a alguma atividade profissional, que não é mais do que um papel social convencional e aceito socialmente. E para ser aceito socialmente o indivíduo precisa acatar algumas regras que legitimam o sistema. Ser escritor, por exemplo, é um papel social. No tempo de Diógenes, o filósofo discursava em praça pública e tinha seus adeptos e seguidores. Hoje, na mesma situação, ele seria desmoralizado e desacreditado.

Desta vez foi a Zezé que buscou mais cerveja e aproveitou para ir ao banheiro. Lá fora, o movimento da rua tinha cessado, a noite já dava os primeiros sinais de chegada. Quando tinha companhia para conversar, o Hermes nem se preocupava com o relógio, visto que no horário de verão, às vezes, só fechava lá pelas nove da noite. Naquele dia, por causa das ameaças, o Ângelo sugeriu fechar as portas assim que a rua silenciou. A Zezé voltou com mais cerveja, encheu os copos, ela mesma retomou o assunto.

– Eu sempre pensei que o cinismo fosse uma coisa negativa, mas você me apresentou uma nova visão do problema.

– Há o cinismo dos cães burgueses, com donos ricos e casas de luxo, e há o cinismo dos vira-latas, que vivem na rua e se alimentam no lixo. Os primeiros aguentam muito satisfeitos a coleira no pescoço em troca do passeio no parque domingo de manhã, uma ração cara, veterinário de vez em quando, são educadinhos, não gritam, e só precisam abanar o rabinho toda vez que o dono aparece. Mas os vira-latas não aceitam a coleirinha, porque não estão nem aí para ração nem veterinário, preferem as pulgas da rua, comem os restos que encontram no lixo. É o preço pela liberdade de irem onde quiserem sem precisarem abanar o rabinho o tempo todo. Esses aguentam as pulgas, a fome, os chutes dos bêbados, tudo em troca de poder morder qualquer boçal que aparecer no caminho, e latir quando der vontade.

Ouviram batida na porta, o Ângelo empertigou-se todo, a Zezé olhou para o Hermes, que tranquilizou.

– Calma, deve ser a Claudia.

Abriu a porta sem confirmar se era ela de fato. O Ângelo só relaxou quando viu o Hermes abrir os braços para acolher a rainha da Arcádia, com aquela reverência exagerada de sempre. A Claudia largou a bolsa e uma sacola de livros em cima do balcão, cumprimentou os amigos, voltou para o dono da casa, perguntou se tinha algo para comer, estava com fome. Ele havia encomendado uma pizza para recepcionar a amada. Ela convidou os dois amigos para jantarem, mas eles declinaram do convite. Na saída, o Ângelo espiou para os dois lados, não se notava nenhum perigo à vista. Caminharam até o supermercado da Lima e Silva, onde ele pegou um taxi e a Zezé seguiu a pé até a casa do estudante. Na despedida ela ainda avisou.

– Estamos te esperando na quinta para ler o seu conto.

O ÂNGELO COMUNGAVA dos preceitos daquela gente que via a sétima arte como uma fonte de conhecimentos, ou, no mínimo, de reflexão, que resulte numa elevação intelectual ou espiritual. Por isso nunca se deixava conduzir com as multidões arrastadas pelos grandes fenômenos de bilheteria, os falsos questionamentos existenciais, porfias orquestradas por milhões de dólares, que só provocavam excitação nas mentes infantilizadas, habituadas ao brilho fácil dos delírios cênicos gerados por computadores. Só valia a pena sair de casa e gastar duas horas de vida para ver uma história vivida por seres humanos, interpretada por atores de carne e osso. Por mais que ouvisse bons comentários sobre um filme, poucos argumentos conseguiam levá-lo a uma sala de exibição. Claro está que, naquela ocasião, para acompanhar a Sofia, aceitou de pronto. Só lamentou que a mãe participaria de um evento na Aliança Francesa, um encontro entre professores de francês, ele não teria carro. Marcaram o encontro direto no cinema. Para Sofia, caminhar não causava problema, ela gostava de andar pelo centro e já se acostumara a andar de táxi.

Como sempre, ele chegou uns quinze minutos antes do horário da sessão, enteteve-se com os cartazes afixados nas paredes do térreo, rondou o Café dos Cataventos, não viu ninguém conhecido. A Sofia apareceu no momento em que ele espionava para dentro do bar, ele se virou quando sentiu a presença dela, abraçou-a com a felicidade de quem encontra resgate após vários dias perdido. No calor da euforia, beijou-a na boca, sem se dar conta. Ela se soltou dos braços dele, olhou lá para dentro do bar, acenou, um casal que ocupava uma mesa acenou de volta, ela foi até lá, cumprimentou os conhecidos, papearam por uns minutos. O Ângelo esperou no mesmo lugar, conferiu o relógio do celular várias vezes, ela voltou ao encontro dele e foram até a bilheteria a tempo de comprar os ingressos e procurar um lugar para sentar. Pouca gente na sala, acomodaram-se numa das últimas filas, distantes das cabeças que por vezes atrapalham a vista dos que sentam atrás.

O filme mostra dois adolescentes meio desnorteados numa viagem cujo destino é incerto e o caminho uma incógnita. O único dado concreto é que se tratava de uma praia. Seria até simplório dizer que se tratava de uma metáfora da adolescência, mas para o Ângelo, aquela situação de correr como um rio na enchente e só parar no limite do oceano intransponível podia remetê-lo ao tempo em que ia para o litoral gaúcho com os pais, e o maior prazer que encontrava era marginar as ondas, sem ter um lugar para ir, apenas vadiar, sentindo o fluxo da maré laçando a canela, no tempo em que a única incumbência era seguir os passos dos pais e tirar boas notas no colégio, o resto, tudo estava pronto para ser usufruído, a comida na mesa, a cama arrumada na hora de dormir, a roupa bem dobrada no roupeiro. Não havia diferença entre as necessidades naturais, como se alimentar, respirar, e aquelas impostas pela vida em sociedade, tais como estudar, vestir roupa para sair à rua, mesmo com calor. Nessa época, já não brincava mais de barquinho na banheira, mas a embarcação em que se movia entre portos definidos e seguros ainda não era o barco bêbado de 2005, e navegava muitas léguas distantes da ideia de ter uma profissão importante, conquistar admiração, ter sucesso, ser um homem bem-sucedido, que na verdade não é nada mais do que vestir uma máscara e desempenhar um papel de homem sério, formar e dirigir uma família respeitável, encargos que pesavam como uma bagagem contrabandeada. Os jovens do filme se hospedaram numa cabana à beira-mar, num trecho deserto, mais afastado do bulício urbano um sonho de voltar à vida primitiva regulada apenas pelas necessidades naturais, que significavam beber, comer, dormir, tomar banho pelados. Gastavam o tempo só os dois nessa pândega, até que encontraram uma mulher mais velha que, ao que se podia entender, vivia uma experiência parecida de renúncia aos hábitos ditos civilizados. Aí a aventura adquiriu um sabor bem mais picante, onde cada passo é orientado apenas pela necessidade dos corpos inflamados pelo sol do verão. O erotismo explode na tela como as ondas de um maremoto. Nas cenas de conteúdo mais erótico, o Ângelo se movia no assento, procurava uma posição mais confortável, olhava a acompanhante com o rabo do olho. A fita provocava nela o deleite de uma menina que acompanhasse a *Alice no País das Maravilhas*. E ele estava ali ao lado daquela mulher atraente e interessante, o corpo todo em estado de alerta, músculos tensos, a urgência de um regalo, um alívio para aquelas privações de prazer e afeto. Mas os valores sociais exigem um ritual de avanços e interditos até o momento final da consumação. Um homem educado para andar sempre sob o leme da cortesia precisa seguir as regras do bom convívio.

O filme acabou, as luzes acenderam, o público afluiu para a saída. Lá fora, uma temperatura agradável de noite de novembro, as pessoas que saiam do cinema se encaminhavam, uns para a rua da Praia, outros para o Café dos Cataventos, e alguns ainda procuravam o elevador, certamente rumo ao bar do terraço. Os dois ali parados em frente a porta, a espera de que um falasse alguma coisa. Foi a Sofia que perguntou se o Ângelo tinha algum compromisso.

– Eu estava pensando em te convidar para ir lá no bar onde a Zezé trabalha. Hoje ela está de serviço, vai gostar de te atender.

Ela aceitou de pronto, ele se desculpou por estar sem carro, pegaram um táxi.

No bar, foram recebidos pela Zezé. A escritora pegou a nova amiga pela mão, atravessou a sala, que era o maior espaço do bar, aquele que os clientes ocupavam quando queriam conversar em grupo, dar risadas, comemorar, e entrou numa peça menor, um dos quartos da antiga residência, transformado em ambiente mais intimista, preferido pelas pessoas que procuravam um encontro mais restrito, sem as inevitáveis interrupções. Para sentar, os frequentadores dispunham de sofás de dois lugares, um ao lado de cada parede, de maneira que os clientes se mantinham distantes uns dos outros, para entabular uma conversa mais espontânea.

A mesa reservada para o Ângelo e a Sofia era a única vaga quando eles chegaram. Havia uma vela apagada. Sentaram no sofá, a Zezé tirou do bolso um isqueiro, acendeu a vela, piscou para a Sofia com um sorriso que não escondia uma intenção maliciosa. A amiga retribuiu o sorriso, deixando claro que entendia a mensagem implícita. O Ângelo, que desde a entrada apenas seguiu as duas, acomodou-se num suspiro de alívio surpresa.

– Nossa, tudo isso para nos receber?

– Claro, vocês merecem, duas pessoas inteligentes e bonitas, além disso são meus amigos, eu preciso agradar.

Em cima da mesa havia uma carta de vinho, deixada ali pela prestativa garçonete, já se antecipando ao pedido dos amigos. O Ângelo leu as opções e, sem esquecer as boas maneiras, pediu sugestão à acompanhante. Ela disse que gostava de vinho, mas não conhecia muito, confiava na escolha dele. As opções não eram muitas. Além dos manjados rótulos do Chile e Argentina, que compõem a lista de ofertas da maioria dos bares e restaurantes de Porto Alegre, encontrava-se alguns espanhóis, nenhum italiano ou francês no qual se pudesse apostar para fazer bonito num encontro tão importante. Optou por um espanhol, de Rioja, a Zezé se afastou para buscar o pedido, a Sofia correu os olhos pelo ambiente. Na parede, alguns quadros de Gerda Wegener retratando o erotismo homoafetivo entre mulheres. Ela ainda teve oportunidade de notar que eles eram o único casal formado por um homem e uma mulher. Apenas numa mesa via-se dois rapazes, e nas outras todas ocupadas por mulheres. Também a única onde havia uma vela acesa, esse símbolo do romantismo mais meloso, que podia bem ser mais uma das brincadeiras da amiga escritora garçonete. Via-se logo que estava em um ambiente simples, discreto, sem as pretensões de se tornar referência disso ou daquilo, como costuma acontecer com muitos estabelecimentos ditos alternativos. O Ângelo já havia comentado com ela que o Godiva, junto com a Arcádia, eram os poucos lugares onde ele se sentia à vontade, visto que, nos últimos dias, nem em casa ele conseguia isso.

– Gostou daqui? Já conhecia?

– Adorei o estilo despojado. Nunca tinha vindo, mas também, em Porto Alegre, eu não saio muito. Prefiro a noite paulistana, saio mais quando vou a São Paulo.

– Você vai muito para lá?

– Com frequência. Tenho muitos amigos lá, também por causa do meu do trabalho. Quase certo que este ano ainda vou precisar viajar.

A Zezé trouxe o vinho, serviu nas taças, a Sofia sugeriu que ela pegasse mais uma para brindar com eles. De início, argumentou que não podia beber com clientes, regras do bar, mas tratando-se de amigos especiais, faria uma exceção, tomaria só um golinho. Buscou mais uma taça, serviu uma dose diminuta, menor ainda que a das degustações oferecidas pelas lojas de vinho, brindaram os três, à amizade, com votos de nunca se afastarem uns dos outros.

A garçonete se retirou, o casal se viu envolto numa auréola de penumbra emanada pela luz da vela. O Ângelo retomou o diálogo

– Então, gostou do filme?

– Sim. Bem irreverente.

– Eu confesso que algumas cenas de erotismo me soaram meio forçadas. Pode ser moralismo meu, mas alguns trechos deram a impressão de que o intuito era passar uma determinada mensagem, daí cria-se uma cena que só serve para isso, para ilustrar um ponto de vista.

– Bem, isso é um recurso usado tanto no cinema quando na literatura. É melhor assim do que um certo estilo de cinema francês em que os personagens passam o tempo todo sentados no sofá, discutindo sobre questões abstratas. Aquela crença religiosa de que o mundo foi criado pela palavra, faça-se a luz, e pronto, tudo foi iluminado.

– Isso é cansativo, concordo.

– Mas não é só isso. Nós vivemos numa cultura da oralidade. Muita gente acha que verbalizar um conceito já é suficiente para se sentir integrado a ele, o que dá margem para muita hipocrisia e pedantismo. Você só pode dizer que defende uma ideia se você estiver no mínimo disposto a viver aquela experiência, do contrário é apenas pose intelectualoide, papo-furado.

A Sofia também revelou habilidades de uma *connaisseuse*. Movimentou a taça para agitar o vinho, inalou aromas, abstraiu-se nos eflúvios enânticos, sorveu um gole, manteve o líquido na boca por alguns segundos, engoliu, e no semblante, olhos fechados para se concentrar apenas no estímulo das papilas gustativas, anuência explícita à escolha. Depois comentou.

– O que eu mais gostei no filme foi o tratamento dado à sexualidade, sobretudo à feminina. A maioria dos filmes, principalmente os americanos, alimentam essa mentalidade meio esquizofrênica de que as mulheres só podem transar quando existe envolvimento emocional. Sexo é energia física, só depende do desejo. Se você deseja uma pessoa, não existe nada que te impeça de ir para a cama com ela, nem gênero, nem estado civil. Salvo se a referida pessoa não queira, evidentemente.

– Isso significa que você poderia também transar com outra mulher se sentir desejo por ela?

– Se ela sentir desejo por mim também, por que não? Sexo é para satisfazer necessidades físicas e biológicas, não para arrumar um marido.

– Você acha que as mulheres ainda estão muito nessa fase de procurar casamento?

– Acho que não só as mulheres. Todo mundo está atrás de um chamego, o problema é que, na verdade, ninguém está em busca da harmonia das afeições, e sim do reconhecimento dos valores simbólicos. Por maior que seja a carência, uma troca afetiva só rola quando há algum valor simbólico envolvido, quer dizer, os papeis sociais atualizados. Há uma obsessão bem patológica de colocar uma etiqueta e catalogar alguém que vai entrar na vida da gente, namorado, amigo, colega. A partir daí, o que determina o desenrolar da história é essa etiqueta e não a natureza dos afetos, nem a força do desejo. É o equivalente no mundo mental daquilo que eu denuncio em fotografia, o arcaísmo de certas concepções continua encrustado no presente, por mais que alguns segmentos da sociedade tentem espanar o mofo moral.

– Talvez seja por isso que eu tenho dificuldade de me envolver. Ainda não me decidi entre as necessidades naturais e as sociais de que o Hermes fala.

– Pelo que eu vejo vocês são muito amigos.

– Para ser franco, eu gosto muito do Hermes, ele é um cara incrível, muito inteligente, mas não concordo com tudo o que ele fala. Às vezes, me parece que ele criou, ou aderiu a uma determinada filosofia apenas para justificar a vida que leva. É claro que a gente tem necessidades criadas pelo meio social, mas se a gente se deixa levar apenas pelos instintos, vamos viver como os animais, e a gente é humano, aculturado. E nem tudo o que a civilização criou é ruim. Por exemplo, um bom vinho, o livro, a arte, tudo isso só existe no mundo civilizado.

A Zezé veio até a mesa, perguntou se estava tudo bem, não queriam comer nada. Eles não tinham fome. Dois rapazes apareceram na porta, um deles abanou para a Zezé, e veio cumprimentá-la. Quando chegou mais perto, viu a Sofia, e numa exclamação de alegria um pouco exagerada, abriu os braços, correu em direção a ela.

– Sofia, minha querida, a minha fotógrafa preferida.

Ela levantou, abraçaram-se, ela apresentou o Ângelo ao recém-chegado, um diretor de teatro que estava para estrear uma peça no Renascença, de cujo ensaio ela fez umas fotos para a divulgação. A Zezé conduziu os novos clientes para a outra sala, o Ângelo e a Sofia voltaram ao vinho, serviram mais nas taças, retomaram o assunto.

– Então você acha que o Hermes não é sincero nas coisas que fala? Seria um frustrado?

– Acho meio suspeito alguém depreciar aquilo que nunca vai poder conseguir. Se eu posso ter um carro e não tenho um, porque não gosto de carro, isso é desprezo pelas necessidades artificiais. Mas se eu não tenho um carro porque ganho um salário mínimo, então esse menosprezo pode se confundir com inveja.

– Mas assim só os ricos podem ter uma vida simples com autenticidade. Não te soa meio paradoxal? É possível que alguém nunca se interesse em ter condições de adquirir um carro. Pode ser esse o caso do Hermes. Eu por exemplo, não tenho condições de comprar um carro hoje, mas não abriria mão do meu estilo de vida por um emprego que me desse essa possibilidade. Em resumo, é uma questão de precedência. Se a sua é a aquisição de determinado bem, você vai atrás de um salário, uma renda que te possibilite isso.

– É, pode ser. Talvez eu ainda esteja muito cego pelo ideário da classe média.

Longo é o momento presente, quando invadido pela ânsia do que virá no futuro; quando nada foi combinado sobre o resultado do encontro, mas as partes envolvidas sabem bem o que esperam. O vinho diminuía nas taças e na garrafa. Os dois rapazes e as duas mulheres de uma das mesas já tinham se retirado O Ângelo não podia cometer os mesmos erros de antes, demonstrar afobação, precipitar-se. Por outro lado, fingir naturalidade fazia parte daquele jogo de representação dos papéis sociais, quando os rituais devem ser seguidos à risca, sob pena do indivíduo parecer um primata do tempo das cavernas. A civilização é baseada no interdito e na continência, necessário se conter até o final do jogo. Mas alguns avanços também fazem parte do trato implícito, um subterfúgio qualquer para segurar a mão da amiga; diminuir a distância entre os corpos no sofá; uma malícia sussurrada no ouvido; gestos impulsionados por um romantismo rudimentar que marca os primeiros encontros de um casal. Todos eles foram registrados ali, sob a luz da vela, no relaxamento das tensões, condimentados pelos sabores vinários.

Quando esvaziaram as taças até o último gole, o Ângelo perguntou se ela gostaria de pedir mais alguma coisa, ela respondeu que já bebera o suficiente naquele dia e retribuiu a mesma pergunta. Ele apanhou a mão da moça, os olhos dele mergulharam na profundeza escura dos olhos dela.

– Tudo o que eu quero agora é ir para algum lugar e passar o resto da noite com você.

Nesse momento, cedendo àquela tentação controlada por um tempo que já parecia demasiado, as bocas já iam ao encontro uma da outra, imitando a união dos olhares, uniram-se, na sofreguidão dos desejos contidos. Foi quando a Zezé entrou para atender o casal da outra mesa, e ao ver a cena romântica, sorriu com aquela alegria genuína de quem torce pela felicidade alheia. Quando a mão do Ângelo se intrometeu por baixo da blusa da Sofia, à procura de outros caminhos, ela se retraiu, afastou-se, arrumou a roupa.

– Calma, estamos em um lugar público, vamos pedir a conta.

Desnecessário descrever o que aconteceu depois, melhor é deixar o casal à vontade para se entregar aos apelos da paixão, na intimidade discreta de uma alcova que, no caso, foi a casa da própria Sofia. O desnudamento dos corpos apaixonados, cheios de desejo e vigor da juventude, é de conhecimento de todo mundo, o que dispensa qualquer narrador de espionar o momento em que os jovens se entregam. Além disso, poupa-se o trabalho na elaboração do estilo. Se optar pelo sentimentalismo, é provável que, quando entraram em casa, ele, esquecido do conflito sobre os papéis sociais, tente emular um galã romântico, levante a amada nos braços, mire o ninho de amor preparado no quarto. Ela, por sua vez, enlaçaria o pescoço dele com os braços, caminhariam assim, mirando-se nos olhos um do outro, como se os dois corpos tivessem uma só alma. A descrição de um momento sublime.

Mas acontece que a realidade nem sempre segue as recomendações ideais, o que poderia inspirar o narrador a seguir o estilo cômico. Nesse caso, o galã, ou pela força do enolismo, ou por não estar acostumado a carregar peso, pode tropeçar num tapete perto da porta, enredar os pés e se esparramar pelo chão com a amada nos braços. Para manter íntegra a dignidade dos amantes, haveria um sofá na frente deles para amenizar a queda e o vexame e não estragar a cena. Eles soltariam estridentes gargalhadas, de nervoso ou felicidade, começariam a se livrar das roupas ali mesmo. Ele tiraria a calça dela, depois a blusa e então teria acesso livre pelo corpo dela, poderia explorar todas as curvas, saliências e reentrâncias, com as mãos, com a língua, com tudo o que ele souber usar para explorar o tesouro conquistado. Pensando bem, o sofá não é muito confortável, seria melhor que isso acontecesse na cama. Mas o certo é que, por uns resquícios de pudor infantil, o Ângelo vai fechar a porta do quarto e barrar a vista de qualquer observador indiscreto.

A Daisy e o Hermes não levaram adiante o idílio germinado como um corolário das aulas na Arcádia. A professora até sabia da existência da Claudia, mas, por outro lado, qualquer um podia notar que o livreiro dispensava um tratamento especial a ela dentro daquele grupo, formado na maioria por jovens. O formato do curso não se constituía de módulos fechados, o aluno podia entrar a qualquer momento, muita gente aparecia de curiosa, um encontro ou dois, e sumia. Quando o grupo se reunia à tarde, havia duas senhoras e um senhor aposentados, que na troca para a Arcádia não puderam continuar por causa do horário. Por meados daquele novembro de dois mil e cinco, restaram como integrantes fixos a Zezé, a Ilda e o Júlio. Desses, a Ilda, única casada da turma, sempre acompanhada de algum colega, com preferência pela professora, uma tática, talvez inconsciente, de se proteger de possíveis investidas. As outras que frequentam a livraria por conta das amizades com os membros da oficina, estavam fora do radar do Hermes, ou por causa da orientação sexual, caso de algumas amigas da Zezé, ou da própria idade, como a Patrícia. Em relação à loirinha, como ele se referia à Pati, certa vez, em conluio com o Ângelo, ele sentenciou que quem muito abraça pouco aperta, em alusão àquela mania de querer atenção de todo mundo. A estratégia dele era a mesma dos predadores da selva africana daqueles documentários vistos na televisão: espreitar o rebanho, escolher a presa mais vulnerável e atacar sem vacilar. A única dúvida que poderia restar, no caso da

Daisy, consistia em saber se ele escolheu ou foi escolhido, e esse detalhe não altera o resultado. O fato é que a Daisy se deixou levar por aquela deferência de conquistador de comédia, talvez por carência de outros agrados, por curiosidade, ou por simples distração. Nos dias de oficina, assim que terminava as tarefas da universidade, corria para a Arcádia, e por várias vezes os dos tiveram tempo para bons papos antes da chegada dos alunos e das alunas. Claro que o Hermes se deu conta dessa artimanha. Mais ainda um dia quando, depois da aula, ela pediu para usar o banheiro e se demorou um pouco. O Hermes esperava paciente no lugar dele jogando paciência no computador, quando ouviu a voz dela na escada, através da cortina de miçangas.

– Já foi todo mundo embora? Ninguém me esperou?
– Eu estou aqui. Sempre estarei à sua espera.
– Você não conta, você está sempre aí.
– Quanta ingratidão. O que mais deseja é o mais ignorado.

Essa queixa não obteve resposta porque, no momento em que ele falava isso, ela atravessou a cortina, um dos fios saiu enrolado no pescoço dela. Desvencilhou-se do laço, afastou-se alguns passos de costa, um exame da divisória.

– Por que você não coloca uma porta aqui? Esse adereço de bugigangas não é útil para nada, não é bonito para enfeite, não barra nem a voz nem a visão.
– Nem tudo precisa ter utilidade. Pode ser apenas um significado.
– E qual seria o desse paramento?
– Você não conhece o poder das miçangas de afastar o mal olhado?
– Ah, isso é coisa de mulher.
– Sim, foi a Claudia que sugeriu. Eu só executei.
– Sua namorada?
– Eu não tenho namorada. Tenho uma grande amiga com quem compartilho algumas coisas.
– A cama, por exemplo.

– Quando ela dorme aqui, sim.

Já tinha pego a bolsa para sair, mas voltou a sentar no banco ao lado do balcão, de frente para o Hermes.

– Ela deixa você livre assim quando não vem para cá?

– Eu sempre fui livre, se alguém quiser entrar na minha vida tem que ter a mesma liberdade que eu. Ela também tem muitas oportunidades de fazer o que quiser, com quem quiser. Não sou dono dela.

– Um relacionamento aberto.

– Não sei o rótulo que se dá. Só sei que é o encontro entre duas pessoas que se admiram, se curtem, se encontram quando estão a fim de se encontrar, e cada um respeita a individualidade do outro.

O Hermes desligou o computador, rodeou o balcão, sentou no outro banco ao lado da professora.

– Que tal a gente tomar uma cerveja. Eu gosto de conversar com você.

– Eu adoraria, de verdade. Ando cansada, com vontade relaxar, mas acontece que depois eu vou dirigir e amanhã cedo tenho aula.

– Você pode dormir aqui, se quiser.

– No lugar da Claudia? Se ela chega de madrugada me põe a correr. Não, obrigada.

Pegou novamente a bolsa, dirigiu-se para a saída. Ele acompanhou-a, abriu a porta, seguiu com ela até o carro estacionado em frente à casa. No momento da despedida, ele enlaçou-a nos braços, ela ofereceu a face para o beijo, ele procurou a boca, ela se esquivou, ele insistiu, ela cedeu, mas os lábios dos dois mal se tocaram, ela se desvencilhou dos braços dele, entrou no carro. Antes de dar a arrancada, conjecturou.

– Quem sabe num fim de semana, que eu não tenho aula no outro dia.

O motor roncou, o carro partiu, ele voltou para casa, trancou a porta, subiu para o segundo andar, foi até a geladeira, pegou uma cerveja, voltou para a sala, ligou a televisão, sentou no sofá em frente, bebeu sozinho diante da tela onde as imagens se sucediam sem som. Dois dias depois, no sábado, ligou para a Daisy e fez o convite explícito para ela vir dormir com ele. Ela veio.

O próximo encontro deles foi aquele já referido. Não havia motivo nenhum para esconder dos alunos e das alunas, ela chegou para a oficina já com o propósito de pernoitar. Algumas horas depois daquela cena em que o Ângelo e o Hermes discutiam Balzac, o casal se enroscava na cama, os corpos já saciados, mas a Daisy não conseguia se livrar da sombra da Claudia.

– Se ela aparecesse agora e me visse aqui, o que ela faria?

– Ela nunca vem sem avisar antes, e hoje ela não avisou.

– Eu não me considero muito moralista, mas acho que não conseguiria viver assim. Não vejo problemas em transar com um homem com quem eu não tenha um envolvimento mais sério, mas se for para encarar uma relação fixa, não abro mão da exclusividade.

– Você quer ser proprietária, não amante.

– Não sei, mas tem coisa por aí que é moderna demais para mim. Essa dissolução dos vínculos mais fortes é que eu não consigo acompanhar.

O Hermes desistiu de dormir, virou na cama, acomodou-se em decúbito dorsal.

– Ih, você andou lendo os tais amores líquidos.

– Não. Mas tem um livro com esse título, meus alunos e minhas alunas comentam muito sobre ele

– Apareceu um exemplar aqui, eu li uns capítulos, quase joguei no lixo. Nunca tinha lido tanta baboseira num único volume. Depois surgiu um adolescente cheio de espinha no rosto e levou o livreco embora.

– Você não concorda com a tese desse autor?

– Que tese? Um monte de bobagem, saudosismo de um tempo idealizado, uma confusão entre compromisso e comprometimento. Antigamente o que prendia mais os casais não eram os supostos sentimentos sublimes, os comprometimentos, e sim os compromissos formais. As criaturas se amofinavam a vida inteira juntos, não por amor ou outra patacoada qualquer, mas por causa da repressão imposta pela sociedade. Basta ver, na literatura, o que aconteceu com as heroínas que tentaram romper o padrão, Madame Bovary, Anna Karenina. Um cretino que argumenta que os laços antigos eram mais fortes, nunca leu Balzac, Flaubert, Tolstoi, Maupassant. Ou não entendeu nada.

Lá da rua chegava, de vez em quando, algum ronco surdo de automóvel, o ruído de alguma voz distante, sons que induziam na mente dos amantes uma sensação leve de distanciamento, e os corpos relaxaram, e adormeceram.

Uns dois ou três dias depois, a Daysi optou por encerrar o assunto de maneira menos tensa, pois levava muito a sério qualquer aventura que mexesse com os sentimentos, dela e dos outros. Escreveu um *e-mail* para o Hermes, confessando o carinho e admiração que tinha por ele, mas não se sentia preparada para levar adiante um caso que envolvesse mais de duas pessoas. Ela tivera uma formação bem convencional e não se sentia mais tão jovem assim para testar novas experiências. Mas queria manter a amizade e a oficina. Os alunos e as alunas, e ela também, gostavam muito dele e da Arcádia. O Hermes respondeu que ela não precisava se preocupar, a presença dela sempre seria uma dádiva para os frequentadores da Arcádia, nada ia mudar, seriam sempre bons amigos. A partir de então, a professora chegava na livraria na hora de começar a aula e saía junto com os alunos e as alunas, para não dar espaço para uma recaída nem para falatórios. Naquela quinta-feira não foi diferente. Quando ela chegou, já encontrou a turma à espera. O Hermes manteve a tradição de recepcioná-la com as pantomimas de sempre, esperou-a na entrada e recebeu um beijo na face e um abraço fraterno. Os alunos e as alunas já dispostos em volta da mesa, ela cumprimentou a todos, começou o discurso anunciando a novidade do dia, a presença do Ângelo com um conto. O Hermes assumiu o posto dele diante do computador, a aula começou. Para iniciar, ela sugeriu que o Ângelo fosse o primeiro a ler o texto. Ele protestou que precisava relaxar, não gostava de ler em público, em voz alta, mas não houve escapatória, a turma, por unanimidade, queria conhecer a primeira produção literária dele. Ele distribuiu as cópias entre os participantes e fez um esclarecimento sobre a origem da história, um sonho muito estranho.

Era uma sexta-feira, final de tarde, entrei num edifício muito alto, uns trinta andares, à procura de alguém numa sala do último andar. Logo na entrada percebi que meu celular estava quase sem bateria, mas pensei que não ia precisar, eu falaria com essa pessoa e voltaria para casa. Só que, chegando lá em cima, faltou luz no prédio antes de eu sair do elevador, eu me vi trancado, sozinho, no final do expediente. Peguei o celular para avisar a pessoa que me esperava, eu não sei quem era, nem o que eu ia falar de importante. Mas, quando tentei digitar o número, o celular não tinha mais bateria, guardei o telefone na mochila, entrei em pânico, eu ia passar o fim-de-semana trancado como numa prisão, pois mesmo que viesse a luz o povo já teria ido embora e fechado o prédio. Daí, senti um movimento dentro da mochila, fui olhar era o celular pulando. Peguei na mão, ele se retorceu, virou o visor para mim como se fosse uma cara humana e falou "bem feito, se tivesse me alimentado direito agora eu podia chamar ajuda". Joguei o troço no chão e ele caiu saltitando e dando gargalhadas. Acordei nesse momento e tive a ideia do conto.

Chamada a cobrar

De repente, ele se viu atarantado com a quantia de papéis que lhe caíam por cima, ao abrir a caixa de correspondência. Envelopes, folhetos publicitários, cartões de profissionais, oferta de serviços: encanador, marcenaria, massagens, tarô, búzios. E um pacote grande, com etiqueta, destinatário, nome completo. Sentiu o volume, material sólido. Encheu os bolsos com o papelório miúdo. Na ânsia de chegar logo, desferia manotaços no botão de comando do elevador. A máquina despencou no térreo. Puxou a grade de ferro, depois a de madeira. Lá dentro, o olhar percorreu o conjunto de teclas à procura do número dez. Sozinho no cubículo escuro, gravata frouxa, recostado à parede, respiração longa, suspiro. Décimo piso. Apartamento defronte do seu, a porta aberta, a moradora telefonava. "Como fala essa aí. E não consegue ficar dentro de casa, vem berrar aqui fora pra todo mundo ouvir. Todo dia é sempre igual". Cumprimento convencional. Ela fez um aceno. Ele introduziu a chave na fechadura. Enfim, o aconchego do lar. Esvaziou os bolsos em cima da mesa e enveredou para o quarto.

Já de volta, sem camisa. Bermuda, chinelo. Abriu a janela. Um jato de vento espalhou pelo chão a papelada do correio. Pôs-se a juntar. Mas a remessa maior continuava imóvel. Objeto pesado. O que seria? Com os dedos trêmulos, mãos atrapalhadas, rasgou a boca do invólucro, sacudiu o embrulho pelo fundo, trouxe à luz o conteúdo. Um telefone celular. Em seguida, o apito da campainha invadiu o recinto doméstico. Prendeu o utensílio com a mão, em exame minucioso. Superfície lisa, sem nenhuma abertura para pilhas ou ligação em rede elétrica. Apenas o conjunto de teclas com os dez algarismos e botão *talk*. Atendeu. "Alô", uma voz monótona advertiu. "Senhor Dorivaldo, o senhor foi contemplado com este telefone celular, por favor, para confirmar o recebimento, permaneça na linha por cinco segundos". Perquiriu o aparelho com intenção de desligar, não havia dispositivo para isso. Precisava dizer que não queria, não tinha pedido nada. Reaproximou o fone do ouvido, ia cancelar. "Pronto, sua linha já está habilitada. Parabéns. Agora fica mais fácil contatar seus clientes, amigos e familiares em tempo integral". Ele respondeu, exasperado, "mas eu não tenho clientes, não tenho amigos, nem família. Eu não quero essa porcaria". Livrou-se com um safanão daquele presente indesejado, que foi picar em rodopios na madeira da mesa. Entrementes, o som de chamada transformou-se em gemido lamuriento. Atordoado, cambaleou para trás. Um espetáculo grotesco se desenrolava ao alcance de seus olhos. A coisa crescia enquanto girava, até que caiu de vez e parou de tocar. Fez-se o silêncio. Mas o descanso não veio. Em instantes, o ressoar enervante de nova ligação empestou o ambiente. Aperreado pela insistência, atendeu. "Alô". Voz falsa, igual à anterior: "senhor Dorivaldo, esta é uma ligação automática da Operadora de Cartões de Crédito Compre Mais, para confirmar que seu cartão foi aprovado. Parabéns, o senhor foi contemplado com a nossa promoção *primeira anuidade grátis*". Assim já era demais. Repeliu de si aquela inutilidade, que se revolveu sobre o tapete. Ele pulou em cima, e passou a pisoteá-lo, aos gritos, "mas que inferno, eu não pedi cartão de crédito, eu não preciso de cartão de crédito, eu não quero cartão de crédito". Ao mesmo tempo em que espezinhava aquela descortesia maldita, descarregava toda irritação através de imprecações verbais. Por fim, aplacada a fúria, extenuado, desabou sobre a cadeira. Mas o cansaço deu lugar ao pânico, quando percebeu que aquela anomalia já tinha as medidas de um tijolo. Arrancou em disparada na direção da saída. Mas conteve-se, ao ouvir batida na porta. Espiou pelo olho mágico e reconheceu a matraqueira do andar. Abriu.

– Oi. Desculpa, eu ouvi gritos e correrias na sua casa. Sem querer me intrometer, mas eu vim ver se está tudo bem.

A curiosa do condomínio não falhava. Situação bizarra. Sem camisa, gotas de suor escorriam pela face, todo escabelado. Ele não sabia o que responder, ela continuava ali parada, o olhar se insinuando para dentro do apartamento. No esforço do autocontrole ele preferiu esclarecer:

– Algo estranho aconteceu: um celular toca sem parar. E chora. Parece vivo.

– Vivo?

– Claro. Um ser vivo. E eu não sei de quem é.

E com palavras desconexas se embaralhou:

– A senhora? O que aconteceu? Não sabe?

Ela retrocedeu o passo. A entrada do próprio apartamento continuava aberta. Antes de sair em retirada, ela ainda insistiu.

– Se está tocando, deve ser seu.

– Mas eu não tenho celular

– Então deve ser da sua esposa.

– Eu não tenho esposa. Eu moro sozinho.

A fuxiqueira franziu a testa, contraiu os lábios. O homem decidiu-se a explicar a situação:

– Um telefone apareceu na minha caixa de correspondência, mas não é meu. Acho que alguém se enganou.
– O senhor não tem mulher?
– Não.
– Nem celular?
– Também não.

A fofoqueira mal se controlava mais. O olhar intrometido ora esquadrinhava a figura excêntrica do vizinho, ora furungava a intimidade dele. Ao perceber a indelicadeza, ele se plantou diante dela, um obstáculo à visão. Ela, ofendida, proferiu:
– Desculpe, mas o senhor é meio esquisito.

Transpôs o corredor num único tranco, e se encerrou em casa. Ele ouviu o barulho das chaves e da correntinha de segurança. Ela se travava toda por dentro. Novo ímpeto de cólera, esbravejou contra a parede surda:
– E também não tenho cartão de crédito. Ouviu?

Sem encontrar ajuda, voltou para casa, desanimado. Ali na sala, ouviu grunhidos, risos de deboche. Mirou o monstrinho caído no chão, praguejou, o dedo indicador apontado: "Miserável, desgraçado, tu não vais me destruir". Empastelou o excomungado na pilha de jornais velhos no canto da sala, mas um arrepio percorreu-lhe o corpo. O zunido infernal agora parecia soluço. O traste se distendia e contraía, em movimentos de respiração. Em estado de choque, correu até o quarto, sem saber direito o que procurava. Não tinha mais paciência com aquela aberração. Precisava se livrar dela. Sacou o lençol da cama e, com o rosto retesado pela angústia, voltou para a sala. Susto, salto involuntário, terror, tentativa de fuga, não havia escapatória. O crápula não parava de aumentar, e subira sozinho no sofá. Uma atitude drástica, definitiva, devia ser tomada, sem demora. Atirou-se em cima do monstrengo, cobriu-o com o tecido. Desta vez, embora não apertasse o botão *talk*, ele ouviu a mesma voz assustadora das outras vezes: "Senhor Dorivaldo, esta é uma ligação automática das lojas Compre Melhor..." Não tinha mais nervos para ouvir o resto. Deu várias voltas com a coberta no bandido, acomodou-o nos braços, ganhou a saída, chamou o elevador. "Tomara que ninguém me veja", falava baixinho para si mesmo. Sôfrego, comprimia o botão do elevador como se digitasse uma mensagem urgente. A máquina surgiu, ele entrou. Não percebeu que seus movimentos eram observados. Desceu até o térreo sozinho, espiou, ninguém. Precipitou-se em direção ao portão. Abriu, vigiou a rua. Tudo calmo e sem movimento. Caminhada rápida até a lixeira na calçada, despejou a carga lá dentro. Deu meia volta, ia safar-se depressa dali, mas nesse momento o sinal de alerta transformou-se outra vez em choro de criança. Choradeira convulsiva, um berreiro esganiçado, atordoante. As pernas já a cambalear, os olhos a se desfazerem em pranto incontrolável, foi investigar, viu algo horrendo. O desnaturado não tinha mais a forma original, e sim de um ser humano recém-nascido. Arrasado pelo desespero, o pobre homem era um animal acuado, estrebuchando em volta do depósito de lixo. Apanhou um pedaço de madeira jogado no calçamento, precipitou-se sobre a lixeira e se atracou aos golpes contra o bebê-celular, que chorava cada vez mais alto. "Morre desgraçado, me deixa em paz". Uma pancada, uma maldição. Precisava aniquilar o inimigo tanto na dimensão física quanto moral. Imprecações irromperam das janelas da circunvizinhança. Insultos raivosos fulminavam o celerado lá em baixo: "assassino", "herege", "anátema". A intrusa obstinada acudiu, aos gritos: "Chamem uma ambulância, ele é louco". Ele interrompeu o espancamento, só então se deu conta do que acontecia. Os moradores dos edifícios próximos à cena irromperam nas janelas, lançando impropérios e xingamentos. Um público ávido por dar seu veredicto contra o lutador rebaixado na derrota. Tomou nos braços o celular, então na forma original, mas ainda em dimensões desproporcionais. Despiu-o dos panos, expôs ao público que o excomungava: "Vejam, é apenas um celular tocando, apareceu lá em casa, eu nem sei de quem é, mas não é meu, e não para de tocar". Os protestos calaram. A arena observada em silêncio. Aos poucos, a plateia perdeu o interesse no episódio, as janelas se fecharam, e ele retornou para casa. Carregava nos braços o mesmo peso, seguido de longe pela bisbilhoteira, sempre vigilante. De volta ao seu apartamento, recolocou o indigitado no sofá e sentou numa cadeira em frente, sem atinar que deixara a entrada aberta. De súbito, aquela deformidade começou a emitir vozes em vez da zoada tradicional. A forma humana reaparecia agora da estatura de uma criança. Tombou para o chão, pôs-se de pé, direcionou os passos para o seu algoz. Emitia sons incompreensíveis, mas que deixavam bem claro o caráter de reprovação e ameaça. O homem não tinha mais dúvida, transformara-se em vítima de um ataque. Disparou pelo apartamento, o animalzinho eletrônico ao seu encalço. Trepou no sofá, galgou uma cadeira, abrigou-se em cima da mesa abaixo da janela. O perseguidor jogou-se de encontro ao móvel, ele se desequilibrou, balançou e caiu. A vizinha entrou nesse momento, ainda ouviu os apelos por socorro que vinham do lado de fora. Correu até a janela, olhou para fora e viu, lá em baixo, o corpo estendido no chão. No sofá, um celular tocava. Ela atendeu. "Alô. Não tem ninguém aqui com esse nome". Colocou o telefone no bolso, saiu e puxou a porta.

Terminou a leitura, olhou para a professora, depois para os colegas, no olhar a interrogação implícita. A professora se adiantou.

– Eu não sei o que é mais opressivo, se o conto ou o sonho. Só quero te dizer que para primeiro conto esse é uma obra prima, muito bom.

Os colegas e as colegas se irmanaram na avaliação da professora, a Zezé disse que se escrevesse assim já teria ganho um Açorianos, quem sabe até um Jabuti, e relembrou, em tom de censura, que ela várias vezes falou que o Ângelo tinha potencial para escritor, mas ele nunca acreditou. Agora estava ali a prova. O Júlio falou que sentira a mesma aflição do personagem; a Ilda levantou a hipótese de uma abordagem do nosso tempo, no sentido em que o celular está tomando conta da vida das pessoas, é o aparelho que manda em muita gente. Nesse momento, o Hermes, que ouvira o conto lá do lugar dele, se aproximou e perguntou se podia sentar na roda.

Claro que podia, as vozes responderam em uníssono. Ele também se sentira impressionado com o texto, pois já percebera no amigo alguns vestígios de síndrome de pânico. Os colegas caíram na gargalhada, a professora reassumiu o controle.

— Eu teria cuidado com o vocabulário. Acho desnecessário o uso de palavras difíceis. Eu não usaria um termo como ANÁTEMA, porque é obsoleto, ninguém mais usa, e quase ninguém conhece. E pode se transformar num empecilho para o leitor.

O Hermes nunca se intrometia na dinâmica das aulas, se mantinha no posto dele, no computador, jogando paciência ou outra futilidade qualquer de internet, mas desta feita, talvez pela afeição especial que nutria pelo Ângelo, quebrou o próprio protocolo e decidiu palpitar.

— Vou pedir vênia à eminente professora, vou discordar dela. Não existem palavras difíceis. O que temos é um glossário não mais usado, porque na comunicação normal a língua se adapta sempre pelo mais fácil e acaba desgastando alguns vocábulos de maneira que eles perdem a força expressiva. Penso que as palavras são que nem as pessoas, não existe uma totalmente igual a outra, assim como não existe sinônimo perfeito. Cada palavra tem uma modulação semântica que é só dela, assim como uma pessoa diferente traz algo na vida da gente que é único, que a gente não vive com nenhuma outra, seja na maneira de sorrir, o tom de voz, o jeito de cruzar a perna. O mesmo acontece com a palavra, ela pode apresentar nuances sonoras, semânticas e sintáticas e, ao ser incluída numa determinada frase, naquele contexto específico, reforça um sentido que só ela consegue. Acho que esse desinteresse por um vocábulo de identidade precisa na literatura brasileira atual foi engendrado pela crença na importância de uma suposta simplicidade, como se a simplicidade fosse um valor em si. É por isso, penso eu, que hoje em dia, a gente encontra tanto desleixo na elaboração estética da escrita. Embora a história seja boa, por vezes, o texto parece redação de colégio. As pessoas optam pelo mais fácil, tanto na língua quanto nas relações.

Havia um silêncio em que os olhares se cruzaram sobre a mesa, a Daisy, olhar vidrado, encarava o ex-amante como se desejasse um esclarecimento sobre o significado daquela parlenda. O Ângelo arrematou.

– Eu penso que palavra difícil só existe para quem não usa dicionário.

– Quando publiquei aquele conto que intitulei de BUSTROFEDON, alguns amigos disseram que, mesmo sem conhecer a palavra, entenderam bem o sentido da história, o que reforça essa tese de que não existem palavras difíceis. Temos que avaliar sempre o contexto.

– Trata-se de uma opção do autor, não existe regra para ser seguida. Mas eu, como orientadora de futuros escritores e escritoras, devo lembrar algo que a experiência me ensinou. Sim, Ângelo, você tem razão no seu comentário, mas precisamos levar em conta que, no Brasil, a maioria das pessoas não tem um dicionário em casa, e as que têm não gostam de consultar, se a leitura se torna interrupta, é abandonada.

Nesse momento, uma pancada muito forte na veneziana da janela ecoou no interior da livraria como se a parede viesse abaixo. O pânico, que antes era do personagem, agora se espalhou pelos participantes da oficina. O Ângelo, sempre o mais assustado, pulou da cadeira, acompanhado do Hermes e da Zezé, que foram examinar. Por dentro, o vidro da janela não sofrera avarias. O Hermes abriu a porta sob protesto dos demais e foi conferir pelo lado de fora. Uma das tábuas da veneziana quebrada, e no chão, abaixo, uma pedra do tamanho de uma mão de adulto.

– Nossos amigos mandaram mais um recado.

Não havia mais clima para aula, encerraram as atividades do dia. Dessa vez, o Ângelo aceitou carona da professora, a turma se dispersou, o Hermes foi tomar uma cerveja, depois dormir.

Sábado, final de tarde, o Ângelo no banheiro, porta aberta, na frente do espelho, raspava os pelos do queixo, uma penugem que resistia ao movimento natural de se transformar em barba. Largou o barbeador em cima da pia, pegou o vidro de colônia, pingou na palma da mão esquerda, esfregou no rosto, exagerou na careta refletida na superfície espelhada da porta do armarinho na parede. Da sala chegava a voz antiquada de Charles Trenet, um disco que a mãe pusera a tocar e cantarolava acompanhando as interrogações do músico.

> *Que reste-t-il de nos amours*
> *Que reste-t-il de ces beaux jours*
> *Une photo, vieille photo*
> *De ma jeunesse*

A mãe, envolvida com alguma tarefa doméstica, passou pelo corredor, parou, observou a *toilette* do filho com certa curiosidade, mas seguiu em frente. Na volta, ao ver que o filho ainda persistia no propósito de se enfeitar, uma tentativa de dar uma ordem no cabelo, não se conteve.

– Você anda muito vaidoso ultimamente. Agora se preocupa com a aparência. Vai sair?

– Sim. Vou encontrar com uma amiga.

– Antes de sair, eu gostaria de te falar.

Ela saiu em direção da cozinha, o Ângelo terminou de se arrumar, contemplou-se mais uma vez, aprovou o resultado, foi esperar na sala. Quando a mãe apareceu, exclamou, em tom de hilaridade, ao sentir o aroma do perfume que enchia o ambiente.

– Hum, que cheiroso.

– Nada demais, só botei um perfume.

Ele esperava sentado, o pé direito apoiado na coxa esquerda, aquela pose que uma pessoa assume quando tem um desejo inconsciente de evitar a aproximação do interlocutor. A mãe continuava de pé no meio da sala.

– Bem, já que você reclama que não compartilhamos os problemas familiares com você, eu vou te contar. Seu pai pediu aposentadoria. O problema lá do tal processo emperrou, parece que surgiu outra denúncia, outra suspeita. Tem gente querendo o cargo dele, e para sair de cabeça erguida, ele vai se aposentar.

– A propósito, onde ele está agora?

– Eu pedi para ir ao supermercado fazer o rancho. Mas o que é importante, aposentado, ele não ganha mais gratificação por exercício do cargo, ou seja, nossa situação financeira vai piorar um pouco.

– Mas ele pode continuar com os cursinhos, as assessorias.

– Sim, mas isso tudo é muito instável, não dá para contar como renda fixa.

– Ok. Lamento que acabe assim. O velho gosta do trabalho dele.

– O que eu quero que você saiba é que, qualquer que seja o resultado de tudo isso, eu estarei sempre ao lado dele, vou dar apoio em tudo; ele será sempre o meu marido e o seu pai, e o que quer que ele tenha feito, foi por amor à família, para que nós tivéssemos uma vida confortável e segura.

– Quanto ao primeiro ponto estou de acordo, estarei sempre pronto a dar a mão, ajudar no que eu puder. Quando ao segundo, preciso de tempo para refletir dobre o assunto

O Ângelo conferiu o relógio do celular, ainda dispunha de tempo. A mãe não aparentava nervosismo dessa vez, nem raiva, apenas um ar de resignação com algo inelutável.

– Bem, já que chegamos a isso, eu aproveito para comunicar uma decisão importante. Eu queria falar com o pai junto, mas você comunica a ele, é a mesma coisa.

Ele falava com uma tonalidade decidida, convicta. A mãe sentou na outra poltrona, atenta às palavras do filho.

– Tenho pensado muito no que fazer depois de me formar. Estou certo de que não quero nenhum emprego que me dê apenas salário, vou fazer algo de que eu goste. E o que eu gosto é ler, de literatura. Pretendo seguir os estudos, pós-graduação, mas não quero continuar na UFRGS. Eu preciso conquistar minha independência, minha autonomia. Chega de viver como uma criança. Eu vou para São Paulo estudar na USP, e quero trabalhar com literatura, professor, tradução, algo assim.

– E como você vai viver lá?

– Ora, dada a situação que você acabou de falar, aqui ou em qualquer lugar, a partir do ano que vem eu vou precisar trabalhar.

– Essa decisão tem algo a ver com essa amiga com quem você vai sair hoje.

Ela enfatizou bem o tom da palavra amiga, para dar a ideia de que não estava tomando a palavra no valor denotativo. Se fosse um conto escrito por um aluno das oficinas literárias, a expressão poderia aparecer entre aspas, mesmo se tratando de uma fala de personagem.

– Talvez. Ela me deu umas dicas, e incentivo.

– Vou conversar com seu pai outra hora. Qualquer que seja sua vontade, nós estaremos sempre prontos a te apoiar.

– Eu sei disso.

Ele conferiu a hora mais uma vez, levantou, caminhou até a porta, deu tchau, mas ela ainda o reteve.

– Você já foi à Feira do Livro? Eu estava pensando em ir amanhã, que é o último dia.

– Amanhã é a sessão de autógrafos da Zezé, eu estarei lá, se você quiser, vamos juntos.

– Ah, eu quero. Não gosto de sair sozinha, e seu pai anda muito deprimido.

Despediram em clima de família harmoniosa, mas evidente que havia uma fissura. O próprio fato de o Ângelo não dar maiores informações sobre o lugar onde ia, sobre a amiga que o atraia para outra cidade, indicava um descompasso no ritmo com que aquela família andava. Como aquelas fotografias estampadas numa moldura que cai no chão, quebra em pedaços, a gente junta os cacos e tenta recompor os quadros, mas as partes juntas não formam mais uma totalidade. Antes de fechar a porta, ainda ouviu os últimos acordes que acompanhavam Trenet.

La mer
A bercé mon coeur pour la vie

Então o dia mais esperado chegou. Toda a turma que frequentava a Arcádia por conta da oficina, os fixos, os eventuais e os agregados, dirigiram-se à feira do livro para prestigiar a Zezé. O Ângelo, que amanheceu nos braços da Sofia, foi em casa trocar de roupa, almoçar e pegou carona com a mãe. Ao convite dele para acompanhá-lo, a Sofia julgou ser ainda cedo para almoço de domingo com a possível futura sogra, preferiu aproveitar a manhã de sol para caminhar na beira do rio, de modos que marcaram novo encontro para mais tarde na praça. O Ângelo e a mãe deixaram o carro no estacionamento da Siqueira Campos e seguiram a pé. A Lúcia começou a visita pela área internacional, a loja da Livraria Francesa, que ela chamou de uma preciosidade paulistana que só vem a Porto Alegre uma vez por ano.

A Lúcia não demonstrou interesse em assistir ao bate-papo da Daisy com o famoso escritor Simplício Boaventura, preferiu passear pela feira. Estaria no pavilhão dos autógrafos no horário da Zezé. O Ângelo foi para o debate, no caminho encontrou o patrono da feira, o frei Rovílio Costa, que passeava no meio do público, oferecia broches com o símbolo da feira, conversava com as pessoas, distribuía abraços e simpatia com uma prodigalidade invejável. O Ângelo desviou, esgueirou-se por trás do venerável ancião num momento em que uma senhora recebia os afagos e as oferendas, estugou o passo. Encontrou a sala já quase lotada, conseguiu um assento no meio de uma fila. A Daisy, já em prontidão no posto de mediadora, acenou para o aluno. O Ângelo correu o olhar pelo ambiente, avistou alguns colegas do Campus, por sorte estava rodeado por desconhecidos, não precisaria entabular conversa com ninguém. Já passavam uns dez minutos do horário marcado quando o escritor chegou. Altura mediana, cabelo estilo moicano, quase raspado em volta da cabeça, com uma mecha em cima e um topete penteado para trás, cavanhaque plantado num rosto escanhoado, bigode a Salvador Dali, cujos fios acabavam na ponta do nariz. Vestia uma calça e camiseta pretas. O preto devia ser a cor sagrada daquela celebridade das letras gaúchas, pois em todas as fotos que se viam dele na imprensa, o que mais chamava a atenção, além do já referido bigode, era a indefectível camiseta preta de mangas curtas, peça indispensável na indumentária de qualquer artista de vanguarda. É exatamente como um visionário, um homem à frente do seu tempo, que o escriba vinha ocupando espaço na mídia nos últimos anos. A última arteirice revolucionária idealizada por ele consistia de um livro interativo. O olho sempre atento para as novidades, pensou de início em criar um site, escrever um capítulo e deixar para que o leitor completasse, mas alertado de que coisas semelhantes já existiam na *web*, atinou de ir além, executou a mesma engenhosidade em livro impresso. Então, no último lançamento, que ele autografaria na feira mais tarde, a obra tinha trechos em que as páginas vinham todas sem uma única letra, sequer uma vírgula. Esses espaços vazios podiam aparecer também no meio de um capítulo, por exemplo, no desfecho de uma cena dramática a ser concluída pela verve narrativa do leitor. A criatividade era tanta que, não satisfeito com a simples atuação do leitor nas páginas em branco, ele deixou no final uma sugestão para que o leitor entregasse na editora o exemplar com a história completa. A ideia era fazer um volume único com as colaborações dos leitores e publicar uma segunda edição com as várias possibilidades sugeridas pelo público. Uma autêntica obra aberta, onde o leitor saía definitivamente da condição passiva e se tornava colaborador. Além de entrar no espírito democrático de participação popular, a ideia era um verdadeiro projeto de inclusão para os excluídos da literatura, a quebra no paradigma de que a arte é uma atividade elitista, a que poucos têm acesso. E além disso, já garantia as vendas da segunda edição, pois certo seria que, quem participou da empreitada, gostaria de ver sua marca pessoal estampada nas páginas de um livro e divulgaria para amigos e parentes, o aumento na vendagem estava garantido. Naturalmente que os resenhistas dos suplementos culturais dos grandes jornais brasileiros acolheram a revolução literária com aplausos entusiastas. Tanto que muitos deles passaram a vestir camiseta preta de manga curta, inclusive os de Porto Alegre, expostos aos rigores do inverno gaúcho, pois uma boa ideia deve ser cultivada.

O grande escritor apareceu, sentou, mirou o auditório com aquela mesma pesporrência com que Zeus, lá nas alturas do Olimpo, contemplava os humanos antes de lançar os raios. A Daisy, por sua vez, não apresentava a mesma segurança da sala de aula, mas tinha sobre a mesa um papel com as perguntas que deveria fazer, inclusive o discurso de apresentação. Aliás, Simplício Boaventura dispensava apresentações, a imprensa atual não poupava espaço para louvar uma personalidade tão marcante. A Daisy começou pedindo para ele falar dessa ideia fantástica de abrir espaço na literatura para a participação do leitor. O grande escritor coçou o cavanhaque, alisou as pontas do bigode e disse: que esse instinto da novidade, o desejo de ir além do comum e do óbvio, está no meu DNA. Como todo mundo que lê no Brasil, pouca gente, para desgraça nossa, todo mundo sabe que eu venho de uma linhagem de homens que sempre se dedicaram à escrita e sempre estiveram um passo adiante dos homens comuns. E não vou me estender nas fantásticas realizações de todos eles, me detenho apenas no primeiro Simplício Boaventura. Quem nunca ouviu falar nessa figura extraordinária, o meu bisavô, que lá no começo do século vinte criou o embrião do que viria ser os blogs modernos? Numa cidadezinha atrasada no interior do Rio Grande do Sul, onde nem editora existia, o que um homem de gênio poderia conceber para fazer suas obras chegarem ao público? Simplício Boaventura, meu antepassado, comprou uma porção de cartolinas brancas e outra colorida, que picou em pedaços e fez vários alfabetos, maiúsculos e minúsculos, pregava-os na cartolina branca, formando seus poemas, contos, crônicas, foi para a praça, afixou no tronco de uma árvore, com um espaço no final da página e uma caneta para comentários. Tratava-se de uma caneta tinteiro que, como todos sabem, era uma novidade na época. As pessoas passavam por lá, a curiosidade as atraía, examinavam. Muitos não se deixavam impressionar, afinal, vivemos num país de gente inculta e a grande arte é para as poucas almas sensíveis. Essas sabiam apreciar o trabalho de quem demonstrasse possuir engenho e arte. Alguns deixavam comentários escritos com aquela caneta, outros levavam a ideia na cabeça e espalhavam para os amigos e conhecidos. Ora, o que se faz nos blogs de hoje senão a forma eletrônica do que o primeiro Simplício idealizou. Como vocês podem ver, uma proposta de revolução cultural é para mim uma coisa tão natural, tão enraizado na tradição dos meus antepassados, que eu nem me dou conta de que estou fazendo algo que nunca ninguém fez ainda. Criar para mim é como respirar, sai assim, ao natural.

 O Ângelo tinha deixado o celular no silencioso, volta e meia conferia o visor, até que sentiu no bolso a vibração do aparelho, olhou, era a Sofia. De antemão, já sabia que o nobre escritor não faria outra coisa a não ser elogiar a si próprio. Saiu, mas antes de chegar à porta ainda ouviu a próxima pergunta de Daisy, de como estava sendo a recepção da proposta por parte do público, e a resposta do autor: excelente, e nem podia ser de outra maneira.

 Na saída, o Ângelo notou que havia um tumulto na rua, diferente do simples movimento normal. Encontrou com a Sofia e viu que mais para o centro da praça, uma multidão se aglomerava em torno de uma das barracas. O fato despertou mais curiosidade ainda quando viram dois policiais da brigada numa corrida para o centro da agitação. Ele e a Sofia, ela com a câmara a tiracolo, esgueiraram-se ente o público e conseguiram chegar perto. Tratava-se de uma mulher de uns vinte e poucos anos, completamente nua, os policiais a seguravam, tentavam cobri-la com um lençol, mas ela se esquivava da coberta. Entre a multidão, ouvia-se gritos de deixa ela nua, gostosa, sem-vergonha, quer aparecer. A Sofia sacou a câmera e bateu várias fotos, inclusive uma no momento em que a moça jogou o lençol dos ombros e pode ser enquadrada de corpo inteiro, em pelo. Os policiais, por fim, perderam a paciência com a moça, recorreram à força física e a conduziram para a caminhonete da polícia, sob o aplauso de uns e a vaia de outros. A Sofia perguntou ao redor, quem era a despudorada, foi informada que se tratava de uma modelo, que queria conscientizar as pessoas para a necessidade da leitura e a importância da feira. O Ângelo perguntou.

– Será que ninguém explicou a ela que quem frequenta a feira já sabe de tudo isso?

A Sofia respondeu com uma gargalhada e se dirigiram ao pavilhão dos autógrafos. Encontraram o Hermes e a Claudia em conversa com a Lúcia. Mais precisamente, o Hermes ouvia as duas mulheres trocarem gentilezas uma com a outra. O Ângelo se dirigiu em primeiro lugar à mãe para o momento mais imprevisível do encontro, a apresentação da Sofia. A Lúcia não precisava de maiores explicações para entender que estava diante de uma nora em potencial, para surpresa de ambos, acolheu a Sofia num braço maternal, estava muito feliz de conhecê-la, o Ângelo falava muito dela. O Ângelo ameaçou uma resposta, mas foi interrompido pelo braço forte do Hermes que o envolveu num abraço. Trocaram saudações, o Ângelo perguntou ao Hermes sobre o clima na livraria com o episódio de quinta, resumiu para a mãe e apara a Sofia os acontecimentos no último encontro. O Hermes falou que depois daquela fubecada na janela decidira registrar queixa e um oficial da delegacia revelou que ele não era o único a denunciar a menina, mas que ela já fora entregue ao Conselho Tutelar e foi recolhida da rua. Os ataques só podiam ser reação de quem explorava a menina. O Hermes acrescentou ainda que o executivo da construtora apareceu de novo com uma oferta maior, ele estava em dúvida se aceitava a proposta ou dava um pontapé no traseiro do energúmeno.

A escritora apareceu no momento em que o funcionário da feira trocava a placa com o nome do participante. Vinha com o livro *Ainda Lembro*, do Jean Wyllys. Guardou o volume na bolsa, ocupou o lugar de honra e o primeiro autógrafo foi para a Sofia. O Ângelo bateu a foto. Depois a Lúcia fez questão de ter um exemplar autografado, embora já tivesse lido uns trechos no do filho. Dessa vez, a Sofia registrou o momento. Pouco mais tarde, a Daisy e o Júlio chegaram do encontro com o Simplício. Última a chegar, a Patrícia comprou novo livro e pediu um autógrafo em nome da mãe, queria dar um presente. A Sofia, agora oficialmente aceita no *entourage* do Ângelo, fazia fotos em várias combinações de pessoas, todas ao lado da escritora, para dar a ideia de movimento intenso, quando queria sair na foto o Ângelo registrava, e para fotografar o novo casal junto, a Patrícia se ofereceu para operar a máquina. Esgotado o tempo, a escritora estreante tinha agora no currículo uma sessão de três autógrafos na feira do livro. A festa estava terminada.

A turma se dispersou, cada um para um lado, a Lúcia foi pegar o carro no estacionamento, o Hermes e a Claudia optaram por um táxi, e a Patrícia e o Júlio procuraram a praça de alimentação, a Zezé, cumprida a missão, foi embora com a Daisy. O Ângelo e a Sofia caminharam até o corredor coberto formado por barracas na Rua da Praia.

– Então, fui informada de que você virou escritor. E pelo jeito, fez muito sucesso.

– Só levei para o grupo um conto que escrevi por pura curiosidade, mas não penso em fazer oficina.

– Suas amigas me falaram muito bem do conto.

– A Daisy e a Zezé são suspeitas, elas gostam de mim.

O fluxo intenso de gente não permitia caminhar rápido, eles também não tinham pressa. Paravam nas barracas, pegavam algum livro, examinavam, devolviam. A Sofia parou diante do balaio de ofertas de um sebo, remexeu uma pilha de livros, olhou uns, folheou outros. Quando ela começou a arrumar tudo como estava antes, o Ângelo saltou perto dela, um grito de surpresa, avançou na pilha, catou entre os volumes, saiu com um deles na mão.

– Agora que o trabalho já está quase concluído ele aparece.

Ela quis saber do que se tratava, ele explicou, afinal, acabava de encontrar o tão procurado livro de Emil Staiger. Folheou o volume, acariciou-o, meteu a mão no bolso, tirou a carteira, pagou. Seguiram em frente com a raridade na mão, pois estava sem a mochila. Segurou a obra como se fosse um troféu duramente conquistado.

– Sabe o que eu pensei agora?

– O quê?

– Se eu tivesse encontrado esse livro lá na UFRGS eu não teria te conhecido, porque provavelmente não conheceria também o Hermes e não estaria na Arcádia naquele dia.

– Viu? Você já tem uma história para contar quando se tornar escritor de verdade.

– Se um dia eu escrever um livro, um *Bildungsromam* com a minha formação, já sei até por onde começar. Um sonho que eu tenho muito seguido. Ele se repete com algumas variações, mas a essência é sempre a mesma. Eu caminhando na beira da praia, quero chegar perto de um barco que flutua ao longe. Às vezes eu corro, mas a distância a ser percorrida aumenta cada vez mais. Em outras, o barco se vem na minha direção, desgovernado, como um bêbado que de repente enverada num rumo sem saber onde vai.

 - Por que esse?

– Porque é uma tradução de como eu vivia antes de te conhecer

– E acabaria onde?

– Pode ser aqui mesmo. Porque a partir de hoje o personagem é outro.

Esta obra foi composta em Minion Pro
e impressa em papel pólen 80 g/m² para a
Editora Reformatório, em abril de 2023.